그리스도는
에볼리에
머물렀다

그리스도는 에볼리에 머물렀다

카를로 레비 지음
박희원 옮김

CRISTO SI È FERMATO A EBOLI

일러두기

1. 주요 인명이나 지명 등의 원어는 가급적 본문에서 맨 처음 나오는 곳에만 병기했다.

2. 편집자의 주석임을 따로 밝히지 않은 모든 각주는 옮긴이의 것이다.

작품 속 주요지명

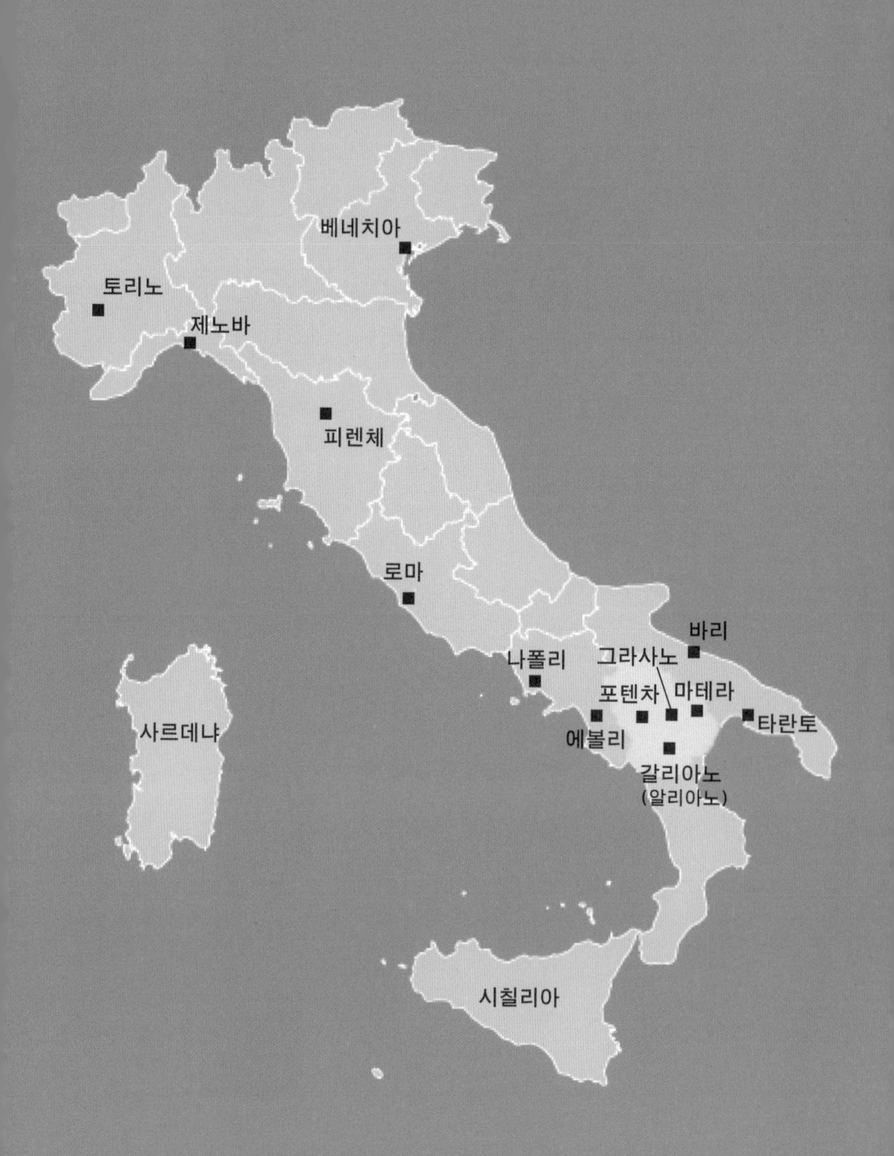
베네치아
토리노
제노바
피렌체
로마
사르데냐
나폴리
바리
그라사노
포텐차
마테라
타란토
에볼리
갈리아노
(알리아노)
시칠리아

작품 속 주요무대인 갈리아노(현 지명 알리아노) 전경.
오른쪽 하단 절벽이 보병의 묘혈이다.

카를로 레비가 머물렀던 갈리아노의 집.
지금은 작가의 박물관으로 보존돼 있다.

카를로 레비가 유배지 루카니아 일대를 그린 그림들.
일명 루카니아 연작으로 불린다.

마테라의 동굴 집(위)과 구시가의 건물들(아래).

차례

여러 해가 흘러갔다. 전쟁의 시절, 그리고 인간이 역사라 부르는 시간. 이곳저곳으로 정처 없이 떠밀려 다니느라 나는 떠나올 때 했던 약속, 나의 농부들에게 다시 돌아가겠다는 약속을 지킬 수 없었다. 앞으로 언제 그 약속을 지킬 수 있을지도 알 수 없다. 격리된 세계의 작은 방에 유폐되어, 나는 기꺼이 기억 속에서 또다른 세계로 여행을 떠난다.* 역사와 국가로부터 단절된 채, 관습과 비탄의 울타리 속에서 영원히 인고하는 세계, 그 어떤 위로와 안식도 찾을 수 없는 시골 마을로 떠나는 것이다. 언제 찾아올지 모를 죽음과 고독한 빈

* 반파시즘 운동에 가담한 혐의로 카를로 레비는 1935~36년에 걸쳐 이탈리아 남부 벽지의 한 촌락으로 유배된다. 여행객은 물론이고, 이탈리아 사람들에게도 잘 알려지지 않은 변방 마을에서 카를로 레비는 화가로, 의사로, 그리고 작가로서 그의 인생에서 기억할 만한 한 시절을 보내게 된다. 이 작품은 카를로 레비의 이 유배시절 경험을 바탕으로 1943~44년 피렌체의 한 은둔처에서 씌어졌다. 1945년 출간 당시 이 책은 회고록이자 일기이며 소설이자 정치적 에세이로 읽혔으며, 어느 한 장르에 국한되지 않는 글로 평가받았다—편집자.

곤 속에서 농부들은 황폐한 땅 위에 정지된 듯, 그들의 삶을 일구어가고 있다.

"우리는 그리스도인이 아닙니다," 그들은 말한다. "그리스도는 이 근처까지 와서 멈췄지요. 에볼리Eboli*에서요." 그들의 말에 따르면 '그리스도인'은 '인간'을 의미한다. 이후 내가 수없이 듣게 되어 거의 격언이 되다시피 한 저 말의 뜻은 그들의 절망적인 열등감의 표현에 다름 아니다. 말인즉, 우리는 그리스도인이 아닙니다, 우리는 인간이 아닙니다, 우리는 사람으로 취급되지 않고 그저 마소와 같은 짐승으로, 아니 짐승만도 못한 야생의 존재들로 여겨질 뿐입니다. 그런 존재들마저도 저 나름의 세상에서 살아가지만, 우리는 그리스도인들의 세상, 닿을 수 없는 세계인 그곳에 복종해야 하고, 그 세상의 무게를 짊어지고, 박탈감을 견디며 살아가야 합니다.

이 말은 그러나 모든 상징적인 표현들이 그렇듯 훨씬 더 큰 의미를 함축한다. 그리스도는 정말 에볼리에서 멈췄다. 그리고 그곳에서 도로와 철도는 살레르노 해안가를 외면한 채 루카니아Lucania** 지방의 황량한 영토로 방향을 튼다. 그리

---

* 에볼리는 이탈리아 남부 캄파니아(Campania) 주(州)의 도시로 이곳에서 바실리카타(Basilicata) 주로 향하는 철도와 도로가 분기한다. 이탈리아 남부 내륙으로 향하는 마지막 관문과도 같은 도시다—옮긴이. 이하 각주는 모두 옮긴이의 것이다.

** 이탈리아 남부 바실리카타 주의 옛 이름으로 이탈리아 반도 남동부 타란토 만에 면한다. 주도(州都)는 포텐차(Potenza)로 기원전 3세기 고대 로마의 지배를 받았으며 13세기부터 나폴리 왕국에 속했다.

스도는 이 먼 곳을 찾지 않았다. 시간도, 사람도, 희망도, 그 어떤 논리와 이성도, 그리고 역사도 마찬가지였다. 그리스도는 오지 않았다. 로마인들도 그저 큰 길을 따라 진군했을 뿐 언덕 넘어 숲 안쪽까지 발길을 들여놓지 않았다. 그리스인들도 타란토 만灣 인근에서 번성했을 뿐이다. 서구 문명으로부터 온 그 어떤 개척자들도 이곳을 찾아 그들의 시간 개념을, 그들의 신성화된 국가와 자기 자신을 먹이로 삼는 그 영원한 활동을 전해주지 않았다. 이곳을 찾은 이들은 오직 적군, 정복자 혹은 철저한 몰이해로 무장한 방문객들뿐이었다. 농부들의 고된 노역 뒤로 오늘도 계절이 지나간다. 그리스도가 오기 삼천 년 전에도 마찬가지였다. 인간으로부터 온 것이든, 신으로부터 온 것이든 그 어떤 메시지도 이 마을의 고집스런 가난에 도달한 적이 없다. 우리는 전혀 다른 언어를 말하고, 우리의 언어는 이곳에선 이해되지 못한다. 위대한 여행가들은 그들 자신이 정한 세계의 경계를 넘어선 적이 없다. 그들은 그저 자신들의 영혼의 오솔길, 선과 악, 도덕과 구원의 오솔길을 가볍게 걸었을 뿐이다. 그리스도는 히브리 도덕주의의 지옥으로 내려가 문을 부수고, 영원 속에 그 문을 봉인했다. 하지만 이 그늘진 땅, 죄악도, 죄악에서의 구원도 모르는 곳, 악은 도덕적인 그 무엇이 아니라 그저 지상에 영원히 자리잡은 고통으로 존재할 뿐인 이곳까지, 그리스도는 오지 않았다. 그리스도는 에볼리에 머물렀다.

내가 덜컹거리는 작은 차에 실려 갈리아노Gagliano*에 도착한 것은 8월의 어느 오후였다. 양 손에는 수갑이 채워진 상태였다. 세로로 붉은 띠가 장식된 바지를 입은 표정 없는 얼굴의 몸집 좋은 호송병 둘이 나를 호위했다. 내키지 않는 발걸음이었기에 나는 이미 마음속으로 최악의 상황에 대비하고 있었다. 갑작스러운 이송 명령이 떨어져 그때까지 머물고 있던 그라사노Grassano에서 떠나야 했기 때문이다. 루카니아 지방을 알게 된 건 그라사노에 오게 되면서였다. 처음에는 힘들었다. 그라사노는 이 지방의 모든 마을이 그렇듯, 벌거벗은 언덕 꼭대기에 집이 하얀 점들처럼 늘어선 마을이었다. 마치 외로운 사막 한가운데 예루살렘을 모형으로 만들어놓

* 이탈리아 남부 바실리카타 주의 작은 마을로 현 지명은 알리아노(Aliano)다.

은 듯했다. 나는 마을 가장 높은 곳, 바람에 허물어진 교회까지 오르길 좋아했는데, 그곳에서는 눈길 닿는 곳까지 사방으로 똑같은 풍경이 펼쳐졌다. 새하얀 석회암의 바다 한가운데 있는 것처럼, 나무 한 그루 없이 단조로운 풍경 속에서 저 멀리 또다른 언덕의 꼭대기에 자리잡은 하얀색 마을들이 눈에 들어왔다. 이르시나, 크라코, 몬탈바노, 살란드라, 피스티치, 그로톨레, 페란디나 등지와 산적떼가 출몰하던 골짜기와 동굴들. 그 너머 눈길이 닿지 않는 곳에서 바다가 펼쳐지고 그 뒤로 메타폰토와 타란토가 이어진다. 나는 이 헐벗은 땅에 숨겨진 미덕을 알 것만 같았고, 심지어 이 땅을 사랑하게 되었음을 느꼈다. 내 마음은 분명했다. 나는 천성적으로 외따로 떨어진 존재들의 고통을 연민했으므로 내가 살아가야 할 이 새로운 마을이 마음에 들었다.

그러나 한편으로 나는 이곳저곳 떠돌아다니며, 내가 들어보지 못한 장소들을 직접 보고 싶었고, 바젠토Basento 계곡을 에워싼 산봉우리 너머의 세계를 상상 속에서 그려보곤 했다. 그라사노를 출발한 우리 일행은, 일 년 전 그라사노 마을의 악단이 아체투라Accettura 광장에서 공연을 끝낸 뒤 밤늦게 돌아오다 종적도 없이 사라졌다는 절벽을 지나쳤다. 그날 밤 이후로 자정이 되면 죽은 악단의 단원들이 절벽 아래에 모여 나팔을 분다는 소문이 있었고, 목동들은 겁에 질린 채 그곳을 에돌아가곤 했다. 우리가 그곳을 지날 때는 한낮이었다. 태양은 이글거렸고, 아프리카에서 불어오는 뜨거운 바람이 대지를 그을렸다. 발아래 점토질의 땅에선 발소리 하나 들리지 않았다.

산 위에 높이 돋우어진 산 마우로 요새San Mauro Forte에서 보니 마을 입구에 세워둔 장대 꼭대기에 참수된 산적들의 해골 네 개가 눈에 들어왔다. 몇 년은 족히 걸려 있었던 것 같았다. 이어서 우리 일행은 아체투라 숲으로 접어들었다. 이 숲은 한때 루카니아 일대를 뒤덮었던 울창한 숲을 보여주는 유일한 흔적이었다. 루쿠스 아 논 루켄도lucus a non lucendo*, 어불성설을 뜻하는 이 라틴어구는 오늘날 민둥산이 되어버린 루카니아 지방에 딱 들어맞는 표현이다. 어찌 되었건, 나무 덤불과 풀밭을 다시 만나고, 신선한 나뭇잎의 냄새를 맡자 마치 동화 속 나라에 들어온 듯한 느낌이 들었다. 이곳은 산적들의 왕국이었고, 이미 옛날 일이지만 그 사실을 떠올리는 것만으로도 오늘날 여행자들은 호기심과 두려움에 사로잡혀 이곳을 지나가는 것이었다. 그러나 이 왕국은 꽤나 협소해서 우리는 이내 그곳을 벗어나 스틸리아노Stigliano를 향해 길을 오르기 시작했다. 스틸리아노에는 아주 늙은 까마귀인 마르코의 조각상이 마치 마을의 수호신이라도 되는 양, 자갈길 위로 검은 날개를 활짝 펼친 채 수세기 동안 자리를 지키고 있었다. 길은 사우로Sauro 강 계곡을 따라 이어지고, 흰 자갈로

---

* 라틴어로 직역하면 '빛이 없는 깊은 숲에서'라는 뜻. '빛나다'를 뜻하는 lúcěo와 형태는 비슷하나 의미가 전혀 다른 lucus(숲)를 이어붙인 표현으로 논리적으로 말이 되지 않는다는 의미로 사용한다.

이루어진 강 바닥과 섬 하나가 모습을 드러낸다. 지금은 이곳에 콜론나Colonna 왕자의 아름다운 올리브나무들이 자라고 있지만, 그 옛날 포텐차Potenza를 향해 진군하던 산적떼에 의해 이탈리아 보병 부대가 전멸당했던 곳이다. 교차로에 이르자 우리는 아그리Agri 계곡 쪽 길을 버리고 왼쪽의 거친 신작로로 접어든다.

그라사노여 안녕, 저 멀리 보이는, 이제는 상상 속에서만 만날 수 있는 땅이여 안녕! 어느덧 우리는 산의 반대편에 이르러, 덜컹거리며 갈리아노를 향해 내려간다. 오랫동안 바퀴 자국이라고는 찾아볼 수 없는, 발길이 끊긴 이 길의 끝에 갈리아노가 있다. 처음 눈에 들어오는 광경은 낯설음 그 자체였다. 첫인상은 마을이라기보다 그저 드문드문 산재한 흰색의 누옥들이 처량하게 마을 행세를 하고 있는 느낌이었다. 여느 마을처럼 언덕 꼭대기에 자리잡은 것도 아니고, 드넓은 협곡의 불규칙한 깊은 주름 한 자락 속에 들어앉아 있다. 얼핏 보기에는 이 고장 마을 특유의 궁색함과 초라함을 찾아볼 수 없다. 가까이 갈수록 여러 그루의 나무와 작은 풀밭도 눈에 들어온다. 다른 고장과 다르게 무언가 온화한 느낌에 나는 마음이 불편해진다. 이미 나는 그라사노의 처절하고 노골적인 궁핍에, 갈라진 회벽들이 자아내는 알 수 없는 비탄의 분위기에 익숙해졌기 때문이리라. 그래서 결코 목가적일 수 없는 이 고장에서 갈리아노가 선사하는 전원 풍경과 맞닥뜨리자 뭔가 엇박자처럼 느껴졌다. 더욱이, 아마도 허영심의 발로겠지만, 내가 유배생활을 할 곳이 폐쇄적이기는커녕 마치 환대라도 하듯 활짝 열린 모습으로 나를 맞이하는 것이 대단히 부적절해 보이기까지 했다. 무릇 죄수는 겉보기에 보통의 방처럼 꾸며진 감방보다 육중한 철장으로 둘러싸인 고전적인 감방에서 더 큰 위안을 얻는 법이다. 하지만 내가 느낀 이 첫인상은 일부만 옳았다.

호송차에서 내린 나는 그 마을 서기관의 손에 인계되었다. 그는 바짝 마른 체격에 귀가 어둡고 누런 얼굴에 검은 콧수염을 뾰족하게 기른 남자로, 사냥꾼들이 입는 외투를 걸치고 있었다. 이어서 나는 마을의 시장과 군경 책임자에게 소개되었고, 이곳까지 나를 호송한 군인들과 작별인사를 했으며, 그들이 서둘러 돌아가자, 마침내 길 한가운데 혼자 남겨졌다. 그제야 나는 오는 길에 본 풍경이 마을의 전부가 아님을 알게 되었다. 마을은 도로 양편으로 벌레가 기어가듯 구불구불한 길들이 끝없이 이어지고 있었다. 길들은 계속 뻗어나가다 갑자기 두 협곡 사이의 산등성이로 뚝 떨어지는 듯싶더니 또다른 협곡 사이로 떠오른 뒤 갑자기 끝나버렸다. 내가 처음에 보았다고 생각한 전원 풍경은 더이상 보이지 않았다. 그곳은 사방이 흰색 점토로 된 가파른 경사지였는데, 경사지마다 집들이 마치 허공에 달린 듯, 아슬아슬하게 버티고 있었다. 그 주위를 다시 나무 한 그루, 풀 한 포기 찾아볼 수 없는 흰색 점토의 땅이 마치 달 표면의 분화구 같은 무늬를 이루며 무너져 내리고 있었다. 계곡 위로 불안정하게 자리잡은 집들은 거의 대부분 벽에 금이 가 있고, 금방이라도 내려앉을 기세였다. 집마다 문에 삼각형의 검은 깃발을 달고 있었는데, 어떤 것은 새 것이고 어떤 것은 햇볕과 비로 빛이 바랬다. 꼭 마을 전체가 마치 죽은 영혼을 위로하는 위령제를 맞아 조기弔旗를 달고 있는 듯했다. 나중에야 안 사실인데, 그 집에 죽은 사람이 있으면 문에 깃발을 드리우는 것이 이 지방 풍습이며, 한번 내걸린 깃발들은 앞선 것들과 함께 시간 속에서 바래간다는 것이다.

마을에는 이렇다 할 가게나 호텔이 없었다. 마을 서기관은 내가 제대로 된 숙소를 마련할 때까지 자기 형수의 집에 머물도록 했는데, 과부인 그의 형수는 이따금씩 찾아오는 방문객들에게 방을 내주고, 음식을 해주었다. 그 여자의 집은 마을 입구 근처에 있었는데 시청에서 겨우 몇 걸음 떨어진 곳이었다. 나는 찬찬히 살펴보지도 않고 서둘러 가방을 끌고 검은색 깃발로 둘러쳐진 과부의 집으로 들어가 부엌에 자리를 잡고 앉았다. 나의 개 바로네Barone가 뒤를 따랐다.

부엌에는 수천 마리의 파리떼가 버글거리며 허공을 검게 채웠고, 또다른 수천 마리는 벽에 붙어 있었다. 늙은 누렁개 한 마리가 엄청나게 지루하다는 표정으로 바닥에 늘어져 있었다. 마찬가지로 과부의 창백한 얼굴에서는 지루함과 더불어 오랜 세월 겪어온 불의와 공포에서 비롯되었을 것이 분명한 삶에 대한 환멸이 서려 있었다. 중년의 그 여인은 농촌 아낙네의 입성이 아니라 제법 말끔한 옷차림을 하고 있었고, 머리에는 검은 베일을 쓰고 있었다. 그녀의 남편은 삼 년 전에 불운한 죽음을 맞았다. 시골의 마녀가 사랑의 묘약으로 남편을 홀렸고, 그는 마녀의 정부情夫가 되었다. 계집아이가 하나 태어났고, 그제야 그 남자는 이 죄 많은 관계를 끊고자 했다. 그러자 마녀는 또다른 묘약으로 그를 죽이려 했다. 남자의 병은 오래 갔으며, 의학으로는 그 정체를 밝힐 수 없었다. 남자는 점점 쇠약해졌고, 낯빛은 어두워져 구릿빛을 띠더니 검게 변했고 결국 숨을 거두었다. 정숙한 귀부인이었던 그의 아내는 몇 푼 안 되는 돈, 그리고 열살배기 아들과 남겨졌다. 그렇게 해서 그녀는 방을 세놓게 되었고, 귀부인과 농촌 아낙네 사이의 지위에 놓이게 되었다. 그녀는 농부들의 빈곤함과 귀족들의 세련된 매너를 동시에 지니고 있었다. 아들은 포텐차의 신학교에서 교육을 받고 있었다. 내가 그 집에 갔을 때, 그는 마침 방학을 맞아 집에 와 있었는데, 말이 별로 없고 유순하며 점잖은 젊은이였다. 머리를 밀고, 회색 교복의 단추를 턱 밑까지 여며 입는 품새에서 신학교를 다니고 있음을 바로 알 수 있었다.

내가 과부의 부엌에 들어가 이 마을에 대해 묻기 시작하기가 무섭게 문을 두드리는 소리가 들려왔다. 예닐곱의 농부들이 들어가도 되는지를 조심스럽게 물었다. 검은 모자를 쓴 그들의 어두운 눈동자에는 예사롭지 않은 심각함이 서려 있었다. "방금 도착하셨다는 의사 분인가요?" 그들이 내게 물었다. "좀 와주십시오. 상태가 안 좋은 사람이 있습니다." 그들은 내가 왔다는 사실을 시청에서 알게 되었고, 더불어 내가 의사라는 사실도 들은 것이다. 나는 의사인 것은 맞지만, 지난 여러 해 동안 환자를 보지 않았으며, 분명 마을에 다른 의사가 있을 것이니, 내가 가서는 안 될 것 같다고 말했다. 그들은 마을에 의사가 없으며 친구가 죽어가고 있다고 대답했다. "의사가 없다는 게 말이 되나요?" "없습니다." 나는 무척 당황스러웠다. 의술을 손에서 놓은 지 몇 년이나 되었는데, 내가 과연 쓸모가 있을지 의심스러웠다. 무리 중에 있던 머리가 허옇게 샌 노인 하나가 내게 다가와 손을 잡고 입을 맞추려 했다. 나는 얼굴을 붉히며 흠칫 뒤로 물러섰는데, 그 이후로도 농부들이 이 같은 행동을 하려들면 똑같이 반응하곤 했다. 이런 행동은 간청의 한 방식일까 아니면 봉건제의 잔재일까? 어쨌든 나는 자리에서 일어나 그들을 따라 환자를 보러 갔다.

환자가 있는 집은 멀지 않았다. 그는 신발에서부터 모자까지 옷을 전부 갖춰 입은 채 일종의 들것에 실려 문 가까이, 흙바닥에 눕혀 있었다. 방 안이 너무 어두워서 나는 간신히 신음하며 흐느끼는 아낙네들을 알아볼 수 있었다. 남자와 여자, 아이들이 길에서부터 무리를 지어 나를 따랐고, 내가 집 안으로 들어오자 주위를 에워쌌다. 조각조각 들려오는 말을 맞추어보니, 환자는 노새의 등에 실려 이곳에서 25킬로미터 떨어진 스틸리아노까지 의사를 보러 갔다가 몇 분 전에야 다시 집으로 옮겨진 상태인데 이곳 갈리아노에도 의사들은 있지만 그들은 개나 진료하면 모를까 제대로 된 기독교도라면 찾아갈 사람들이 아니라는 것이다. 스틸리아노에서 만난 의사는 환자를 보더니 집에 돌아가 죽기를 기다리라고 말했고 그것이 전부였다. 그렇게 해서 환자는 다시 집으로 돌아왔으며, 지금 나에게 살려달라고 부탁하는 것이다. 죽음의 문턱에 있는 남자를 앞에 두고 내가 할 수 있는 것은 별로 없었다. 과부의 집에서 찾을 수 있는 피하주사기를 이용해 나름대로 최선의 처치를 했지만 남자가 회복할 수 있으리라 기대하기는 어려웠다. 급성 말라리아로 이미 몸이 견뎌낼 수 없을 만큼 열이 오른 상태였다. 흙빛으로 변한 얼굴로 남자는 들것에 누운 채 아무 말도 못하고 고통스럽게 숨을 내쉬었고, 흐느끼는 동료들이 주위를 둘러싸고 있었다. 잠시 후, 남자는 숨을 거두었다. 모여 있던 사람들은 내가 나갈 수 있도록 길을 터주었고, 나는 혼자 마을 광장으로 향했다. 광장 주위로 협곡과 계곡 사이의 전망이 산타르칸젤로Sant'Arcangelo 방향으로 한눈에 펼쳐졌다. 저물녘 태양은 칼라브리아 산봉우리 뒤로 사라져가며 그림자를 드리우고, 저 멀리서 보이는 농부들은 마치 난쟁이들처럼, 노을 속에서 사방으로 뻗어가는 작은 흙길을 따라 집으로 돌아가는 발걸음을 재촉하고 있었다.

광장은 사실 마을로 들어오는 유일한 도로가 갈리아노의 윗동네에 이르러 조금 넓어진 정도에 지나지 않았다. 이어 길은 짧은 오르막을 지나 내리막으로 치닫고 갈리아노의 아랫동네가 모여 있는 또다른 작은 광장 끝에 다다른다. 아랫동네는 가파른 절벽 끄트머리에 자리잡고 있었다. 집들은 모두 광장 한쪽 편에 모여 있고, 반대편에는 보병의 묘혈Fossa del Bersagliere이라고 알려진 낭떠러지 위로 낮은 벽이 둘러져 있었다. 낭떠러지의 이름은 아주 옛날 피에몬테에서 길을 잃은 군사 하나가 산적떼에게 포로로 잡혀 이곳에서 낭떠러지 아래로 던져진 데서 유래된 것이다.

저녁이 되어 까마귀들이 하늘을 날면, 마을의 귀족이라 할 만한 사람들이 그날의 풍문을 나누기 위해 광장으로 하나둘 모여들었다. 그렇게 매일 저녁 마실을 나와 낮은 담벼락 위에 모여 앉아서는 지는 해를 등지고 싸구려 담배를 태우며 새로운 소식을 기다리는 것이었다. 그 반대편에서는 들판에서 돌아온 농부들이 자기들 집 벽에 등을 기대고 서 있곤 했는데, 그들이 말하는 소리는 들을 수 없었다.

시장이 나를 알아보고 알은체를 했다. 그는 살집이 좋고 풍채가 과하게 큰 젊은이로 기름을 발라 뒤로 빗어넘긴 머리카락이 앞이마 위에 헝클어져 있었고, 피부색은 노르스름하며, 수염을 기르지 않은 얼굴에, 자기만족과 교활함이 묻어나는 검은 눈동자를 기민하게 굴리고 있었다. 체크무늬의 승마바지에 짧은 조끼, 목이 긴 장화를 신고 있었으며 손으로 작은 채찍을 만지작대고 있었다. 그는 루이지 마갈로네Luigi Magalone '교수'로 불렸는데, 사실 초등학교 교사에 지나지 않았고, 주된 업무는 갈리아노에 유배된 정치범들을 감시하는 일이었다. 이 업무를 그는 매우 열심히 수행했는데, 나 역시 그의 감시 대상이었으므로, 이내 그것을 실감할 수 있었다. 마테라Matera 도청 당국자가 가장 젊고 열성적인 파시스트 시장이라고 묘사한 자가 바로 이 남자 아니었을까? 그는 나를 만나자마자 거대한 몸집과는 어울리지 않는 가늘고 새된 가성의 목소리로 그 사실을 확인해주었다. 내가 대단하다고 추어올리자, 마치 화답이라도 하듯 교수는 마을에 대한 몇 가지 정보와 앞으로 나의 행동거지에 대한 충고를 늘어놓았다.

마을에는 정치범이 열두어 명 있는데, 그들을 만나는 것은 절대로 금지되어 있으며, 어쨌든 그들은 별로 중요하지 않은 인물들로 노동자거나 뭐 그런 부류인 반면 나는 누가 봐도 지체 높은 귀족임을 알 수 있다는 그런 내용이었다. 그는 자신의 권위를, 귀족이자 화가이자 의사이며 교양인인 누군가에게 행사하고 있다는 점에 우쭐해하고 있었다. 그 자신도 교양 있는 사람이라는 사실을 나에게 확신시키려고 매우 애를 썼다. 나를 잘 대접하고 싶은데 그 이유는 자기와 나 모두 같은 계급에 속하기 때문이란다. 그런데 어쩌다가 체포가 되었나? 하필 다른 때도 아닌, 조국이 위대한 도정에 나선 이때에 말이다. 마지막 말을 할 때 그는 조금 망설이는 기색이었는데 아비시니아 전쟁*이 이제 막 시작되었기 때문이다. "모든 것이 잘 되기를 바랍시다." "네, 그러기를 바랍시다." 어쨌든 교수의 말대로라면, 나는 여기서 잘 지내게 될 것이었다. 이 마을은 건강하고 한창 번성하고 있다는 것이다. 말라리아가 돌고는 있지만 별 거 아니다. 대부분의 농부들은 땅을 소유하고 있고, 극빈자 명단에 오른 사람들은 거의 찾아볼 수 없다. 이 지방에서 가장 풍요로운 마을 중 하나라고 할 수 있

---

* 아비시니아는 오늘날 에티오피아를 가리키는 옛 이름으로 이탈리아는 두 차례에 걸쳐 에티오피아를 침공했다. 1895년 첫번째 침공에서 패배한 이탈리아는 식민지 확장 계획이 좌절되었고, 서구 열강의 경쟁 대열에서 낙오된다. 이후 1935년 이탈리아는 국제연맹과 강대국의 묵인 아래 에티오피아를 다시 침공하여 식민지화했고, 이는 이후 2차 세계대전의 불씨가 되었다. 여기서는 2차 침공을 일컫는다.

다. 하지만 좀 피곤한 일을 겪을 수밖에 없을 텐데, 혀 놀림이 사악한 사람들이 많이 있으니 아무도 믿지 않는 편이 좋다. 그 자신도 적이 많다. 어떤 농부를 진료했다는 말을 들었는데, 젊은 의사가 이 마을에 온 것은 행운이 분명하다. 의사가 오다니. 환자를 보는 일을 꺼려한다는데 절대적으로 진료 활동을 해야 한다. 지금 막 광장 맞은편에서 이쪽으로 걸어오고 있는 그의 연로한 삼촌, 닥터 밀릴로Milillo가 이 마을의 공식적인 의사다. 하지만 걱정할 필요 없다. 자기 삼촌은 젊은 의사와 경쟁하는 것을 싫어하지 않을 것이다. 모쪼록 삼촌은 무시해도 좋다. 경계해야 할 인물은 조금 떨어진 마을에서 이곳을 드나드는 다른 의사다. 그는 대단한 파렴치한으로, 자신은 내가 그 의사란 작자의 환자들을 전부 가져간다면 정말 기쁠 것이고 그렇게 되면 교수 자신은 내 편을 들어줄 것이란다.

닥터 밀릴로가 소심하게 다가왔다. 그는 일흔을 앞둔 노인으로 양 볼은 축 늘어지고, 늙은 사냥개처럼 젖은 눈망울을 하고 있었다. 부자연스럽고 굼뜬 움직임은 나이가 들어서라기보다 타고난 듯했다. 손을 떨었으며, 지나치게 긴 윗입술과 그 아래 매달린 듯한 아랫입술 사이로 떠듬떠듬 말을 내뱉었다. 내가 느낀 첫인상은 완전히 노망든 늙은이였다. 그에겐 나의 등장이 별로 달갑지 않은 게 분명했다. 나는 그를 안심시키고자, 내 자신은 환자들을 진료할 생각이 전혀 없으며 오늘 죽어가는 남자를 보러 간 것은, 처지가 너무나 절망적이고 이 지역에 의사가 있는지를 몰랐기 때문이라고 말했다. 내 말에 닥터 밀릴로는 눈에 띄게 기분이 나아졌다. 그리고 그의 조카가 그랬듯, 기억 구석구석을 더듬어 너무나 오래 전 대학 다닐 때 배운, 지금은 쓰이지 않는 의학 용어들을 주워섬기며 자신도 교양 있는 사람이라는 것을 증명해 보이고자 애썼다. 그 표현들은 다락방에 처박아놓은 승리의 트로피 같았다. 그가 더듬거리며 하는 말을 듣고 한 가지 사실만은 분명해졌는데, 예전에는 몰라도 지금은 그에게 더이상 어떤 의학적 지식도 없다는 것이었다. 나폴리 학파의 빛나는 가르침은 그의 기억에서 희미하게 사라져갔고, 단조롭고 무료한 일상 속에서 녹아내렸다. 그가 잃어버린 능력의 잔해가 무기력의 폐허 속에서 키니네[Chinina*]로 이어지는 바다 속을 무분별하게 떠다닐 뿐이었는데, 그는 모든 질병은 키니네로 고칠 수 있다고 믿고 있었다. 나는 과학이라는 위험천만한 주제에서 그를 구해내어, 마을과 마을 주민들, 그들의 생활에 대해 질문했다.

"착한 사람들이지요, 미개하기는 하지만. 무엇보다도 여자들을 좀 보시오. 당신은 젊고 잘생겼으니 여자들에게서 아무것도 받아선 안 돼요. 포도주건 커피건 아무것도 받지 마시오. 분명히 그 안에 무엇이 됐건 간에 마법의 약을 넣었을 테

---

* 키나나무에서 얻어지는 말라리아 치료제.

니. 여기 여자들은 분명 당신한테 반할 테고, 그러면 어떻게든 당신을 홀리려들 거요. 특히 농사짓는 아낙네들에게서 아무것도 받으면 안 돼요. 시장도 내 말이 옳다고 생각할걸. 그들이 쓰는 마법의 약은 매우 위험해. 맛도 아주 이상하지, 아니 사실 역겹다고 할 수 있어요. 무엇으로 만들어졌는지 알고 싶소?" 닥터 밀릴로는 마침내 정확한 과학적 용어를 생각해낸 것이 기쁜 나머지 내 귀에 대고 떠듬떠듬 속삭였다. "피요, 월경 혀, 혀, 혈." 시장은 목청껏 웃었는데 꼭 닭이 꼬꼬대는 것 같았다. "그 안에 약초를 넣고 주문을 외우는 거지. 그렇게 만들어지는 거요. 저 무지렁이 아낙네들은 온갖 데에 그 약을 넣는다오. 음료수, 초콜릿, 소시지, 아마 빵을 만들 때도 넣을 거요. 그래요. 월경혈. 그러니 조심하시오!" 세상에나. 나도 모르는 사이 얼마나 많은 마법의 약을 마셨을까! 당연히 나는 이 조카와 삼촌의 충고를 무시했다. 용감무쌍하게도 나는 매일같이 농부들이 권하는 커피와 포도주를 마셨고, 농부 아낙네들이 만든 것일지라도 마다하지 않았다. 만약 그 안에 마법의 약이 들어 있었다면 서로 상충해 약효가 사라졌으리라. 확실히 나는 아무런 해도 입지 않았다. 효과가 있었다면, 그 덕분에 신기하게도 나는 검은 베일로 싸인 피와 흙의 땅, 마법의 열쇠 없이는 누구도 들어갈 수 없는 농부들의 세계 속으로 들어갈 수 있었다는 사실이다.

폴리노 산의 저녁 그림자가 마을에 드리워졌다. 농부들은 모두 마을로 돌아왔다. 집집마다 불을 피웠고 이야기 소리와 염소, 당나귀 울음소리가 새어나왔다. 이 시간이면 마을 광장은 시골 귀족들로 가득 메워졌다. 시장이 적대시하는 그 외로운 의사는 나와 안면을 트고 싶은 마음에 안절부절못하고, 불길한 검은 복슬개처럼 작은 원을 그리며 내 주변을 계속 맴돌았다. 그는 나이가 지긋한 노인으로 배는 나왔지만 풍채는 꼿꼿하고 건장했다. 뾰족하게 기른 턱수염은 희게 새었고, 코 아래 수염은 커다란 입 위로 늘어졌으며, 입 안으로 누런 이가 비뚤배뚤 드러나 보였다. 원한과 불신으로 가득 찬 얼굴에는 오랫동안 억눌러서 거의 만성화된 분노가 엿보였다. 안경을 쓰고, 일종의 검정색 실크해트에 낡고 검은 플록코트, 그리고 닳아빠진 검은 바지 차림이었다. 커다란 검은색 면 우산을 흔들고 있었는데, 이후에도 나는 종종 그가 겨울이든 여름이든, 해가 나든 비가 오든 상관없이, 마치 성스러운 예배소 위에 드리운 차양처럼 그 검은 우산을 머리 위로 활짝 펼쳐들고 폼을 잡으며 다니는 것을 보게 될 터였다. 닥터 지빌리스코Gibilisco는 대단히 성마른 사람이었고, 그의 권위는 슬프게도 이미 상당히 흔들린 상태였다.

"농부들은 우리 말을 듣지 않아요. 아파도 우리를 부르지도 않는다고." 마치 교황이 이단을 비난하듯 씁쓸하고 분노에 찬 어조로 그가 말했다. "게다가 돈도 내지 않는다오. 치료는 받고 싶고 돈은 내고 싶지 않아 한다고. 하지만 그들도 곧 알게 될 거요. 당신도 오늘 봤듯이 환자가 우리를 부르던가? 스틸리아노에도 가고, 당신도 불렀지만 결국 죽고 말았지. 잘 죽었다." 이 의견에는, 좀 덜 신랄하긴 했지만 닥터 밀릴로도 생각을 같이했다. "그들은 노새처럼 고집이 세지요. 그래, 자기들 방식을 고집하지. 우리가 키니네를 주고 또 줘도 가져가지를 않는다고. 저들의 똥고집에는 약도 없다오." 닥터 밀릴로의 말이다. 나는 닥터 지빌리스코에게 그와 라이벌이 될 생각이 전혀 없음을 설득시키려 노력했지만, 그는 계속해서 의심의 눈초리를 거두지 않았다. 화도 가라앉지 않은 듯했다. "그들은 우리를 믿지 않는단 말이오. 그들은 조제약을 믿지 않아요. 물론 약이 구색을 다 갖춘 건 아니니, 없으면 다른 걸로 대신할 수 있지. 만약 모르핀이 없으면 아포모르핀*을 쓰면 되고." 지빌리스코 역시 자신의 지식을 과시하고 싶어했지만 나는 이내 그의 무지함은 밀릴로 노인보다 더 심각하다고 결론지을 수밖에 없었다. 아는 것이라곤 아무것도 없이, 되는대로 아무 말이나 하고 있었다. 그가 아는 한 가지가 있다면, 농부들은 그의 주머니를 채우기 위해 존재한다는 사실이었다. 그가 손을 댄 농부들은, 그의 손을 피해간 농부들의 몫까지 지불해야 했다. 그에게 의술이라는 과학은 특권이자, 농노들의 생사를 관장하는 봉건적 권리에 다름 아니었다. 결국 그의 가난한 환자들은 그를 떠났고, 때문에 그는

* 구토를 유도하는 약물.

농부들 전체를 향해 야수 같은 분노에 만성적으로 사로잡혀 있었다. 그의 진료가 늘 치명적인 결과로 이어지지 않은 까닭은, 그에게 어떤 선의가 남아 있었기 때문이 아니라, 사람을 기술 좋게 죽이기 위해서는 최소한의 과학적 지식이라도 있어야 하기 때문이라고 보는 것이 옳았다. 어째서 이 약을 쓰지 않고 저 약을 써야 하는지 따위에 그는 전혀 관심 없었다. 약에 대해 알지도 못했으며 알고자 하는 마음도 없었다. 약은 그에게 그저 자신의 특권을 방어하는 무기에 불과했다. 싸우는 자는 공포를 불러일으키기 위해 그가 선택한 무기로 무장하는 법이다. 그게 석궁이 되었든, 검이 되었든, 권총이 되었든 혹은 심지어 말레이 단검이 되었든 간에 말이다.

지빌리스코의 특권은 대물림된 것이었다. 그의 아버지와 할아버지도 의사였고, 한 해 전에 세상을 뜬 그의 형도 자연스럽게 약제사가 되었다. 약국을 물려받을 사람이 없었으니 당연히 문을 닫는 게 도리였지만 마테라 도청에서 공무원으로 일하는 지인을 통해서, 지역 주민들의 복지를 위한다는 명목 아래, 재고로 쌓인 약품이 다 소진될 때까지는 계속 운영해도 좋다는 허가를 얻어냈다. 약국 운영을 맡은 것은 약제사의 두 딸이었는데, 약학을 공부한 바도 전혀 없으며, 독극물을 다루는 면허도 없었다. 물론 재고가 소진되는 일은 일어날 리 만무했다. 약품 상자가 반쯤 비워지면, 인체에 무해한 다른 가루들을 섞어서 채웠는데, 좋게 보자면 어쨌든 약물을 과다 복용하는 위험은 조금이나마 줄였다고 하겠다. 하지만 농부들은 여전히 고집스럽고 불신에 차 있었다. 그들은 약국을 찾지도 않았고, 의사에게 가지도 않았다. 그들은 봉건적인 권리 따위는 인정하지 않았던 것이다. 그러자 말라리아가 마치 정의를 집행하듯 그들의 목숨을 앗아갔다.

나는 근처를 어슬렁거리거나 조용히 담장 위에 앉아 있는 신사들에 대해서도 알게 되었다. 말쑥한 헌병대 대장이 막 내 앞을 지나갔는데 그는 아풀리아 출신의 젊은이로 포마드 기름을 바른 머리에, 얼굴 표정은 퉁명스러웠다. 또한 엄청나게 광을 낸 구두에, 우아한 제복을 허리에 바짝 조여 입은 몸에서는 향수 냄새가 진동했다. 그는 늘 무언가 못마땅한 표정으로 서두르는 기색이었다. 나와는 별로 말을 섞지 않았고, 무슨 위험한 범죄자라도 되는 듯 나를 멀찍이서 지켜만 보았다. 사람들이 귀띔해주기를, 그는 여기 온 지 삼 년이 되었으며 그동안 사만 리라가 넘는 돈을 모았는데, 농부들에게 공권력을 교묘하게 행사해 벌금을 한 번에 10리라씩 받아낸다는 것이다. 그는 마을의 산파 여인을 정부情婦로 두었는데, 그 여자는 키가 크고 마른 체형에 늘 몸이 한쪽으로 비스듬히 틀어진 자세였고, 크고 빛나면서도 나른한 듯 낭만적인 두 눈과 말처럼 긴 얼굴의 소유자였다. 그녀는 항상 뭔가 분주해 보였고, 말투와 몸짓은 어딘지 모르게 감상적이고 원숙한 데가 있어서, 꼭 작은 마을의 카페에서 노래를 부르는 여가수를 연상시켰다.

헌병대 대장은 시장의 오른팔이었는데, 걸음을 멈추고 시장에게 뭔가를 한참동안 이야기하곤 했다. 나는 그들이 내용을 알 길 없는 대화를 길게 나누는 모습을 자주 보았는데, 아마도 그런 방법으로 자신들의 권위를 극대화하며 질서를 유지하는 게 아닌가 싶었다. 말을 마치고 나면 그는 우리를 직시하면서 정부의 집을 향해 길을 따라 내려갔다. 아니, 어쩌면 소문처럼 그는 정부의 집 대신, 바로 뒤 지정 거주지에 살고 있는 시칠리아 출신의 아름다운 마피아 여인에게 갔을 수도 있다. 그녀는 흑단 같은 머리에 분홍빛 살결을 가진 눈부시게 아름다운 존재였다. 그녀의 고향 풍습대로 자신의 아름다움을 철저하게 집 안에서만 드러내었기 때문에 실제로 제대로 본 사람은 없었다. 보통의 경우라면 매일 시청에 가서 서명을 해야 했지만, 그녀는 예외적으로 일주일에 한 번, 수수한 차림새로 그 미모를 감추고 시청에 가는 것이었다. 헌병대장이 그녀를 대하는 태도는 겉으로 보기에는 매우 신사적이었지만, 그만큼 위협적이기도 했다. 시칠리아의 정숙한 여인을 정복하는 것이 제아무리 어렵다지만, 법적인 권위로 무장한 힘 앞에서, 베일에 싸인 미모의 그녀도 오랫동안 저항하기는 어려웠을 것이다. 소문에 따르면, 고향 시칠리아에서는 이미 많은 남자들이 그녀의 명예가 더럽혀진 것에 복수를 준비하고 있다고 했다.

광장 한가운데 유행이 지난 더블버튼 조끼에 검은 옷을 입은 세 명의 신사들은 모두 지주였는데, 우수에 찬 동시에 대단히 중요한 일을 하는 듯한 표정으로 조용히 담배를 태우고 있었다. 그로부터 약간 떨어진 곳에는 지적인 얼굴에 마른 몸집을 한 노인이 서 있었는데 그는 이 지역에서 가장 부자라고 알려진 변호사 S였다. 그의 모습에선 세상에 대한 환멸과 불신, 우울함이 물씬 배어났다. 하나뿐인 아들이 한 해 전에 죽자, 그의 아름다운 두 딸인 콘체타Concetta와 마리아Maria도 그때부터 집 밖으로 한 발짝도 나오지 않았다. 심지어 미사에도 가지 않았다. 이 지방의 풍습이 그러했는데, 적어도 상류층 가정에서는 아버지나 오빠 혹은 남동생이 죽으면 여자들은 삼 년 동안 문밖출입을 삼갔다. 변호사 S 너머로 가슴팍까지 흰 수염을 길게 기른 노인의 모습이 보였는데, 그는 퇴직한 우체국장으로 닥터 지빌리스코의 오래된 친구였다. 이름이 포에리오Poerio로, 갈리아노의 그 유명한 애국자 가문의 마지막 자손이었다. 그는 귀가 먹고, 오랫동안 병마에 시달린 상태였다. 소변도 잘 못 보았고, 심하게 야위어 살 날이 얼마 남지 않은 기색이 역력했다.

이런 정보들은 젊고 유쾌한 변호사인 P에게서 얻은 것이다. 그는 무리에 합류하자마자 곧바로 나에게 자신은 몇 년 전에 볼로냐 대학에서 학위를 땄다고 소개했다. 그가 변호사가 된 것은 학구열이 높거나 직업적 야망에 불타올랐기 때문이 아니다. 오히려 그는 그 반대에 가까운 사람이었다. 하지만 그의 삼촌은 그가 대학에서 공부를 한다는 조건 하에 집과 땅을 물려주었고, 그래서 그는 볼로냐로 공부를 하러 갔다. 대학시절은 그의 인생에서 가장 흥미진진한 때였다. 학위를 딴 뒤 상속받은 부를 누리기 위해 고향 마을로 돌아온 그는 자신보다 나이가 많은 여인을 만나 결혼했고, 다시는 이곳을 벗어나지 못했다. 그가 하루 종일 하는 일이라곤 이 촌구석에서 학창시절에 누리던 생활을 어떻게든 지속시키려 애쓰는 것뿐이었다. 도대체 그의 학창시절이 어땠냐고? 카드놀이와 술을 건 도박, 광장에서의 잡담과 저녁나절 포도주 창고 순례. 그는 이미 볼로냐에서 지낼 때 삼촌이 약속한 유산의 상당 부분을, 자기 소유가 되기도 전에 도박으로 탕진했다. 그의 땅은 저당잡혔고, 수입은 보잘것없으며, 가족은 불어나고 있었다. 하지만 그는 여전히 볼로냐의 학생처럼 방탕하고 유쾌했다. 광장 반대편에 시끄럽게 떠드는 남자 하나는 그의 술동무이자 카드놀이 친구였는데, 학교의 대체교사로 일하고 있었다. 이날 저녁 그 남자는 이미 꽤 취한 상태였다. 그는 대개 아침나절부터 저녁까지 취해 있었다. 포도주를 과하게 마시면 사납게 화를 내며 말싸움을 벌이곤 했고, 수업을 할 때면 마을 반대쪽에서도 그가 학교에서 고함치는 소리를 들을 수 있었다.

갑자기 모든 사람들이 일어나더니 우체국 쪽으로 우르르

몰려갔다. 나이든 여자 집배원이 편지와 서류가 든 자루를 가지고 고갯마루에 모습을 드러낸 것이다. 그녀는 매일 노새를 몰고 우편물을 가지러 사우로 강 교차로까지 다녀오는데, 저 멀리 마테라에서 출발해 아그리 강 계곡까지 운행하는 버스가 덜컹거리며 곡예를 하듯 고개를 넘어 여행자들을 비롯해 각종 짐을 그곳에 내려놓기 때문이었다. 광장에서 우체국으로 몰려간 사람들은, 날카로운 얼굴에 곱사등이인 우체국장 돈 코지미노Don Cosimino가 자루를 열어 우편물을 나눠주기를 기다렸다. 매일 저녁의 행사에 한 사람도 빼먹지 않았고, 나 역시 일 년 내내 그 행사에 참여했다. 사람들이 바깥에서 기다리는 동안 시장과 헌병대장은 공적인 임무를 핑계로 우체국 안으로 들어가서 편지들을 하나하나 호기심어린 눈초리로 살펴보았다. 내가 그곳에서 맞은 첫날 저녁에는 평소보다 우편물이 늦게 도착했다. 이미 날이 저물었고, 나는 어두워진 이후에는 돌아다니는 것이 금지된 상태였다. 사제가 절름거리는 걸음으로 당도했다. 작고 마른 남자로, 머리에 쓴 사제모자에 달린 큼직한 빨간색 술이 마구 흔들렸다. 그에게 인사를 하는 사람은 아무도 없었다. 이제는 정말 돌아가야 할 시간이었다. 나는 휘파람을 불어 나의 개 바로네를 불렀다. 바로네는 새로 머물게 된 이곳의 개와 양, 염소와 새들의 냄새에 신이 나서 겅중거리며 앞서 갔고, 나는 그 뒤를 따라 천천히 과부의 집을 향해 걸었다.

'보병의 묘혈'은 그림자로 가득 찼고, 어둠은 사방으로 펼쳐진 검보랏빛 산들을 장막처럼 뒤덮었다. 하늘에는 부지런한 별들이 떠 있었다. 아그리 강 계곡 너머로 산타르칸젤로의 불빛이 빛나고 있었고 저 멀리까지 보일 듯 말 듯, 모르는 마을들에서 새어나오는 불빛들이 보였다. 아마도 노에폴리Noepoli거나 혹은 세니제Senise일 것이다. 좁은 길을 따라 늘어선 집들의 문간마다 농부들이 어둠 속에 앉아 있었다. 낮에 죽은 남자의 집에서 여인네들의 울음소리가 들려왔다. 알아들을 수 없는 웅얼거림이 내 주위를 둘러싸며 퍼져나갔고 이내 더 깊은 침묵으로 이어졌다. 나는 마치 연못 속에 던져진 돌처럼 하늘에서 뚝 떨어진 것 같은 기분이었다.

'점잖으신 양반들*의 마을이군!' 과부의 집에서 저녁식사를 기다리며 나는 속으로 생각했다. 마음씨 좋은 과부는 여행에 지친 내가 따뜻한 음식을 그리워할 것이라 생각해 불을 피우고 소스 팬을 데우고 있었다. 이 고장에선 부자들도 밤에 불을 피우는 일이 드물었다. 저녁은 점심으로 먹고 남은 빵이나 치즈, 올리브 몇 개와 말린 무화과로 때우는 것이 보통이었다. 가난한 사람들로 말할 것 같으면, 그들은 일 년 내내 다른 요리 없이 빵만으로 만족해야 했다. 이따금 으깬 토마토나 마늘 혹은 기름을 맛보았고, 어쩌다 스페인 고추를 곁들여 먹으면 그것이 바로 악마의 맛, 즉 디아볼레스코

---

* 이탈리아어로는 galantuomini로, 이 말은 농부들을 일컫는 카포니(cafoni)의 반대말이며 지주, 부르주아, 소상공인으로 이뤄진 시골 귀족(signor)을 지칭한다.

diavolesco라고 불리는 별식이었다. '점잖으신 양반들의 마을이야.' 마을에 대한 첫인상은 막연했고, 나는 아직 이 마을의 권력관계나 욕망에 얽힌 비밀 속으로 발을 들여놓지 않은 상태였다. 하지만 마을 광장에 모인 귀족들에게서 느껴지는 무거움에 나는 적잖이 놀랐고, 마찬가지로 그들의 원한과 비난, 대화 속에 내재된 뿌리 깊은 불신에 충격을 받았다. 그들은 자신들의 원초적 증오를 그대로 드러내 보였다. 낯선 사람 앞에서는 어느 정도 조심성을 보이는 게 보통일 텐데, 이들은 나를 보자마자 자신들의 동료라 할 자들의 악덕과 치부를 폭로했다. 확신하기에는 일렀지만, 그라사노에서와 마찬가지로 이 마을에서도 증오는 사람들을 두 편으로 갈라놓고 있었다. 그라사노뿐만 아니라 루카니아 지방 어디를 가든 무능과 빈곤, 때이른 결혼과 재산상의 이해관계, 혹은 그 어떤 운명적 이유 때문에 나폴리나 로마 같은 큰 도시로 나갈 수 없게 된 이 점잖으신 양반들은 자신들의 치명적 권태와 환멸을 막연한 분노와 끝없는 증오로 전환하고, 과거의 감정들을 끊임없이 되살려 지속적인 싸움을 벌이는 것이다. 그렇게 해서 자신들이 붙잡혀 살아가는 이곳, 세상에서 가장 구석진 이 곤궁한 마을에서 그들은 알량한 권력을 확인하는 것이다. 갈리아노는 길도 닿지 않고 사람도 찾지 않는 아주 작은 마을이었다. 이곳에 도사린 욕망 역시 매우 단순하고 기초적인 것이었지만 그 강렬함은 다른 곳 못지않았으며 곧 비밀을 드러낼 열쇠를 찾을 수 있을 거라고 나는 속으로 생각했다.

그라사노는 반대로 꽤 큰 마을이었고, 그 지방을 관통하는 큰 도로 위에 위치해 있었으며, 주요 도시와 그리 멀리 떨어져 있지 않았다. 그래서인지 이곳처럼 주민 모두가 서로서로 접촉하는 일은 드물었다. 당연히 욕망은 좀더 은밀하게 감추어졌고 덜 노골적으로 표현되었으며, 훨씬 복잡한 양상을 띠었다. 그곳의 비밀은 내가 도착한 지 얼마 되지 않아 비밀의 주인공들 중 하나의 입을 통해 온전히 내게 전달되었다. 하지만 이곳 갈리아노의 비밀은 어떻게 알 수 있을까? 갈리아노에서 나는 삼 년을 보내야 했다. 무한대에 버금가는 시간이다. 이 세계는 닫혀 있었다. 귀족들끼리 벌이는 증오와 전쟁이 나날의 유일한 사건이었다. 나는 이미 그들의 얼굴에서 증오가 얼마나 뿌리 깊게 박혀 있는지 알아채버렸다. 그들의 분노는 그리스 비극 버금가게 폭력적이고 참담하며 강렬한 것이었다. 흡사 스탕달 소설의 주인공처럼 나는 실수를 하지 않도록 계획을 세워야 할지 모른다. 그라사노에서 나에게 정보를 제공하던 사람은 파시스트 헌병대의 지휘관인 데쿤토 Decunto 대위였다. 여기서는 누가 될 것인가?

그라사노 헌병대의 지휘관인 데쿤토 대위는, 내가 로마의 감옥인 레지나 코엘리 Regina Coeli 로부터 그곳으로 이송된 바로 다음날 나를 따로 불렀다. 무슨 일이 생길까 두려움에 떨며 나는 그의 부름에 응했다. 당시 나는 바깥세상에서 무슨 일이 벌어지는지 전혀 알 수 없었고, 임박한 아비시니아 전쟁에 대한 그라사노 사람들의 정서에도 무지한 상태였다. 사무실로 쓰는 작은 방에서 나를 맞이한 사람은 작은 키에 세련된 금발의 젊은이였는데 입가에는 씁쓸함이 서려 있고, 먼 곳을 응시하는 듯한 푸른 두 눈은, 두려움 때문이라기보다 일종의 수치심 혹은 역겨움 때문인 양, 그 무엇도 똑바로 보기를 거부했다. 나를 부른 이유는 나와 마찬가지로 예비역 장교 출신인 그가 나에 대해 개인적으로 알고 싶었기 때문이다. 그는 나를 보자마자 서슴없이 자신이 헌병대를 지휘하고 있기는 하지만 경찰이나 군대, 시장이나 이 지역의 파시스트당 당수와 아무런 관련이 없다고 말했다. 파스시트당 당수는 범죄자이고 나머지들도 부역자들이라는 것이다. 그라사노에서의 생활은 견딜 수 없지만 어찌할 도리가 없다. 모든 사람이 야심에 가득 차 있으며, 파렴치하고 폭력적이며 도둑질을 일삼는다. 이곳을 너무나 벗어나고 싶고, 그렇지 않으면 죽을 것만 같아서 결국 아프리카에 파병될 부대에 자원했다. 혹시라도 일이 잘못되어 파국을 맞더라도 상관없다. 자신은 잃을 게 없다는 것이다.

"모든 걸 다 걸 수밖에 없지요." 내 옆으로 비켜가는 눈길을 던지며 대위가 말했다. "이번엔 정말 끝이에요. 아시겠지요? 끝. 만약 우리가 이기면 상황이 나아질 수도 있겠죠. 하지만 영국이 그렇게 놔두지는 않을 겁니다. 바윗돌에 머리를 부딪치는 꼴이지요. 그게 우리의 마지막 카드죠. 만약 행운이 우리 편이 아니라면…." 그는 세상이 끝난다는 몸짓을 지어 보였다. "이길 수 없을 겁니다. 곧 아시게 되겠지만. 하지만 그건 중요하지 않아요. 이렇게 계속 갈 수는 없습니다. 여기서 한동안 지내시겠지만 아직은 이 지역 사정을 잘 모르실 거예요. 직접 판단해보세요. 이곳의 삶이 어떤지 직접 보고 나면, 제가 옳다는 것을 인정하실 수밖에 없을 겁니다…." 나는 그저 듣고 있을 뿐이었지만 훗날, 비록 나를 감시하는 임무를 맡은 사람이지만 그는 정직했고, 그의 비관론과 염세적인 태도는 애정 표현에 다름 아니었음을 인정할 수밖에 없었다. 그는 나에게 호감을 가지고 있었다. 외부인인 내게는 자신의 분노를 허심탄회하게 표현할 수 있었기 때문이다. 내가 마을 꼭대기에 자리한 교회로 올라가 외떨어진 풍경을 바라볼 때마다 그는 슬그머니 내 옆에 나타났다. 밝은 톤의 머리카락과 회색 제복은 그를 유령처럼 보이게 했다. 내 눈길을 피하며 그가 먼저 말을 꺼내곤 했다.

그는 자신이 수세대를 거슬러 올라 백 년, 이백 년 아니 그보다 더 오래 지속되어온 증오의 사슬의 마지막 고리라고 했다. 자신은 가문 대대로 내려오는 이 정념情念에 속박되어 있으며, 그래서 스스로의 심장을 갉아먹는 일 외에는 달리 할 수 있는 게 없다는 것이다. 이곳에서 사람들은 지난 수세기 동안 서로를 증오해온 것처럼 앞으로도 늘 그렇게, 똑같은 집, 똑같은 바젠토의 흰 돌, 똑같은 이르시나의 동굴을 배경으로 서로를 증오하며 살아갈 것이다. 지금이야 그들 모두 파시스트들이라지만 그건 아무 의미도 없다. 예전에는 모두 니티Nitti*나 살란드라Salandra**의 당원이었고, 졸리티Giolitti***의 반대자들이었으며, 우익이었다가 또 좌익으로 돌변했고, 산적떼와 한편이다가 일순간 등을 돌렸으며, 부르봉파****를 지지하다가 자유주의자들을 지지하고, 그보다 훨씬 더 옛날에는 또 다른 편의 지지자들로 나뉘었다는 것이다. 하지만 어쨌든 처음에는 귀족과 산적떼 두 세력으로 갈라졌고, 이후 귀족의 아들들과 산적의 아들들로 계속 이어져온 것이다. 파시즘도 이런 양상을 크게 바꿔놓지는 못했다. 사실, 파시즘 이전에 다양한 당이 존재할 때는, 존경받는 인물을 중심으로 하나의 깃발 아래 모여 자신들을 차별화하고 정치적 투쟁을 벌였다.

---

* 프란체스코 니티. 이탈리아의 경제학자이자 정치가로 국회의원과 각종 장관을 역임한 뒤 총리를 지냈다. 자유주의 좌파에 속하고, 1차 세계대전 이후 경제부흥에 힘썼다.

** 안토니오 살란드라. 이탈리아의 보수주의 정치인으로 33대 수상을 역임했다. 이탈리아 반도의 통일을 도모하기 위해 이탈리아가 1차 세계대전에서 영국, 프랑스, 러시아 3자 동맹의 편에서 참전해야 한다고 주장했다.

*** 조반니 졸리티. 이탈리아의 정치인으로 다섯 차례 수상을 역임했으며, 좌파와 자유주의 노동연맹 세력을 이끌었다. 이탈리아 역사상 가장 영향력 있는 정치인 가운데 한 명이다.

**** 프랑스에서 기원하여 혼맥을 통해 스페인과 이탈리아 일대까지 통치하게 된 부르봉 왕가의 지지자들로 프랑스에서는 앙리 4세의 등위를 계기로 루이 14세까지 왕가 혈통을 이어갔다. 나폴레옹의 몰락 이후 다시 루이 18세가 왕위에 올랐으나, 7월 혁명 이후 혈통이 단절되었다. 반면 이탈리아에서는 부르봉가가 나폴리 왕위를 계승하여 이탈리아 통일 때까지 계속되었다.

지금은 그저 익명으로 투서를 보낸다거나, 시청에 압력을 넣거나 부정 청탁을 하는 것 정도가 그들이 할 수 있는 전부였다. 명목상, 파시즘 아래서는 모두가 한편이기 때문이다. "보시다시피 저는 자유주의자 가문 출신입니다. 제 증조부께서는 부르봉 치하에서 옥살이를 하셨어요. 그런데 이 지역 파시스트 당수가 누군지 아세요? 산적떼의 아들입니다. 그래요. 산적떼의 아들이지요. 게다가 그를 지지하는 무리들, 이 마을을 지배하는 그 작자들도 근본이 같단 말입니다. 마테라에서도 마찬가집니다. 국가 최고자문역인 N도 산적떼를 후원하던 집안 출신입니다. 그리고 콜레푸스코Collefusco 남작, 여기 중심 광장에 있는 호화로운 궁전의 소유자이자 소문난 대지주인 그 사람이 누군지 아세요? 다들 아는 사실이지만, 그는 나폴리에 살면서, 이쪽으로는 발길 한번 떼지 않지요. 당신은 모르시겠지만, 1860년에 콜레푸스코 남작 가문은 말 그대로 산적떼의 우두머리였어요. 산적떼에게 돈을 주고 그들을 무장시켰지요." 그의 가느다란 파란 눈이 증오로 번뜩였다.

"당신이 그 궁전 앞 돌로 된 벤치에 앉아 있는 것을 자주 봅니다만, 백 년도 훨씬 더 전에는 남작의 증조부가 당신처럼 저녁마다 바람을 쐬러 그곳에 나와 앉아 있곤 했습니다. 당시 어린아이였던 남작의 할아버지를 품에 안고 나오곤 했는데, 남작의 할아버지는 훗날 의회 대표가 되어서, 여전히 산적떼를 후원했지요. 아무튼 남작의 증조할아버지는 그 의자에서 내 증조부의 친척에 의해 살해되었어요. 그 친척은 팔레제Palese라는 이름의 의사였는데, 그 동생은 약제사였지요. 포텐차에는 그 의사의 증손자들이 아직도 살고 있어요. 그리고 여기 그라사노에는 우리 데쿤토 가문의 자손들이 같은 혈통을 유지하고 있고요. 사연인즉 이렇습니다. 그 당시 자유주의 결사 조직인 카르보나리carbonari*가 이곳에도 존재했는데, 앞서 얘기한 팔레제 형제들, 당신이 알고 있는 목수 가문과 같은 가문인 라잘라 가문 사람 하나, 그리고 루제로 가문 한 사람, 보넬리 가문 한 사람 그 밖의 몇몇이 그 주축을 이루었지요. 콜레푸스코 남작도 자유주의자인 양 행세하며 그들과 함께했습니다. 하지만 남작은 스파이였어요. 그들을 밀고하려고 그 안에 들어간 거죠. 어느날 그들은 무언가를 도모하기 위해 모였고, 모임이 끝나자마자 남작은 집으로 들어가 믿을 만한 하인을 불러, 가장 좋은 말의 등에 태워 포텐차 총독에게 보냅니다. 하인의 손에는 공모한 사람들의 이름이 전부 적힌 편지가 들려 있었지요. 하지만 하인이 떠나는 모습이 눈에 띄고 말았어요. 이미 어느 정도 의심을 사고 있었던 거예요. 이 시간에 왜 그의 하인이 포텐차로 향하는 거지? 그것도 이 일대에서 가장 좋은 말을 타고? 지체할 시간이 없었죠. 빨리 따라잡아서 하인을 멈춰 세우고 배신자

* 1800~1831년 이탈리아에서 조직된 비밀 혁명결사로 '숯을 굽는 사람들'이란 뜻이다. 단원들이 숯을 굽고 파는 숯장사로 위장한 데서 이름이 유래되었다. 자유주의적인 애국주의 성향을 띠었으며 이탈리아 통일운동에 적극 가담했다.

의 가면을 벗겨내야 했습니다. 네 명의 카르보나리가 말에 올라타고 추격에 나섰죠. 하지만 남작의 말이 너무나 빠른지라 한 시간이나 앞서고 있었어요. 네 명의 추격자는 수풀로 뒤덮인 험한 길을 마다하지 않고 지름길을 찾아가며 밤새도록 박차를 가했습니다. 결국 숲의 끄트머리를 벗어나 포텐차 성문 앞에서 그 하인을 따라잡을 수 있었죠. 그들은 말에 탄 채 총을 쏘아 하인이 탄 말을 쓰러뜨렸죠. 말에서 떨어진 하인을 나무에 묶은 다음 몸을 뒤져 남작의 편지를 찾아냈습니다. 남작의 하인은 살려둔 채 거기에 묶어놓고 최대한 속도를 내어 그라사노로 돌아왔지요.

배신자는 처벌을 받아야 마땅했습니다. 카르보나리는 회의를 열고 누가 남작을 처치할 건지 결정하기 위해 제비뽑기를 했어요. 그 임무는 의사 팔레제에게 떨어졌지만, 그의 동생인 약제사 팔레제가 사격 실력이 더 나았고 게다가 아직 미혼이었기 때문에 형을 대신하도록 요청받았습니다. 그 당시 궁전 맞은편에는 집들이 없었어요. 그저 키가 큰 참나무 한 그루가 이어지는 밭과의 경계를 표시하고 있었죠. 때는 저녁 무렵이었습니다. 약제사는 그의 총을 참나무 뒤에 숨기고 남작이 바람을 쐬러 나오기를 기다리고 있었어요. 하늘에는 보름달이 떠 있었습니다. 남작이 모습을 드러냈죠. 하지만 품에 아이를 안고 있었습니다. 그리고 그 돌에 앉아서 아이를 무릎 위에 앉히고 위아래로 흔들어주었죠. 무고한 아이가 다치는 걸 원하지 않았기 때문에 약제사는 잠시 기다렸습니다. 하지만 아이를 내려놓을 기미가 안 보이자 마음을 먹었죠. 그는 명사수였고, 아이가 두 팔을 뻗어 남작을 안고 있는 상황에서도 약제사의 총알은 남작의 이마 한가운데를 명중했어요. 그 일이 있은 뒤 자유주의자들은 모두 몸을 숨겼지만 결국 약제사는 체포되어 형을 선고받았습니다. 그는 포텐차의 감옥에서 숨을 거두고 말았죠. 의사인 형도 감옥에서 오랜 세월을 보내야 했어요. 만약 총독의 아내가 출산 합병증으로 사경을 헤매지 않았었다면, 그 사람도 감옥에서 생을 마쳤을 겁니다. 포텐차의 의사들 중에 아무도 총독의 아내를 치료하지 못하자, 누군가 감옥에 있는 그를 불러낼 생각을 한 거죠. 그는 총독의 아내와 어린 아기까지 살려냈어요. 총독의 아내는 몸이 완쾌되자마자 곧장 나폴리로 가서 여왕의 발아래 몸을 엎드립니다. 의사는 사면되지만 그라사노로 가지 않고 포텐차에 남기로 하죠. 그렇게 해서 그의 후손들이 오늘날까지 그곳에서 살고 있는 겁니다. 약제사가 총알이 비켜가게 하려고 그렇게 조심했던 그 꼬마 소년은 훗날, 아까 말씀드린 것처럼 이탈리아 의회에서 그라사노를 대표하는 첫번째 의원이 되었어요. 그 역시 겉으로는 자유주의자인 척하면서 동시에 산적떼를 도와주었지요. 그의 아들, 그러니까 현재의 남작은 이곳에 얼굴 한번 비치지 않지만, 로마에서 비밀리에 배후조종을 하고 있지요. 그라사노를 지배하고 있는 이 사람들, 죄다 산적떼의 자식놈들인 이들은 모두 그의 휘하에 있는 거예요."

나는 이야기의 내용이 어디까지 진실인지 확인할 길도, 하고 싶은 마음도 없었다. 다만 이 이야기는 그라사노 토박이 귀족 가문들 간에 아직까지 존재하는 원한과 반목의 시작을, 아주 오랜 옛날 숭고한 대의를 위한 싸움과 관련지음으로써, 어느 정도 고귀한 것으로 미화하는 데는 성공했다. 하지만 그건 중요한 게 아니었다. 귀족들 간의 반목은 아버지에서 자식에게로 이어지는 피의 복수와는 사실 아무런 관련이 없었다. 더욱이 현실적인 정치투쟁과도 무관했는데, 비록 겉으로 보기에는 보수주의자와 진보주의자 간의 갈등인 것 같아도 실제는 그와 거리가 멀었다. 양쪽 모두, 매우 당연한 이야기겠지만, 상대편이 최악의 범죄자 집단이라고 비난했다. 이후 데쿤토 대위에게서 들은 이야기는 마을의 권력 구성원들의 입을 통해서 내게 여러 번 다시 전달되었는데, 그들이 강조하는 내용은 데쿤토 대위에게서 들은 것과는 사뭇 달랐다. 진실은, 루카니아 지방 어느 마을에 가든 똑같은 형태의 중상과 비방이 귀족들 간에 난무한다는 사실이다. 마을 상류층들은 예전의 귀족들처럼 신사도를 갖추고 살아갈 만큼 물질적으로 넉넉하지 않고, 능력 있는 젊은이들은 모두 마을을 떠난다. 심지어 자기 길을 찾을 능력도 안 되는 젊은이들도 마찬가지다. 모험심이 강하면 하층민들을 따라 미국행을 택하기도 하고, 그렇지 않으면 나폴리나 로마로 떠나는 것이다. 그리고 돌아오지 않는다. 마을에 남아 있는 사람들은 버려진 자들, 재주도 없고 신체적 결함이 있으며, 능력 없고 게으른 인간들뿐이다. 그러고 나면 탐욕과 무료함이 합세해 그들을 악마로 만드는 것이다. 코딱지만 한 땅에서 나오는 수입으로는 생계를 유지할 수 없으므로, 이 퇴락한 계급은 살기 위해 농부들을 지배하고, 교사, 약제사, 사제, 헌병대 등 마을의 각종 높은 직함들을 꿰차는 것이다. 권력을 소유하는 것은 그들에게는 사느냐 죽느냐의 문제이며 그래서 자신과 혈육들, 그리고 친구들을 높은 지위로 끌어올리기 위해 사력을 다하는 것이다. 이것이야말로 권력을 손아귀에 쥐기 위한, 그리고 남들에게는 절대로 넘기지 않으려는 그들의 끝없는 투쟁의 뿌리이며, 주변 환경의 척박함과 강제된 무료함, 그리고 개인적·정치적 동기들이 한데 뒤섞여 그 투쟁을 더욱 야만적이고 지속적으로 만드는 것이다. 매일 익명의 편지들이 루카니아 지방의 모든 마을에서 마테라의 도청에 당도했고, 도청에서 일하는 사람들은, 말과는 반대로 이런 상황을 전혀 불편해하지 않았다. "마테라에서는 우리의 다툼이 수그러들기를 바라는 척하지만, 사실 온갖 방법을 동원해 반목이 더 깊어지도록 하지요." 데쿤토 대위가 말했다. "로마에서 그렇게 하도록 지시를 받으니까요. 이런 방법으로 그들은 우리를 볼모로 삼고 있는 겁니다. 우리가 희망 아니면 두려움 속에서 자신들의 손아귀 안에 머물도록 말이지요. 하지만 우리가 희망할 게 뭐가 있겠습니까?" 이 말을 할 때 그는 아무것도 없음을 나타내는 특유의 몸짓을 지어 보였다. "여기는 살 곳이 못 됩니다. 인간이라면 이곳을 벗어나야 해요. 그래서 이제 우리는 아프리카로 향하고 있는 거지요. 이번이 마지막 기회예요."

이렇게 말하는 대위의 낯빛은 어두웠고, 아득한 곳을 향하는 눈빛은 무기력한 분노로 흰자위가 드러났으며, 표정에는 절망과 악의가 어른거렸다. 그는 이곳의 사람들, 이곳의 증오, 이곳의 정념에 속한 존재였다. 그 자신이 그들 중에 하나였으며, 그렇게 스스로를 갉아먹고 있었다. 양심과 환멸의 씨앗이 모두 그의 안에 존재했다. 그 자신도 다른 사람들과 마찬가지로 아비시니아 전쟁을, 퇴락해가는 지배계급에게 '살아갈 공간'이 필요하다는 것을 믿고 있었다. 동시에 그는, 서툴고 감상적인 방식이긴 하지만, 이 쇠락을 그리고 이 비참을 이해하고 있었다. 전쟁은 그에게 도피, 파괴적인 세계로의 도피를 의미했다. 이 모험으로 그를 이끄는 동기는 패배하여 완전히 소멸되고자 하는 밑바닥의 욕망이었는데 그가 반복해서 "그게 우리의 마지막 카드지요"라고 읊조릴 때마다 그 말투에서 분명하게 드러났다. 그를 다른 시민들과 구별해주는 한 줄기 희미한 양심의 빛은, 오직 수치심 가득하고 뿌리 깊은 자기불신으로 드러나곤 했다. 그건 봉건귀족들 사이의 오래된 숙원에 그 자신에 대한 증오를 더하는 것이었다. 때문에 그를 가까이서 지켜본 사람이라면, 그에겐 다른 사람들보다 더 지독하게 어떤 악행이라도 저지를 수 있는 능력이 있음을 알 수 있었다. 그로부터 독기와 씁쓸함이 더해진 감상이 비롯되고, 그것은 대위로 하여금 온갖 악한 행동을 할 수 있도록 해주는 것이다. 그는 아마도 좋은 가문 출신 젊은이답게 세상에 대한 순수하고 명료한 가치체계를 훼손하지 않고도 살인, 도둑질, 밀정짓 따위를 얼마든지 저지를 수 있을 것이다. 심지어 그의 근원적인 절망은 그로 하여금 영웅으로 장렬하게 죽음을 맞는 것도 마다하지 않게 할 것이다. 이것이 그에게 아프리카에서의 전쟁이 의미하는 바였다. 전세가 나쁘게 돌아간다 해서 무슨 상관이란 말인가. 모든 세상이 무너져 내려 그라사노에서의 기억마저도, 그 움직임 없는 새하얀 언덕과 쇠락한 귀족들과 산적떼까지 모두 묻혀버릴 테니 말이다.

아무튼 데쿤토 대위가 가진, 그 자신에게는 치명적이라 할 만한 일말의 양심은 매우 드문, 어쩌면 정말 독특한 것일지 모른다고, 과부의 부엌에서 저녁을 기다리는 동안 나는 생각했다. 광장에서 만난 내 새로운 이웃들의 그 아둔하고 적대적이며 탐욕에 가득 찬 자기만족의 면상에서는 단 한 번도 그런 빛을 본 적이 없었기 때문이다. 그들의 욕망이란 눈에 뻔히 드러나 보일 만큼 얄팍했고, 역사적인 뿌리 따위는 찾아볼 수도 없었다. 그들의 욕망은 마을의 경계를 벗어나지 않았으며 말라리아로 얼룩진 회벽 속에 갇혀 있었고 대여섯 채의 집들로 이루어진 울타리 안에서 한껏 부풀어 올랐다. 그 내용이란 매일 먹을 음식이나 당장 써야 할 돈처럼 시급하고도 절망적인 것들이었지만, 그들은 거기에 고상함을 덧

입히려 헛되이 노력하고 있었다. 쩨쩨한 영혼과 황폐한 주위 환경 속에 갇혀서 그들은 과부의 솥단지 안의 김처럼 끓어오르는 것이다. 잔가지로 피운 초라한 불 위에 얹힌 솥 안에서는 묽은 국물이 보글거리고 있었다. 나는 불꽃을 바라보며, 내 앞에 펼쳐질 끝없는 나날에 대해 생각했다. 이제부터 내가 만나는 인간 세계는, 이 음험한 정념의 테두리 안에 제한될 터였다. 그러는 동안, 과부는 테이블 위에 물병과 빵을 올려두었다. 빵은 거친 밀을 빚어 만든 예의 검은 빵이었다. 약 5~6파운드 정도 되는 빵 덩어리는 태양처럼 혹은 고대 아스텍의 태양의 돌처럼 둥근 모양이었고, 그 정도면 족히 일주일은 버틸 양이었다. 부자건 가난하건 빵은 이 지방의 거의 유일한 양식이라 할 수 있었다. 나는 이미 익숙해진 동작으로 빵을 자르기 시작했다. 빵 덩어리는 가슴으로 지지하고, 날카로운 칼을 내 쪽으로 당기되 칼에 턱을 베이지 않으려면 각별히 조심해야 했다. 물병은 그라사노에서 쓰이던 것과 마찬가지로, 농부 아낙네들이 머리에 이고 다니는 페란디나 산産 암포라*였는데, 붉은빛이 도는 황토로 구운 것으로, 고대 여인상의 사기 인형처럼 허리가 잘록하고 가슴과 엉덩이는 풍만하며 작은 팔처럼 양쪽에 손잡이가 달린 모양이었다.

---

* 고대 그리스·로마시대의 항아리 양식. 몸통이 불룩 나왔으며 보통 양쪽에 손잡이가 달려 있다.

나는 손으로 짠 투박한 린넨 천을 앞에 두고 식탁에 혼자 앉아 있었다. 그렇다고 그 공간에 나 혼자만 있었던 것은 아니다. 이따금 길가 쪽으로 문이 열리고 이웃 여인네들이 들어왔다. 그들은 여러 가지 구실을 대었는데, 물을 떠왔다거나, 과부의 빨래를 다음날 강에 가져가야 할지 물으러 왔다는 식이었다. 여인네들은 내가 앉은 식탁에서 멀찍이 떨어진 문가에 모여서 새처럼 재잘댔다. 나를 보지 않는 척했지만 가끔씩 베일 아래 그 검은 눈동자를 내게로 향했다가 황급히 거두는 모양새가 꼭 숲속 동물들 같았다. 아직 그들의 복식에 익숙하지 않았기 때문에—피에트라갈라나 피스티치 같은 곳에서 볼 수 있는 다양함과는 거리가 먼 투박한 종류의 옷이었다—내 눈에는 그들이 다 똑같아 보였다. 얼굴에는 여러 겹으로 접은 베일을 써 등 뒤로 길게 늘어뜨렸고, 무늬 없는 면 블라우스 아래에는 폭이 넓고 어두운 색깔의 종 모양 스커트가 종아리를 덮었으며, 그 아래 목이 높게 올라오는 부츠를 신고 있었다. 여인네들은 꼿꼿하고 위엄 있는 자세로 서 있었는데 그런 자세는 머리에 무거운 짐을 이고 균형을 잡으며 터득한 것이었다. 얼굴의 표정에는 원초적인 근엄함이 서려 있었다. 동작은 무거웠고, 호기심 가득한 검은 눈길이 그런 것처럼, 여성적인 부드러움이 결여되어 있었다. 여자들이라기보다 낯선 군대의 병사들 또는 바람이 흰 돛을 부풀리기를 기다리며 대기하고 있는 검은 함대처럼 느껴졌다. 내가 아낙네들을 쳐다보며 처음 들어보는 사투리로 나누는 그들의 대화를 이해하려고 애쓰는 동안 다른 누군가가 문을 두드렸다. 그러자 여인네들은 치맛자락을 물결처럼 일렁이며 자리를 떠났고, 새로운 인물이 부엌에 들어왔다.

붉은 콧수염을 기른 젊은이는 갈색 가죽으로 마감된 긴 상자를 손에 들고 있었다. 입성은 초라했고 신발은 먼지투성이였지만 셔츠를 갖춰 입고 타이를 매고 있었으며, 머리에는 괴상하게 생긴 모자를 쓰고 있었다. 왕관처럼 높고 둥근 모양에 방수포로 된 챙이 달린 모자는 꼭 예전 원로 학술원 회원들이나 썼을 법한 것이었다. 모자 위에 회색 천을 배경으로 주황색 펠트 천을 덧대어 수놓은 두 글자 U와 E가 선명하게 도드라져 보였다. 내가 무슨 의미인지를 묻자, 그는 세금징수원[Ufficiale Essatoriale]의 머리글자라고 말해주었다. 그는 가죽상자를 조심스럽게 내려놓은 뒤 내가 앉아 있던 테이블에 자리를 잡았다. 주머니에서 빵과 치즈를 꺼낸 뒤 과부에게 포도주 한 잔을 주문하고는 저녁식사를 하기 시작했다. 그의 사무실은 스틸리아노에 있었지만 종종 일 때문에 갈리아노에 오곤 했는데 오늘 저녁은 일이 늦어져 과부의 집에서 하루 묵게 된 것이다. 그에게는 다음날에도 갈리아노에 볼 일이 남아 있었다. 자기의 일에 대해서는 말하기를 꺼려했지만, 가져온 상자 속의 내용물은 흔쾌히 내게 보여주었다. 클라리넷이었다. 한 번도 그의 곁을 떠난 적이 없다는 물건으로, 돈을 받으러 시골 구석구석을 찾아갈 때마다 그는 늘 클라리넷을 가지고 다녔다. 세금징수원이란 직업은 호구지책일 뿐이고 그의 열정은 다른 것이니 바로 음악이었다. 고작 일 년 남짓 연습해서 아직 실력이 출중하다고 할 수는 없지만 끊임없이 노력하고 있다고 했다. 나는 음악을 아는 사람 같아 보이니 한 곡 정도 연주해줄 수 있지만 딱 한 곡만이라고 했다. 시간도 늦었고 옛 친구를 방문해야 하기 때문이라는 것이다. 빵과 치즈는 이미 다 먹었고, 더이상 먹을 것도 없었다. 그가 연주하는 클라리넷은 희미하고 모호한 음정으로 요즘 나온 노랫가락을 뽑아냈고, 동네 개들이 짖는 소리가 추임새처럼 울려 퍼졌다.

음악을 사랑하는 세금징수원이 나가자마자 나와 단둘이 남게 된 과부는 내가 이 낯선 사람과 방을 함께 써야 하는 온갖 핑계들을 늘어놓았다. 선택의 여지가 없었다. "어쨌든 반듯한 사람이에요. 깨끗하고 게다가 농부도 아니고요." 나는 그자와 벗하는 것이 전혀 불편하지 않노라고 과부를 안심시켰다. 이미 나는 낯선 사람과 한방을 쓰는 것에 익숙해진 터였다. 그라사노에서는 프리스코 여인숙에서 지냈는데, 거의 매일 밤 다른 사람을 룸메이트로 맞아야 했다. 방이 고작 두 개뿐이어서, 다른 방이 차면 내 방을 내줘야 했던 것이다. 많은 사람들이 밤을 지내기 위해 그곳을 찾았는데, 그라사노는 중심도로에 위치해 있었고, 프리스코 여인숙은 그 지방에서 가장 좋다고 알려져 있었기 때문이다. 사실 트리카리코에 볼 일이 있는 여행객들은 그 동네의 끔찍한 선술집에서 묵느니 다시 그라사노까지 돌아와서 잠을 자는 편을 택했다.

아풀리아에서 온 외판원들, 나폴리 출신의 배 재배업자, 트럭 운전수와 마부 등 온갖 종류의 사람들이 그라사노의 내 방을 거쳐갔다. 한번은 늦은 밤, 내가 이미 잠자리에 들었을 때, 처음 듣는 요란한 오토바이 소리와 함께 먼지로 뒤덮인 모자를 쓴 오토바이 운전자가 내 방으로 들어왔다. 그는 바로 아벨리노의 니콜라 로툰노Nicola Rotunno 남작이었는데, 그 일대 최고의 땅부자들 중 하나였다. 변호사인 형과 함께 그는 그라사노, 트리카리코, 그로톨레 일대에 방대한 토지를 소유하고 있었고, 그 밖에도 마테라 지방의 여러 도시에 땅이 있었는데, 오토바이를 타고 돌아다니며 소작농 관리인들에게 소작료를 걷고, 농부들에게 빚을 독촉했다. 농부들은 그해 살아갈 방도로 그에게 빚을 졌지만 빚은 곧 눈덩이처럼 불어 한 해 동안의 벌이를 훌쩍 뛰어넘고 일을 할 수 없는 계절이 올 때까지 계속 쌓여 끝내 그들을 삼켜버렸다. 남작은 얼굴에 수염을 기르지 않은 비쩍 마른 젊은이로 코에 걸치는 안경을 쓰고 있었는데, 두 형제가 무자비하기로 소문이 자자했다. 단 몇 리라를 받아내기 위해 농부의 뒤를 쫓는가 하면 거래에서는 가격을 후려쳤으며, 자신의 이익에 봉사할 소작농 관리인을 어떻게 고를지도 잘 알고 있었다. 그 누구에게도 자비 따위를 베푸는 일은 없었다. 한편 그는 열렬한 신자로, 저고리에 남들처럼 파시스트 당원 배지를 다는 대신 가톨릭 액션Catholic Action*의 둥근 배지를 달고 있었다. 나에게는 매우 친절했다. 자신의 옆 침대에 누운 내가 정치범으로 유배생활을 한다는 이야기를 듣자마자 내게 자유를 얻게 해주겠다고 제안했다. '자신에게는 아주 쉬운 일'이라는 것이다. 친한 부인이 경찰국장인 보치니 상원의원의 총애를 받고 있는데, 그 여인은 자신과 마찬가지로 아벨리노 출신이며, 이 도시 근처 유명한 성소에 모셔진 성모 마리아에게 드리는 예배를 함께한다는 것이다. 그렇게 해서 이야기는 성인들과 성소들, 그리고 나 자신도 개인적으로 은혜를 체험한 바 있는 톨베의 성자 산 로코San Rocco까지 이어졌다. 톨베는 포텐차 근처의 마을로, 때마침 매년 8월 초 톨베로 향하는 순례가 막 시작된 때였다. 남녀노소 할 것 없이 인근 전역에서 그곳으로 몰려들었고 밤낮으로 걷거나 나귀를 탄 행렬이 끊이지 않았다. 산 로코 성인의 형상은 성당 위 허공에 매달린 채 순례자들을 맞이했다. "톨베는 나의 것이고, 내가 그를 보호한다." 당시 인기를 누리던 판화 속에서 성인은 이렇게 말하고 있었다. 푸른 하늘을 등지고 두 팔을 벌려 마을을 품은 그는 갈색 옷차림에 머리 뒤로는 금색 후광이 빛나는 모습을 하고 있었다.

* 평신도 가톨릭 운동 단체로 20세기에 활발한 활동을 벌였다.

그라사노에도 친절한 수호성인이 있었는데 바로 빛나는 산 마우리치오San Maurizio로, 마을 아래 예배당에는 머리끝부터 발끝까지 화려한 전사처럼 중무장을 한 성인의 형상이 있었다. 오늘날 바리Bari 지방에서 만드는 것처럼 종이반죽을 이용한 정교한 형상이었다. 화제는 산 마우리치오 성인을 거쳐, 치열했던 성인의 삶과 축복 그리고 그 동반자들로 이어졌고, 성 아우구스티누스와 그의 저서 『신의 도시』*Citta di Dio*, 그리고 그 밖의 몇몇 성인들과 복음서에 관해서도 이야기가 오고갔다. 남작은 예상 밖으로 내가 해박한 지식을 선보이자 적잖이 놀라면서도 만족해했다. 시간이 매우 늦었으므로 나는 졸려서 눈이 반쯤 감겼는데, 그때 남작이 침대에서 벌떡 일어나더니 침대맡 탁자에서 코안경을 꺼내고 신발을 다시 신었다. 그러고는 침대에서 풀쩍 뛰어내려 조용히 내 침대 쪽으로 다가왔다. 그 모습은 꼭 하얀색 긴 가운을 걸친 유령이 내려오는 것 같았다. 내 곁에 바짝 붙어선 남작은 내 위로 큰 십자가를 그리면서 무척 엄숙하면서도 감격한 목소리로 "아기 예수의 이름으로 당신을 축복하노니 편히 잠드시게" 라고 말하는 것이었다. 그러고 나서 다시 한번 십자가를 그리고는 자기 자리로 돌아가 등불을 껐다. 땅부자 남작에게서 예기치 않은 축복을 받은 덕분인지 나는 곧바로 잠들었고 다음날 여느 때처럼 동틀녘 성당 종소리가 양떼들을 들판으로 내몰고, 여관 주인 프리스코가 잠든 아들들을 깨우느라 떠들

썩한 소란을 피울 때까지 푹 잤다.

그날 밤 내가 세금징수원과 함께 써야 했던 과부의 여인숙 방은 프리스코의 여인숙 방보다 훨씬 더 우중충했다. 좁고 긴 형태의 방으로 한쪽 끝에 작게 난 창문으로는 볕이 별로 들지 않았으며, 잿빛 회벽은 먼지가 더께처럼 덮여 있었다. 방 안에는 간이침대가 세 개 있었고, 한쪽 구석에 금이 간 대야와 물병이, 침대 맞은편에는 불안하게 자리잡은 장롱이 하나 놓여 있었다. 파리떼의 흔적으로 검게 변한 전구에서는 희미한 노란 빛이 새어나왔다. 숨 막히는 더위에 파리가 곳곳에 떼를 지어 우글거렸다. 나방이 못 들어오게 창문을 꼭 닫아두었지만 베개에 머리를 누이면 사방에서 쉭쉭대는 소리가 들려왔다. 말라리아가 창궐한 이 지방에서 듣는, 그야말로 소름끼치는 소리였다.

그러는 동안 내 룸메이트는 돌아와서 침대 앞 벽에 모자를 걸고 클라리넷 케이스는 장롱에 넣고 옷을 벗었다. 나는 갈리아노에서 오늘 하루 업무는 잘 보았느냐고 물었다. “아주 나빴어요.” 그가 대꾸했다. “오늘은 세금을 안 내는 사람들의 집에 압류를 하려고 갔어요. 가축을 압류하려고 했는데 아무것도 없는 거예요. 세 집이나 갔는데 세 집 다 침대를 빼고는 가구 하나 없더라고요. 침대에는 손을 댈 수 없고요. 하는 수 없이 염소 한 마리하고 비둘기 몇 마리를 압류하는 데 만족해야 했어요. 돈이라고는 한푼도 없어서 소유권 이전 서류에 붙일 인지대금도 없더라고요. 내일은 두 집에 더 가야 하는데 오늘보다 운이 좋기를 바랄 뿐이죠. 부끄러운 일이에요. 농부들은 아예 돈을 갚을 생각이 없어요. 갈리아노의 농부들은 그래도 대부분은 손바닥만 한 땅뙈기라도 가지고 있잖아요. 마을에서 걸어서 두세 시간은 떨어진 곳이고 땅이 안 좋아서 소출이 나쁠 수도 있어요. 사실 세금이 너무 오르기도 했죠. 하지만 그건 내가 상관할 바가 아녜요. 우리가 세금을 매기는 게 아니니까요. 우리는 그저 그들에게 돈을 내도록 하면 되는 거죠. 농부들이 어떤지 당신도 알 거예요. 매년 우는 소리죠. 빚으로 허리가 휘네, 말라리아에 걸렸네, 먹을 게 없네. 그들의 말에 귀를 기울이면 나도 아주 곤란해질 거예요. 하지만 내겐 할 일이 있으니까. 그들이 돈을 내지 않으면 나는 손에 닥치는 대로, 아무리 값어치 없는 것들이라도 압류를 할 수밖에 없어요. 가끔은 그렇게 해서 고작 기름 몇 병이랑 밀가루 약간을 손에 넣을 때도 있지만 그들은 그것 가지고도 내게 소리를 지르고 눈을 부라리죠. 이 년 전 미사넬로에서는 내게 총을 쏘기까지 했어요. 이 직업은 정말 더러운 일이지만, 어쨌든 먹고살아야 하니까."

이야기를 하며 넌더리를 치는 그를 위로하고자 나는 음악으로 화제를 돌렸다. 그는 곡을 써서 경연대회에 내보내고 싶어했고, 만약 상을 탄다면 세금 걷는 일을 그만둘 계획이었다. 그동안은 스틸리아노의 악단에서 클라리넷을 연주했다. 나는 이 지방 유행가를 가르쳐주거나 아니면 적어줄 수 있느냐고 물었다. 그는 「작고 검은 얼굴」*을 비롯한 당시 유행가 몇 곡을 들어보겠느냐고 권했다. 나는 그것 말고, 농부들의 유행가를 원한다고 했고, 그는 생전 처음 그런 요청을 받기라도 한 듯 잠시 생각에 빠졌다. 멜로디를 들으면 클라리넷으로 한음 한음 연주하며 악보를 적을 수도 있겠지만, 그는 한 번도 농부들의 노래를 들어본 적이 없다는 것이다. 비지아노 지방에서는 농부들이 노래를 하고 연주를 했지만 이 지방에서는 한 번도 듣거나 본 적이 없으며, 교회에서 부르는 노래가 있기는 할 테니 찾아보겠다는 것이다. 사실 나 역시 이곳에 농부의 노래가 없는 것에 주목한 바 있다. 그 어떤 목소리도 땅의 적막을 깨지 않았다. 아침에 농부들이 일을 하러 갈 때나 정오의 태양 아래, 혹은 저녁나절 검고 길게 늘어선 줄을 이루며 나귀와 염소를 몰고 언덕을 내려와 집을 향할 때도 그들은 침묵했다. 딱 한 번, 바젠토 강 쪽에서 들려오는 갈대 피리의 소리를 들은 적이 있는데, 곧 반대편 산에서 또다른 피리 소리가 화답했다. 서로 멀리 떨어진 두 명의 양치기가 마을에서 마을로 양떼를 몰고 다니며 서로를 부르는 소리였다. 이곳 농부들은 노래하지 않았다.

내 룸메이트는 더이상 대답이 없었다. 열기 속에서 계속 붕붕대는 파리떼의 소음을 배경으로 규칙적으로 내쉬는 숨

* 아비시니아 전쟁 기간에 유행한 노래.

소리만이 들려올 뿐이었다. 닫힌 창문 틈으로 초승달의 가느다란 빛줄기가 스며들었다. 달빛은 내 침대 맞은편 벽에 걸린 모자의 U. E. 두 글자에 가닿았고 나는 어둠 속에서 두 글자를 응시하다 스르르 눈이 감겨 잠이 들었다.

이른 아침에 나를 깨우는 소리는 그라사노에서처럼 양떼의 방울소리가 아니었다. 여기는 양치기도 목초지도 없었다. 대신, 포석에 부딪히는 당나귀 굽소리와 염소떼들이 매애 하고 우는 소리에 나는 잠에서 깨었다. 그것은 매일의 순례로, 농부들은 날이 밝기 전에 일어나 서너 시간을 이동해 들판으로 향했다. 그들의 농토는 전염병이 도는 아그리 강과 사우로 계곡, 그리고 저 멀리 떨어진 언덕들의 비탈에 자리잡고 있었다. 이미 내 방에는 빛이 넘쳐들었고, 글자가 새겨진 모자는 사라지고 없었다. 내 룸메이트는 꼭두새벽, 농가의 집주인들이 들판으로 나가기 전에 그들에게 법의 위로를 전하러 간 것이 틀림없었다. 어쩌면 지금쯤 이미 일을 끝내고 모자 가득 햇살을 받으며, 한 손에는 클라리넷을 들고 뒤로는 염소 한 마리를 줄에 묶어 스틸리아노로 돌아가는 중일지도 몰랐다. 문 쪽에서 여자들의 목소리와 아이 울음소리가 들려왔다. 여남은 여인네들이 아이들을 팔에 앉거나 옆에 세우고 내가 일어나기를 참을성 있게 기다리는 중이었다. 내게 아이들을 보이고 진찰을 받으려는 것이다. 아이들은 핏기 없이 말랐으며, 밀랍처럼 창백한 얼굴에는 크고 슬픈 두 개의 검은 눈동자가 빛나고 있었다. 야위고 흰 두 다리 위쪽으로는 배가 북처럼 팽팽하게 부풀어 올라 있었다. 말라리아는 이 지역에서 누구 하나에게도 예외 없이 위세를 떨쳤고, 제대로 먹지 못해 곧 무너져 내릴 것 같은 아이들의 몸속에서도 한창 진행되고 있었다.

나는 환자 보는 일을 피하고 싶었다. 내 일이 아니었고, 능력이 부족하다는 것도 잘 알고 있었다. 게다가 내가 환자를 보기 시작하면 의도하지 않게 이 지역의 시기심 많은 귀족들과 갈등을 빚게 되리라는 것도 알고 있었다. 하지만 이날 아침 나는 더이상 거절할 도리가 없었다. 전날과 같은 광경이 똑같이 펼쳐졌다. 여자들은 나에게 간청을 하고, 나를 축복하며 내 손에 입맞춤을 했다. 나에게 거는 그들의 희망과 믿음은 절대적이어서 나는 어떻게 저럴 수 있을까 싶을 뿐이었다. 어제 내가 보았던 환자는 죽었고 내게는 그를 살릴 능력이 없었건만 여인들은 내가 다른 의사들처럼 돌팔이가 아니며, 그들의 아이를 도울 수 있을 만큼 훌륭한 기독교인이라고 생각했다. 아마도 이런 평가는 내가 이방인이라서 누리는 것인지도 몰랐다. 내가 너무나 먼 곳 출신이라는 사실은 쉽사리 나에 대한 신격화로 이어졌다. 어쩌면, 환자의 상태가 너무나 절망적이었음에도 불구하고 내가 죽어가는 남자를 살리려고 애쓰는 모습을 보였기 때문인지도, 아니면 내가 그 남자에게 진정한 관심과 동정을 보인 첫번째 의사였기 때문인지도 모른다. 나는 그들이 보내는 신뢰가 얼떨떨하기도 하고 부끄럽기도 했다. 그럴 만한 자격이 없었기 때문이다. 결국 몇 마디 조언을 해주고는 그들을 전부 돌려보내고, 나는 그 뒤를 따라 어두운 집으로부터 현기증 나리만큼 빛나는 아침 햇살 속으로 나왔다. 마을의 집들 위로 드리우는 검은 그림자는 움직임이 없었고, 포도 넝쿨 사이로 부는 뜨거운 바람은 먼지 구름을 일으켰다. 그 뿌연 먼지 속에서 동네 개들은 바닥에 엎드려 몸에 있는 벼룩을 털고 있었다.

나는 유배지에서 내가 돌아다닐 수 있는 구역이 어디까지인지 알아보기로 했다. 물론 마을의 경계와 일치할 것으로 짐작할 수 있었다. 그 밖의 구역은 마치 헤라클레스의 기둥* 너머 세상처럼 내게는 접근 불가능한 곳이리라. 과부의 집은 마을의 위쪽 끝에 있었고 거기서부터 조금 넓어진 길이 교회 앞까지 다다랐다. 주변의 가옥들보다 결코 크다고 할 수 없

* 헤라클레스의 기둥은 지브롤터 해협의 동쪽 끝에 솟은 두 개의 바위로, 이 바위 건너에 아틀란티스 섬이 있었다는 전설이 전해져 내려온다.

는 작고 하얀 교회였다. 문 앞에 서 있는 사제는 몇 걸음 앞에서 그를 놀려대는 사내아이들에게 막대기를 흔들며 으름장을 놓고 있었다. 그러는 동안 아이들 몇은 바닥에 있는 돌을 주워 사제 쪽으로 던지기도 했다. 내가 다가가자 아이들은 참새떼처럼 흩어졌다. 사제는 성난 얼굴로 그 뒤에 대고 막대기를 휘두르며 소리쳤다. "저주를 받을 것이다, 이교도 놈들 같으니라고. 교회에서 파문시켜버릴 테다!"그러곤 내 쪽으로 돌아서며 말했다. "이 마을에는 신의 은총이라곤 없어요. 저런 애녀석들을 제외하고는 아무도 교회에 오지 않아요. 저 놈들은 놀려고 오는 거지요. 당신도 보셨죠? 나는 빈 의자에 대고 미사를 봅니다. 사람들은 세례도 받지 않아요. 그러니 그 한심한 밭에서 거둔 수확을 헌금으로 내도록 할 방도도 없지요. 작년 추수에 대한 십일조도 아직 못 받았답니다. 물론 마을에는 좋은 사람들도 있어요. 당신도 보게 될 겁니다."

사제는 마르고 왜소한 노인으로 철사로 테를 두른 안경을 뾰족한 코끝에 걸치고 있었고, 모자에 달랑거리는 붉은색 술은 얼굴에 짙은 그림자를 드리웠다. 안경 너머로 보이는 두 눈은 쏘아보는 듯하다가 일순 날카롭게 빛났고 늘어진 얇은 입술은 일상의 신산함을 드러내 보였다. 그의 구겨지고 더러운 의복의 단추는 반쯤 풀어지고, 옷 여기저기에 얼룩이 묻어 있었으며, 그 아래로 낡은 부츠가 드러나 보였다. 마치 사방에 풀이 웃자라고 불에 그을린 폐가를 보는 것처럼, 그에게는 보살핌을 받지 못한 자의 피로가 느껴졌다. 돈 주제페 트라옐라Don Giuseppe Trajella 사제는 마을 사람 누구에게도 사랑받지 못했다. 나는 전날 저녁나절에 마을 귀족들이 대놓고 그를 욕하는 것을 들은 바 있었다. 그들은 사제를 중상하고 조롱했으며, 도청과 주교에게 계속해서 민원을 넣었다.

“사제를 좀 보세요!” 시장이 내게 말했다. “그는 마을의 수치이자 하느님 집에 대한 살아있는 모독이지요. 그는 늘 취해 있어요. 우리는 아직도 그를 처리하지 못했지만 곧 내치리라 희망하고 있습니다. 적어도 그의 진짜 교구라 할 만한 갈리아넬로Gaglianello에라도 보낼 거예요. 그는 몇 년 전 일종의 속죄 차원으로 이곳에 부임했어요. 신학교에서 학생들을 가르치는 교수였다는데, 학교는 그자가 학생들과 모종의 자유를 누린 대가로,—내 말이 무슨 뜻인지 알죠?—어쨌든 그 벌로 갈리아넬로에 보내버린 거죠. 사실 그자는 이곳 갈리아노에 있을 권리가 없어요. 하지만 우리한테 다른 사제가 없으니까 그냥 두고 있는 거죠. 말하자면 우리가 그 벌을 받고 있는 셈이에요.”

가엾은 돈 트라옐라! 악마도 반했을 만했다는 그의 젊은 시절의 모습은 오래 전에 잊혀졌다. 이제는 두 발로 잘 서지도 못하는, 그저 가난하고 원한 많은 늙은이이자, 이리떼에게 박해받는 한 마리 양일 뿐이었다. 하지만 그 쇠락 가운데서도 분명한 것은 나폴리와 멜피의 신학교에서 신학을 가르칠 당시, 트리카리코의 돈 주제페 트라옐라는 분명 똑똑하고 재기발랄하며 다재다능하고 훌륭한 사람이었다는 것이다. 그는 성자들의 삶에 관한 책을 썼고, 그림과 조각 작품을 창작했으며, 세상 돌아가는 일에 왕성한 호기심을 자랑했으나, 갑작스런 불명예가 닥치자 모든 것과 단절하고 적개심으로 가득한 이 외딴 해안가에 난파선처럼 던져진 것이다. 그는 복수심에 자신을 내던졌고, 스스로의 비참을 키우는 것에서 쓰디쓴 즐거움을 찾았다. 더이상 책과 붓에도 손을 대지 않았다. 세월이 흐르면서 예전에 가졌던 정념들 가운데 단 하나만이 남았는데, 그것은 바로 세상에 대한 적의로 이제는 강박이 되어버렸다. 트라옐라는 세상을 싫어했다. 세상이 자신을 박해했기 때문이다. 그는 아무와도 말을 나누지 않고 혼자 지냈으며, 가족이라고는 아흔이 넘은 어머니가 유일했다. 그 어머니마저 지금은 정신이 맑지 않았다. 그의 유일한 위안거리가 있다면, 아마도 술을 제외하고는 라틴어 경구를 쓰는 것이었다. 그는 시장, 헌병대, 그리고 온갖 기득권층과 농부들을 조롱하는 내용의 라틴어 풍자시를 썼다. "여기 사람들은 당나귀들이나 진배없어요. 기독교인이 아니지요." 나를 교회 안으로 청하며 그가 말했다. "당신은 물론 라틴어를 아시겠죠, 그렇죠?" 그러고는 라틴어로 읊조렸다.

Gallianus, Gallianellus 갈리아노와 갈리아넬로는
Asinus et asellus 당나귀와 그 새끼
Nihil aliud in sella 그들 사이의 안장에
Nisi Joseph Trajella 주제페 트라엘라가 매달려 있네

교회는 회벽으로 둘러싸인 큰 방 정도에 지나지 않았다. 더럽고 관리되지 않은 흔적이 역력했으며 한쪽 끝에는 아무런 장식도 없는 제단이 강단 위에 자리하고 그 옆으로는 설교대가 놓여 있었다. 금간 벽에는 17세기 그림들이 벗겨지거나 찢어진 채로, 아무렇게나 걸려 있었다.

"이것들은 옛날 교회에서 전해진 겁니다. 우리가 건질 수 있었던 전부지요. 당신도 화가이니 잘 보세요. 하지만 그렇게 가치가 나가는 그림들은 아니에요. 지금 교회는 그저 예배당 수준에 불과하죠. 진짜 교회, 천사성모교회Madonna degli Angeli는 마을 반대편 끝에 있었는데, 거기 가면 지금도 산사태의 흔적을 볼 수 있어요. 그 교회는 삼 년 전에 갑자기 무너져서 땅에 묻혀버렸지요. 다행히도 밤중에 일어난 일이라 우리는 목숨을 건질 수가 있었어요. 여기는 항상 산사태가 일어나요. 비가 내리면 땅이 무너져 내리면서 곧 산사태로 이어지죠. 매년 집들이 무너집니다. 사람들이 지지할 만한 벽에 대해 말하는 걸 들으면 웃음이 나와요. 몇 년 지나면 이 마을은 사라질 거요. 완전히 쓸려 내려갈 거라고요. 그 교회가

사라졌을 때는 사흘 연속 비가 왔어요. 지금도 겨울마다 똑같은 일이 벌어지죠. 같은 재앙이 크건 작건 이 마을을 집어삼키고 이 지방의 다른 마을들도 마찬가지죠. 나무도 없고 돌도 없으니. 진흙은 그저 녹아내려 개울물처럼 흐르며 모든 것을 쓸어버리죠. 이번 겨울에는 당신도 직접 보게 될 겁니다. 물론 당신을 위해서라면 그때까지 여기 안 계시길 바라마지 않지만요. 사람들은 흙보다 더 형편없지요. 나는 이 도적떼를 증오해요. 오디 프로파눔 불구스Odi profanum vulgus….*"

사제의 두 눈이 안경 너머에서 반짝였다. "어쨌든, 이 낡은 예배당으로라도 만족해야 했어요. 여기는 종탑도 없어요. 종은 밖에 있는데 장대에 매달아놓았어요. 지붕은 수리가 필요하죠. 비가 새요. 들보도 손봐야 했는데…. 벽에 금간 것 보이죠? 하지만 내가 돈을 어디서 구하겠어요. 교회는 가난하고 마을은 더 가난하지요. 게다가 저들은 기독교도가 아니에요. 신앙심이라고는 없죠. 관습대로 나에게 헌물을 가지고 오는 일도 없는데, 종탑에 필요한 돈은 말해 무엇하겠어요. 돈 루이지 시장을 위시한 그 작자들도 나 몰라라 하기로 작당을 했어요. 그저 약국과 관련해서 음모를 짜느라 바쁠 뿐이지요. 그들이 공개적으로 무슨 일을 하는지 한번 보라지요! 당신도 알게 될 겁니다!"

나의 개 바로네는 그곳이 성스러운 곳인지도 모르고 나

* 나는 평민들을 증오한다는 뜻의 라틴어.

를 기다리다 지친 나머지 머리를 문틈에 끼우고 신나게 짖어댔다. 조용히 시킬 수도, 그렇다고 쫓아보낼 수도 없었다. 나는 돈 트라옐라에게 작별인사를 하고 교회 왼쪽으로 이어지는 길을 따라 걸었다. 길의 끝에는 전날 이미 둘러보았던 마을 변방의 외딴 집들이 자리잡고 있었는데, 여기는 내가 호송차를 타고 빠르게 지나칠 때, 초록의 나무들이 나를 환영하듯 온화하게 펼쳐진 녹지라고 생각했던 곳이다. 이글거리는 아침 태양 아래서 보니, 녹색의 풍경은 눈이 멀 듯 무서운 기세로 볕을 반사하는 회색 벽들과 흙먼지 속에 녹아 사라진 듯했다. 길 양쪽으로 산재한 가옥에는 빈약한 채소밭이 딸려 있고 올리브나무 몇 그루가 자라고 있었다. 대부분 방 하나짜리 집으로 창문도 없어서 햇빛을 받으려면 문을 열어야 했다.

남자들이 일하러 나간 시간이어서 대부분의 문들은 잠겨 있었다. 그 앞쪽에서 젊은 여자들은 아기를 무릎에 앉혀 어르고 나이든 여자들은 양모로 실을 잣고 있었다. 그들은 내가 나타나자 놀란 눈으로 나를 좇았다. 여기저기 발코니가 딸린 이층집들이 눈에 띄었는데 그런 집에는 검고 낡아빠진 나무문 대신 반지르르하게 니스칠이 된 현관문에 놋쇠 손잡이가 달려 있었다. 그 집들의 주인은 '아메리칸'들이었다. 이어서 농부들의 허름한 집 사이로, 최근에 지어진 1층짜리 건물들이 한 줄로 좁게 늘어서 있었는데, 소위 말하는 현대식 건물로 헌병대들의 처소였다. 집들 주위로, 암돼지 몇 마리가 새끼들을 잔뜩 거느리고 게걸스럽게 쓰레기더미를 뒤지고 있었다. 암퇘지들의 주름진 얼굴은 꼭 탐욕스럽고 음험한 노인네들의 얼굴을 연상시켰다. 바로네는 낑낑대는 소리를 내며 알 수 없는 두려움으로 털을 곤두세우고 뒤로 물러섰다.

마을의 마지막 집을 지나 길은 살짝 오르막이 되다가 다시 사우로 계곡으로 내려가는 내리막으로 이어진다. 그 지점에 누런 풀들이 여기저기 웃자라고 땅이 고르지 않은 공터가 하나 있었는데, 바로 이곳이 마갈로네 시장이 만든 운동장이었다. 그곳에서 파시스트 소년단이 훈련을 받고 일반 사람들의 애국 집회가 열렸다. 왼쪽으로 난 길은 인접한 올리브나무 산비탈을 지나 두 개의 기둥과 그 사이의 철문까지 다다른다. 기둥 옆으로는 낮은 벽돌 담장이 이어지고, 그 뒤로 늘씬하게 뻗은 사이프러스 두 그루가 서 있다. 철문을 통과하면 햇빛 아래 하얗게 늘어선 비석들이 눈에 들어온다. 묘지는 내가 돌아다닐 수 있는 영토의 가장 높은 곳에 자리하고 있었다. 이곳에서는 마을 어느 곳에서도 볼 수 없는 탁 트인 전망을 즐길 수가 있다. 비록 갈리아노 전체를 볼 수는 없지만—마을은 돌들 사이에 길게 몸을 숨긴 뱀처럼 구불구불한 모양을 하고 있었으므로—위쪽 마을의 노랗고 빨간 지붕들이, 산들바람에 올리브나무의 회색 잎사귀들이 흔들릴 때마다 그 사이로 비치어 보여, 다른 어느 곳보다 생동감을 느낄 수 있었다. 이 다채로운 전경 너머로 드넓은 황무지가 꼭 공중에 매달린 것처럼 열기로 이글거렸고, 그 단조로운 흰색을 배경으로 여름 하늘의 구름이 변화무쌍한 그림자를 드리우며 지나갔다. 벽 위에 붙은 도마뱀들은 꼼짝도 하지 않았고, 베짱이 두 마리가 주거니 받거니 마치 노래 연습을 하듯 찌르릉 대다가 일순간 조용해졌다.

이 지점을 넘어 돌아다니는 것은 금지되었기 때문에 나는 왔던 길을 거슬러 다시 마을로 향했다. 교회와 과부의 집을 지나 우체국과 보병의 묘혈까지 내려갔다. 교사이기도 한 시장은 이 시간이면 수업을 할 때였다. 그는 교실 앞 발코니에 나와앉아 담배를 피우며 발아래 광장의 행인들 하나하나에게 손을 흔들어주고 있었다. 손에 든 긴 막대기로, 교사가 없는 틈을 이용해 교실에서 소란을 피우려는 사내아이들의 손이나 머리를 창문 너머로 정확하게 때려주었다. 하여 교실은 늘 정숙했다. "날씨가 좋네요, 의사 선생님" 내가 광장에 모습을 드러내자 그가 소리쳤다. 저 높은 발코니에서 손에는 막대기를 들고 아래를 내려다보고 있자니 그는 스스로를 이 마을의 통치자로, 친절하고 인기 있으며 정의롭고 마을 사정일랑 단 하나도 놓치지 않는 그런 통치자라고 생각하는 듯했다. "아침에는 못 뵈었네요. 어디 계셨어요? 산책이라도 가셨나요? 저기 위쪽 묘지로요? 잘 됐네요. 산책도 다니시고, 할 수 있는 한 즐거운 시간을 보내세요! 그리고 오후 다섯시 반 정도에는 여기 광장으로 나오세요. 감히 말씀드리자면,

그 전에 낮잠을 좀 주무셔야 할 겁니다. 제 누이를 소개해드릴게요. 어디로 가시던 길이죠? 마을 아래쪽으로 가시던 길인가요? 그쪽에서 묵을 곳을 찾고 계신가요? 제 누이가 적당한 곳을 찾아드릴 겁니다. 걱정하지 마세요. 당신 같은 분은 농부들 집에서 묵으시면 안 됩니다. 그보다 나은 곳을 찾아드릴 수 있을 겁니다, 의사 선생님! 어쨌든 즐거운 산책이 되시기를 바랍니다!"

광장을 벗어나자 길은 약간 오르막이 되다가 훨씬 작은 또 다른 광장으로 이어졌다. 낮은 집들로 둘러싸인 그 광장 한가운데는 매우 이상한 기념물이 하나 있었는데, 높이는 주변의 집들과 같았지만 그 공간의 협소함 덕분에 어떤 엄숙함마저 느껴졌다. 그것은 공중화장실이었다. 상상할 수 있는 한 가장 현대적이고 사치스러우며, 기념비적인 화장실이었다. 콘크리트로 지어지고 칸이 네 개에, 비를 피할 수 있는 처마가 달린 지붕을 얹은 그 화장실은 최근 들어서야 큰 도시들을 중심으로 보급되기 시작한 그런 종류의 것이었다. 벽에는 생산 회사의 이름이 거대한 정자체로 새겨져 있었는데 도시에 사는 사람들이라면 친숙한 이름인 '렌치-토리노 상사'Ditta Renzi-Torino였다. 아, 이 얼마나 기괴한 상황인지, 그 어떤 마법사나 요정이 이 진귀한 물건을 저 멀리 북쪽에서 던져 여기에 떨어지게 했단 말인가? 화장실이 마치 마을 한가운데 떨어진 운석처럼 자리잡은 그 광장 주변 수백 킬로미터 안에는 물도, 그 어떤 위생설비도 찾아볼 수 없었다. 그것은 파시스트 정부와 마갈로네 시장의 합작품으로 그 크기로 보건대 이 지방에서 거둬들인 몇 년 치의 세금이 온전히 들어갔을 것이다. 안을 들여다보니 돼지 한 마리가 물받이 바닥에 고인 물을 마시고 있었고 꼬마 아이 둘은 또다른 그릇에 담긴 물 위에 종이배를 띄우며 놀고 있었다. 갈리아노에서 지내는 동안 나는 단 한 번도 화장실이 그 외의 기능으로 쓰이는 것을 보지 못했다. 사람들의 발길이 끊어진 채, 오직 돼지나 개, 닭 그리고 아이들만이 그곳을 찾았다. 예외적으로 9월의 축제날 저녁에 몇몇의 농부들이 그곳을 찾았는데, 그 이유는 지붕 위로 올라가서 불꽃놀이를 더 잘 보기 위해서였다. 그곳을 원래의 목적으로 쓰는 사람이 단 하나 있었으니 바로 나였다. 고백하자면 내가 그곳을 쓴 이유도 필요에 의한 것이었다기보다 일종의 향수병 때문이었다.

광장 한구석, 화장실이 드리우는 기다란 그림자가 끝나는 지점에, 검은 옷을 입은 절름발이 남자 하나가 죽은 염소의 몸 안에 힘껏 바람을 불어넣고 있었다. 족제비처럼 가느다란 그의 얼굴에는 주름이 가득했지만 거의 사제와 같은 진지함이 서려 있었다. 나는 걸음을 멈추고 그를 바라보았다. 염소는 방금 그 광장에서 도살되어 판자 위에 널브러져 있었다. 절름발이 남자는 염소의 뒷발 윗부분 살갗에 단 한번 칼집을 넣은 뒤 입술을 대고 있는 힘껏 바람을 불어넣어 가죽과 살을 떼어내고 있었다. 남자가 그렇게 염소에게 달라붙어서, 그 자신은 몸 안의 숨을 비워내느라 점점 가늘어지고 대신 염소의 몸은 점점 커지는 광경을 연출하는 동안, 나는 인간이 짐승으로 변하는 이상한 장면을 떠올렸다. 염소가 공처럼 부풀어 오르자 절름발이 남자는 다리를 한 손으로 조여잡고 입을 뗀 뒤 소매로 입을 닦았다. 그러고는, 마치 장갑을 벗기듯이 재빨리 가죽을 벗겨내었다. 완전히 발가벗겨진 염소는 마치 하늘을 바라보는 성자와 같은 자세로 판자 위에 놓여 있었다.

"이렇게 해야 가죽이 상하지 않아요. 가죽으로 여러 가지를 만들 수 있지요." 절름발이 남자는 낮은 목소리로 설명했다. 그러는 동안 그의 조카인 순하게 생긴 사내아이는 옆에서 조용히 남자가 염소를 해체하는 것을 도왔다. "올해는 일이 많아요. 농부들이 자기 염소를 다 죽이고 있으니. 그 사람들도 달리 방도가 없죠. 염소에 매겨진 세금을 낼 능력이 안 되니까요." 염소들이 어린 가지의 잎사귀를 뜯어먹어 농작물을 망친다는 것을 알아낸 정부는 나라 안의 모든 염소에 세금을 부과했는데 그 값이 거의 염소의 가격과 맞먹었다. 염소를 죽여서 농작물을 보전하려는 정책이었다. 하지만, 갈리아노처럼 농사랄 것이 없는 곳에서는 염소가 농가의 유일한 수입원이었다. 염소들은 소나 양과는 다르게 목초지가 없어도 황량한 산비탈을 뛰어다니며 가시덤불을 뜯어먹고 스스로 살아남았다. 따라서 염소세[稅]는 일종의 재앙이었고, 돈이 없는 농부들은 달리 방법이 없었다. 그들이 선택할 수 있는 것이라곤 염소를 죽이는 것이었고, 그 말은 더이상 염소젖과 치즈를 얻지 못하는 것을 의미했다.

절름발이 남자는 몰락한 지주였지만 자신의 사회적 지위에 자부심이 있었으며, 생계를 위해 많은 일들을 하고 있었다. 그 중 하나가 염소를 번제물로 잡는 일이었다. 염소세 덕분에 그해 내내 나는 그 남자에게서 고기를 얻을 수 있었는데, 안 그랬다면 고기를 구경하는 것이 매우 힘든 상황에 익숙해져야 했을 거라고 남자는 말했다. 또 그는 주인이 외지에 살고 있는 농장들을 주인 대신 관리하는 일을 했으며, 소작농을 감시하고, 경매를 진행하고, 혼인을 중매했다. 그는 마을의 모든 일을 소상하게 알고 있었고, 크든 작든 마을의 행사가 있으면 검은 옷을 입고 다리를 절뚝거리며 소리 없이 그 교활한 얼굴을 들이밀었다. 매우 호기심이 강한 사람이었지만 말은 별로 없었다. 하던 말을 중간에서 멈추곤 했는데, 마치 자신이 말할 수 있는 것보다 훨씬 더 많은 것을 알고 있음을 나타내려는 듯했다. 말을 할 때는 매우 점잔을 떨었지만, 이는 카르노발레[Carnovale*]라는 그의 이름이 가진 유쾌한 의미와는 상반되는 것이었다. 내가 묵을 곳을 찾고 있으며 가능하면 넓고 그림을 그릴 수 있을 만큼 빛이 잘 드는 곳을

* 카니발이라는 뜻.

원한다고 말하자, 그는 잠시 생각에 잠기더니, 자신의 사촌 소유의 집이 어떠냐고 말했다. 사촌들은 이름을 들으면 나도 알 수 있을 법한, 나폴리에서 이름 있는 내과 의사들이라는 것이다. 내가 그 집의 일부, 그러니까 방 두세 개를 임대해서 쓸 수 있을 것 같다며 당장 그들에게 편지를 써주겠다고 했다. 이 동네의 어떤 집도 그보다 더 내게 적합할 수 없으며, 운 좋게도 그 집은 지금 비어 있고, 잘하면 침대와 다른 가구들도 쓸 수 있으리라는 것이다. 그동안 집을 둘러보고 싶다면, 조카를 보내서 자물쇠를 풀고 집을 보여주겠다고 했다.

나는 소년과 함께 갔다. 소년은 진지하다 못해 자못 우울한 표정을 하고 있었고 삼촌과 똑같이 검은색 옷을 입고 있었다. 길은 광장 너머 내리막으로 이어지다 양쪽 협곡 사이로 연결되었고, 집이라고는 들어설 수 없을 만큼 좁은 곳까지 다다랐다. 여기서부터 양쪽이 낭떠러지인 낮은 돌담길 사이로 좁은 산마루가 펼쳐졌다. 갈리아노 윗마을과 아랫마을 중간에 위치한, 약 백여 미터 되는 이 땅은 사나운 바람에 지속적으로 노출된 공간이었다. 중간쯤 가다보면 산마루가 조금 넓어지면서 갈리아노에 있는 두 개의 샘 가운데 하나가 나오는데, 나머지 하나는 아침에 내가 갔던 마을 위쪽의 교회 근처에 있었다. 갈리아노 아랫마을 전체와 윗마을의 수요 상당수를 감당하는 이 샘물은 하루 종일 여자들의 발걸음으로 분주했다. 나이를 막론하고 여자들은 샘을 중심으로 앉아 있거나 서 있었다. 다들 머리에는 나무로 된 물통을 이고 옆에는 페란디나 산産 테라코타 물병을 끼고 있었다. 여자들은 차례가 되면 샘으로 다가가 가느다란 물줄기가 물동이를 채울 때까지 참을성 있게 기다렸다. 꽤 오랜 기다림의 시간 동안 바람은 여자들의 등 뒤에 드리워진 하얀 베일을 흔들었고, 그 아래로 물을 이고 나르느라 단련된 꼿꼿한 등이 드러났다. 햇살 아래 그들은 마치 들판에 떼지은 가축들처럼 거의 움직임이 없었고, 심지어 냄새도 비슷했다. 내용을 알 수 없는 말소리와 중얼거림이 계속 들려왔지만 내가 지나가는 동안에는 누구 하나 움직이지 않았다. 다만 여남은 명의 검은 눈동자들이 내 등 뒤에 고정된 채, 내가 좁은 산마루턱을 넘어갈 때까지 따라왔다. 길은 갈리아노 아랫마을 끝에서 짧은 오르막을 이루다가 산사태로 매립된 교회까지 다시 내려갔다. 곧 우리는 둘러보려는 집에 도착했는데 그 집은 이 마을 전체를 통틀어 가장 인상적인 건축물이라 할 수 있었다.

밖에서 보면 확실히 우중충했다. 검게 때묻은 벽이며 창살이 달린 좁은 창문에는 관리 소홀의 흔적이 그대로 드러났다. 그곳에 살던 가문은 쇠락해 이미 오래 전 그곳을 떠났고 이후 새로 거처를 지어 옮기기 전까지는 헌병대의 처소로 사용되었다. 집 안쪽 낡은 벽의 얼룩은 아직까지 군대가 머문 흔적을 간직하고 있었다. 응접실은 공간을 나누어 감옥으로 사용됐는데, 쇠창살이 달린 창문이 높게 나 있고, 문들에는 육중한 고리가 달려 있었다. 문들은 눈과 비로 부풀어 올라 더이상 닫히지 않았으며 창문의 유리는 죄다 깨져 있었다. 눈길이 가닿는 물건마다 바람이 몰고온 먼지들이 더께를 이루었고, 갈라진 회벽과 페인트칠이 벗겨진 천장에는 거미줄이 달려 있었다. 원래는 문양을 이루며 바닥을 덮었을 흑백의 타일들은 헐거워져 틈새로 회색 잡초들이 돋아났고, 우리가 방방을 둘러보는 동안 인기척에 놀란 동물들이 황급히 은신처로 달아나는 소리가 들려왔다. 나는 프랑스식 창문을 열어젖히고 발코니로 나가보았다. 18세기 철제 난간은 금방이라도 바스라질 것 같았다. 어두운 곳에 있다 나온 탓에 쏟아지는 빛줄기로 눈이 멀 듯했다. 발아래는 협곡이었고, 눈앞으로는 그 무엇도 시야를 가리지 않았다. 인간의 흔적이라고는 찾아볼 수 없는 무한한 흰색 흙의 황무지가 눈길 닿는 데까지 이어지며 햇빛 아래 작열하다가 하얀 하늘과 맞닿아 녹아들어가는 듯했다. 정수리 위에서 내리쬐는 햇빛은, 이 단조로운 풍경 위로 그림자 하나 드리우지 않았다. 때는 정오였고, 어느덧 집에 가야 할 시간이었다.

이 고색창연한 폐허 위에서 내가 살아갈 수 있을까? 하지만 이곳에는 뭔가 우수가 깃든 매력이 도사리고 있었다. 헐거워진 타일은 발로 다지면 나아질지도 모른다. 밤동무로 세금징수원이나 여관의 빈대보다는 박쥐가 더 나을 것이다. 어쩌면 창문에 새 유리를 끼우고, 말라리아를 막기 위해 토리노에서 모기방충망을 보내오게 할 수 있을 것이다. 거칠고 바스러진 벽은 수리하면 된다. 이런 생각 끝에, 나는 광장에서 다 해체된 염소와 함께 나를 기다리고 있던 절름발이 남자에게 나폴리로 편지를 써줄 것을 부탁하고는 임시 거처를 향해 걸어갔다.

보병의 묘혈에 다다랐을 즈음, 나는 짧은 소매의 옷을 입은 건장하고 잘생긴 금발의 젊은이가 어느 누추한 집의 좁은 문에서 나오는 것을 보았다. 손에는 김이 나는 스파게티 접시가 들려 있었다. 그는 광장을 가로질러 돌담 위에 접시를 내려놓더니 휘파람을 분 뒤 서둘러 왔던 곳으로 돌아가는 것이었다. 호기심이 발동해 나는 걸음을 멈추고 담장 위에 놓인 접시를 바라보았다. 이내 맞은편 집에서 또다른 젊은이가 모습을 드러냈는데 마찬가지로 건장하고 이번에는 갈색 머리를 하고 있었다. 그 역시 매우 잘생긴 젊은이로 창백하고 우수에 잠긴 얼굴에 고급스러운 회색 양복을 입고 있었다. 그는 돌담으로 가더니 스파게티 접시를 들고 뒷걸음질쳤다. 집 안으로 들어가기 직전에 그는 경계하는 눈빛으로 광장을 둘러보더니 아무도 없는 것을 확인하고 나를 향해 미소를 지으며 손을 흔들었다. 그러고 나서 이내 낮은 문으로 허리를 숙여 집 안으로 사라졌다.

꼽추 우체국장 돈 코지미노는 점심식사를 위해 막 우체국 문을 닫는 참이었는데, 그 역시 구석에 숨어서 이 장면을 지켜보고 있었다. 내가 놀란 것을 눈치채고는 이해한다는 듯 고개를 끄덕여 보였는데 그의 호기심 어린 슬픈 눈빛에서 일종의 연민을 느낄 수 있었다. "매일 똑같은 시간에 벌어지는 광경이지요." 그가 내게 말했다 "저들 둘 모두 당신 같은 정치범이에요. 금발머리는 안코나 출신의 공산주의자 석공으로 정말 뛰어난 친구예요. 다른 하나는 피사 출신으로 정치학을 전공하는 학생이지요. 그 친구는 파시스트 헌병대 장교인 동시에 공산주의자였어요. 어려운 가정 출신이지만 정부로부터 지원을 한 푼도 못 받죠. 엄마와 누나가 다 학교 선생이라 저 친구를 부양할 수 있다고 본 거죠. 원래 여기 강제거주지에 수용된 사람들끼리는 서로 교류할 수 있었지만, 몇 달 전에 돈 루이지 마갈로네가 그것을 금지했습니다. 저 두 친구들은 돈을 아끼려고 함께 식사를 준비하곤 했는데 이제는 서로 차례를 정해서 끼니를 준비하고 매일 한 명이 다른 한 명의 식사를 돌담 위에 놓고는 사라지는 거죠. 그들이 혹시라도 만나게 된다면 국가에 얼마나 위험할지 생각을 해보세요!"

우리는 마을 위쪽을 향해 함께 걸었다. 돈 코지미노는 과부의 여관에서 그리 멀리 떨어지지 않은 곳에서 아내와 자식들과 같이 살고 있었다. "돈 루이지가 항상 예의 주시하고 있지요. 그는 이런 일을 위해 태어난 사람이에요. 그들은 늘 함께 궁리를 하지요. 그와 헌병대 대장 말이에요. 당신의 경우는 좀 다르기를 바랍니다. 아무튼 너무 걱정하지는 마세요,

의사 선생님." 돈 코지미노는 위로하는 눈빛으로 나를 올려다보았다. "그들은 순사질에 거의 광적으로 몰두하고 있어요. 모든 것을 알고 싶어하거든요. 그 석공은 스스로를 곤경에 빠뜨렸죠. 몇몇 농부들과 이야기를 나눈 거예요. 그들에게 인간은 원숭이에서 유래되었다는 다윈의 이론을 말하려고 했어요. 나는 다윈을 신봉하진 않습니다만," 돈 코지미노는 짓궂게 웃어 보였다. "그렇게 믿는 게 뭐가 나쁜 건지 잘 모르겠어요. 아무튼 돈 루이지가 그 사실을 알게 되면서 끔찍한 광경이 벌어졌지요. 그가 소리치는 걸 들으셨어야 하는데! 그는 석공에게 다윈의 생각은 가톨릭의 교리와 정반대되는 것이고, 가톨릭과 파시즘은 일심동체이니 다윈에 대해 말하는 것은 파시즘에 반대하는 것과 마찬가지라고 했어요. 심지어 그는 마테라의 경찰국에 그 석공이 체제를 전복하려고 정치선전을 하고 다닌다고 서면 보고를 하기까지 했죠. 하지만 농부들은 그자를 좋아해요. 그는 친절하고, 게다가 모르는 게 없으니까요." 우리는 어느새 돈 코지미노의 집에 도착했다. "힘내세요." 그가 말했다. "오신 지 얼마 안 되었으니 이제 곧 익숙해지실 거예요. 어쨌든 언젠가는 다 끝날 겁니다."

그러고 나서, 자신이 너무 말을 많이 한 게 아닐까 걱정이 되었는지, 그 친절한 꼽추는 급하게 작별인사를 웅얼거리곤 자리를 떠났다.

그날 오후 시장은 광장에서 나를 기다리고 있다가 그의 누이의 집으로 데리고 갔다. 돈나 카테리나 마갈로네 쿠쉬안나Donna Caterina Magalone Cuscianna는 커피와 케이크를 준비해놓고 우리를 기다리고 있었다. 그녀는 문에서부터 환대하며 우리를 응접실로 안내했는데, 응접실엔 소박한 가구들이 갖춰져 있었고 자잘한 장식품과 광대 모양의 쿠션, 봉제인형 등이 여기저기 놓여 있었다. 그녀는 내 가족의 안부를 묻고 내가 외로울 것 같다며 연민을 표시한 뒤, 이곳에 지내는 동안 내가 그나마 덜 불행하도록 자기가 할 수 있는 모든 노력을 다하겠노라고 위로했다. 한마디로 그녀는 다정다감한 심성의 소유자였다. 나이는 삼십대 정도였고 작고 다부지며, 돈 루이지와 서로 닮은 듯했지만, 그녀가 좀더 진지하고 강인한 인상을 풍겼다. 머리카락과 눈은 칠흑처럼 검은 반면 빛나고 노란 빛이 도는 피부와 단정치 못한 치아 때문에 건강한 인상은 아니었다. 옷매무새는 분주한 주부처럼 흐트러져 있었고, 목소리는 조금 부자연스러운 듯 톤이 높아 귀에 거슬렸다.

"여기서도 충분히 행복하실 거예요, 의사 선생님. 제가 집을 구해드릴게요. 지금은 공짜로 나온 집이 없지만 곧 생길 거예요. 환자를 볼 수 있는 방을 갖춘 편안한 집이 필요하실 거예요. 시중들 사람도 찾아드릴게요. 케이크 좀 드셔보세요. 물론 더 맛있는 것을 많이 드셨겠지만요. 선생님의 어머니가 만든 케이크는 더 맛있었을 테지요. 이 케이크들은 시골식이지요. 어쩌다 여기까지 오시게 된 건가요? 뭔가 착오가 있었을 거예요. 무솔리니도 모든 걸 다 알 수는 없죠. 분명 주변의 누군가가 실수를 했을 거예요. 아무리 조심한다 해도 실수는 있게 마련이니까. 게다가 큰 도시에서는 쉽게 적을 만들게 되죠. 이 지역에는 파시스트 중에도 유배온 사람들이 있어요. 볼로냐의 시장이었던 아르피나티Arpinati* 도 여기서 멀지 않은 마을에 있답니다. 물론 그 사람은 마음대로 오고갈 수는 있지만요. 지금은 전쟁중이니까요. 제 남편도 자원했답니다. 그 사람 정도의 사회적 위치를 가졌다면 모범을 보여야 하죠. 뭐, 사상은 중요하지 않아요, 조국이 중요하지.

* 이탈리아의 정치가로 처음에는 무정부주의자였으나 훗날 무솔리니와 함께 사회주의 신문 『계급투쟁』을 창간하고 이탈리아 파시스트의 기본 강령을 만들었다.

선생님도 이탈리아를 위하시는 거잖아요. 안 그래요? 분명 여러 착오가 있어서 여기 오셨겠지만 저희는 선생님을 모시게 되어서 기뻐요."

속내를 알 수 없는 표정으로 조용히 대화를 듣고 있던 돈 루이지는, 처리해야 할 용무가 있다며 잠시 뒤에 가버렸다. 우리 둘만 남게 되자, 돈나 카테리나는 내 일본식 찻잔에 커피를 채우고 그녀가 집에서 만든 모과잼을 맛보라고 권했다. 동시에 과장된 칭찬을 늘어놓으며 필요한 게 있다면 뭐든 도와주겠다는 약속을 거듭했다. 그녀가 이러는 이유가 궁금했다. 타고난 다정함 때문일까? 아니면 북쪽에서 온 신사에게 자신의 사회적 지위를 과시하고 요리솜씨를 자랑하고 싶어서일까? 어쩌면 다정함, 모성본능, 사회적 야망, 요리 실력에 대한 과시욕 등이 조금씩은 다 깔려 있었을 것이다. 사실 돈나 카테리나가 만든 음식과 잼, 통조림, 케이크, 구운 올리브, 아몬드를 넣어 말린 무화과, 스페인 후추를 넣은 소시지 등은 정말 훌륭했다. 하지만 그 밖에 다른 동기가 있음이 분명했다. 거기에는 좀더 개인적이고 구체적인 야심, 예기치 않은 나의 출현이 마치 죽어가는 불길에 부채질을 하듯 다시 지폈을 어떤 정념이 도사리고 있었다.

"맞아요. 당신이 오신 건 우리에게는 정말 행운이죠. 여기 삼 년 계신다고요? 물론 더 일찍 떠나고 싶으시겠지만, 또 당신을 위해서도 그러길 바라는 게 마땅하지만, 우리를 생각하면 여기에 계셨으면 하고 바라게 되지요. 여기가 그렇게 나쁜 곳은 아니에요. 우리는 모두 훌륭한 이탈리아인이고 또 훌륭한 파시스트랍니다. 루이지는 시장이고 제 남편은 이 지역의 당을 이끌고 있죠. 남편이 떠나 있는 동안은 제가 그 자리를 대신하고 있어요. 뭐 별로 할일도 없지만요. 곧 여기가 집처럼 편안해지실 거예요. 저희한테도 마침내 제대로 된 의사 선생님이 생기는 거죠. 그동안은 아플 때마다 멀리 여행을 해야 했지만. 참, 저희 시아버님을 좀 살펴봐주세요. 저와 함께 살고 계시죠. 주제페 삼촌, 그러니까 닥터 밀릴로는 너무 연로하셔서 은퇴를 하실 때가 되었어요. 그리고 하나 남은 돌팔이 의사, 두 조카딸이 파는 약으로 온 마을을 독살시키려드는 그 돌팔이와 사악한 년들에게서도 해방되는 거예요. 못된 년들!"

돈나 카테리나의 목소리가 노여움으로 갑자기 높아졌다. 그녀가 더이상 감추지 못하고 들켜버린 그 정념이 증오라는 데에는 의심의 여지가 없었다. 외곬의 증오가 집착으로 굳어져버린 것이다. 여자인 데다 달리 신경쓸 일도 없었기에 그녀의 증오는 매우 현실적이고도 창의적으로 다양하게 활용되었다. 돈나 카테리나는 약국을 운영하는 그 '사악한 여자들'을 증오했고, 그들의 삼촌인 닥터 콘체토 지빌리스코를 증오했으며, 친척은 물론 그와 관련 있는 모든 사람들을 증오했고, 그를 옹호하는 마테라의 관리들을 증오했다. 그녀에게 나는 신이 보낸 사람이었다. 나를 자신이 품은 증오의 도구로 사용할 수 있는 한, 내가 여기까지 오게 된 정치적인 이유는 전혀 중요하지 않았다. 그녀의 계산으로는 지빌리스코를 거리로 내몰고 약국의 문을 닫게 할 사람, 아니, 적어도 그 사악한 여자들의 손아귀에서 약국을 빼앗을 사람은 바로 나였다. 돈나 카테리나는 적극적이고 상상력이 풍부한 여자였고 실질적으로 이 마을을 지배하고 있었다. 그녀는 오빠보다 더 똑똑하고 의지도 강했으며, 겉으로 드러나는 권위를 인정해주는 한에서, 오빠를 원하는 대로 움직일 수 있었다. 그녀는 파시즘이 무엇인지 알지 못했고, 알고 싶어하지도 않았다. 그녀에게 지역의 당 지도자가 된다는 것은 이 지역을 다스릴 권력을 손에 쥐는 것을 의미했을 뿐이다. 내가 왔다는 소식을 듣자마자 그녀는 작전을 세우고 오빠를 구워삶았으며, 어렵사리나마 그녀의 삼촌을 설득하는 데도 성공했다. 그녀는 내가 여기서 환자들을 돌보고, 그렇게 해서 돈을 많이 벌고 싶어할 것이라고 짐작하고 있었다. 나를 설득해서 내가 그들의 지원을 등에 업고 아무 문제없이 지내게 하는 일이 자신에게 달려 있다고 믿었다. 나의 성공 여부가 그들의 지원에 달린 것은 사실이었다. 그녀는 온갖 예의와 공손함을 갖춰 나를 대하는 동시에 나로 하여금 그녀가 가진 힘을 깨닫게 하려 애썼다. 혹시라도 내가 그녀의 적들과 한편이 되는 일을 미연에 방지하기 위해서였다. 반면, 돈 루이지는 정치범을 엄하게 다룬다는 분명한 원칙이 있었기에, 나에게 친절을 베푸는 것이 일종의 타협으로 비쳐질까 걱정했다. 나를 자기 집으로 초대한다면 누군가 상부에 보고하지나 않을까 염려스러웠기 때문에, 그 누이가 나서서 나를 자기들 편으로 끌어들이려고 노력하는 것이었다. 돈나 카테리나의 원한은 사실 대대로 앙숙으로 지내온 두 유력한 가문 사이의 전형적인 불화의 한 단면에 불과했다. 그라사노에서와 마찬가지로 이곳에서도 원한의 뿌리는 전 시대로 거슬러 올라갔다. 내가 확실히 알 길은 없지만, 아마도 한 세기 전 의사집안인 지빌리스코 가문 사람들은 자유주의자들이었고, 신흥 가문이자 출신이 좀더 낮은 마갈로네 가문 사람들은 부르봉 지지자로 산적떼와 연결되었을 것이다.

하지만 돈나 카테리나에게는 이 전통적인 반목 말고도 지빌리스코 사람들을 증오할 만한 지극히 개인적인 이유가 또 있었다. 그녀 자신의 부주의와 마을 여인네들의 구설수를 통해서 나는 얼마 되지 않아 그 이유를 알 수 있었다. 돈나 카테리나의 남편인 니콜라 쿠쉬안나는 학교 선생이자 지역 당의 지도자였다. 그는 마을을 손아귀에 쥐고 있는 이 오누이의 오른팔이었으며, 뚱뚱하고 둔하며 거드름을 피우는 인상의 남자로, 대위 제복을 입은 사진이 그의 응접실에도 자랑스럽게 걸려 있었다. 그런 그가, 아름다운 검은 눈과 살굿빛 감도는 살결, 그리고 호리호리한 몸매를 가진 약제사의 딸에게 그만 홀려버렸다. 그녀가 적의 진영에 소속되어 있음에도 불구하고 말이다. 실제로 그들이 연인관계였는지 아니면 소문이 과장된 것인지 알 수 없었지만, 돈나 카테리나에게는 이미 사실이나 다름없었다. 돈나 카테리나는 더이상 젊지 않았으니 경쟁 상대의 젊음과 미모는 그녀를 떨게 하기에 충분했다. 연인으로 추정되는 그 두 사람이 이 작은 마을에서 단 한 번도 마주치지 않았을 리 없었고, 마을에는 그들을 지켜보는 눈이 수천 개는 되었으며, 그 가운데는 눈에 불을 켜고 있는 돈나 카네리나도 있었으니, 기실 그녀는 단 한순간도 그들에게서 눈을 떼지 않은 셈이었다. 상상 속에서 당한 배신으로 질투에 휩싸인 아내의 생각으로는, 저들이 불가항력의 정욕을 채울 수 있는 방법은 오직 한 가지뿐이었다. 자신, 즉 돈나 카테리나가 죽고, 그들이 자유롭게 결혼하는 것이다. 검은 머리칼의 사이렌*과 그녀의 보잘것없는 금발머리 여동생, 그 둘은 두말할 필요 없이 약국을 소유하기에는 능력 미달이었다. 그들은 약국을 운영할 자격요건도 갖추지 못했으며, 주위의 이웃들도 모두 그들이 대중없이 조제하는 약에 두려움을 품고 불평을 늘어놓고 있는 터였다. 그런데도 돈나 카테리나를 제거할 수 있는 수단이 바로 그들의 수중에 있었으니 그것은 바로 독약이었다. 독약은 들킬 위험 없이 효력을 발

* 그리스 신화에서 아름다운 노래로 뱃사람을 유혹하여 배를 난파시킨다는 인어의 모습을 한 마녀의 이름.

휘할 것이다. 그 동네에 있는 의사 둘 중에 하나는 그들의 삼촌으로 그들과 한패였고 나머지 하나는, 이미 노망이 난 상태이니 뭐가 잘못된 것인지도 모를 게 분명했다. 돈나 카테리나는 죽고 두 연인은 아무런 처벌도 받지 않은 채 그녀의 무덤을 바라보며 함께 행복한 웃음을 지을 것이다.

돈나 카테리나가 상상 속에서 그린 이 범죄의 계획이 얼마나 진실에 가까운 것인지 나는 궁금했다. 그 어떤 비밀 단서나, 발각된 러브레터, 혹은 일상 속에 숨겨진 여러 암시들이 사납고 질투심에 가득한 그녀의 영혼에 처음으로 의심의 불길을 피우고 이어서 강박이 되어버린 확신까지 초래한 걸까? 알 길은 없었지만, 돈나 카테리나는 그녀가 만들어낸 상상의 산물을 굳게 믿었으며, 아직 벌어지지 않은 범죄의 책임을 여자한테 눈이 먼 남편에게 두기보다 자신의 라이벌 그리고 그와 관련된 모든 사람들에게로 돌렸다. 오래된 반목과 마을의 권력을 둘러싼 갈등은, 개인적인 원한까지 가세해 더욱 사납고 거칠어졌다. 독살범과 그녀의 가문은 마땅히 죗값을 치러야 할 것이었다.

그녀의 남편으로 말할 것 같으면, 돈나 카테리나는 남편을 다루는 법을 잘 알고 있었다. 추문에 휩싸여서도 안 되고, 한 점의 의심을 사서도 안 되었다. 오직 단 둘이 집에 있을 때, 돈나 카테리나는 하루도 빠지지 않고 남편을 살인자이자 간통범이라고 몰아세웠고 그녀의 침대 근처에 오지 못하도록 했다. 겁을 집어먹은 갈리아노의 강력한 당 지도자는 집에 들어오면 그 위신이 온데간데없이 사라졌다. 따갑게 쏘아보는 아내의 검은 눈길 앞에서 그는 용서받을 수 없는 죄인이자 개선의 여지가 없는 인간쓰레기였고, 응접실 의자에서 외롭게 잠을 청해야 하는 신세로 전락했다. 이렇게 서글픈 생활이 여섯 달쯤 되었을 무렵 구원을 얻을 마지막 기회가 나타났으니 바로 아비시니아 전쟁이었다. 능욕당한 죄인은 군대에 자원했고, 그렇게 해서 자신의 죗값을 치르고 다시 돌아와 아내와의 화해를 도모하려 했을 것이다. 그는 학교 선생 봉급보다 훨씬 많은 대위 월급도 받을 수 있었다. 하지만 불행히도 그의 본을 따르는 사람은 아무도 없었다. 내 주변의 사람들 중 자원한 사람은 쿠쉬안나 대위와 그라사노의 데쿤토 대위 단 두 명뿐이었다. 수혜자가 거의 없을지라도 전쟁은 나름의 쓸모가 있었다. 쿠쉬안나 대위는 영웅으로 추앙되었고, 돈나 카테리나는 영웅의 아내가 되었지만, 상대편 가문은 그 어떤 것도 마테라의 정부 당국자들에게 내세울 게 없었다. 그런 찰나에 나까지 등장했으니, 이것은 분명 돈나 카테리나가 원수 갚는 일을 도우려는 신의 뜻이었다.

"루이지노도 남편과 함께 자원입대하고 싶어했어요. 그 둘은 형제들처럼 늘 붙어다니며 서로를 챙겨주거든요. 하지만 루이지노는 건강이 안 좋아요. 자주 아프지요. 그러니 선생님이 여기 계신 게 얼마나 다행인지 몰라요. 게다가 루이지노까지 군대에 가면 누가 이곳에 남아 질서를 유지하고 당의 정치선전을 수행하겠어요?" 돈나 카테리나가 한참 말을 하고 있는데, 시아버지인 돈 파스쿠알레 쿠쉬안나Don Pasquale Cuscianna가 신선한 케이크 냄새에 이끌려 불편한 걸음으로 천천히 응접실로 들어왔다. 그는 몸을 외투로 친친 감싸고, 머리에는 퀼트로 만든 빵모자를 얹고, 이가 빠진 입에 파이프를 물고 있었다. 뚱뚱하고 귀가 먹은 노인네로 탐욕스러운 인상이 꼭 거대한 누에 같았다. 그 역시 은퇴하기 전까지 학교 선생으로 일했다. 사실, 이탈리아 어느 곳이든 마찬가지지만, 갈리아노도 학교 선생들이 장악하고 있었다. 돈 파스쿠알레는 대부분의 사람들에게 존경을 받았다. 그는 하루하루 잠을 자거나 먹거나 혹은 광장 한쪽 담장에 앉아 담배를 피우며 소일했다. 그의 며느리 말로는 전립선 질환을 앓고 있었으며, 당뇨도 의심된다는 것이다. 하지만 이런 병들도 그가 잽싸게 남은 케이크를 집어 게걸스럽게 삼키는 것을 막지 못했다. 케이크를 다 먹고 나자 그는 만족스럽다는 듯 그렁거리며 등받이가 있는 긴 의자에 무거운 몸을 뉘였다. 그러고는 우리의 대화에 함께한다는 듯 이따금씩 몇 마디를 중얼거렸는데, 귀가 먹은 탓에 사실 한마디도 들을 수 없었고, 혼자 웅얼웅얼대다가 곧 잠들어버렸다.

내가 막 자리를 뜨려는데 스물다섯 정도 되어 보이는—이 고장에서는 결혼 적령기를 훌쩍 넘긴 나이인데—아가씨

둘이 갑자기 방 안으로 들어왔다. 새된 비명을 지르며 뛰어 들어와 수선스런 몸짓을 해 보이며 뭔가 놀란 듯 감탄을 연발하고 두 팔을 허공에 들어올린 뒤 돈나 카테리나와 포옹을 했다. 그들은 다부진 체격에 살집이 제법 있고, 석탄 자루처럼 진한 피부색에 짧고 곱슬거리는 검은 머리칼, 그리고 쏘아보는 듯한 검은 두 눈을 가지고 있었다. 두툼한 입술 위는 물론이고 쉬지 않고 움직여대는 두 팔과 다리에도 거무스름한 털이 나 있었다. 이들은 닥터 밀릴로의 딸 마르게리타와 마리아였는데, 돈나 카테리나가 나에게 소개하기 위해 불러들인 것이다. 자리의 목적에 맞게, 두 자매는 입술에 요란스런 색깔의 립스틱을 두껍게 바르고, 얼굴은 하얗게 분칠을 하고, 굽이 높은 신발을 신은 채 서둘러 들어왔다. 마음씨가 착한 아가씨들이었는데, 머리에 생각이라고는 하나도 없는 듯, 믿을 수 없을 만큼 순진하고 천진난만했다. 그들에게는 온갖 것이 다 놀라웠다. 내 개, 내 옷, 그리고 검은색 베짱이 두 마리가 긴장한 듯 움직이는 모습을 그린 내 그림을 보고 연달아 과장된 감탄사를 내뱉었다. 이어 케이크와 요리 이야기로 넘어갔고, 돈나 카테리나는 두 자매의 살림 솜씨를 하늘 높이 추어올리며 칭찬했다. 분명 그녀의 계산으로 마르게리타와 마리아는 두 가지 면에서 쓸모가 있었는데, 하나는 삼촌인 닥터 밀릴로가 나에게 우호적인 태도를 가지도록 하는 것이었고, 다른 하나는 나를 확실하게 그녀의 편으로 끌어들이는 것이었다. 이런 환경에 처한 남자라면 의사의 딸보다 더 바랄 수 있는 게 뭐가 있겠는가? 돈나 카테리나는 내가 혹시 결혼을 했거나 정혼을 했는지 물었고, 내가 아니라고 대답했을 때, 그것이 사실인지는 그녀의 오빠의 업무 중 하나인 서신 검열을 통해서 쉽게 확인할 수 있었다.

가엾은 그 두 자매, 나와 마찬가지로 자신들도 모른 채 신의 섭리를 드러내는 도구가 된 가엾은 그 두 자매는 열여덟 살쯤 되어 보이는 소년을 대동하고 있었다. 소년은 허름한 옷차림에 노랗게 뜬 얼굴을 하고 있었는데 축 늘어진 아랫입술과 멍청한 표정으로 한쪽 구석에 그렇게 미욱하고 조용하게 서 있었다. 소년은 그들의 남동생으로, 밀릴로 가문의 유일한 남자였다. 그 사이 등장한 늙은 의사는 자기 아들에 대해 내게 털어놓기를, 분명 착한 아이지만 상당한 근심거리이기도 하다는 것이다. 아들은 뇌염을 앓고 나서 지적 능력이 떨어졌는데, 그로서는 아들을 공부시킬 방법이 없었다. 아들을 고등학교에도 보내보고 농업학교에도 보내보고, 다른 여러 기관에 보내봤지만 모두 실패였다. 지금 아들은 집을 떠나 헌병대 부사관 훈련 과정을 시작하려 하는데, 아들이 생각하는 거라고는 오직 경찰 제복뿐이라는 것이다. 그것은 그가 아들에 대해 꿈꿔온 미래가 아니었지만, 어쨌든 좋은 자리이긴 했다. 이 점에 있어서는 나도 닥터 밀릴로와 같은 생각이었다. 그 가엾고도 결함 많은 아들은 적어도 해를 끼치지 않는 경찰이 될 것이다.

돈나 카테리나는 삼촌을 위해 화제를 바꿔 나의 진료 이야기를 꺼냈다. 내가 아무리 그림 외에는 다른 관심이 없다는 뜻을 전달하려 해도, 그녀는 손톱만큼의 관심도 기울이지 않았다. 닥터 밀릴로는 예의 더듬거리는 말투로 매우 진지하게 나에게 충고했는데, 만약 내가 환자를 진료하게 되면 관용을 베풀어 진료비를 면제해주거나 해서는 안 된다는 것이다. 그런 너그러움은 곧 나의 약점이 될 것이고, 모두들 어떻게든 의사에게 진료비를 안 낼 궁리를 하고 있지만 진료비라는 것은 정부가 정한 것으로 반드시 내야 하며, 의사라면 동료 의사에 대한 의무와 상식을 존중하는 차원에서라도 진료비가 지켜져야 한다는 사실을 이해해야 한다는 것이다.

닥터 밀릴로는 마지못해 조카들이 이끄는 정당에 가입했고, 오직 혈육이라는 이유 때문에 그들과 야망을 함께했다. 돈나 카테리나와 돈 루이지가 말했던 것처럼 닥터 밀릴로는 '너무 친절한' 사람이었다. 예전에는 니티를 추종했었고, 이따금 사적인 자리에서는 시장의 파시즘을 개탄하고 그의 과시욕과 권위적인 태도, 그리고 정치인처럼 구는 성향을 비판했다. 하지만 길게 보았을 때, 평온하고 고요한 삶을 위해서는 타협할 수밖에 없었고, 한걸음 더 나아가 그런 상황을 이용하기까지 했다. 조카들의 성화에 못 이겨, 그리고 딸들의 미래를 도모하면서 그는 내 앞길을 막지 않겠다는 데 동의했지만, 자신을 마음대로 조종할 수 있는 하찮은 늙은이로 여겨서는 안 된다는 점을 분명히했다. 그는 의당 받아야 할 존경과 명예를 요구했다. 그래서 나는 그로부터 끝나지 않을 것 같은 복잡한 설명과, 동료로서 또 아버지 같은 마음으로 늘어놓는 충고를 들어야만 했다. 또 반드시 진료비를 받겠으며 농부들의 허튼 소리를 믿지 않겠다고 약속해야 했는데, 그의 말에 따르면 농부들은 무지하기 짝이 없는 거짓말쟁이들이고 은혜를 베풀수록 더 배은망덕해진다는 것이다. 마을에서 사십 년이 넘는 세월 동안 농부들을 돌봐주고, 온갖 선행을 베풀었건만 그 대가로 돌아온 것은, 자신이 노망들었고 무능하다는 농부들의 험담뿐이라는 것이다. 하지만 자신은 결코 노망나지 않았으며, 그래서 감사할 줄 모르는 농부들을 보는 것이 너무나 슬픈데, 게다가 그들이 믿는 각종 미신과 미련하게 센 고집은… 닥터 밀릴로는 도무지 말을 끝낼 것 같지 않았다.

마침내 내가 늙은 의사의 더듬거림과 그 딸들의 새된 감탄사, 그리고 돈 파스쿠알레의 그렁거리는 소리와 돈나 카테리나의 의미심장한 미소에서 겨우 풀려났을 때는 해가 저물 무렵이었다. 농부들은 가축을 몰고 길 위로 모습을 드러냈고, 매일 저녁 그러하듯 영원히 끝나지 않는 파도처럼 단조로운 물결을 이루며 각자의 집으로, 알 수 없고 희망도 없는 그들만의 어두운 세계로 밀려 들어갔다. 반대로 귀족들에 대해서라면, 나는 이미 잘 알고 있었고 그래서 그들의 일상생활이 엮는 그 우스꽝스럽고 끈적거리는 거미줄에 일종의 역겨움을 느끼고 있었다. 자기이익과 저열한 정념과 권태와 탐욕스러운 무능과 궁핍으로 엉킨 실타래, 낡고 더이상 흥미로울 것 없는 그 실타래에 같이 얽히고 싶지 않았다. 하지만 오늘도 내일도 그리고 영원히 나는 마을에 난 유일한 길을 지나며 광장에 모여 있는 그들을 계속 볼 터이고 그들의 증오 섞인 농담을 끝없이 듣게 될 것이다. 나는 여기서 무엇을 하고 있는 걸까?

하늘은 붉은색, 초록색, 보라색으로 물들었다. 이 말라리아의 땅을 덮은 마법의 색깔들. 그 하늘은 너무나 멀리 있는 것처럼 보였다.

나는 과부의 집에 삼 주 간 머무르며 적당한 거처를 물색했다. 여름은 정점으로 치달아 태양은 정수리 바로 위에 멈춰선 듯 꼼짝하지 않았고, 이글거리는 태양빛에 땅바닥은 쩍쩍 갈라졌다. 바싹 마른 그 틈 사이에는, 짧고 뭉툭한 모양 때문에 농부들이 코르토파시cortopassi 즉 '종종걸음'이라고 부르는 맹독성의 뱀들이 똬리를 틀고 있었다. '코르토파시, 코르토파시, 풀숲에 있는 뱀, 건드리지 말고 지나가거라.' 지치지 않는 바람이 사람들의 육신을 바짝 말렸다. 낮 동안에는 동정심이라곤 없는 뙤약볕이 단조롭게 내리쬐고 저물녘이 되면 비로소 더위가 사그라들었다. 나는 부엌에 앉아 무심히 파리떼들을 지켜보았는데, 무더위의 적막 속에서 유일하게 찾아볼 수 있는 생명의 징표였다. 내 시선은 천천히 청록색

나무 덧문을 검은 점으로 뒤덮은 수천 마리의 파리떼에 가닿았다. 이따금씩 검은 점 중에 하나가 갑자기 소용돌이 속으로 사라지고, 좀더 밝은 색의 파리가 그 자리를 차지했는데 새로 등장한 놈의 금빛 테두리는 마치 작은 별처럼 반짝이다 이내 빛을 잃었다. 그러면 또다른 한 마리가 날아오르고 또 다른 별 하나가 푸른 덧문의 자리를 차지하는 식이었다. 내 발 아래 누워 있던 바로네가 마침내 잠에서 깨어, 겅중겅중 뛰어오르며 날아다니는 파리를 잡으려 부산을 떨었고, 사납게 턱을 부딪치는 소리로 주위의 정적을 깼다.

발코니 난간에서 아래로 길게 늘어진 무화과나무 덩굴들에도 파리떼가 검게 들러붙어, 이글거리는 태양이 나무를 다 말려버리기 전에 줄기에 남은 마지막 물기를 빠느라 분주했다. 거리에는 집집마다 검은색 삼각 깃발로 장식된 문 앞에 넓은 테이블을 내놓고, 그 위에 피처럼 붉은 토마토를 으깨어 햇빛에 넓게 펼쳐 말리고 있었다. 모세를 따라 이집트에서 탈출한 뒤 무사히 홍해를 건넌 이스라엘인들처럼, 일부 파리떼들은 발을 적시는 일 없이 이미 굳기 시작한 토마토의 붉은 바다 위에 내려앉은 반면, 또다른 파리떼들은 열심히 먹이를 먹는 동안 바로왕의 군대처럼 바닷물에 빠져 익사했다. 들판의 적막이 부엌까지 번져와 무겁게 내려앉았고, 파리떼들이 단조롭게 내는 붕붕거리는 소리만이 끝없이 이어지는 후렴구처럼 시간의 흐름을 알려주고 있었다.

갑자기 근처 교회에서 종소리가 울려 퍼졌다. 알 수 없는 성자를 기리거나 아무도 관심을 보이지 않는 예배의식을 일깨울 목적으로 울리는 그 소리는 탄식하듯 방 안을 가득 메웠다. 열여덟쯤 되어 보이는 종치기 소년은 누더기 차림에 맨발로, 얼굴에는 의뭉스럽고 가식적인 미소를 머금은 채, 장례 행진에서나 들을 법한 구슬픈 가락을 울려대고 있었다. 초자연적인 기운에 민감한 나의 개는 이 애처로운 노래의 첫 계명부터 고통스러운 울음을 토해내었다. 마치 죽은 영혼이 그 어깨를 쓰다듬기라도 하는 것 같았다. 아니면 그 안에 있는 어떤 악마가 이 성스러운 음악에 심기가 불편해진 것일까? 어쨌든 나는 자리에서 일어나서 개를 조용히 시키기 위해 밖으로 데리고 나가야만 했다. 커다랗고 굶주린 벼룩들이 피난처를 찾아 하얀 포석 위로 뛰어내렸다. 풀숲 뒤에는 진드기들이 몸을 숨기고 있었다. 마을은 텅 빈 것 같았다. 농부들은 들판으로 나갔고 여자들은 절반쯤 닫힌 문 뒤에 숨어 있었다. 아래로 경사진 길의 한쪽 면에는 집들이 늘어섰고, 다른 한쪽은 깎아지른 낭떠러지와 그 아래 무너진 흙더미들이 이어졌다. 그 어디에도 그림자 한점 찾아볼 수 없었다. 나는 묘지를 향해서 반대편 방향으로 천천히 길을 올랐다. 호리호리한 올리브나무와 사이프러스를 보기 위해서였다.

일종의 동물적인 마성이 인기척 없는 마을을 감싸고 있었다. 한낮의 정적은 예기치 못한 동물들의 뒤척임으로 깨어졌다. 암퇘지가 쓰레기 더미를 뒤지는 소리가 들리는 듯하더니 그에 화답하듯 당나귀가 고막이 찢어져라 커다란 울음을 토해냈다. 발정난 수컷의 기괴하고 고통에 찬 소리는 교회의 종소리보다 더 큰 울림으로 퍼져나갔다. 수탉들은 목청껏 가락을 뽑아냈는데, 오후의 노랫소리는 이른 아침의 노래 같은 날선 위엄보다는 외딴 시골의 끝모를 우수를 반영하고 있었다. 하늘은 검은 까마귀떼로 가득 찼고, 그 위를 여러 마리의 매가 선회하고 있었다. 그들은 둥근 눈을 나에게 고정시킨 채, 내 뒤를 따라오는 듯했다. 눈에 보이지는 않지만 가까이서 동물들의 기척이 계속 느껴졌고 마침내 염소 한 마리가, 이 지방의 여왕이라고도 할 수 있는 그 동물이, 어떤 집 뒤에서 훌쩍 뛰어나와 초점 없는 노란 눈으로 나를 응시했다. 누더기를 걸치긴 했지만 반쯤은 벌거벗었다고 할 수 있는 아이들이 그 뒤를 쫓고 있었다. 무리 가운데 네살 정도 되어 보이는 여자아이는 수녀들이 입는 옷과 베일을 쓰고 있었고, 다섯살 정도의 남자아이는 수사들이 입는 가운과 허리띠를 차고 있었다. 아이들이 태어날 때 했던 서원을 지키기 위해 부모들은 아이들을, 벨라스케스의 그림에서나 나올 법하게 어른 성직자의 축소판으로 입히는 것이 이 지방의 관습이었다. 아이들은 염소의 등에 올라타려는 중이었다. 수사 복장을 한 소년이 염소의 수염을 바투 잡고 양 팔로 염소의 얼굴을 감싸 안았고, 이어 수녀 복장을 한 여자아이가 염소의 등에 올라타려고 애쓰는 동안 나머지 아이들은 염소의 뿔과 꼬리를 잡고 염소가 움직이지 못하도록 했다. 한순간 여자아이는 염소의 등에 자리를 잡는 듯하더니 그 고약한 짐승이 갑자기 날뛰며 몸을 흔들어대는 바람에 다른 아이들과 더불어 흙바닥으로 내동댕이쳐졌다. 염소는 움직임을 멈추고 사악한 미소를 지으며 아이들을 쳐다보았다. 아이들은 스스로 자리에서 일어나 다시 염소를 부여잡고 올라타려고 했지만 염소는 어김없이 사납게 날뛰며 도망쳤고 그 뒤를 따라 아이들도 모퉁이 너머로 사라졌다.

농부들이 말하기를 염소는 악마의 화신이다. 모든 동물이 그렇겠지만 염소는 특히나 더하다. 염소의 성질이 나쁘다거나 아니면 기독교적 관점 때문에 그런 게 아니다. 모든 살아 있는 것에는 어느 정도의 악령이 깃들어 있지만 염소의 경우는 그 이상이다. 겉으로는 염소의 모습을 하고 있지만 그 안에는 이상한 힘이 도사리고 있다. 농부들에게 염소는 전설 속의 사티로스Satyros*가 오늘날 되살아난 것으로, 마르고 굶주린 이 목신은 동그랗게 말린 뿔과 매부리코를 하고 늘어진 젖이나 남근을 덜렁거리며 빈약하고 친근한 야생의 털복숭이 모습으로 절벽 가장자리에서 풀을 찾아다니는 것이다.

염소들로부터 인간의 것도 신의 것도 아닌 신비로운 응시를 받으며, 나는 천천히 묘지를 향해 오르막을 올랐다. 묘지

* 그리스 신화에 나오는 반인반수의 숲의 정령.

의 올리브나무는 그늘 한 자락조차 선사하지 않았다. 햇빛은 마치 레이스 천처럼 섬세한 올리브 나뭇잎을 그대로 통과했다. 나는 묘지의 울타리가 시작되는 무너진 정문 쪽으로 자리를 옮겼는데 그곳은 이 마을에서 가장 그늘지고 사적인 공간인 동시에 가장 덜 우울한 곳이었다. 내가 땅바닥에 앉자마자 흰색 점토에 반사되어 산란하던 햇빛은 벽 뒤로 사라졌다. 사이프러스 두 그루가 미풍에 흔들리고 묘지들 사이에 피어난 장미꽃 무리가 꽃이라고는 없는 이 불모의 땅에 낯선 풍경을 연출하고 있었다. 묘지 한가운데 깊이가 1~2미터 정도 되는 구덩이가 하나 있었는데 다음 번 주검을 맞이하기 위해 마른 흙 가운데 미리 깔끔하게 파놓은 듯했다. 사다리 하나가 걸쳐져 있어서 편하게 구덩이 안과 밖을 오갈 수 있도록 되어 있었다. 이 무렵 나는 찌는 듯한 더위를 피해 이곳에 올라올 때마다 일종의 습관처럼 그 구덩이 안에 내 몸을 누이곤 했다. 구덩이 안의 흙은 마르고 부드러웠으며 태양조차 그 안까지는 태우지 못했다. 그 안에 누워 내가 볼 수 있는 것은 오직 네모난 한 조각의 하늘과 이따금 지나가는 흰 구름뿐이었다. 귀에는 아무런 소리도 들려오지 않았다. 이 철저한 자유와 고독 속에서 나는 몇 시간을 보내곤 했다. 바로네는 햇빛 비치는 벽에 붙어 있는 도마뱀들을 쫓아다니다 싫증이 나면 궁금한 듯 구덩이 안을 쳐다보았고, 이내 사다리 아래로 내려와 내 발 아래 몸을 웅크리고 잠이 들었다. 그러면 나도 바로네의 고른 숨소리를 들으며 손에 쥐고 있던 책을 떨어뜨리고 스르르 두 눈을 감았다.

바로네와 나는 낯선 목소리에 잠에서 깼다. 그 낯선 소리는 성별도, 나이도, 어조도 짐작할 수 없는 목소리로 알아들을 수 없는 말들을 웅얼거리고 있었다. 노인 하나가 무덤 가장자리에 기대서서 이가 다 빠져 잇몸만 남은 입으로 나에게 무언가를 말하고 있었다. 하늘을 배경으로 그의 모습을 볼 수 있었는데 키가 크고 약간 구부정한 몸에 길고 가는 두 팔이 마치 풍차의 날개처럼 달려 있었다. 족히 아흔은 되어 보였으나 얼굴은 마치 시간을 초월한 듯한 인상을 풍겼다. 형체가 분명하지 않은 얼굴은 마른 사과처럼 주름졌고, 그 위에 마음을 꿰뚫는 듯한 밝은 색의 파란 눈 두 개가 빛나고 있었다. 단 한 가닥의 수염도 찾아볼 수 없었고 아예 수염이 자란 적도 없어 보였는데 그래서인지 그의 살결은 뭔가 좀 이상한 느낌이었다. 노인은 갈리아노 사투리가 아닌 다른 사투리를 썼는데 그가 지금까지 살아온 지방의 사투리들을 한데 섞어놓은 것 같았다. 그 가운데서도 피스티치 지방의 사투리가 도드라졌다. 아주 오래 전이긴 하지만 그가 태어난 곳이 바로 그곳이기 때문이었다. 온갖 사투리가 뒤섞인 데다 이가 없는 입으로 내뱉는 특유의 짤막한 표현들 때문에 처음에는 그의 말을 알아듣기 어려웠다. 하지만 시간이 지나면서 조금씩 그 내용이 귀에 들어왔고 결국 우리는 긴 대화를 나누게 되었다. 그가 정말 내 말에 귀를 기울이고 있는 건지 아니면 머나먼 태곳적 세상의 어두운 곳에서부터 흘러나오는 불가해한 생각의 가닥을 더듬고 있는 건지 나로서는 알 길이 없었다. 뭐라고 정의할 수 없는 이 노인은 더럽고 해진 셔츠를 입고 있었는데 열어젖힌 셔츠 사이로 민둥한 가슴과 꼭 새의 골격처럼 도드라진 흉골이 드러나 보였다. 머리에는 차양이 달린 붉은 모자를 쓰고 있었다. 아마도 그 모자는 그가 맡은 여러 공무들 중 하나를 상징하는 듯했다. 그는 무덤을 파는 사람인 동시에 마을에 여러 포고를 전하는 자로, 하루 종일 거리거리를 누비며 나팔을 불고, 목에 걸고 다니는 북을 치며, 도무지 인간의 소리 같지 않은 목소리로 방물장수의 도착이니 염소의 도축, 시장의 포고령, 장례식 시간 등의 소식을 전했다. 그밖에 주검을 묘지로 옮기고 무덤을 파고 매장하는 일도 그의 몫이었다. 이런 것들이 그가 하는 일반적인 업무라면 그 뒤에는 침범할 수 없는 어두운 힘이 존재하고 있었다. 여자들은 그가 지나갈 때마다 놀리곤 했는데, 그는 수염이 없는 데다 소문에 따르면 평생 숫총각으로 살아왔기 때문이라는 것이다. "오늘 밤 내 침대로 올래요?" 여자들은 자기 집 문간에 서서 두 손으로 얼굴을 가리고 깔깔대며 말하곤 했다. "왜 나를 혼자 자도록 내버려두나요?" 여자들은 그를 놀리는 동시에 그에게 두려움 비슷한 외경심을 표현하곤 했다.

그 노인에게는 비밀스런 재주가 있었다. 지하 세계와 연결되어 영혼을 불러들일 수 있으며 동물들을 지배하는 힘이 있다는 것이다. 여러 우여곡절을 거쳐 늙은 몸을 이끌고 갈리아노까지 흘러들어오기 전, 그는 원래 늑대를 길들이는 일을 했는데, 마음대로 늑대가 마을로 내려오게 할 수 있으며 또 마을에 접근하지 못하게도 할 수 있다고 했다. 늑대들은 아무런 저항도 하지 못하고 속절없이 그의 뜻을 따랐다는 것이다. 사람들 말에 따르면, 그는 젊은 시절, 야생의 늑대 무리를 거느리고 이 산 저 산을 떠돌아다녔다고 한다. 이 재주 덕분에 그는 높은 평판을 얻었고, 추위와 굶주림에 지친 짐승들이 마을에 더 자주 내려오는 겨울이면 그를 찾는 일이 늘어났다. 비록 여자들에게는 효력이 없었지만, 동물들은 종류를 막론하고 그의 힘 앞에서 고분고분해졌다. 동물뿐만 아니라 대기에 깃든 영혼과 물질도 그에게 복종했다. 그가 젊었을 때는 하루에 장정 오십 명이 베었을 만큼의 밀을 베었는데 보이지 않는 존재가 그를 도와준다는 말이 돌았다. 하루 일과를 끝낼 때면, 다른 농부들은 땀과 먼지로 뒤범벅이 되어, 등짝은 고된 노동으로 쑤시고 머리는 하루 종일 햇빛을 받아 지끈거렸지만, 늑대를 길들이는 그 남자는 아침과 다름없이 생생했다.

나는 그와 이야기를 나누기 위해 구덩이 밖으로 나와 담배를 한대 권했고, 그는 수토끼의 오른쪽 뒷다리로 만든 검게 그을린 파이프에 담배를 끼웠다. 그는 들고 있던 삽에 몸을 기댔는데—그는 항상 새로운 무덤을 팠다—땅속에서 사람의 어깨뼈 한 조각을 주워, 이야기를 나누는 동안 손에 쥐고 있다가 옆으로 던져버렸다. 땅 위에는 바람과 햇빛에 풍화되고 석회화되어 하얗게 변한 뼈들이 여기저기 널려 있었다. 노인에게는 이 뼈나 주검, 동물과 정령이 다 똑같이 익숙한 일상이었다. "이 마을은 죽은 사람들의 뼈로 지어졌지요." 그는 마치 돌 틈으로 갑자기 콸콸 쏟아지는 지하수처럼 목젖을 걸걸거리며 웅얼거리듯 말을 내뱉고는 이빨 없는 입을 씰룩여서 웃음 비슷한 것을 지어 보였다. 내가 무슨 뜻인지를 되물을 때마다 그는 내 질문에는 아랑곳하지 않고 웃으면서 방금 전에 한 말을 그대로 되풀이할 뿐이었다. "말 그대로요. 이 마을은 죽은 사람들의 뼈로 지어졌어요." 그 말을 문자 그대로 받아들이든 아니면 상징적으로 받아들이든, 어쨌든 노인의 말은 옳았다. 얼마 뒤에 시장은 과부의 집에서 얼마 떨어지지 않은 곳에 파시스트 소년단이 지낼 작은 집을 짓도록 명령했는데, 땅을 파자 흙 대신 수천 개의 뼈들이 드러났으며 며칠 동안 트럭이 조상들의 유해들을 실어날라 보병의 묘혈에 버려야 했다. 무너진 천사성모교회 아래 있던 무덤들에서는 비교적 최근의 뼈들이 나왔는데 일부는 아직 양피지처럼 말라붙은 살가죽이나 살점이 남아 있어 개들이 서로 차지하려고 싸웠다. 개중에 정강이뼈를 입에 문 놈이 마을 쪽으로 내뺄라 치면 나머지 놈들이 사납게 짖으며 그 뒤를 쫓았다. 시간이 멈춰버리는 이곳에서는 당연히 모든 시대의 뼈들, 그것이 최근의 것이든 어느 정도 된 것이든 혹은 아주 오래된 것이든 구별 없이 같이 파헤쳐져 여행자들의 발에 차였다. 천사성모교회에 묻힌 사람들은 그중에도 가장 불쌍한 축이었다. 새들과 개들이 유골을 여기저기 흩어버릴 뿐만 아니라 그보다 훨씬 더 무시무시한 존재들이 폐허 아래 가느다랗게 난 그 구덩이를 방문해 휴식을 취하기 때문이다.

몇 달 전인가 혹은 몇 년 전 어느날 밤(모호한 시간관념 때문에 그는 정확히 언제인지 말을 할 수 없었다) 이 늑대를 길들이는 자가 갈리아넬로에서 돌아오는 길에 천사성모언덕이라 알려진 곳에 다다랐는데 갑자기 낯선 피로감이 느껴져서 옆에 딸린 작은 예배당의 계단에 앉았다. 잠시 후에 다시 일어나서 길을 가려 했지만 그럴 수 없었다. 누군가가 뒤에서 그를 붙잡고 있었기 때문이다. 밤은 칠흑 같았고, 노인은 어둠 속에서 아무것도 볼 수가 없었는데 그때 산골짜기 쪽에서 짐승의 목소리 같은 것이 그의 이름을 불렀다. 죽은 사람들 사이에 자리를 잡은 악령이 그를 더이상 못 가게 한 것이다. 노인은 십자가를 그렸고, 악령은 이를 갈며 고통에 울부짖었다. 악령의 그림자에서 잠깐 동안 흉물스러운 염소의 형상을 볼 수 있었는데 그 형상은 공포로 팔짝팔짝 뛰다가 이내 사라졌다. 악령은 협곡 아래로 도망치며 "어우우우아아!" 하고 길게 울음을 토해냈다. 그러자 곧바로 노인은 몸이 자유로워진 것을 느꼈고, 다시 기운을 차려 얼마 남지 않은 길을 재촉해 마을에 도착했다. 그에게는 이런 종류의 모험담이 무궁무진했으며, 내가 듣기를 청하면 전혀 대수로울 것이 없다는 듯 이야기를 들려주었다. 자신은 오래 살았으니 어쩔 수 없이 많은 모험을 겪을 수밖에 없었다는 식이었다.

산적떼가 활약하던 시기에는 그 역시 젊은이였다고 했다. 그가 산적떼 중 하나로 활동했는지 아닌지 알 길은 없었지만, 그는 그 유명한 산적 닌코 난코Ninco Nanco를 알고 있었으며, 그의 연인인 여산적 마리아 아 파스토라Maria 'a Pastora를 마치 어제 본 것처럼 묘사했는데, 그녀도 무덤지기와 마찬가지로 피스티치 출신이었다. 마리아 아 파스토라는 아름다운 농촌 여인으로 연인과 함께 나무가 우거진 산속에 살면서 남자처럼 옷을 입고 말의 등에 올라탄 채 연인의 편에서 싸우고 도적질을 함께 했다. 닌코 난코의 무리는 일대에서 가장 잔인하고 대담했는데 마리아 아 파스토라도 이들이 자행하는 농장과 마을 약탈, 노상강도, 복수를 위한 살해 등에 빠지는 일이 없었다. 닌코 난코가 사로잡은 군인들의 심장을 맨손으로 찢어발길 때, 그에게 칼을 넘겨준 것도 마리아 아 파스토라였다. 무덤지기는 그녀를 또렷하게 기억하고 있었고, 그녀가 얼마나 아름다웠는가를 말할 때는 그 괴상한 목소리에서 한줄기 행복이 느껴지기까지 했다. 그녀는 백옥 같은 피부에 장미꽃처럼 아름다운 모습으로 말 등에 올라타 허리를 꼿꼿하게 세우고 다녔는데 길게 땋은 검은 머리는 발까지 드리워져 있었다고 한다. 닌코 난코는 살해당했는데, 농민 전쟁의 여신인 마리아 아 파스토라가 어떻게 되었는지는 노인도 알지 못했다. 그녀는 죽임을 당한 것도 아니고 붙잡히지도 않았다는 것이다. 누군가 그녀를 피스티치에서 본 사람이 있는데 검은 상복 차림이었으며, 그녀의 말과 함께 숲속으로 사라진 이후 그녀를 본 사람은 아무도 없었다 한다.

내가 묘지 근처를 자주 찾은 이유는 그저 휴식과 고독을 찾아서 또는 이야기를 듣기 위해서만은 아니었다. 그곳은 내가 다른 사람의 시선을 받지 않으며 자유롭게 돌아다닐 수 있는 유일한 곳이었다. 주변에 인가가 없었고, 나무 몇 그루가 동일한 기하학적 형태를 유지하며 묘지를 장식하고 있었다. 그런 이유로, 나는 이곳을 내 그림에 담을 첫 풍경으로 선택했다. 나는 해가 질 무렵이면 붓과 캔버스를 가지고 나가 올리브나무 그늘이나 묘지 담장 뒤쪽에 이젤을 펼치고 그림을 그리기 시작했다. 갈리아노에 도착하고 나서 며칠 지난 뒤의 일이었다. 나의 이런 행동이 헌병대 대장에게는 매우 의심스러웠던지 그는 즉각 시장에게 보고를 하는 동시에 그동안 나를 감시할 경찰을 하나 보냈다. 그는 내 뒤 몇 걸음 떨어진 곳에 꼿꼿하게 서서 내가 첫 붓질을 시작하는 것부터 마지막까지 지켜보았다. 내가 무슨 짓을 하든 그는 꼼짝도 하지 않을 터였지만, 누군가 어깨 너머로 지켜보는 상태에서 그림을 그리는 것은 피곤한 일이었다(세잔의 경우도 그랬다). 시간이 지나면서 그의 멍청한 얼굴은 처음의 심문하는 듯한 표정을 거두고 내 작업에 대한 관심으로 바뀌기 시작했고, 마침내 자신의 돌아가신 어머니 사진을 크게 유화로 그려줄 수 있는지 묻기까지 했는데 이런 형태의 초상화는 그들에게 예술의 최고봉을 의미했기 때문이다. 어느덧 시간이 지나 뉘엿뉘엿 해가 지고 사물들은 석양빛의 황홀한 마법 아래 그 본연의 빛으로 빛났다. 비현실적이리만큼 거대하고 투명한 달이 장밋빛으로 물든 하늘에 걸려 있고, 바다의 소금기로 하얗게 부식된 갑오징어뼈처럼 잿빛 올리브나무들과 낮은 집들이 늘어서 있다. 이 시간이면 나는 달에 대해 특별한 감상에 빠지곤 했는데, 몇 달 동안 달을 볼 수 없는 감옥에 갇힌 적이 있는 터라, 다시 그것을 보는 일은 큰 즐거움이었다. 반갑고 고마운 마음에 나는 하늘 한가운데 둥글고 밝게 빛나는 달을 그려 넣었는데 곁에 있던 경찰은 자못 놀라는 눈치였다.

마을을 다스리는 책임자 둘이 어느새 내 작품을 검사하러 올라와 있었다. 점잔을 빼는 헌병대장은 특유의 나무랄 데 없는 제복에 옆구리에는 검을 차고 있었고, 시장은 친절을 가장한 거짓 웃음을 만면에 띤 채 예의바른 모습이었다. 돈 루이지는, 물론 예술에 일가견이 있는 지성인이었고, 내가 그 점을 알아주기를 바랐다. 그는 나의 테크닉에 칭찬을 아끼지 않았다. 더욱이 내가 자신이 태어난 고장을 화폭에 담을 만큼 가치 있게 여겨주니, 고향에 대한 자부심에 더욱 우쭐해진다고 말했다. 나는 그가 만족해하는 틈을 이용해 이 고장의 아름다움을 제대로 표현하기 위해서 마을 경계를 벗어나 조금 더 멀리까지 갔으면 한다고 말했다. 시장과 헌병대장은 규칙에 어긋나는 일을 용인하는 게 내키지 않는 눈치였다. 하지만 시간이 지나면서, 그림을 그리는 목적에 한해서 내가 경계를 2~3백 미터 정도 벗어나는 것은 암묵적으로 용인해주었다. 내가 이런 특권을 누릴 수 있었던 것은 그들이 예술을 존중해서라기보다 나의 환심을 사려는 돈나 카테리나의 계산과, 그 오빠의 병적인 건강염려증 덕분이었다. 사실 돈 루이지는 매우 건강했다. 그의 가학적이고 유치한 성향으로 보건대 호르몬 불균형이 분명했지만 그것은 새된 목소리와 쉽게 살이 찌는 경향 외에 신체에 별다른 영향을 미치지 않았다. 호르몬 불균형을 제외하면 그는 건강 그 자체였다. 하지만, 나에게는 매우 다행스럽게도, 그는 끊임없는 두려움에 사로잡혀 있었다. 오늘은 결핵이었다가 내일은 심장병, 그 다음날은 위궤양을 의심했다. 그는 스스로 맥박을 점검하고, 체온을 재고, 거울에다 자신의 혓바닥을 비춰보았다. 그를 만날 때마다 나는 그를 안심시켜주어야 했다. 그런 그에게 마침내 곁에 두고 언제든지 부를 수 있는 의사가 나타난 것이다. 그 대가로 나는 가끔씩, 너무 자주는 안 되고, 또 시야에서 벗어나지 않는 한에서, 그림을 그리러 들판으로 나갈 수 있게 되었다. 물론 이 모든 일이 나의 제안으로 이루어진 것이니 그 책임 역시 나 혼자서 져야 했다. 그는 주위에 적들이 너무 많으며, 이런 타협을 했다는 걸 알면 적들은 마테라에 익명으로 투서를 해서 그를 비방할 것이 분명했기 때문이다.

내가 약간의 자유를 얻었다고는 했지만 사실 대단한 일은 아니었다. 마을은 협곡으로 둘러싸여 있고, 단 두 개의 오솔길만 나 있었다. 실질적으로 나는 묘지 너머 경계 밖으로 나갈 수가 없었는데, 거기서부터는 다른 경사면으로 이어지는 내리막이 시작되어 시야를 벗어나기 때문이다. 아래쪽 오솔길은, 골짜기 사이의 산등성이로 갈리아노와 갈리아넬로를 연결하는 길이었다. 그리로 계속 가면 천사성모언덕까지 가닿을 수 있는데, 그곳은 늙은 무덤지기가 악령을 만난 곳이기도 했다. 거기서부터 폭이 몇십 센티미터 되지 않는 좁은 샛길이 오른쪽으로 이어지는데, 깎아지른 절벽을 지그재그로 돌아 내려가다보면 이백 미터 아래까지 가닿았다. 이 위험천만한 길이 매일 새벽 농부들이 나귀와 염소를 데리고 아그리 계곡의 들판으로 내려갔다가 저녁 무렵 나무와 꼴로 가득 채운 등짐을 지고 굽은 허리로 오르는 나날의 통로였다. 나머지 다른 오솔길은 마을 가장 위쪽에서 시작되는 길로 교회 오른 편에서 시작되어서 과부의 집을 지나 작은 샘까지 이어졌는데, 그 샘은 몇 년 전까지만 해도 갈리아노의 유일한 물 공급원이었다. 녹슨 파이프에서 가느다란 물줄기가 흘러나와 나무로 된 여물통 안에 고이면 여인네들이 찾아와 빨래를 했다. 고인 물이 넘치면서 그 주변에 진창을 만들었고 모기들이 들끓었다. 길을 따라 계속 가면 올리브나무가 듬성듬성 심어진 들판을 지나고, 흰색 점토질의 구덩이와 언덕이 미로처럼 이어지다 갑자기 깎아지른 낭떠러지가 나오는데 멀지 않은 곳에 사우로 강이 있었다. 나는 그곳까지 걸어가 그림을 그리곤 했는데 어느날엔가는 독사를 만나기도 했다. 다행히 개가 큰소리로 짖어대는 바람에 위기를 모면할 수 있었다.

이상한 지형이 만들어내는 가파르고 불연속적인 윤곽선 덕분에 갈리아노는 마을로 드나드는 출구가 제한된 천연의 요새였다. 시장은 이런 지형을 그의 광기 어린 애국 선전 활동에 적극 활용했다. 그는 사기를 진작한다는 명목으로 대중회합을 소집해서 사람들을 마을 광장에 몰아넣고 라디오 방송을 듣게 했는데, 방송에서는 당시 아비시니아 전쟁을 획책하는 정치지도자들의 연설이 흘러나왔다. 돈 루이지가 회합을 소집하기로 결정하면, 마을의 소식을 전하는 포고원이자 무덤지기인 노인은 그날 밤 마을 곳곳을 돌아다니며 북과 나팔을 불고 집집마다 들러 문 앞에서 인간의 목소리 같지 않은 늙고 새된 목소리로 "내일 아침 열시, 모두들 시청 앞 광장에 모여 라디오를 들으시오! 아무도 빠져서는 안 되오!" 하고 몇백 번이고 소리치는 것이었다. "해 뜨기 두 시간 전에는 일어나야 되겠군." 일할 수 있는 날을 빼앗기는 게 못마땅한 농부들은 중얼거렸다. 그들은 돈 루이지가 경찰과 파시스트 소년단을 마을의 모든 출구에 배치하고 아무도 못 나가게 할 것이라는 걸 잘 알고 있었다. 대부분의 농부들은 해가 뜨기 훨씬 전, 감시원들이 배치되지 전에 이미 들판으로 나갔지만, 늦게 일어난 자들은 여자들과 학교에 다니는 꼬맹이들과 함께 광장의 발코니 바로 아래 서서, 자아도취 상태의 시장이 되는 대로 쏟아내는 폭포수 같은 연설을 견뎌야만 했다. 농부들은 모자를 쓰고, 맑은 정신으로, 단 한마디도 귀담아듣지 않은 채 묵묵히 서 있었고, 시장의 장광설이 휩쓸고 지나가는 동안 군중들 사이에는 아무런 반응도 일지 않았다. 귀족들은, 심지어 닥터 밀릴로처럼 그들의 주장에 찬동하지 않는 사람들마저도 전부 당원이었다. 당은 곧 권력이었고, 정부와 국가였으니 당연히 귀족들은 당원인 자신들이 곧 국가라고 생각했다.

정확히 그 반대의 이유로 농부들은 당원이 아니었다. 사실 농부들에겐 그 어떤 정당이든 속할 일이 없었다. 한 번도 보수주의자나 사회주의자 혹은 그 어떤 주의자도 아니었던 그들은 파시스트도 아니었다. 그런 것들은 그들과 무관한 이야기였다. 그들은 다른 세계에 속해 있었기에 다 의미 없는 짓거리였다. 농부들이 권력, 정부 또는 국가와 무슨 상관이란 말인가? 국가란, 그 형태가 무엇이든 관계없이, '로마의 양반들'이 부리는 수작에 불과했다. "다 아는 얘기지만, 로마의 양반들은 우리가 인간처럼 살기를 바라지 않아요." 그들은 말했다. "우박이 내리고 폭풍우가 불고 산사태에 가뭄, 말라리아가 창궐해도…. 국가라. 그건 벗어날 수 없는 악이지요. 언제나 있어왔고 앞으로도 늘 있을 테지요. 우리 염소를 도살하게 만들고, 우리의 살림살이를 빼앗아가더니 이제는 우리를 전쟁에 보내려고 궁리중이죠. 산다는 게 빌어먹을 짓이지!"

농부들에게 국가는 천국보다 먼 곳에 존재하는 재앙에 불과했다. 국가는 늘 그들에게 등을 돌렸다. 어떤 정치적 수사나 공약도 상관없었다. 농부들의 말과 다른 언어로 쓰인 그것들을 전혀 이해할 수 없었기 때문이다. 굳이 이해하려고 노력할 이유도 없었다. 국가에 대항하는 그들의 유일한 수단, 국가와 그 정치선동에 대항하는 그들의 유일한 방어막은 체념이었다. 천국에 대한 희망을 버렸을 때 허락되는 홀가분함에 비견될 만한 우울한 체념이 그들로 하여금 자연의 재앙 아래 묵묵히 굴종하며 살아가도록 한 것이다.

그러한 이유로 농부들은 매우 당연하게도 정치적 투쟁에 대한 개념 자체가 없었다. 그들은 그것을 '로마의 양반들' 사이에 벌어지는 개인적인 말싸움 정도로 생각했다. 그래서 자신들 가운데 유배되어 살고 있는 정치범들의 사상이나 유배된 동기에 대해서도 별다른 관심이 없었다. 정치범들을 친근하게 바라보며 자신들의 형제와 똑같이 대했고, 자신들과 마찬가지로 설명할 수 없는 이유로 희생당한 운명이라고 생각했다. 마을에서 보낸 처음 며칠 동안 나는 마을 외곽을 걷곤 했는데, 낯선 초로의 농부들을 만날 때마다 그들은 나귀를 멈춰 세우고 인사를 건넸다. 그러고는 사투리로 "누구신고? 어디 가시는 길이오?" 하고 묻곤 했는데, "그냥 산책을 하던 길입니다. 저는 정치범입니다"라고 내가 대답을 하면 "유배를 오신 거요?(그들은 죄수 대신 유배자라고 말했다) 안되셨군요! 로마에 있는 누군가에게 미움을 샀나보오"라고 말하는 것이었다. 그러고는 형제애가 물씬 느껴지는 미소를 지어 보이며 천천히 가던 길을 계속 갔다.

이 체념적인 형제애, 말 그대로 함께 아파하고 함께 운명에 순응하는 동지애적인 연민이야말로 농부들이 그들 마음속 깊이 함께 나누는 감정으로, 신앙심에서 비롯된 것이 아니라 본성적으로 생성된 유대감이다. 그들에겐 소위 정치적 의식이라는 게 없었고, 가질 수도 없었다. 문자 그대로 그들은 파가니pagani, 즉 이교도들이며, 도시 거주자들과 구별되는 시골사람들이기 때문이다. 국가와 도시에서 섬겨지는 그 어떤 신들도 늑대와 태곳적의 검은 멧돼지가 다스리는 이 땅에서는 숭배되지 않았다. 이곳은 인간의 세계와 동물의 세계, 정령의 세계 사이의 경계가 없으며, 나무의 잎사귀와 그 아래 뿌리 사이에도 구별이 존재하지 않는다. 농부들에게는 심지어 개개인으로서의 의식도 존재하지 않는데, 모든 것들이 한데 얽혀 각각의 부분은 눈에 띄지 않게 전체에 영향력을 미쳤다. 이곳에 마법이 뚫을 수 없는 장벽은 존재하지 않았다. 그들은 자신들의 의지와 무관하게 운영되는 세계 속에 갇혀 살고 있다. 이곳에서 인간은 태양, 야수, 말라리아와 떨어져 살아갈 방도가 없다. 이곳에는 행복도 존재하지 않으며 마찬가지로 희망도 존재하지 않는다. 그 두 가지는 모두 인간 세계의 부속물이기 때문이다. 이곳에는 오직 슬픈 자연을 묵묵히 따라야 하는 어두운 운명만이 존재한다. 하지만 농부들은 인간의 공통적 숙명에 대해서, 인간이 수긍할 수밖에 없는 그 운명에 대해서는 생생한 인간적 감정을 지니고 있다. 그것은 의지의 행위라기보다 철저하게 감정적인 것이다. 그리고 그것을 말로 표현하지는 않지만 매 순간 그들의 일거수일투족을 통해, 폐허 속에서 끝없이 반복되는 매일 매일을 통해서 묵묵히 드러내 보인다.

"안되셨군요! 누군가의 미움을 샀나보오." 이 말의 뜻은 이렇다. 당신 역시 운명을 받아들일 수밖에 없다. 당신 역시 그 어떤 나쁜 힘, 그 어떤 나쁜 별자리 때문에 이곳에 올 수밖에 없었다. 당신이 여기 던져진 것은 못된 마법의 농간 때문이다. 그리고 당신 역시 인간이다. 당신도 우리들 중 하나이다. 이유를 따지지 마라. 정치건 법이건 혹은 이성의 착각이건 상관없다. 이성 혹은 원인과 결과 같은 것은 존재하지 않는다. 오직 존재하는 것은 하나, 우리가 감수해야 할 적대적인 운명, 그 악한 의지가 모든 것에 사악한 마법의 힘을 발휘한 것이다. 국가도 그런 적대적인 운명의 한 형태에 불과하다. 그것은 마치 수확물을 삼켜버리는 바람과 같고 우리를 고통스럽게 하는 열병과 같다. 이 운명에 대해 우리가 갖춰야 하는 태도는 인내와 침묵뿐이다. 말이 무슨 소용 있겠나? 인간이 무엇을 할 수 있겠나? 아무것도 할 수 없다.

그렇게 침범할 수 없는 침묵과 인내로 무장한 채, 몇몇 농부들은 아침에 들판으로 도망치는 대신 광장에 나와 자리를 지키고 있었다. 그들은 라디오가 쾌활하게 쏟아내는 소식들은 전혀 듣지 않는 눈치였다. 그 소식들은 아주 멀리 떨어진 곳, 편리와 발전의 땅, 죽음의 존재가 이미 잊혀져 믿지 않는 자들의 경솔한 농담처럼 여겨지는 그런 곳으로부터 오는 소식이었다.

이즈음 나는 갈리아노에서 상당한 수의 농부들과 알고 지냈다. 처음 보면 그들은 다 비슷해 보였다. 키가 작고 그을린 피부에 무뚝뚝하고 표정 없는 검은 눈은 마치 어두운 방의 비어 있는 창문처럼 아무것도 응시하지 않는 듯했다. 몇몇은 짧은 산책길에 만났고 몇몇은 저녁 무렵 문간에 있다가 지나가는 나에게 인사를 건넸다. 하지만 대부분은 진료를 받으려고 나를 찾아와 안면을 텄다. 나는 의사로서의 직분을 수행하면 안 되었지만 신참내기 의사가 그러듯 환자들의 상태가 걱정되는 마음이 앞섰고, 다른 한편으로는 과연 내가 그들을 진료할 능력이 있는지 의문스러웠다. 하지만 그들의 순수함과 나에 대한 맹목적 신뢰는 결국 내 의지와 상관없이 그들의 고통에 공감하게 했으며 책임을 느끼게 했다. 운 좋게 정식으로 의학 교육을 받았다지만 나는 한 번도 실제로 진료를 한 경험이 없으며 수중에 필요한 진료도구도 책도 없었다. 게다가 환자를 대하는 나의 태도는 개인적인 감정이 배제되지도, 또 과학적이지도 않았다. 사실대로 말하자면 나는 속으로 지속적인 불안을 느끼고 있었다.

그런 이유로 누이의 짧은 방문이 나에게 얼마나 소중했는지 모른다. 그녀는 친절하고 똑똑한 여성인 동시에 매우 유능한 의사였다. 무엇보다 누이는 약과 진료도구, 최근 출간된 책들을 가져오겠다고 약속했고, 조언과 격려도 아끼지 않았다. 전혀 예상하지 못했던 누이의 방문을 알리는 전보를 받은 것은 누이의 도착이 얼마 남지 않은 때였다. 다행히도 사우로 강 인근 교차로 버스 정류장으로 그녀를 데리러 갈 차편을 주선할 만큼의 시간은 있었다.

그렇게 구한 갈리아노의 유일한 자동차는 다 망가진 낡은 피아트였다. 사람들이 '아메리칸'이라고 부르는 수리공 소유였는데, 금발에 몸집이 큰 수리공은 언제나 베레모를 쓰고 있었다. 프랑스 사람들이 그들의 수상인 에두아르 에리오Edouard Herriot에 대해 수군거리는 것만큼이나 거대한 남성적 근육을 자랑하는 그는 마을에서 꽤 유명했다. 덕분에 사람들의 호감을 샀지만 동시에 여성들에게는 위험한 존재였다. 그럼에도, 아니 오히려 그 덕분에 그는 마을의 돈 주앙으로 행세했고, 그를 사모하는 많은 여인들이, 그의 아내의 질투와 마을 사람들의 장난기 어린 호기심으로부터 자신들의 연정을 숨기느라 애를 먹었다. 그는 뉴욕에서 벌어온 돈을 마지막까지 털어 이 자동차를 샀다. 사람들을 태워주고 돈을 벌 수 있으리라는 계획이었지만, 고작 일주일에 한두 번 운행하는 데 그쳤고, 보통은 시장을 태우고 마테라의 도청에 가거나, 세금징수원이나 헌병을 태우고 다니는 게 다였다. 때로는 환자를 스틸리아노로 태우고 가거나 그곳에서 짐을 싣고 오기도 했다. 마을 책임자들은 날마다 우편물을 운반하는 수단으로 노새 대신 그의 자동차를 심각하게 고려했다. 그러면 버스를 이용해 오가는 여행객들도 규칙적으로 마을로 실어나를 수 있기 때문이다. 하지만 이곳에서 시간과 노동력은 전혀 고려 대상이 아니었고, 말 그대로 값어치가 전혀 없었기에 두 방법의 비용을 두고 큰 의견차이가 있었다. 게다가 짐작건대 다양한 가문과 사회적 관계들도 고려해야 했기 때문에 논의는 계속 늦춰졌고 결국 내가 그곳을 떠나올 때까지 결정된 건 아무것도 없었다. 그렇게 가끔씩 사람을 태우러 버스 정류장에 갈 때면 수리공이 우편물도 가지고 오곤 했는데, 그러면 평소보다 몇 시간 일찍 우편물을 받아볼 수 있었고, 이런 사정을 잘 알고 있는 사람들은 교회 앞에 모여서 자동차가 돌아오기를 기다렸다. 자동차의 요란한 엔진소리가 길모퉁이에서 들려오면 사람들은 신이 나서 앞으로 몰려나갔다. 내가 차에서 내리는 누이의 낯익은 얼굴을 발견한 것도 이

기대에 찬 군중들 가운데서였다.

오랫동안 못 보고 지낸 터라 누이는 마치 아주 먼 곳에서 온 것만 같았다. 그녀의 절도 있는 동작과 정갈한 옷차림, 솔직하고 가식없는 목소리와 환한 미소는 내가 알고 있는 그대로였지만, 감옥에서 몇 달을 보내고, 또 그라사노와 갈리아노에서 유배생활을 하고 난 뒤라 그런지, 마치 기억 속에만 존재하던 세계가 갑자기 살아 움직이며 눈앞에 펼쳐지는 듯한 느낌이었다. 저 자신에 찬 몸짓과 스스럼없는 움직임은 내가 지금 존재하는 이 공간과는 다른 세계에 속하는 것이었고 그래서 내 눈을 믿을 수가 없었다. 나는 한동안 얼떨떨했는데, 내 누이의 등장은 마치 한 나라가 다른 나라, 즉 산 너머 이쪽 나라에 파견하는 대사의 등장과 같았다.

반가움의 포옹을 나눈 뒤, 누이는 나에게 어머니와 아버지 그리고 형제들의 안부를 전했고, 우리는 사람들의 눈길을 피해 과부의 여인숙 부엌에 단 둘이 자리를 잡았다. 나는 못 견디겠다는 듯이 누이 루이자[Luisa]에게 질문을 퍼부었다. 누이는 가족들과 친구들의 소식을 알려주었고, 내가 없는 동안 바깥세상에서 일어난 일들에 대해 말해주었다. 우리는 책과 그림에 대해 이야기를 나누었고, 지인들의 근황과 이탈리아 사람들의 여론에 대해서도 얘기했다.

이런 것들이야말로 내가 가장 소중하게 생각하는 것, 매일 매일 머릿속으로 되새기던 것이었고, 곁에 있는 듯 가깝게 느끼는 것들이었다. 하지만 막상 그것들을 말로 전해 듣자, 마치 다른 시간대에 속하는, 다른 리듬과 다른 법칙이 지배하는 세계의 일부인 것처럼, 꼭 중국이나 인도처럼 머나먼 곳의 이야기로 생각되었다. 갑자기 나는 이 두 시간대가 얼마나 서로 철저하게 단절되어 있는지 깨달았다. 이 두 문명은 기적이 없다면 서로 소통할 수 없었다. 비로소 왜 농부들이 북쪽에서 온 낯선 사람들을 마치 다른 세계에서 온 존재 보듯 하는지, 거의 그들을 이방의 신들인 양 바라보는지 그 이유를 알게 되었다.

누이는 토리노에서 왔고 고작 4~5일 정도 머물 수 있을 뿐이었다. "여기 오는 길에 시간을 많이 낭비해버렸어." 누이가 말했다. "방문 허가증을 경찰에게서 받아야만 해서 마테라를 거쳐 올 수밖에 없었거든. 나폴리와 포텐차를 거쳐 곧바로 왔다면 이틀이면 될 텐데, 바리를 거쳐 마테라까지 돌아와야만 했다고. 게다가 마테라에서는 꼬박 하루 동안 버스를 기다려야 했어. 뭐 그런 곳이 다 있는지! 여기 갈리아노는 얼핏 보기엔 그렇게 나빠 보이지 않는구나. 어떻게 마테라보다 더 나쁠 수가 있겠니." 누이는 자신이 본 광경에 너무나 놀라고 겁에 질려 있었다. 나는 그런 격한 반응은 이전에 한 번도 이쪽 지방을 본 적이 없기 때문이라고, 마테라가 이탈리아 국토 한쪽의 소외된 사람들이 살아가는 모습을 목격한 첫번째 장소이기 때문이라고 말해주었다. "하긴, 이쪽 지방은 전혀 몰랐으니까.” 누이가 대답했다. “하지만 마음속에 어느 정도 그려보기는 했어. 단지 마테라는… 그래, 내가 상상할 수 있는 그 모든 것을 능가했다고나 할까.”

“오전 열한시에 거기 도착했어. 여행책자에서 읽기로는 그림 같은 마을로, 충분히 방문할 가치가 있다고 했거든. 오래된 예술작품을 소장한 박물관도 있고, 신기한 동굴 형태의 주거지도 있다고 말이야. 근데 기차역에서 나오자마자—기차역사는 현대적이고 제법 호화스러운 건물이었어—아무튼 주위를 둘러보니, 눈을 씻고 찾아봐도 마을은 안 보이지 뭐니. 마을은 없고 그냥 황량한 고원 한가운데 내가 서 있더구나. 사방은 돌투성이의 잿빛 민둥산으로 둘러싸여 있고. 이 사막 한가운데 여기저기 여남은 개의 대리석 건물이 로마에서 유행하는 피아첸티니Piacentini* 스타일로 지어져 있더라. 육중한 출입문에 화려한 문틀장식, 위엄 있게 새겨 넣은 라틴어와 햇빛에 빛나는 기둥들. 아직 공사가 끝나지 않은 건물도 있고 비어 있는 듯한 건물도 있었는데 황량한 주변 풍경 속에 무척 흉물스럽더구나. 그 사이 사이를 날림으로 대충 지은 집들이 채우고 있었는데, 아마 정부 직원들 숙소로 지어졌을 게 분명한 그 집들은 손을 쓸 수 없을 만큼 더럽고 노후한 채로 시야를 가로막고 있었어. 내가 보기에 야

* 마르첼로 피아첸티니(Marcello Piacentini)는 이탈리아 도시 이론가로 파시스트 건축 양식을 설계한 대표주자였다.

심찬 도시계획을 세웠지만 너무 성급하게 시작한 데다 전염병으로 중단되어, 꼭 형편없는 취향으로 만들어놓은 단눈치오d'Annunzio*의 비극 무대 같았어. 이 거대한 20세기식 제국의 궁전들에는 도청, 경찰서, 우체국, 시청, 헌병대 숙소, 파시스트 당 본부, 파시스트 소년단, 중앙위원회, 노동조합 본부 등이 들어서 있더라. 그럼 도대체 마을은 어디 있는 거지? 마테라는 아무데도 보이지 않았어."

"나는 일단 이곳에 온 용무를 먼저 처리하기로 마음먹고 경찰서로 갔어. 경찰서 건물은 멋진 대리석으로 지어졌지만 내부의 방들은 더럽고 벌레가 먹은 데다, 청소를 제대로 하지 않아 먼지에 뒤덮여 있었지. 내가 그곳을 찾은 이유는 방문 허가증에 도장을 받으려는 것이었어. 나를 맞이한 사람은 부서장이었는데 이 지역 정치경찰의 우두머리이기도 했지. 나는 말라리아가 걱정되어 그 사람에게 너를 좀더 안전한 다른 지역으로 옮겨줄 수는 없는지 물어보았어. 그러자 방에 있던 다른 경찰 하나가 갑자기 대화에 끼어들며 '말라리아라고요? 여기 그런 건 없습니다. 다 사람들이 지어낸 말이에요. 아마 일 년에 한 명이나 생길까 말까예요. 당신 남동생은 지금 있는 곳에서도 아주 잘 지내고 있어요'라고 말하더구나. 하지만 곧 내가 의사라는 사실을 알고는 입을 다물었지. 그러자 그 상사인 부서장이 완전히 다른 어조로 내게 이

---

* 이탈리아의 극작가이자 소설가, 시인, 정치가.

렇게 말했어. '말라리아가 없는 곳은 없습니다. 원하시면 남동생을 다른 곳으로 이송할 수 있지만 어디든 갈리아노와 마찬가지일 거예요. 이 지방에서 말라리아로부터 안전한 곳이 한 군데 있다면 그건 스틸리아노일 겁니다. 그곳은 해수면에서 수천 미터 높은 곳에 있으니까요. 나중에 남동생을 그곳으로 보낼 수도 있겠지만 지금으로선 불가능합니다. (나는 파시스트들 중에 반동분자들만 스틸리아노로 보내진다는 것을 그제야 알게 되었어.) 남동생은 그대로 있는 게 더 나을 겁니다. 우리도 여기 마테라에 살고 있고, 정치범들은 아니지만, 말라리아로 말하자면, 여기라고 갈리아노보다 나을 게 없어요. 우리가 여기서 지낼 수 있다면 당신 남동생도 지낼 수 있을 겁니다.'

거기에는 뭐라 대꾸할 수가 없었어. 나는 더이상 얘기하지 않고 자리를 떠났지. 너에게 청진기를 하나 사줘야겠다고 생각했어. 토리노에서 하나 가지고 온다는 걸 깜박했거든. 네가 여기서 진료를 보려면 반드시 필요할 테니까. 거기에는 의료기구를 파는 곳이 없어서 나는 약국들을 둘러보기로 했지. 정부 건물과 싸구려 집들 사이에서 약국을 두 군데 찾았는데, 내가 듣기로는 마을의 약국은 그게 다라더구나. 두 곳 모두 내가 찾는 물건은 없었고, 더 놀라운 것은 약국 주인들이 그게 무엇인지조차 전혀 모른다는 사실이었지. '청진기요? 그게 뭐죠?' 내가 끝이 작은 나팔처럼 생겨서 심장 소리를 듣게 해주는 물건으로 보통은 나무로 만들어졌다고 설명하자 그들은 그런 것이라면 바리에서나 찾아볼 수 있지 여기 마테라에서는 본 적도 들은 적도 없다고 대답하더구나. 시간이 어느새 정오 무렵이어서 나는 사람들이 마을에서 제일 괜찮다고 알려준 식당으로 갔어. 거기에 아까 만난 부서장과 다른 경찰들이 한 테이블에 모여 있더구나. 그들은 거의 매일 오는 눈치였는데, 더러운 테이블과 냅킨을 앞에 두고 앉아 있는 그 모습이 안쓰러울 정도로 지루하고 권태로워 보이더구나. 너도 알지만 나는 그리 까다로운 사람이 아닌데도, 맹세컨대 식사를 마치고 자리에서 일어났을 때 식당에 들어갈 때만큼 배가 고팠어. 마침내 나는 마을을 찾아보기로 했지. 기차역 뒤쪽으로 얼마 떨어지지 않은 곳에서 길을 하나 찾아냈는데, 한쪽 가장자리로 허름한 집들이 들어서 있고 다른 쪽 가장자리는 깊은 계곡으로 이어져 있었어.

그 계곡 아래 마테라가 있더구나. 내가 서 있던 곳은 높아서 저기 아래쪽의 마을이 잘 보이지 않았어. 알아볼 수 있는 것들이라곤 골목길과 테라스뿐이었고, 집들은 가려져 잘 보이지 않았지. 눈을 들면 맞은편에는 지저분한 회색빛의 메마른 언덕밖에 안 보이고 거기에는 나무 한그루, 밭 한뙈기 찾아볼 수 없는, 오로지 태양에 타들어가는 흙과 돌덩어리들밖에 없더라. 저 아래 계곡에는 병든 것 같은 누런 흙탕물이 가느다란 물줄기를 이루고 있었는데 그게 그라비나 강이 바위들 사이로 흐르는 거였어. 언덕과 냇물은 우울하고 음산한 분위기를 자아내어 마음이 아프더라. 계곡은 모양이 이상해서 깔때기를 절반씩 나란히 붙여놓은 사이에 작은 박차가 끼어 있는 듯한 형태였어. 나뉘었던 물줄기가 만나는 아랫부분에는 하얀색 교회가 있었는데 산타마리아 데 이드리스Santa Maria de Idris 교회로 절반은 땅에 묻혀 있었지. 고깔모자를 뒤집어놓은 듯한 두 개의 골짜기는 사소 카베오조Sasso Caveoso와 사소 바리자노Sasso Barisano였어. 꼭 초등학생이 단테의 인페르노*를 그려놓은 듯한 모양이었지. 그래서 나도 단테가 했던 것처럼, 낭떠러지를 빙빙 돌아가며 노새가 인도하던 길을 아래까지 내려가보았지.

뱀처럼 구불구불한 길옆으로 집들의 지붕들이 보이더구나, 그것들을 집이라고 부를 수 있다면 말이야. 사실 집이라기보단 낭떠러지의 흙벽에 파놓은 굴에 가까웠지. 집집마다 앞쪽으로 출입구를 내었는데 어떤 것들은 18세기의 수수한 장식을 더해 아름답기까지 했어. 바위에 수직으로 깎은 정면 윗부분은 앞으로 돌출되어 있고 양 옆으로는 경사가 졌는데, 이 정면과 절벽 사이의 공간이 바로 길이었어. 그러니까 길인 동시에 사람들이 살고 있는 집의 지붕이기도 했지. 열기 때문에 문들은 다 열어젖혀 있었어. 지나가면서 굴 안을 볼 수 있었는데 빛이라고는 들지 않고 창문도 없어서 공기

* 단테의 『신곡』에 나오는 지옥편.

가 오직 문을 통해서만 안으로 들어가게 되어 있더구나. 어떤 집들은 문마저도 없어서 사다리를 타고 위쪽으로 들어가게 되어 있었어. 그 어두운 구멍 안 흙벽들 사이를 보니 낡은 세간과 침대, 말리느라 걸어둔 누더기 옷들이 눈에 들어오더구나. 바닥에는 개, 양, 염소와 돼지들이 누워 있었지. 대부분의 집들이 방이 하나여서 그 안에서 남자, 여자, 어린아이, 가축 할 것 없이 다 같이 잠자고 생활하고 있었지. 그게 이만 명이나 되는 사람들이 사는 방식이었어. 아이들의 숫자는 거의 셀 수 없었지. 어디를 가든 더위 속에서 먼지를 뒤집어쓰고, 벌거벗거나 아니면 누더기 옷을 걸친 아이들이 파리떼에 둘러싸여 뛰어놀고 있었어.

평생 그토록 적나라한 빈곤의 장면을 목격한 건 처음이었어. 직업상 매일 십여 명의 가난하고 병들고 제대로 돌봄을 받지 못하는 아이들을 만나지만, 정말이지 그런 광경은 꿈속에서조차 상상할 수 없었어. 문간에 앉아 있는 아이들을 보았는데, 뙤약볕과 먼지 속에서 절반은 감긴 눈을 하고 있더구나. 붉게 부풀어 오른 눈꺼풀 주변에 파리들이 붙어 있었는데, 아이들은 손을 들어 파리를 쫓아낼 생각도 하지 않았지. 진짜야, 파리가 눈꺼풀 주변에 붙어 있는데 그걸 느끼지도 못하는 눈치였다니까. 그 아이들은 트라코마*에 걸린 게 분명했어. 그 질환이 남쪽 지방에서 번진다는 사실은 알고

* 과립성 결막염.

있었지만 빈곤과 먼지 속에서 그걸 직접 목격하니 느낌이 다르더구나. 노인네처럼 주름이 가득한 얼굴을 하고 있는 다른 아이들도 만났는데, 굶주려서 뼈만 앙상한 데다가, 머릿니가 득시글하고, 피부는 부스럼으로 뒤덮여 있었어. 거대하게 부풀어 오른 배와 누런 얼굴을 하고 있는 대부분의 아이들은 이미 말라리아에 걸려 있었지. 문 안쪽에서 나를 쳐다보던 여자들이 안으로 들어오라고 청했어. 어둡고 냄새나는 동굴 안쪽에는 아이들이 해진 이불을 덮고 바닥에 누워 있었는데 고열로 이를 달달 떨고 있더구나. 다른 아이들은 이질에 걸려서 꼼짝할 수도 없었지. 얼굴이 밀랍처럼 창백한 아이들도 보았는데, 말라리아보다 더 나쁜 병에 걸린 것 같았어. 아마 흑열병 같은 열대성 질환일 거야. 깡마른 여인네들은, 제대로 먹지 못한 애기들에게 더럽고 축 늘어진 젖을 물린 채 기운 없고 절망적인 목소리로 내게 말을 걸었지.

나는 눈이 멀듯 내리쬐는 태양 아래, 꼭 전염병이 휩쓸고 간 도시에 있는 것 같은 느낌이 들었어. 계곡 아래 교회까지 계속 걸어 내려갔어. 점점 더 많은 아이들이 무리를 이루어 내 뒤를 따라왔지. 뭐라고 소리쳤는데 그 지방 사투리를 알아들을 수 없더구나. 내가 계속 길을 가자 아이들은 계속 따라오며 나를 불렀어. 동전 몇 닢을 원하는 건가 해서 잠시 멈춰 섰지. 그제야 나는 아이들이 합창하듯이 외치는 말이 뭔지 이해했어. '시뇨리나, 키니네 좀 주세요!' 나는 아이들에게 사탕을 사먹으라고 가지고 있던 동전들을 주었지만 그건 아이들이 원하는 것이 아니었어. 아이들은 불쌍하게도 계속해서 키니네를 요구했지. 그러는 사이에 산타마리아 데 이드리스에 도착했어. 멋진 바로크식 교회더구나. 눈을 들어 내가 지나온 길을 보니 꼭 경사진 벽처럼 생긴 마테라의 마을 전경이 마침내 한눈에 들어오더라. 거기서 보니 진짜 마을 같았어. 굴 입구를 장식한 입면부들은 꼭 일렬로 늘어선 하얀 집들 같았고, 출입구로 파놓은 구멍은 검은 눈동자들처럼 나를 응시하고 있었어. 마을이 정말 아름답긴 하더구나. 놀랄 만큼 그림 같은 풍경이었어. 게다가 인근에서 발견된 옛 동전과 작은 조각상, 그리스식 화병을 소장한 제법 괜찮은 박물관도 있더구나. 내가 그곳을 둘러보는 동안 아이들은 여전히 뙤약볕 아래서 내가 키니네를 가져다주기를 기다리고 있었지."

누이의 숙소를 어디에 마련해야 할까? 절름발이 염소 백정은 이미 나폴리에서 대답을 받아왔다. 집주인은 그 집을 세놓는 일이 전혀 급하지 않지만 어쨌든 방 한두 개 정도를 쓰도록 할 의향이 있다며, 한 달에 오십 리라라는 상당히 높은 가격을 불렀다. 자신들도 높은 가격이 유감스럽지만, 사람들이 임박한 전쟁에 불안해하며 영국 함대의 폭격을 두려워하는 이때에 이런 후방의 땅에 거처를 마련하기 위해서는 웃돈을 더 내야 한다는 것이다. 또, 집주인과 그 친구들이 갈리아노로 피난을 올 수 있다고도 했다. 그러는 동안 나는 다 쓰러져가는 낭만적 저택에 대한 흥미를 잃었고, 오히려 내가 살기에 별로 적당하지 않은 곳이란 생각이 들기 시작했다. 그 무렵 피사에서 온 학생, 담장 위의 저녁을 가지고 가던 그 정치범이 어느 농부를 통해 나에게 말을 전해왔다. 며칠 후면 그를 찾아온 그의 어머니와 누이 그리고 학교 선생님들이 머물던 방이 빈다는 소식이었다. 그의 손님들은 대부분 집 안에 머물러 있었기 때문에 내가 그들을 볼 수 없었던 것이다. 피사의 정치범은 그 방값을 감당할 수 없으니 손님들이 떠나는 즉시 내가 들어가면 되는 상황이었다. 절름발이 노인과 돈나 카테리나도 모두 그러라고 했다. 그동안 누이는 어쩔 수 없이 과부의 여인숙에서 나와 한방에서 지내며 루카니아 지방의 벌레들에 대해 알아갈 수밖에 없었다. 마테라의 토굴집들을 목격한 누이는 이 우울한 방은 오히려 궁궐이라고 했다. 다행히도 누이가 있는 동안 세금징수원이나 다른 유객이 밤에 방을 찾는 일은 없었다. 내 누이의 방문은 나름 큰 사건이었다. 마을 귀족들은 누이에게 대단한 환대를 베풀었다. 돈나 카테리나는 누이에게 자신의 간질환을 소상히 털어놓았고, 자신만의 비밀 요리법도 알려주며 더할 나위 없이 다정하게 대했다. 북쪽 출신의 지체 높은 아가씨인 데다가 소탈하고, 심지어 의사라니. 그들은 누이 같은 사람을 본 적이 없었으며, 어떻게든 좋은 인상을 주려고 안달했다.

반면 그녀를 맞는 농부들의 태도는 훨씬 자연스러웠다. 그들 중 상당수는 미국에 다녀온 적이 있기 때문에 여자 의사가 생경하지 않았고, 그녀가 의사라는 사실을 십분 활용했다. 지금까지 그들은 나를 하늘에서 떨어진 존재로 여기고 있었는데, 지상에 내 혈육이 있다는 사실을 알게 되자 비로소 자신들이 원하는 방식으로 나에 대한 그림을 완성할 수 있었다. 내가 누이와 함께 있는 장면은 그들의 마음속 깊이 존재하는 어떤 감정, 바로 혈육의 정을 일깨웠고, 이 감정이야말로 국가나 종교에 대한 그들의 애정결핍을 채우는 강렬한 감정이었다. 그들에게 가족관계는 사회적 혹은 법적인 관계 또는 감정적 유대가 아니라, 초자연적이고 신비한 그 무엇, 다시 말해 성스러운 공동체로서 소중하게 여겨졌다. 마을은 매우 복잡한 그물망으로 엮여 있었는데, (사촌이 친형제와 진배없는) 혈연관계뿐만 아니라 콤파라조comparaggio라고 일컬어지는 상징적이고 후천적인 유대관계가 마을을 지배하고 있었다. '성 요한의 친구'compari di San Giovanni*는 피를 나눈 형제와 다름없었다. 이들은 선택과 입문의식을 통해 실제로 같은 가문으로 편입되기도 했으며, 그 안에서는 서로 결혼할 수 없었다. 형제애적 유대감은 남자들 사이에서 특히나 강했다.

저녁 무렵, 누이와 내가 팔짱을 끼고 거니는 모습을 보자

* 세례 요한 축일인 6월 24일에 우정을 맹세한 친구를 말한다.

집에 있던 농부들이 반색을 했다. 여자들은 우리에게 인사를 건네고 축복의 말을 쏟아냈다. "당신들을 임신했던 태에 축복이 있기를!" "당신들을 먹이던 젖가슴에 축복이 있기를!" 이가 다 빠진 노인들은 실을 잣던 손을 멈추고 우리를 올려다보며 속담을 웅얼거렸다. "마누라도 좋지만 누이는 더 좋다!" "남매지간은 일심동체!" 당연한 일이지만 도회적이고 이성적인 사고방식의 소유자인 루이자는 나에게 누이가 있다는 단순한 사실이 이토록 대단한 관심을 불러일으킨다는 사실에 놀라움을 금치 못했다.

하지만 그녀가 무엇보다 놀랍고 또 수치스럽게 생각한 것은 그 누구도 이 지역을 돌보지 않는다는 사실이었다. 고대 점성술사들이 '태양인'이라고 불렀을 법한 그녀의 건설적인 기질에다 장애물이라고는 모르는 그녀의 적극적이고 선한 의지가 더해져 누이는 이곳에 머무는 동안 갈리아노의 농부들과 마테라의 아이들을 위해 무엇을 할 수 있는지 나와 토론하고 고민하는 데 시간을 보내며 실제적인 실행계획들을 열거했다. 병원과 주거시설, 말라리아 퇴치 캠페인, 학교, 공공건설, 정부가 파견하는 의사와 자원봉사자들, 비슷한 사정의 마을들을 돕기 위한 국가차원의 운동 전개…. 누이는 가치 있다고 생각하는 대의를 위해 기꺼이 시간을 헌신할 것이다. 허비할 시간이 없다. 무엇이라도 해야 한다…. 누이의 생각이 옳았고, 그녀의 제안들도 합당한 것이었지만, 이 구석진 땅의 사정은 명료한 생각을 가진 선한 사람들 눈에 보이는 것보다 훨씬 더 복잡했다.

나흘로 예정됐던 누이의 방문은 빠르게 지나갔다. 수리공의 낡은 피아트 자동차가 누이를 태우고 먼지 구름을 일으키며 묘지의 모퉁이를 돌아갈 때, 창조적 활동과 문화적 가치로 이루어진 세계, 한때는 나도 속해 있던 그 세계, 누이와 함께 있는 동안 잠시나마 다시 돌아왔던 그 세계는 마치 시간 속으로 다시 빨려 들어가듯 기억의 먼 구름 속에서 녹아 사라져버렸다.

나는 책과 의약품들과 함께 남겨졌다. 누이는 적절한 조언들도 해주고 떠났는데, 곧 쓸모가 있음이 드러났다. 전염성이 알려진 질병 외에도, 서로 연관성이 없어 보이는 꽤 많은 병이 이곳에 주기적으로 발생하고 있었다. 몇 주 동안은 아무런 문제가 없거나, 아주 경미한 증상이 몇몇 나타나다가 갑자기 상황이 나빠지면서 또다른 심각한 질병이 창궐하는 식이었다. 그런 경우 하나가 누이가 떠난 직후 발생했는데, 꽤 어렵고 위중한 상황이어서 나는 근심하지 않을 수 없었다. 여기서 맞닥뜨린 모든 질병은, 토리노의 의과대학 병원 침상에서 익숙하게 보던 질병과는 매우 달랐다. 대부분 극심한 통증을 동반하는 치명적인 양상을 보였다. 그것은 보통 오랜 기간 지속된 말라리아와 부실한 영양 공급으로 만성화된 빈혈 혹은 무기력이었는데, 병세가 빠르게 악화되었다. 이곳 농부들 특유의 수동적이고 체념적인 태도도 한몫 거들었다. 원인이 무엇이든, 병이 시작된 첫날부터 온갖 다양한 증상들이 무더기로 나타나고, 환자의 얼굴은 이미 단말마의 고통으로 일그러졌다. 그러나 정말 놀라운 일은, 어떤 유능한 의사라도 회생 가망성이 없다고 진단 내렸을 법한 상황들이, 내가 취한 가장 단순한 조치 이후에 나아지고 치유된다는 사실이었다. 알 수 없는 행운이 나와 함께하는 듯했다.

내가 사제를 찾은 것도 이 즈음이었다. 그는 장출혈을 앓고 있었는데 염세주의자인 만큼 병에 대해 일절 내색하지 않았으며, 자신의 몸을 돌보지도 않고 그저 마을 산책이나 하곤 했다. 친절한 우체국장인 돈 코지미노만이 그의 유일한 친구여서, 그는 우체국 사무실에서 몇 시간씩 사제에게 전보를 읽어주곤 했다. 나에게 의례적 방문인 척하고 사제를 찾아가서 그를 돌봐달라고 부탁한 것도 돈 코지미노였다.

돈 트라옐라는 어머니와 함께 엄청나게 큰 방에 살고 있었다. 방이라지만 실제로는 교회에서 멀지 않은 어두운 골목에 자리잡은 일종의 토굴이었다. 내가 집 안에 들어섰을 때 그는 어머니와 식사중이었는데 둘 사이에는 접시 하나와 유리잔 하나가 놓여 있을 뿐이었다. 접시를 가득 채운 설익은 콩이 그들의 주식이었다. 식탁보도 깔지 않은 식탁의 한쪽 구석에 앉아서 어머니와 아들은 번갈아가며 낡은 양철 숟가락을 놀렸다. 방 안쪽에는 간이침대 두 개가 넝마 같은 녹색 커튼을 사이에 두고 나란히 놓여 있었다. 침대 위 이부자리는 헝클어진 채였고, 여기저기 벽에 기대어 쌓아둔 책더미 위에는 닭들이 몸을 웅크리고 있었다. 또다른 닭들은 날개를 퍼덕거리며 방 안을 날아다녔다. 방은 언제 청소했는지 알 수 없을 만큼 먼지가 쌓여 있었고, 숨을 쉴 수 없을 만큼 지독한 닭장 냄새가 났다. 사제는 나에게 호감이 있었고, 나를 돈 코지미노와 더불어 얘기를 나눌 수 있는 몇 안 되는 사람들 중 하나라고 생각하고 있었다. 우리를 제외한 나머지는 모두 다 그의 적이었다. 사제는 나를 반갑게 맞이해주었다. 환한 미소가 그의 날카롭고 슬픈 얼굴을 밝혔다. 나를 어머니에게 소개하며, 어머니가 '늙고 쇠약해서' 인사에 응답하지 않는 것을 이해해달라고 했다. 그는 서둘러 나에게 포도주를 따라 건넸는데, 잔의 가장자리에 검은색 기름때가 찌들어 있는 것으로 봐서 그와 그의 어머니는 수년 동안 씻지도 않고 사용한 것이 분명했다. 나는 그의 마음이 상하지 않도록 받아 마실 수밖에 없었다. 돈 트라옐라에게는 시종이 없었고 지금까지 이런 더러운 환경에서 죽 살아왔기 때문에 불결함에 무감해 보였다.

사제의 통증에 대해 이야기를 나눈 뒤에, 그는 내가 자신의 책들을 유심히 보고 있음을 눈치챘다. 그러고는 이렇게 말하는 것이었다. "뭘 기대해요? 이런 곳에서 책을 읽는다는 게 무슨 소용이겠소. 좋은 책들을 몇 권 가지고 있기는 하지요. 보이죠? 책 무더기 속에는 몇몇 희귀본들도 있어요. 이곳으로 올 때, 내 책을 나르던 미친한 것들이 못돼먹게도 송진으로 책을 더럽혔지 뭐요. 그러고 나서는 아예 책을 열어보고 싶은 마음이 들지 않아 저렇게 땅바닥에 둔 거지. 몇 년은 족히 되었을 거요." 나는 가까이 가서 보았다. 책은 먼지와 닭똥으로 더께가 덮여 있었고, 장정 여기저기에 그 옛날의 범죄를 증명하는 송진 얼룩들이 보였다. 나는 그중 몇 권을 되는대로 골라 책장을 넘겨보았다. 17세기에 씌어진 신학전서, 결의론, 성인들과 대사제들의 일생, 그리고 라틴 시인들에 관한 것들이었다. 닭들이 그 위에서 홰를 치기 전에 그는 분명 교양 있고 학식 있는 사제의 서가를 가졌으리라. 책들 사이에서 돈 트라엘라 자신이 직접 쓴 소책자를 찾을 수 있었는데, 송진 때가 잔뜩 묻은 채 구겨져 있었다. 책의 주제는 아빌라의 성 칼로제로San Calogero에 대한 역사적이고 참회적인 고찰이었다. "별로 알려지지 않은 스페인 성자지요." 사제가 말했다. "그때는 그의 삶의 일화를 보여주는 그림도 몇 점 그렸었지요."

그림을 보고 싶다는 나의 간곡한 청에 그는 마지못해 침대 밑에서 그림들을 꺼냈는데, 그의 말에 따르면, 이곳에 온 날 처박아둔 뒤 한 번도 건드린 적이 없다는 것이다. 그림은 당시 유행하던 화풍의 템페라화*였지만 매우 표현력이 뛰어난 수작이었다. 세밀한 인물 묘사가 돋보였으며, 성인의 탄생과 성장, 각종 기사奇事, 그리고 죽음과 영광을 상당히 섬세하게 그린 작품이었다. 그는 침대 밑에서 작은 조각상들도 꺼냈는데, 역시 그가 만든 작품으로, 17세기 나폴리식의 말구유를 솜씨 좋게 본떠 천사와 성인들을 테라코타와 바로크식 채색 목조 작품으로 표현한 것이었다. 나는 뜻밖에 예술가 동료를 만난 것이 반가웠다. "이곳에 온 뒤로는 더이상 안 하지요. 이 불신자들의 땅in partibus infidelium에 온 뒤로는 말이요. 아무것도 모르는 이 이교도들에게 성모마리아교회의 성체를 전해봤자 뭐하겠소. 예전에는 이런 소소한 일들을 즐겼소만, 이곳에서는 불가능하지. 여기서는 무슨 일이든 의미가 없어요. 포도주 한잔 더 드시오, 돈 카를로." 어떻게 하면 그 어떤 마법의 약보다 쓴 이 끔찍한 포도주를 안 마실 수 있을까 내가 궁리를 하는 동안, 지금까지 없는 것처럼 조용히 의자에 앉아 있던 그의 늙은 어머니가 갑자기 자리에서 일어나 소리를 지르며 양 팔을 휘둘렀다. 닭들이 놀라 침대며, 책들 위, 식탁 위 할 것 없이 온 방을 퍼덕거리며 날아다녔다. 돈 트라옐라가 '망할 놈의 동네'라고 소리치며 닭들을 몰아내려 하자, 놀

---

* 회화에서 물감을 이겨서 화구로 만들기 위해 고착제(템페라)를 섞는 기법을 말한다. 템페라로는 계란을 비롯하여 아교, 아라비아고무, 수지, 기름 등 여러 가지를 사용했으나 그 중에서도 계란이 대표적이었다. 다빈치의 「최후의 만찬」도 템페라 기법을 이용해 그린 그림이다.

란 닭들은 아까보다 더 크게 푸다닥댔고, 반쯤 열린 창문 틈으로 들어온 가느다란 한줄기 빛 속으로 방 안 가득 먼지 구름이 피어올랐다. 나는 기회를 놓치지 않고 퍼덕이는 날갯짓과 검은 치맛자락이 만들어내는 소동을 뒤로 한 채 밖으로 나왔다.

돈 트라옐라의 전임자는 전혀 다른 종류의 인물이었고, 결과적으로 그것은 나에게는 큰 행운이었다. 그는 뚱뚱하고, 돈 많고, 유쾌한 사제였고, 일종의 도락가로 매 끼니 기름진 식사를 즐겼으며 몰래 낳은 여러 명의 자식들로 유명했다. 소문에 따르면 그는 너무 과식을 한 나머지 죽었다고 한다. 피사에서 온 학생 정치범의 가족들이 떠난 뒤, 내가 살게 된 그 집을 지은 것도 그 사제였는데, 그 집은 말하자면 이 마을에서 유일하게 현대화된 집이었다. 사제는 오래된 교회인 천사성모교회 가까이에 집을 지었는데 산사태로 교회가 무너진 뒤로는 골짜기 끝자락에 그 집만 남게 되었다.

집에는 방이 세 개였고 서로 나란히 붙어 있었다. 큰 길 오른쪽으로 난 골목길에서 집 안으로 들어가면 부엌이 나오고 그 다음 내 침대가 있는 방 그리고 좀더 큰 방으로 이어졌는데, 창문이 다섯 개나 있는 그 방을 나는 거실 겸 작업실로 썼다. 작업실 밖으로 이어지는 문에서 돌계단을 네 개 내려가면 작은 정원이 나오는데 한가운데 무화과나무가 한 그루 심겨 있고, 작은 철문이 반대편 출구를 막고 있었다. 내가 침실로 쓰는 방의 작은 발코니에서 이어진 옥외 계단을 따라 올라가면 집 전체를 지붕처럼 덮은 테라스가 나왔다. 거기서는 지평선 저 멀리까지 사방으로 시야가 활짝 트였다. 집은 예쁠 것도 없고, 별다른 특징도 없는 매우 경제적이고 소박하게 지어진 건물로, 부르주아의 주택처럼 고급스럽지도 않고 그렇다고 농가처럼 초라하지도 않은, 그야말로 사제의 거주지로 적합한 평범한 주택일 뿐이었다. 작업실과 테라스 바닥은 시골 사제관의 제의실에서 흔히 볼 수 있는 것처럼 채색 타일이 깔려 있었는데, 그 기하학적 모양이 내가 그림을 그릴 때 자꾸 시선을 끌어서 나는 무척 못마땅했다. 싸구려 타일은 물기에 색깔이 번져서, 바로네가 바닥에서 구르며 놀고 나면 흰 털이 분홍색으로 물들곤 했다. 하지만 벽의 회칠은 상태가 좋은 편이었고 문들은 하늘색으로 바니시 칠이 되어 있었으며 초록색 덧문이 달려 있었다.

무엇보다 그 집에는 어떤 불편도 보상할 만한 것이 있었다. 그것은 바로 변기로, 죽은 사제의 쾌락주의적 성향 덕분에 마련된, 가치를 따질 수 없는 보물이었다. 물론 물은 안 나왔지만, 어쨌든 도자기로 만든 의자를 갖춘 진짜 변기였다. 갈리아노에 단 하나밖에 없는 변기였고, 아마 반경 백 킬로미터 안에서도 사정은 마찬가지였을 것이다. 귀족들의 집에도 비슷한 물건이 있기는 했다. 가령 나무를 왕좌 모양으로 조각해 만든 고색창연하고 거대한 변기는 위엄이 물씬 풍겨난다. 본 적은 없지만 잠시도 떨어질 수 없는 남편과 아내를 위해 두 개의 의자를 붙여놓은 부부용 변기도 있다고 한다. 당연히 가난한 사람들의 집에는 변기가 없었고, 그 결과 흥미로운 관습이 생겨나기도 했다. 그라사노에서는 아침 일찍 혹은 저녁나절이면 거의 규칙적으로 집집마다 창문이 슬쩍 열리고 노파들의 주름진 손이 창 밖으로 나왔는데, 길에다 요강을 비우는 손길이었다. 사람들이 말하는 '검은 마법'의 시간 혹은 '재수 옴 붙는' 시간이었다. 하지만 갈리아노에서는 그런 일이 일반적이지 않았는데 너무나 소중한 거름을 그렇게 낭비할 수는 없었기 때문이다. 이 단순한 기구의 결핍은 이 지역에서 뿌리 깊은 풍속을 만들어냈고, 일상의 다른 것들과 결합되어 거의 시적인 감성을 연출했다.

목수이자 개명된 '아메리칸'인 라살라는 몇 년 전에 그라사노 시장을 역임하기도 했는데, 뉴욕에서 돌아올 때 멋진 라디오세트를 들여와 조심스럽게 간직하고 있었다. 라디오와 함께 그는 카루조Caruso*의 레코드판, 피네도Pinedo**의 대서양 횡단비행 성공 뉴스와 살해당한 마테오티Matteotti***를 추모하는 연설 녹음자료도 가지고 왔다. 그가 해준 이야기에 따르면 뉴욕에서 지낼 때, 일주일 동안 힘들게 일하고 나면 일

---

* 이탈리아의 테너 가수로 음반 녹음기술의 최초 수혜자이다.

** 이탈리아의 비행조종사이자 군인으로 1927년 아프리카와 남아메리카, 북아메리카에서 유럽까지 4개 대륙 횡단에 성공했다.

*** 파시즘에 반대한 이탈리아의 사회주의자로 1924년에 살해당했다.

요일마다 그라사노에서 이주해온 사람들끼리 모여서 교외로 나가곤 했다는 것이다. "우리 일행은 여덟 명에서 열 명 정도 되었지요. 의사도 있고 약제사도 있고, 무역 일을 하는 사람도 있었고, 호텔 웨이터에, 노동자들도 몇몇 되었어요. 우리는 다 같은 마을 출신이어서 어렸을 때부터 서로 잘 알고 지내는 사이였죠. 뉴욕에서의 삶은 고단했어요. 엄청난 고층빌딩과 각종 편리를 갖춘 곳이었지만—엘리베이터에, 회전문에, 지하철에 끝도 없이 이어지는 도로와 빌딩들…—녹지라고는 찾아볼 수가 없었어요. 향수병을 견디다 못해 우리는 일요일이면 몇 킬로미터씩 기차를 타고 탁 트인 시골을 찾아 나섰어요. 마침내 사람들이 살지 않는 공간에 이르면, 우리는 마치 어깨 위의 큰 짐을 내려놓은 것처럼 행복했죠. 나무 아래서 우리는 전부 바지를 내렸어요. 얼마나 즐겁던지! 사방으로 자연에 둘러싸여 신선한 공기를 만끽했죠. 미국인들이 쓰는 다 똑같이 생긴 번쩍거리는 변기와는 비교할 바가 아니었어요. 우리는 다시 그라사노에 살던 어린아이로 돌아간 것처럼 같이 웃고, 행복해하고, 잠시나마 고향의 공기를 온몸으로 들이마셨어요. 그렇게 충분히 즐기고 나서는 다 함께 소리쳤지요. '이탈리아 만세!' 진정 마음속에서 우러나오는 말이었어요."

내가 새로 머물게 된 집은 마을 아래쪽 끝에 위치한다는 장점이 있었다. 시장과 그 조력자들의 감시어린 눈길에서 벗어난 것이다. 드디어 나는 산책을 할 때마다 똑같은 사람들을 만나 똑같은 대화를 나누지 않아도 되었다. 이 근처의 귀족들은 길에서 누군가를 만나면 '안녕하세요?'라고 인사하지 않고 질문으로 인사를 대신한다. "오늘은 그래 뭘 드셨소?" 질문을 받은 사람이 농부라면 그는 아무 말도 하지 않고 손을 얼굴 높이까지 들어올린 뒤 엄지와 새끼손가락은 펴고 나머지 손가락은 접은 채 천천히 돌리는 동작을 했는데 거의 아무것도 못 먹었다는 뜻이었다. 대답하는 사람이 귀족이라면 그는 보잘것없는 식단의 내용물을 한참동안 미주알고주알 열거한 다음 상대방에게 똑같은 질문을 했다. 그러고 나서, 가문간의 원한이나 음모 등과 관련해 마땅한 이야깃거리가 없다면, 식도락 지식을 교환하는 대화를 좀더 지속하는 것이었다.

비로소 나는 어딜 가나 있는 돈 젠나로Don Gennaro의 거대한 배를 맞닥뜨리지 않고서 자유롭게 집 밖에 나갈 수 있게 되었다. 길을 다 차지할 만큼 엄청난 뱃살의 소유자인 그는 마을의 전령이자, 들판의 수비병, 개몰이꾼인 동시에 시장의 충직한 스파이여서, 정치범들의 일거수일투족을 예의 주시했으며 농부들의 가장 사소한 사정들까지도 염탐하고 다녔다. 마음은 그렇게 나쁜 사람이 아니었을지 몰라도, 맹목적으로 권위에 복종했으며, 특히 돈 루이지 시장의 이상한 지시들을 고집스럽게 실행에 옮겨서, 돼지들과 개들에 대한 통행료를 징수하고, 돈을 낼 형편이 안 되는 여자들을 협박하고 벌금을 부과하는 일도 마다하지 않았다.

무엇보다 그 집은 내가 혼자 지내며 작업할 수 있는 공간이었다. 나는 서둘러 과부에게 작별인사를 하고 마침내 나의 최종적인 거주지로 정해진 이곳에서 새로운 삶을 시작했다. 이 집은 죽은 사제의 상속자인 돈 로코 마초피Don Rocco Macioppi와 그의 조카인 돈나 마리아 막달레나Donna Maria Maddalena의 소유였다. 돈 로코 마초피는 소박한 중년의 신사로, 점잖고 붙임성 있는 성격의 소유자였으며 안경 너머로는 경건함이 느껴지는 얼굴을 하고 있었다. 돈나 마리아 막달레나는 밝은 금발머리의 스물다섯살 노처녀로, 포텐차의 수녀원에서 자랐으며 창백한 얼굴에 기운이 없고 매사에 무심한 듯한 아가씨였다. 정원은 상추 등의 채소를 기르기 위해 그들이 소유하지만 내가 원하면 언제든지 자유롭게 산책할 수 있도록 합의했다. 집은 세간살이가 거의 없었지만 집주인과 그의 친구인 절름발이 노인이 필요한 가구들을 마련해주었다. 거기에 내가 가져온 커다란 이젤과 안락의자 같은 몇 가지를 더했다. 이젤은 그림을 그릴 때 썼고 안락의자에 앉아서는 그림의 진행 상황을 살펴볼 수 있었다. 이 두 물건에 대한 내 애착은 대단해서 떠돌이 생활을 하는 동안에도 늘 가지고 다녔다. 최근에 도착한 책 상자도 하나 있었는데, 어쩔 수 없이 시장과 헌병대장의 방문이 필요한 사안이었다. 돈 루이지는 사람을 통해 내가 책 상자를 열 때 반드시 그가 함께 있어야 한다는 사실을 전달했는데, 금지된 서적은 없는지 확인해야 한다는 이유였고, 실제로도 오른팔인 헌병대장과 함께 내 책들을 한권 한권 살펴보았다. 이 일을 하는 동안 그는 시종일관 배운 사람의 표정을 하고는, 절대 놀라는 일 따위는 없이, 잘 이해하고 있다는 미소를 연신 지어 보였다. 자신의 지식과 권위에 만족하는 눈치였다. 물론, 금서라 할 만한 것은 없었다. 예컨대 몽테뉴의 일반적인 저작이 한 권 있긴 했다. "프랑스 책이군요, 맞죠?" 시장이 윙크를 하며 큰소리로 말했는데, 어리석은 눈가림을 하려들지 말라는 일종의 경고였다. "맞습니다, 돈 루이지. 하지만 작가는 고릿적 프랑스 사람이에요!" "물론이죠, 몽테뉴, 프랑스 혁명!" 나는 몽테뉴의 수상록에는 그 어떤 위험한 사상도 없다는 것을 그에게 납득시키느라 진땀을 흘렸다. 이 학교 선생은 의기양양한 미소를 지으며, 내가 그 책을 소유하도록 허락하는 것은 그의 의무를 저버리는 일이지만, 전적으로 동료 지식인에 대한 선의와 연민으로 내게 호의를 베푼다는 사실을 분명히했다.

집이 정돈되고 가구들이 제자리를 찾자 남은 단 한 가지 숙제는 집 안을 청소하고 샘에서 물을 길어오고 식사를 준비해줄 여자를 찾는 일이었다. 집주인이나 염소 백정, 돈나 카테리나와 그녀의 조카딸들 모두가 한 목소리로 말했다. "그 일을 할 수 있는 여자는 단 하나뿐이에요. 그 여자 말고 다른 사람은 절대 안 될 거예요!" 덧붙여 돈나 카테리나는 "내가 그 여자에게 말해보겠어요. 나를 존경하고 있으니 거절하지 못할 거예요"라고 했다. 문제는 내가 상상한 것보다 훨씬 복잡했다. 갈리아노에 여자들이 부족해서가 아니었다. 수십 명의 여인네들이 힘도 그리 들지 않고 보수도 후한 이 일을 하고 싶어했다. 다만 내가 아내나 어머니, 누이 없이 혼자 살고 있는 남자였고, 그런 집에 여자들이 다른 사람을 동반하지 않고 혼자 들어오는 일은 매우 부적절하기 때문이었다. 아주 오래되고 엄격한 관습이 그것을 금하고 있었는데 그 바탕에는 남자와 여자의 성적인 관계가 자리하고 있었다. 농부들은 사랑 혹은 성적인 끌림은 의지력으로 저항할 수 없는 너무나 강력한 자연의 힘이라고 생각했다. 만약 한 남자와 한 여자가 한지붕 아래 단 둘이 있으면 지상의 어떤 힘도 그들이 한데 뒤엉키는 것을 막을 수 없다는 것이다. 선한 의도나 정절은 아무런 소용이 없었다. 설령 둘한테 아무런 일이 없었다 해도, 무슨 일이 있었던 것과 전혀 다를 바가 없었다. 왜냐하면 둘이 함께 있다는 사실 자체가 사랑을 나누는 것을 의미하기 때문이다. 사랑의 신은 너무나 힘이 세고, 그 신을 따르고자 하는 충동은 너무나 단순했기에, 성性과 관련된 도덕률을 따지는 일은 무의미했고 부적절한 정사에 대한 사회적 비난조차 존재하지 않았다. 마을에는 미혼모가 여럿 되었지만 손가락질을 받거나 무시당하는 일이 없었다. 그들이 겪는 불편은 고작 마을에서 신랑감을 찾지 못해 다른 곳으로 눈을 돌려야 하거나 아니면 절름발이나 신체적인 결함이 있는 남자와 결혼해야 한다는 것 정도였다.

이처럼 억제되지 못한 욕망에 대한 도덕적 제어장치가 없었기 때문에, 관습이 개입해서 죄악을 저지를 수 있는 상황을 미리 막았다. 어떤 여자도 다른 사람이 곁에 없을 때 남자에게 말을 할 수 없었다. 그자가 결혼을 하지 않은 자라면 더 말할 필요도 없었다. 이런 금기는 아주 엄격하게 지켜졌으며, 제 아무리 무고한 위반이라 할지라도 엄청난 죄악으로 간주되었다. 이 규율은 모든 여자들에게 적용되는데 사랑엔 나이 따위가 없는 까닭이었다.

나는 일흔다섯 먹은 노파를 치료한 적이 있는데, 마리아 로자노[Maria Rosano]라는 농부 아낙네로 친절한 얼굴에 맑고 파란 두 눈을 가지고 있었다. 그녀는 심장병을 심하게 앓아서 극도로 쇠약해진 상태였다. "다시는 이 침대에서 못 일어나겠죠, 의사 선생님? 내게 주어진 시간이 다 된 것 같아요." 그녀는 말했다. 나는 행운이 나를 따른다고 생각했기 때문에 그렇지 않다며 그녀를 안심시켰다. 어느날 그녀에게 용기를 줄 생각으로 나는 이렇게 말했다. "좋아질 테니 걱정하지 마세요. 결국은 누구의 도움도 받지 않고 이 침대에서 일어나게 될 겁니다. 앞으로 한 달쯤 뒤에는 다 나을 거예요. 그러면 혼자 힘으로 마을 끝에 있는 우리집을 찾아오세요."

그 노파는 회복되었고 한 달쯤 지나서 나는 현관문을 두드리는 소리를 들었다. 마리아는 내 말을 기억하고 있었고 그래서 감사와 축복의 말을 전하기 위해 집을 찾아온 것이다. 마른 석류며 소시지, 집에서 만든 케이크 등 선물을 한아름 들고 있었다. 그녀는 유쾌한 성격의 소유자로 분별력과 모성애를 지녔으며, 말에는 지혜가 담겨 있고 주름진 얼굴에선 인내와 낙천적인 달관이 묻어났다. 나는 선물에 대해 고마움을 표시하며 그녀와 대화를 이어가려고 했는데 잠시 후 이 나이든 아낙네가 매우 불편해하고 있다는 것을 눈치챘다. 그녀는 처음에는 한쪽 다리로 서 있다가 곧 다른 다리로 무게중심을 옮기며 도저히 용기를 못 내겠다는 표정으로 현관문을 힐끗힐끗 쳐다보았다. 처음에는 영문을 몰랐지만 곧 그녀가 혼자 왔다는 사실을 깨달았다. 일 때문에 우리집을 찾아왔던 여자들도 언제나 친구와 같이 오거나 아니면 아이라도 하나 데리고 와서 관습에 대한 성의를 표했지만 실제로 그런 행동은 관습을 그저 겉치레 정도로 축소시킬 뿐이었다.

어쨌든 그제야 나는 마리아가 불편해하는 이유를 짐작했고, 그녀 자신도 시인했다. 그녀는 나를 자신의 구원자이자 은인으로 생각했고, 나를 위해서라면 기꺼이 목숨도 내놓을 수 있었다. 이미 무덤에 한 발을 들여놓은 늙은이인 자신을 구해주었을 뿐만 아니라, 가장 아끼는 손녀딸이 폐렴으로 죽을 뻔한 것도 치료해주었으니까 말이다. 그런 내가 다 나으면 다른 사람의 도움 없이 혼자서 찾아오라고 해서 이렇게 온 것이다. 물론 내 말 뜻은 다른 사람의 도움 없이도 나를 찾아올 수 있을 거라는 거였지만 그녀는 문자 그대로 받아들이고 그 말을 감히 거역할 수 없었던 것이다. 그녀는 나를 위해 아무도 동반하지 않고 오는 위험을 감수했지만, 너무나 순수한 의도에도 불구하고 관습을 어겼다는 사실에 화가 난다고 했다. 나는 웃음을 참을 수가 없었고, 그녀도 같이 웃었다. 어쨌든 이 관습은 나는 물론이거니와 자신보다도 더 오래된 것이니 어쩔 수 없다며 돌아가는 그녀의 발걸음은 한결 가벼워 보였다.

욕구나 넘치는 정념에 저항할 수 있는 규율은 없다. 이 경우 관습은 고작 형식으로 전락했으나 그럼에도 그 형식은 존중받았다. 시골은 여전히 넓었고 삶은 예상치 못한 사건으로 가득 찼으며 나이든 중매쟁이들과 호의적인 젊은 아가씨들을 만나는 일은 어렵지 않았다. 얼굴을 가린 베일 뒤에서 여인들은 들판의 야수와 같았다. 오직 사랑을 나누는 것 외에 다른 생각은 하지 않았고, 그에 대해 전혀 거리낌이 없었다. 그것에 대해 말할 때, 그녀들은 놀라우리만큼 솔직하고 단순했다. 길에서 여인네들의 곁을 지나칠 때면 검은 눈동자들이 던지는 시선으로 등이 따가웠고, 사내의 숨겨진 매력을 따져보는 속삭임이 들려왔다. 뒤를 돌아보기라도 하면, 두 손으로 얼굴을 가리면서도 손가락 사이로 계속 엿보는 것이다.

거기에는 아무런 감정도 섞여 있지 않았다. 있다면 여인들의 시선에서 흘러나와 대기를 가득 채우는 욕망, 너무나 강해서 피할 수 없는 그 힘에 대한 절대적인 복종 의지뿐이었다. 심지어는 사랑조차도 열정과 희망을 동반하기보다 일종의 체념을 수반한다. 기회는 금방 사라지므로 그냥 지나쳐서는 안 된다는 상호이해가 두 당사자 간에 그 어떤 말도 필요 없이 재빠르게 이루어지는 것이다.

남쪽 사람들에 대해 흔히들 말하는, 나 역시도 한때 사실로 생각했던 많은 이야기들은 기실 신화에 불과했다. 잔인하고 엄정한 윤리 관념, 터키인에 버금가는 질투심, 치정에 얽힌 각종 범죄와 복수로 이어지는 불타는 명예심 등은 아마 얼마 전까지는 존재했을지 몰라도 지금은 그저 형식적인 관습으로 명맥을 유지했고, 그나마도 이민의 물결과 함께 완전히 바뀌어버렸다. 남자들이 떠나자 이 지방은 여자들의 땅이 되었다. 많은 여자들이 남편을 아메리카로 떠나보냈다. 남자들은 1~2년 동안은 편지를 보내왔지만, 새로운 가정을 꾸렸는지 이내 소식을 끊고 만다. 그렇게 남편은 삶에서 완전히 사라져 다시 돌아오지 않는 것이다. 아내는 처음 1~2년 동안은 기다리지만 어찌어찌해 사정이 생기고 아이가 들어선다. 아이들 대부분은 사생아들이고 철저히 엄마가 도맡아 키운다. 갈리아노의 거주자가 약 1,200명 정도인데, 아메리카 대륙으로 간 남자들의 수는 2천명이었다. 그라사노는 거주자가 5천명 정도인데 거의 비슷한 수의 남자들이 미국으로 떠났다. 마을에 남아 있는 여자들의 숫자가 남자들보다 훨씬 많았고, 아이 아빠가 누구인지는 더이상 중요한 일이 아니었다.

모계사회의 성격이 강해지면서 부권은 그 힘을 잃었다. 농부들이 멀리 들판으로 떠난 낮시간 동안에는 마을 전체가 온전히 여인들의 것이었다. 그들은 우글거리는 아이들을 거느린 여왕벌이었다. 갓난아기들을 물고 빨고, 젖을 먹이고, 조금이라도 잘못될까봐 노심초사했으며 한시도 아기들을 곁에서 떼어놓지 않았다. 샘에 물을 길러 올 때면 아기를 검은 숄로 싸서 등에 업거나 두 팔에 안고, 물을 담을 항아리는 머리에 이고 왔다. 상당수의 아기가 목숨을 잃는다. 살아남은 아이들은 말라리아에 걸려 온몸에 노란 담즙이 퍼진다. 어찌어찌해서 장성한 남자가 되면 전쟁터로 나가거나 아메리카로 떠나고, 그렇지 않은 몇몇은 고향에 남아 멍에를 짊어진 소처럼 매일 매일 노역을 견뎌야 하는 것이다.

사생아를 낳는 것이 여자들에게 수치가 되지 않는 이상, 남자에게는 말할 필요도 없다. 거의 모든 사제들이 사생아를 두었지만 누구도 그것을 비난하거나 문제 삼지 않았다. 신이 그 아이들을 어릴 때 거두어가지 않는다면, 아이들은 포텐차나 멜피에 있는 학교로 보내진다. 그라사노의 우편배달부는 그런 의미에서 온 마을에 평판이 자자했다. 그는 나이든 노인이었지만 기력이 왕성했고, 다리를 약간 절었지만 얼굴에 멋진 황제 수염을 하고 있었다. 그가 추앙을 받는 까닭은 프리아모스 왕*처럼 쉰 명의 자식을 두었다고 전해지기 때문이다. 그중 스물둘인가 스물셋이 그가 거느린 두세 명의 아내들이 낳은 자식이었고, 나머지는 마을 여기저기 흩어져 있었으며 그가 아버지일 거라는 소문만 널리 퍼져 있었다. 하지만 그는 그들을 전혀 돌보지 않았고, 대부분의 경우에는 아예 존재 자체를 모르는 척했다. 사람들은 그를 '왕'이라고 불렀는데, 타의 추종을 불허하는 왕성한 생식 능력과 왕을 연상시키는 그 수염 때문이었다. 당연히 그의 자식들은 '왕자' 혹은 '공주'로 불렸다.

모계사회적 구조, 사랑에 대한 원초적이고 동물적인 태도, 남자들의 이주로 초래된 성적 불균형 등은, 그러나 가문간의 앙금, 강한 혈연 의식, 그리고 남자와 여자가 한곳에 있는 것을 막으려는 오래된 관습과 경합해야 했다. 우리집에 와서 일을 할 수 있는 여자들은 이런 일반적인 규칙에서 벗어난 사람들이어야 했다. 그녀들은 아버지를 알 수 없는 자식들이 여럿 있고, 매춘이라고까지 할 수는 없지만(이 마을에는 성매매라는 것 자체가 존재하지 않으므로) 성적으로 자유로운 성향을 가지고 있으며, 도덕에 얽매이지 않고, 사랑을 나누는 기술뿐만 아니라 그런 욕망을 불러일으키는 재주가 뛰어난,

---

* 트로이의 마지막 왕. 여러 여인 사이에서 50명의 자식을 두었다고 한다. 헥토르, 카산드라, 파리스 등이 그의 자식들이다.

한마디로 표현하면 바로 마녀들이었다.

해당되는 여자들이 족히 스무 명은 넘었지만, 돈나 카테리나의 말에 따르면, 다 너무 불결하고 문란했으며, 살림을 잘 못하거나, 돌봐야 할 밭이 있었다. 그도 아니면 이미 다른 유수한 가문에 고용되어 있다는 것이다. "딱 하나, 적임자가 있기는 해요. 청결한 데다 정직하고 요리도 잘하는 여자지요. 게다가 당신이 살고 있는 집을 아마 자기 집처럼 편하게 여길 거예요. 예전 신부님이 죽기 전까지 몇 년 동안 그 집에서 함께 살았으니까요. 신부님께 신의 축복이 함께 하시길!" 나는 그 여자를 찾아가 부탁했고, 그렇게 해서 줄리아가 우리 집에 시중을 들러 오게 된 것이다.

줄리아 베네레Giulia Venere는 산타르칸젤로의 줄리아Giulia la Santarcangelese라고도 불렸는데, 아그리 강 너머 산타르칸젤로의 하얀 마을에서 태어났기 때문이다. 그녀는 마흔한살이었고, 여러 번의 유산과 출산을 겪었으며, 열다섯 명의 남자를 통해서 총 열일곱 번 임신을 했다. 첫번째 아이는 지난 전쟁* 동안 남편과의 사이에서 생겼다. 남편은 아이를 데리고 아메리카로 갔고, 그 광활한 대륙 어디에선가 종적을 감추어버린 뒤 더이상 소식을 들을 수 없었다. 그 후로 다른 아이들을 낳았고, 사제와의 사이에서 쌍둥이를 두 번 출산했지만 모두 조산이었다. 그녀가 낳은 아기들 대부분은 어려서 죽었고,

---

* 1차 세계대전을 의미함.

나는 그 중 둘만을 볼 수 있었다. 하나는 열두살 먹은 여자아이로 인근 마을에서 양치기 가족들과 함께 살고 있었다. 이따금 엄마를 보러 오곤 했는데 꼭 야생의 염소처럼 검은 눈과 짙은 피부색을 지녔으며, 고르지 못한 검은 머리칼은 이마 위로 늘어져 있었다. 수줍은 듯, 혹은 경계하는 듯한 표정에 말이 없었고, 질문을 받으면 곧 도망이라도 갈 것 같은 얼굴로 대답하지 않았다. 다른 하나는 두살배기 사내아이로 니노Nino라고 불렸는데, 통통하고 건강한 아기였다. 줄리아는 니노를 포대기에 싸서 어디든 데리고 다녔는데 아이 아버지가 누군지는 알 수 없었다.

줄리아는 키가 크고 늘씬한 여인으로 항아리처럼 잘록한 허리가 풍만한 가슴과 엉덩이를 이어주었다. 젊은 시절에는 분명 야성적이고 위엄 있는 아름다움을 뽐냈을 것이다. 얼굴은 세월로 주름지고, 말라리아로 누렇게 떴지만, 마치 장식돌을 잃고 형태와 비율만 간직한 고대의 신전처럼, 왕년의 매력이 날카롭고 곧은 선에서 풍겨나왔다. 길게 잡아당긴 듯한 타원 형태의 작은 머리가, 인상적이리만큼 크고 곧은 몸 위에 얹혀 있었다. 베일 뒤에 보이는 이마는 곧고 높았으며, 검고 부드러운 머리카락으로 반쯤 덮여 있었다. 아몬드 모양의 검고 불투명한 눈은 마치 염소의 눈처럼 흰자위에 하늘색과 갈색의 핏줄이 일어나 있었다. 길고 가느다란 코는 살짝 매부리코였고, 가늘고 창백한 입술은 씁쓸한 듯 꼬리가 살짝

처졌으며, 웃을 때면 크게 벌린 입 사이로 튼실하고 고른 이가 번쩍였다. 얼굴은 전체적으로 고대의 원형적인 인상을 풍겼는데, 그리스나 로마식의 고전적인 느낌이라기보다는 좀 더 신비하고 잔인한, 인간적 영향력이 범접하지 못하는 태초의 땅과 그 영원한 동물적 신성과 연결된 듯했다. 그 안에는 차가운 관능과 모호한 아이러니, 본능적인 잔인함과 침범할 수 없는 악의, 거대한 체념의 힘이 섞여 있었고, 이 모든 것들이 한데 묶여 엄격하고 지적이면서도 위악적인 인상을 자아냈다. 머리에 드리운 베일과 폭이 넓고 짧은 치마가 넘실거릴 때마다, 치마 안에 견고한 나무 둥치처럼 뻗은 두 다리 위로 육중한 몸이 천천히 움직였다. 꼿꼿하게 세운 몸의 조화롭고 균형잡힌 움직임은 당당했고, 그 풍만한 토대 위에 뱀처럼 작고 검은 머리가 얹혀 있었다.

줄리아는 마치 한동안 자리를 비웠던 여왕이 가장 아끼는 영토에 귀환하는 양 기꺼이 우리집을 다시 찾았다. 그토록 여러 해 살면서 여러 명의 아이를 낳은 곳이었다. 그녀는 사제의 부엌과 침실을 지배했으며 사제는 그녀가 늘 하고 다니는 긴 금귀고리를 선물로 주었다. 그녀는 집의 세세한 사항들을 모르는 것이 없었다. 환기가 잘 안 되는 굴뚝이며 절대 열리지 않는 창문들은 물론 못들이 어느 벽에 박혀 있는지까지 다 알고 있었다. 그 옛날에는 집 안 가득 가구며, 식량, 와인, 각종 통조림이 넘쳐났지만 지금은 텅 비어 있었다. 있는 것이라곤 침대 하나, 의자 몇 개 그리고 부엌의 식탁이 전부였다. 스토브도 없었고 그 위에 요리할 음식도 없었다.

하지만 줄리아는 필요한 것을 마련하는 수완이 있었다. 떠돌이 행상이 마을에 오기 전까지 우선 석탄이며 나무를 어디서 구해야 하는지, 또 물을 담을 나무통을 어디서 빌려야 하는지 잘 알고 있었다. 줄리아는 마을 사람들과 그들의 사정도 훤히 알았다. 갈리아노에 그녀가 모르는 것은 하나도 없었다. 남자들과 여자들에 관한 가장 내밀한 일들까지 소상하게 파악하고 있었으며 그들의 행동에 숨겨진 동기마저도 꿰뚫고 있었다. 마치 몇백 년은 족히 산 듯한 그녀의 촉수를 벗어날 수 있는 것은 아무것도 없었다. 그녀의 지혜는 나이든 여인들이 말하는 전통적인 덕담이나 호사가들이 만들어내는 가십과는 다른 것이었다. 그것은 차갑고 체념적인 각성이었으며, 삶에 대한 그 어떤 도덕적 판단이나 자비도 담겨 있지 않았다. 따라서 그녀의 모호한 미소에서는 비난도 동정도 읽을 수 없었다. 그녀는 야수 혹은 땅에 사는 정령 같았고, 시간에 대한 조급함도, 고된 일이나 사람에 대한 두려움도 없었다. 이 지방의 대다수 여자들처럼, 그녀 역시 남자들이 하는 일을 했고, 무거운 짐을 나르는 일을 마다하지 않았다. 샘까지 물통을 가지고 가서 25리터는 족히 되는 물을 머리에 이고, 두 손은 물통을 받치는 대신 아이를 안고, 염소처럼 민첩하게 가파른 고갯길을 오르는 것이다. 또한 농부들이 하는 방법으로 최대한 나무를 절약해서 불을 피웠는데, 나무들의 한쪽 끝에 불을 붙이고 서로서로 붙여놓아 함께 타도록 하는 식이었다. 이렇게 피운 불 위에 마을에서 어렵사리 구한 몇 가지 재료를 가지고 정말 맛있는 음식을 만들어냈다. 염소 머리를 구해서 뇌는 박하와 날계란에 재워두었다가 흙으로 빚은 솥에 담아 잉걸불에 익혔고, 내장으로는 이 지방 사투리로 네무리엘리gnemurielli라고 불리는 요리를 했는데, 간이나 비계를 안에 넣고 월계수 잎으로 감싼 다음 불꽃 위에서 바로 굽는 것이다. 고기 타는 냄새와 연기가 집 안을 가득 채우고 거리로까지 퍼져나가 이 집에서 바비큐 구이가 한창이라는 것을 온 마을에 자랑했다. 줄리아는 마법의 약을 만드는 데도 대가여서 젊은 아가씨들이 그녀를 찾아와 사랑의 묘약을 만드는 방법에 대해 조언을 구하곤 했다. 또 그녀는 치유의 주문을 외워서 병을 치료할 수 있었고, 그녀가 점찍은 사람에 대해 저주의 주문을 계속 외워 죽음에 이르게 할 수도 있었다.

줄리아의 집은 우리집에서 그리 멀지 않은 곳에 있었는데, 마을 아래쪽 천사성모언덕 근처였다. 밤이면 그녀는 자기 집으로 돌아가 가장 최근에 연인으로 삼은 동네 이발사와 잠을 잤다. 그는 알비노 병*을 앓아 토끼처럼 빨간 눈을 한 젊은이

* 멜라닌 합성의 결핍으로 눈, 피부, 털 등에 색소 감소를 나타내는 선천성 유전질환으로 일명 백색증으로 불린다.

였다. 아침이 되면 줄리아는 새벽같이 일어나 아이를 데리고 우리집 문을 두드렸다. 그러고 나면 물을 긷고 불을 피워 식사를 준비했다. 오후가 되면 그녀는 돌아갔고 저녁은 내 스스로 차려먹어야 했다. 줄리아는 마음대로 오고갈 수 있었지만 그렇다고 이 집의 안주인 행세를 하지는 않았다. 시절이 바뀌었다는 것을 잘 알고 있었고 내가 나이든 사제와 많이 다르다는 것도 이해했다. 아마 그녀가 내게 신비스러운 것 이상으로 나 역시 그녀에게는 신비스러운 존재였을 것이다. 그녀는 신이 나에게 큰 힘을 주었다고 생각했으며 그것을 그녀 나름의 방법으로 좋아했다. 냉정하고, 속을 알 수 없는 이 시골뜨기 마녀는 훌륭한 시종이기도 했다.

그렇게 나는 과부 집에서 보내던 갈리아노에서의 첫 시절에 종말을 고했다. 이제는 나만의 고독을 만끽하며 나의 테라스로 나가서 바다를 항해하는 배처럼 하늘에 흘러가는 구름이 흙먼지 위에 드리우는 그림자를 감상했다. 테라스 아래의 방에서 줄리아의 발걸음 소리와 개 짖는 소리가 들려왔다. 마녀와 바로네, 이 두 이질적인 존재는 앞으로 매일을 나와 함께할 동반자들이었다.

9월이 왔고, 가을을 예고하듯 열기는 수그러들었다. 바람은 다른 방향에서 불어왔고 사막의 뜨거운 입김 대신 희미한 바다 냄새를 실어 날랐다. 불타오르는 석양빛이 칼라브리아 산마루에서 꾸물거리는 사이, 박쥐와 까마귀들이 하늘을 메웠다. 나는 마치 세상의 지붕 위에 있는 듯한, 혹은 석화된 대양 속에 닻을 내린 배의 갑판 위에 있는 듯한 느낌이 들었다. 동쪽으로는 갈리아노 아랫동네에 다닥다닥 붙어 있는 오두막들이 나머지 마을을 시야에서 가려버렸다. 불규칙적인 산등성이를 따라 늘어선 집들은 한눈에 다 들어오지 않았다. 그 누르스름한 지붕들 뒤로, 공동묘지를 품은 산의 끝자락이 보였고, 그 너머로는 눈으로 보지 않아도, 아주 깊은 골짜기가 있다는 것을 짐작할 수 있었다. 왼쪽으로 고개를 돌리면 남쪽으로는 내가 처음 거처로 알아보던 그 궁궐 같은 집에서 봤던 것과 똑같은 풍경이 펼쳐졌다. 망망대해처럼 끝없이 펼쳐지는 점토질의 땅 위로 여기저기 마을들이 하얀 점처럼 흩어져 있었다. 북쪽으로는 산사태로 무너진 흙더미가 협곡 아래로 이어졌고, 반대편 민둥한 언덕 아래 구불구불 이어지는 길 위로 들판에 오고가는 농부들의 모습이 개미처럼 작게 보였다. 내가 이 먼 거리에서도 갈리아노 출신 농부와 다른 마을 출신의 농부를 구별하고, 또 농부와 떠돌이 행상을 구별할 수 있다는 사실에 줄리아는 놀라는 눈치였다. 그녀는 내 좋은 시력 역시 마법의 힘이라고 믿었지만 사실 비결은 그저 그들의 걸음걸이를 자세히 관찰하는 것이었다. 농부들은 팔을 휘두르지 않고 빠르게 잰걸음으로 걷는다. 골짜기 아래 길에 팔을 휘두르거나 또는 거의 춤을 추듯 앞뒤로 몸을 흔드는 동작으로 움직이는 검은 점이 눈에 들어오면 그건 여지없이 도시에서 온 누군가라는 걸 알 수 있었다. 그러면 곧 무덤지기이자 마을 포고원이 외지인의 도착을 알리는 나팔소리가 들렸고, 어서 와서 물건을 구경하라며 여자들을 불러모으는 소리가 들렸다.

서쪽 방향으로 시선을 돌리면 정원에 심은 석류나무의 청회색빛 도는 커다란 잎사귀들과 협곡 끄트머리의 농가 지붕들 뒤로 천사성모언덕이 솟아 있었다. 군데군데 구덩이와 흙무더기가 있는 작은 봉우리로 완만한 사면에는 드문드문 풀이 나 있는데, 꼭 마른 살점이 붙은 대퇴골처럼 보였다. 언덕 왼편으로 멀리 바라보면 저 아래 아그리 계곡 쪽으로 편평한 늪지대가 나온다. 그곳에는 작은 둔덕과 구덩이, 원추형으로 퇴적된 흙더미, 자연 동굴과 작은 도랑이 이어져 있었다. 이 모든 것이 온통 흰색 점토질이어서, 마치 땅 전체가 다 죽고 물에 씻긴 허연 해골만이 태양 아래 남겨진 것 같은 풍경을 자아냈다. 이 삭막한 뼈 무더기의 풍경과 말라리아에 오염된 강물 뒤로, 갈리아노와 아그리 강둑이 모습을 드러낸다. 아그리 강 뒤로 첫번째 보이는 회색 골짜기 위에 줄리아의 고향인 산타르칸젤로가 하얗게 모습을 드러냈고, 그 뒤로 좀더 푸른빛의 인적 없는 언덕이 이어졌다. 그 너머로 알바니아인이 모여 사는 마을들이 지평선을 따라 펼쳐진 폴리노 산과 칼라브리아 산의 구릉지에 자리잡고 있었다.

산타르칸젤로 왼편으로 시선을 조금 들면, 언덕 중턱에 하얀색 교회가 하나 눈에 띄었다. 그곳은 마을의 성지로, 성모 마리아의 여러 기적이 일어나 많은 사람들이 참배하는 곳이었다. 교회 안에는 그 옛날 이 지역에 출몰하던 용의 뿔이 보관되어 있었는데, 갈리아노 사람들이라면 모두 한 번쯤은 뿔을 보러 그곳을 찾았다. 하지만 안타깝게도 나는 그러지 못했다. 사람들 말에 따르면 그 용은 강 근처의 동굴에 살면서 농부들을 잡아먹고 그 딸들을 납치했으며 입김을 내뿜어 땅을 병들게 하고 농작물을 망쳤다. 결국 산타르칸젤로에 사는 것은 거의 불가능할 지경에 이르렀고, 농부들은 스스로를 방어하려 해보았지만 야수의 엄청난 괴력 앞에서는 속수무책이었다. 절망 속에서 동물들처럼 언덕 사이로 뿔뿔이 흩어져 살아가야 할 운명에 처하자, 그들은 그 지역의 가장 강력한 영주에게 도움을 청하기로 했는데, 그가 바로 스틸리아노의 콜론나 왕자였다. 단단히 무장한 왕자가 말을 타고 등장했다. 왕자는 동굴로 가서 용에게 밖으로 나와 자신과 한판 붙어보자고 했다. 하지만 용이 대단한 위세로 거대한 날개를 펄럭거리며 입에서 불을 내뿜자 왕자의 검은 무용지물이 되었다. 순간 영웅은 자신의 의지가 약해지는 것을 느꼈다. 그가 도망치거나 아니면 용에게 무릎을 꿇어야겠다고 결심한 순간, 푸른 옷을 입은 성모 마리아가 그에게 나타나 미소 지으며 말했다. "용기를 가지세요, 콜론나 왕자!" 그러고 나서 성모 마리아는 옆으로 물러나 동굴의 한쪽 벽에 기댄 채 싸움을 지켜보았다. 왕자는 사기가 충전되어 용감히 싸웠고 결국 용을 무찔렀다. 왕자는 용의 머리를 잘라 그 뿔을 떼어냈고 이 교회를 지어 그것을 영원히 간직하도록 했다는 것이다.

공포가 사라지고 자유를 되찾자 산타르칸젤로 사람들은 다시 집으로 돌아갔고, 마찬가지로 노에폴리와 세니제를 비롯한 인근에서 피난을 와 있던 사람들도 돌아갔다. 이제 왕자에게 보상을 하는 일이 남아 있었다. 그 시절의 귀족들은 이미 기사도와 명예심, 성모 마리아의 보호하심과 같은 보상에는 만족하지 않았다. 용에게 해방된 각 고을의 사람들이 한데 모여 회의를 했다. 노에폴리와 세니제 사람들은 왕자에게 그들의 토지를 주고 군주로 섬길 것을 제안했다. 하지만 산타르칸젤로 사람들, 오늘날까지도 잔꾀 많고 인색하기로 소문난 그들은 다른 제안을 내놓았다. 용은 강에 살았으니 수중水中의 금수라 할 수 있다. 그러니 왕자가 그 강을 차지하고 강을 다스리는 것이 합당하다. 그들의 의견이 우세했고, 아그리 강은 콜론나 왕자에게 바쳐졌으며 왕자는 기꺼이 그것을 받았다. 산타르칸젤로 농부들은 자신들이 구원자를 속이고 남는 장사를 했다고 생각했지만 결국 제 꾀에 넘어가고 말았다. 아그리 강물을 이용해 농사를 지었으니, 그때부터 대대손손 왕자와 그 후손들에게 물값을 내야 했고, 그것은 몇 세기 동안 이어졌으며 지난 세기 후반까지 지속된 노예생활의 시작을 의미했다. 그 옛날 왕자의 자손들이 아직까지 살아있는지, 있다면 그들이 아직도 물값을 받고 있는지는 알 수 없다. 내 친구 중 한 명이 콜론나 교향악단의 리더인데, 그는 스틸리아노 왕가의 방계 후손으로 그 작위에 대한 권리를 가지고 있었다. 몇 년 뒤 내가 그에게 이 이야기를 들려주자, 그는 스틸리아노가 어디 있는지도 몰랐고, 용은 물론이며, 그의 가문이 누린 영광에 대해서도 금시초문이라고 했다. 그러나 수세기 동안 공물을 바쳐야 했던 농부들은 여전히 괴물의 뿔을 보고, 용과 왕자와 성모 마리아를 기억하기 위해 교회를 찾는 것이다.

사실, 중세에 이 지역에 용이 출몰했다는 사실은 전혀 이상할 게 없다. 농부들은 물론 줄리아도 "아주 오래 전, 백 년도 더 전, 산적떼가 출몰하기 전에…"라고 말문을 열곤 했다. 오늘날 용들이 다시 나타난다 해도, 그래서 이 시골사람들의 눈이 휘둥그레진다 하더라도 하등 이상할 게 없는 것이, 이곳에서 말이 안 되는 건 없기 때문이다. 고대 양치기들이 신으로 섬기던 숫양과 어린 양들이 매일 들길을 뛰어다니고, 인간의 세계와 동물의 세계, 혹은 인간 세계와 괴물들의 세계 사이에도 경계 따위는 존재하지 않는다. 갈리아노에는 이중적 본성을 가진 이상한 생명체들이 많이 존재한다. 한 중년의 농부 아낙은 결혼해서 아이까지 있고 겉보기에는 이상할 게 전혀 없었지만, 암소의 딸이었다. 그녀 스스로 그것을 시인했다는 것이다. 마을의 노인네들은 그녀의 암소 엄마를 생생히 기억하고 있었는데 어린아이였던 그녀를 항상 따라다니며 거친 혓바닥으로 핥아주고 무우무우 하고 울었다는 것이다. 이 사실은 그녀에게 사람 엄마가 있다는 사실과 전혀 충돌하지 않았는데, 그녀의 사람 엄마는 몇 년 전에 세상을 떠났다. 누구도 그녀의 이중적 출생을 모순이라고 생각하지 않았고, 나도 개인적으로 알고 있는 그녀 역시, 인간과 소 양쪽의 혈통을 간직한 채, 두 명의 엄마와 마찬가지로 평온하고 행복하게 살았다.

어떤 사람들은 인간과 금수의 이중적 속성을 특별한 경우에만 드러낸다. 몽유병자들은 늑대인간으로 변하는데 그렇게 변하고 나면 인간적 속성은 완전히 사라진다는 것이다. 갈리아노에도 그런 사람들이 몇몇 있었는데 그들은 겨울밤에 들판으로 나가 진짜 늑대들의 무리에 합류하고 그들의 형제가 된다고 했다. 줄리아가 들려준 얘기다.

"그들은 밤이면 나가지요. 그들이 여전히 사람일 때 나가서 늑대로 변한 다음 샘 주변에서 다른 늑대들과 만난답니다. 그들이 집으로 돌아올 때는 아주 조심해야 해요. 처음 문을 두드릴 때 아내들은 절대로 문을 열어주면 안 돼요. 그렇게 했다가는 여전히 늑대의 모습을 하고 있는 남편을 보게 될 테니까요. 그러면 늑대 남편은 아내를 잡아먹고 숲으로 도망쳐서 다시는 볼 수 없게 된답니다. 두번째로 문을 두드릴 때도 열어주면 안 돼요. 그때 열어주면 반은 사람이고 반은 늑대의 모습을 하고 있는 남편을 보게 되지요. 세번째 문을 두드릴 때, 그때 열어주어야 해요. 그때가 되면 늑대의 모습은 사라지고 예전과 같은 남편을 보게 된답니다. 절대로 절대로 문을 세 번 두드리기 전에 열어주면 안 돼요. 남편이 모습을 바꿀 시간이 필요해요. 두 눈에서 사나운 늑대의 눈빛을 거둬내고 동물의 세계에 다녀온 기억을 지울 수 있는 시간을 주어야 해요. 그러고 나면 기억은 다 사라진답니다."

늑대인간들의 경우처럼, 이중적인 존재들은 끔찍하고 무

시무시한 동시에 신비로운 매력을 발산하며 신성한 존재에 대한 외경심을 불러일으키기도 한다. 마을 사람들은 본능적으로 내 개에 대해서 그런 감정을 품고 있었다. 바로네를 보통의 개와는 다른, 뭔가 범상치 않고 특별히 주목할 만한 개로 바라보는 것이다. 나 자신도 바로네에게서 어린아이 같은 짓궂음과 천사의 모습을 동시에 보았는데, 마찬가지로 농부들도 바로네에게서 이중성을 찾아내고 숭배의 대상으로 삼았다. 사실 바로네의 태생도 미스터리이긴 했다. 개는 나폴리에서 타란토로 향하는 기차에서 발견되었는데 목에 "내 이름은 바로네입니다. 나를 발견한 사람이 누구든지 나를 잘 돌봐주세요"라는 표지가 걸려 있었다. 바로네가 어디서 왔는지 아무도 몰랐다. 큰 도시에서 왔을 수도 있고, 아니면 왕의 아들일 수도 있었다. 철도 근무자 하나가 바로네를 데려다가 한동안 트리카리코 역에서 키우다가 그라사노의 기차역 직원에게 넘겼고, 어찌하다 그라사노 시장의 눈에 띄었다. 시장은 개를 넘겨받아 자신의 아이들에게 주려고 집으로 데려갔지만 바로네가 너무 시끄럽게 짖어대자 자신의 동생에게 주었다. 그의 동생은 파시스트 농부조합의 서기관이었고, 어디를 가든 바로네를 꼭 데리고 다녔다. 그라사노 사람들은 모두 바로네를 알고 있었고 바로네가 매우 특별한 개라고 생각했다.

내가 혼자 살고 있던 시절의 어느날, 나는 가까이 지내던 농부들과 상인 친구들에게 개를 한마리 동무로 키우고 싶다고 한 적이 있었다. 바로 다음날 그들은 강아지 한마리를 데리고 왔는데 평범한 노란색 사냥개 종류였다. 나는 한동안 녀석을 키웠지만 더이상 돌볼 수가 없었는데 녀석이 대소변을 가리도록 훈련시키는 데 실패했고 이내 내 방은 엉망진창이 되었기 때문이다. 마침내 나는 녀석이 구제불능이란 결론을 내렸고 개에 대한 나의 환상을 거두며 돌려보낼 수밖에 없었다. 그러다 갑자기 전출 명령이 떨어졌고 나는 갈리아노로 가게 되었다. 나에게 상당한 호의를 보이던 친구들은 마치 매우 부당한 불행이라도 닥친 것처럼 상심했다. 그들은 그라사노에 나의 행복을 바라는 선량한 기독교도 친구들이 존재한다는 사실을 기억할 수 있도록 선물을 주고 싶었고, 그 즈음에는 이미 내가 까맣게 잊고 지내던 소망을 기억해내어 또다른 개를 한마리 선사하기로 한 것이다. 그들이 보기에 유명한 바로네보다 더 적합한 개는 없었고 그렇게 해서 바로네는 나의 소유가 되었다. 그들은 바로네의 주인이 개를 포기하도록 하느라 한 차례 소동을 피웠고, 그런 뒤에 녀석을 씻기고 털을 빗긴 다음 목줄과 재갈을 채우고, 줄을 매었다. 젊은 이발사이자 플루트 연주자인 안토니노 로젤리 Antonino Roselli는 나의 개인 비서 노릇을 하며 이 세상 끝까지 나를 따라다니는 것이 자신의 꿈이라고 말하곤 했는데, 바로네의 털을 앞쪽은 길게 두고 뒤쪽은 짧게 민 뒤, 꼬리 끝부분 털을 방울처럼 남겨두어 마치 어린 사자처럼 이발을 해놓았다. 그렇게 해서 야생의 바로네는 문명화되고, 정화되고, 향기로워지고, 완전히 모습을 바꿔 내가 그곳을 떠나기 전날, 그라사노 마을을 추억할 선물로 내게로 왔다.

잔뜩 치장을 한 터라 나는 바로네의 견종을 알 수가 없었다. 푸들과 양치기 개의 잡종인 듯했다. 어쩌면 양치기 개인데 흔하지 않은 혈통이거나 다른 종과 피가 섞여 알아볼 수 없는 것일 수도 있었다. 아니면, 비슷한 종류의 개를 본 적이 없어서일 수도 있다. 어쨌든 바로네는 크기는 중간 정도였고, 양쪽 귀 끝에 검은 점을 제외하면 온 몸이 온통 흰색이었다. 두 귀는 아주 길어서 얼굴 옆으로 늘어졌고, 중국 용처럼 잘생긴 얼굴은 화가 나서 이빨을 드러낼 때면 겁에 질릴 만큼 무서웠다. 하지만 인간을 닮은 적갈색의 둥근 두 눈을 내게 고정시킨 채 가만히 앉아서 내가 하는 것을 지켜볼 때면, 더할 나위 없는 다정함과 자유로움, 어린아이 같은 짓궂음을 엿볼 수 있었다. 거의 땅에 닿을 만큼 늘어진 부드러운 털은 곱슬곱슬하고 비단결처럼 빛났다. 동양 전사들의 깃털장식처럼 허공에서 멋지게 살랑거리는 꼬리는 여우의 꼬리만큼 풍성했다. 바로네는 쾌활하고 자유로우며 야성을 간직한 생명체라 할 수 있었다. 애착을 갖고 있지만 집착하지 않았고 복종은 하되 굴종하지는 않는, 유순하지만 결코 길들일 수는 없는 장난기 많은 작은 요정 같았다. 걷는 대신 늘 겅중겅중 뛰어다니며 두 귀를 씰룩대고, 나비며 새를 쫓아 사방으로 뛰어다녔으며, 염소들을 겁주고, 고양이나 다른 개들을 보면 시비를 걸었다. 하늘의 구름을 올려다보며 혼자서 들판을 뛰어다니고, 뭔가 순진무구하고 초자연적인 생각의 실마리를 좇는 듯, 혹은 숲의 정령이라도 찾는 듯, 늘 촉각을 곤두세우고 공기의 냄새를 맡았다.

우리가 갈리아노에 도착하자마자, 모두들 나의 신기한 동반자를 쳐다보았다. 동물적 마성에 익숙한 농부들은 곧바로 이 개의 신비한 속성을 알아봤다. 그들은 전에 이런 야수를 본 적이 없었다. 마을에는 오직 비루하고 지친 잡종 사냥개들뿐이었고, 어쩌다 한번 목동과 양떼를 따라나선 사나운 양치기 개들을 보는 게 전부였는데, 그 개들은 마렘마[Maremma]에서 온 개들로 늑대의 공격을 막기 위해 뾰족한 못을 박은 목줄을 차고 있었다. 무엇보다, 내 개의 이름은 바로네[Barone] 즉 남작을 의미했다. 이 지방에서는 모든 이름이 다 의미심장하며 일종의 마법의 힘이 있다고 생각되었다. 이름은 그저 내용 없는 음절이 아니라 그 자체로 실체였고, 엄청난 영향력을 함축하는 것이었다. 농부들에게 내 개는 진짜 '남작'이었고 귀족이었으며 그래서 존경을 표해야 할 사람에 다름 아니었다. 내가 마주친 농부들이 보여준 다정하고도 경외심 넘치는 태도의 상당 부분은 바로네 덕분이었다. 바로네가 미친 듯이 겅중거리고 사납게 짖으며 길을 지나갈 때면 농부들은 손가락으로 가리켰고 사내아이들은 소리를 질렀다. "저것 좀 봐, 보라고. 저 개는 반은 남작이고 반은 사자라고!" 그들은 바로네가 명문가의 휘장 속에 문장紋章으로 수놓아진 포효하는 사자라고 생각했다.

물론 바로네는 여느 개들과 다를 바 없는 개에 불과했지만, 동시에 이중적이고 신비한 속성을 가지고 있었다. 나는 상반된 두 본성, 단순함과 다채로움이 어우러지는 이 존재를 너무나 사랑했다. 지금 바로네는 그 삶을 다해 리구리아Liguria 지방, 바다가 내려다보이는 아몬드나무 아래 묻혀 있고, 나에게서 바로네를 넘겨받아 기르시던 내 아버지도 마찬가지로 세상을 떠났다. 나는 그 땅에 더이상 발을 들여놓을 수 없다. 지금 그곳을 다스리는 사람들이 나 역시 이중적인 본성을 가지고 있다는 사실, 내 개와 마찬가지로 절반은 남작이고 절반은 사자라는 사실을 알아차리고, 신성한 것을 두려워하듯 나를 두려워하고 있기 때문이다.

농부들에게는 모든 것이 이중적인 의미를 띄고 있었다. 암소 여인, 늑대인간, 사자 남작, 그리고 염소의 모습을 한 악마는 그중 널리 알려진 예들일 뿐이었다. 사람들, 나무들, 동물들 심지어 사물들과 낱말들마저 이중성이 있고, 오직 이성과 종교 그리고 역사만이 명료하게 정의내릴 수 있다. 하지만 삶 그 자체에 대한 우리의 감정 그리고 예술, 언어, 사랑에 대한 우리의 감정은, 끝을 알 수 없을 만큼 복잡하고 따라서 농부들의 세계에는 이성, 종교 그리고 역사가 들어설 자리가 없다. 종교의 자리가 없는 까닭은, 농부들이 보기에 모든 것에는 신성이 깃들어 있기 때문이다. 그저 상징적인 의미가 아니라 실제적으로 모든 것이 다 신성이었다. 예수건 염소건, 저 위에 있는 천국이건 저 아래에 있는 들판의 짐승이건, 모든 것이 다 자연의 마법이라는 테두리 안에 존재했다. 교회의 예식조차도 이교도의 예식으로 변질되어, 농부들은 생명이 없는 것에도 영혼을 부여해 기렸고, 그리하여 마을에서는 셀 수 없는 토착신들이 섬김을 받았다.

때는 9월 중순으로 성모 마리아 축일이었고, 이른 아침부터 거리는 검은 옷을 차려입은 농부들로 붐볐다. 낯선 사람들도 눈에 띄었는데, 스틸리아노에서 온 악단도 있었다. 산타르칸젤로에서 불꽃놀이 담당자가 화약과 폭죽을 가지고 왔다. 하늘은 청명했고, 이따금 성당의 종소리가 무겁게 대기를 채우다가 갑자기 폭죽 터지는 소리로 끊기곤 했다. 농부들이 일제히 사냥용 총포를 쏘아 축제의 시작을 알렸다. 오후가 되어 열기가 어느 정도 누그러들자 교회에서 출발하는 예배 행렬이 시작되었다. 행렬은 마을 곳곳을 돌고 묘지가 있는 언덕까지 올라갔다가 다시 마을 광장으로 내려온 뒤 갈리아노 아랫동네를 지나 폐허가 된 천사성모교회에 이르고, 그곳을 반환점으로 길을 되짚어 출발지인 교회까지 돌아오는 것으로 마무리되었다. 행렬의 가장 앞줄에는 소년들이 하얀색 천 휘장이 나부끼는 깃대를 들고 섰고, 스틸리아노에서 온 악단이 큰소리로 울려대며 반짝이는 금관악기들을 들고 그 뒤를 따랐다. 이어서 십여 명의 남자가 서로 번갈아가며 짊어지는 거대한 가마가 등장하고, 그 위 왕좌 위에 성모 마리아가 자리하고 있었다.

성모 마리아는 종이죽을 이용해 만든 파피에 마세papier mache*로, 영험하기로 유명한 비지아노의 성모 마리아Madonna di Viggiano를 본떠 검은 얼굴에 검은색 드레스를 입고 각종 목걸이와 팔찌로 화려하게 치장을 하고 있었다. 그 바로 뒤를 돈 트라옐라가 평소 입는 더러운 사제복 위에 흰색 성직자 법의**를 걸치고 예의 그 지루하고 권태로운 얼굴로 걸어갔다. 시장과 헌병대장 그리고 마을 귀족들이 그 뒤를 따랐고, 나부끼는 베일을 쓴 여인들과 아이들 그리고 농부들이 무리의 끝을 이루었다.

한줄기 강하고 시원한 산들바람이 불어와 먼지 구름을 일으키며 치맛자락과 베일을 부풀리고 휘장을 날렸다. 어쩌면 몇 달 동안의 가뭄을 거치며 그토록 기도하고 바라마지 않았지만 끝내 내리지 않았던 비를 몰고 오는 바람일지도 몰랐다. 행렬이 진행하는 동안 길 양쪽에 정렬해놓은 소형 폭죽들이 터지며 요란한 소리를 냈다. 화약을 넣은 점화장치에

---

* 지점토 또는 지소(紙塑)의 일종. 종이 펄프에 아교, 석회 등을 섞은 것을 형틀에 눌러 열을 가하고 옻칠, 와니스 등을 발라 연마한 것이다.

** 흰색의 소매가 넓은 사제복으로 예식 때 주로 입는다.

불이 붙어 타들어가는 소리와 폭발음, 행렬을 보기 위해 문간에 나와 서 있던 농부들이 쏘아대는 총소리 등이 이어지다 엄청난 폭발음에 제압당했고, 그 소리는 마을을 둘러싼 협곡에 메아리를 일으키며 더 크게 증폭되었다. 전쟁터 같은 총성과 폭발음 속에서 사람들의 눈빛은 행복이나 종교적인 열광 대신 일종의 광란에 사로잡혔다. 이교도들은 온갖 제약들을 벗어던지고 넋이 나간 듯 최면에 걸려들었다. 모두가 극도의 흥분상태에 빠져 동물들은 사방으로 뛰어다니고 염소들은 펄쩍펄쩍 튀어오르고 나귀들은 구슬프게 울어대고 개들은 짖어대고 아이들은 소리를 질러대고 여자들은 노래를 불렀다. 농부들은 손에 든 바구니에서 밀을 몇 줌씩 쥐어서 성모 마리아에게 뿌렸다. 그러면 성모 마리아가 풍년을 허락하고 복을 더해준다고 믿었기 때문이다. 허공에서 포물선을 그린 낟알들이 포석에 떨어져 다시 튀어오르고 우박이 떨어지는 듯한 소리를 만들어냈다. 검은 얼굴의 성모 마리아는 쏟아지는 낟알들, 날뛰는 동물들, 총소리와 나팔소리 속에서 더이상 비탄에 잠긴 예수의 어머니가 아니었다. 오히려, 지하세계의 신, 땅속의 그림자를 받아 검은 농부의 얼굴을 한 페르세포네*, 혹은 수확을 관장하는 지하세계의 여신이었다.

---

* 그리스 신화에서 제우스와 대지의 여신 데메테르 사이에서 난 딸로 꽃밭을 거닐다 하데스에게 납치되어 지하세계로 끌려갔다. 하데스가 건넨 석류를 먹는 바람에 지하세계를 완전히 떠나지 못하고 1년 중 3분의 2는 지상에 머물고 나머지 3분의 1은 지하세계에서 하데스의 아내로 지내게 된다.

골목 어귀 공간이 넓어지는 곳에 위치한 몇몇 집들의 문 앞에는 흰 천으로 덮인 탁자들이 놓여 있었는데, 마치 투박한 작은 제단 같았다. 행렬은 그곳에서 멈춰서고, 돈 트라옐라가 축문을 웅얼거리면 농부들과 그 아낙들이 앞으로 나와 헌물을 받쳤다. 그들은 성모 마리아의 옷에 5리라 혹은 10리라짜리 지폐를 핀으로 꽂았고, 경쟁심이 발동한 누군가는 아메리카에서 고된 노동으로 벌어온 달러를 바치기도 했다.

사람들은 성모 마리아의 목에 마른 석류로 만든 화환을 씌워주거나 그 발치에 과일과 달걀 따위의 헌물을 놓았다. 행렬이 움직이기 시작하면 아직 헌물을 바치지 못한 사람들이 달려가 자신들의 선물을 얹어놓은 뒤, 다시 무리에 섞여 환호성과 총성과 나팔소리 속에서 행렬을 뒤따랐다. 행렬이 전진하면 할수록 더 많은 군중들이 모여들었고, 점점 더 커지는 소란 속에서 마침내 행렬은 마을을 완전히 빠져나가 다시 교회로 돌아갔다. 굵은 빗방울이 몇 방울 떨어졌지만 곧 바람이 일어 비구름을 몰아냈고, 폭풍우의 기운이 사라진 하늘은 초저녁 별들로 청명했다. 불꽃놀이를 하기에는 더할 나위 없이 좋았다. 모두들 서둘러 저녁을 먹고 날이 어두워지기를 기다렸다. 온 마을 사람들이 협곡의 가장자리에 늘어섰다. 그때 나는 마을의 젊은이 무리가 좀더 좋은 전망을 확보하려고 기념비적인 공중화장실의 지붕을 기어오르는 모습을 볼 수 있었다. 성모 마리아를 기리는 의미로 우리 같은 정치범들도 평소보다 한 시간 더 늦게까지 밖에 있는 것이 허락되었다.

성대한 축제일이었고, 추수를 축하하는 자리였으며, 일 년에 한 번, 화려한 불꽃놀이를 즐길 수 있는 날이었다. 비용으로 총 삼천 리라가 들었는데 흉년이었기 때문에 그 정도에 그친 것이었다. 보통은 오천에서 육천 리라가 들었고, 좀 더 큰 마을에서는 축제일 동안 훨씬 더 많은 비용을 썼다. 갈리아노에서 삼천 리라는 매우 큰돈으로, 근 반년 동안의 저축에 맞먹었지만 사람들은 기꺼이 불꽃놀이에 그 돈을 쏟아붓고는 전혀 아쉬워하지 않는 눈치였다. 각 지방마다 불꽃놀이 전문가들이 서로 경쟁했으며, 만약 마을 사람들의 형편만 허락했다면, 몬테무로[Montemurro]나 페란디나[Ferrandina]에서 기술자를 데려왔을 것이다. 하지만 사정상 산타르칸젤로 출신의 기술자를 데려오는 데 만족해야 했고, 그는 실제로 만족할 만한 불꽃놀이를 선보였다. 박수와 갈채, 여자와 아이들이 내지르는 탄성 속에서 첫번째 폭죽이 별이 총총히 박힌 하늘로 날아오르자 연이어 다른 폭죽들이 뒤를 따랐다. 바람개비처럼 회전하는 불꽃, 줄무늬 모양의 불꽃, 금색 불똥이 사방으로 퍼지다 쏟아져 내리는 불꽃 등이 화려한 볼거리를 선사했다.

어느덧 밤 열시가 되었고 집으로 돌아가야 할 시간이었다. 나는 집의 테라스에서 불꽃들이 폭발음과 함께 둔덕 위로 솟아올랐다가 사그라지는 것을 한참 동안 지켜보았다. 곁을 지키고 있던 바로네는 신이 나서 킁킁거리며 공기의 냄새를 맡고 불꽃이 터질 때마다 따라서 짖어댔다. 마침내 스무 발의 거대한 불꽃이 연속적으로 터지고 불꽃놀이의 끝을 알리는 마지막 폭발음이 들려왔다. 이윽고 분주하게 돌아가는 발걸음 소리와 가가호호 문이 여닫히는 소리로 무리가 흩어지는 것을 알 수 있었다. 농부들의 축제는 그렇게 화염과 열광적인 흥분 속에서 끝이 났다. 동물들은 잠들었고, 텅 빈 암흑이 채운 하늘과 적막만이 어두워진 마을을 감쌌다.

성모 마리아 축일 행렬과 돈 트라옐라의 기도, 농부들의 한껏 부푼 기대에도 불구하고 다음날 비는 내리지 않았다. 그 뒤로도 마찬가지였다. 땅은 농사를 지을 수 없게 되었고 메마른 나뭇가지에 달린 올리브는 여물지 못하고 시들어갔지만 검은 얼굴의 성모 마리아는 여전히 매정하게 두 손을 놓고 있었다. 대자연은 사람들의 호소에 무심했다. 헌물을 아낌없이 바쳤지만, 그것은 신을 흠모해서 바치는 것이라기보다 절대적인 힘 앞에 복종하는 헌물이었다. 검은 성모 마리아는 대지와 같았다. 세상을 세우기도 하고 허물기도 하는 그 힘은, 사람을 신경쓰지 않았으며 자신의 심오한 계획에 따라 계절을 주관했다. 농부들에게 검은 성모 마리아는 선과 악을 넘어서는 존재였다. 농작물을 말라붙고 시들게 하는 동시에 먹을 것을 베풀고 삶을 수호해주며 자신에 대한 숭배를 요구했다. 각 가정마다 침대맡 벽에 붙여놓은 성화 속에서 비지아노의 검은 성모 마리아는 표정 없는 눈으로 일상의 행위들을 굽어보고 있었다.

농부들의 집은 다 똑같이 생겨서 헛간만 한 크기의 방 한 칸으로 부엌과 침실을 다 해결했고, 집 밖에 별도의 헛간이 없는 경우에는 가축들까지 한곳에서 지냈다. 방 한쪽의 난로는 매일 들판에서 주워오는 나뭇가지를 땔감으로 썼고, 벽과 천장은 연기로 검게 그을었으며 빛이라고는 유일하게 출입문에서 들어오는 게 다였다. 보통의 더블베드보다 훨씬 더 거대한 침대 하나가 방을 거의 다 차지했고, 그 위에서 엄마와 아빠, 아이들 모두가 함께 잤다. 아기들의 경우는 서너살 전후로 젖을 뗄 때까지, 침대 위 천장에 갈대로 만든 요람이나 바구니를 매달아놓고 키웠다. 그렇게 하면 아기에게 젖을 먹일 때 침대 밖으로 나올 필요 없이, 그저 손을 뻗어서 아기를 안아 내린 뒤 젖을 물리면 되었다. 젖을 다 물린 뒤에는 다시 요람에 아이를 누이고 울음을 그칠 때까지 한 손으로 흔들어주면 그만이었다. 바닥에서는 가축들이 잠을 잤다. 말하자면 방은 삼층으로 나뉜 셈이어서 바닥에는 동물들이, 침대 위에는 사람들이, 그리고 공중에는 아기들이 생활했다. 내가 침대 위로 몸을 기울여 환자의 심장소리를 듣거나 혹은 말라리아로 온 몸이 끓어올라 이를 덜덜 떨고 있는 여인에게 주사를 놓을라치면 머리는 공중에 매달린 요람에 닿았고, 두 다리 사이로는 놀란 돼지나 닭들이 쏜살같이 지나갔다.

하지만 볼 때마다 내가 깜짝 놀라곤 했던 것은 따로 있었으니, 집집마다 침대맡 벽에 붙여놓은 두 개의 얼굴이었다. 절대로 따로 떨어질 수 없다는 듯 수호천사 둘이 벽에 붙어서 나를 굽어보고 있었는데, 인간의 것 같지 않은 큰 눈으로 노려보는 검은 얼굴은 비지아노의 성모 마리아였고, 총천연색으로 인쇄되어 반짝이는 눈으로 마음씨 좋은 웃음을 짓고 있는 얼굴은 루즈벨트 대통령이었다. 이 두 명 외에 다른 얼굴은 본 적이 없다. 이를 테면, 왕이나 무솔리니 또는 가리발디 장군을 비롯해 이탈리아의 위인이나 유명인사 혹은 성인의 얼굴이 걸려 있을 법했지만, 오직 루즈벨트와 비지아노의 성모 마리아만이 조악한 인쇄 상태를 드러내며 나란히 벽에 걸려 있었다. 마치 우주를 양분해서 다스리는, 그러나 역할이 서로 상반된 두 권력을 상징하는 것 같았다. 성모 마리아가 냉정하고 불가해한, 무서운 얼굴을 하고 있는 대지의 여신이라면, 루즈벨트 대통령은 천상계를 지배하는 자비롭고 전능한 제우스라 할 수 있었다. 이따금 삼위일체를 완성하려는 듯 세번째 것이 등장했으니 바로 달러화 지폐였다. 바다 건너 미국에서 돌아오며 가져왔거나 남편이나 친척이 편지와 함께 보내온 그 물건은 마치 천상으로부터 미물들의 세계로 내려온 사자나 성령처럼 성모 마리아와 대통령과 나란히,

때로는 그 사이에 걸려 있었다.

루카니아의 농부들에게 로마는 관심 밖이었다. 그곳은 그저 귀족들의 수도이고, 낯설고 적대적인 이방세계의 중심일 뿐이었다. 그들에게는 오히려 나폴리가 수도라 할 수 있었다. 가난한 자들의 수도. 창백한 얼굴로 열에 들뜬 눈을 하고 있는 사람들이며, 톨레도의 가파른 골목길을 따라 들어선 일층짜리 허름한 집들이며, 무더운 날이면 문틈으로 옷을 반쯤만 걸친 여인들이 테이블마다 잠이 들어 있는 곳. 오랫동안 그곳을 다스리는 왕은 자리를 비웠고, 농부들은 다른 해안으로 가는 배를 탈 때만 나폴리를 찾았다. 나폴리 왕국은 쇠락했고, 절망적인 빈곤에 시달리는 사람들의 왕국은 더이상 이 세계의 일부가 아니었다. 그들의 또다른 세계는 바로 아메리카였는데, 농부들에게는 아메리카마저도 이중성을 갖고 있었다. 한편으로 그곳은 남자들이 고된 노역과 땀방울로 하루하루 먹고사는 곳, 끝없는 시련과 박탈을 대가로 약간의 돈을 모을 수 있지만 그러다 죽으면 그 누구도 기억해주지 않는 땅이었다. 동시에, 그곳은 지상의 천국이자 약속의 땅이었고 아무도 그것을 모순이라 생각하지 않았다.

그랬다. 로마나 나폴리가 아니라 뉴욕이 루카니아의 농부들에게는 진정한 수도였다. 뉴욕이야말로 조국이 없는 이 사람들이 가질 수 있는 유일한 수도였다. 하지만 실제가 아니라 신화로 존재하는 수도였다. 뉴욕은 그들에게 무관심했고,

그들은 어디에서든 마찬가지로 멍에를 쓴 가축처럼 살아갔다. 그러나 뉴욕은 지상의 천국이자 황금의 예루살렘이었고 그래서 신성했다. 절대 만질 수 없고 손아귀에 넣을 수 없는 곳, 그 안에서 살아가고 있지만 바라볼 수밖에 없는 곳이었다. 미국으로 이민간 농부들은 원래 모습 그대로 살아갔다. 그곳에 남기로 한 사람들과 그 자식들은 미국인이 되었지만, 나머지 사람들은 이십 년이 지나 돌아와도 떠날 때의 모습 그대로였다. 세 달이 지나면, 그나마 익혔던 영어 단어들을 잊어먹고, 피상적인 습관들에서도 벗어나며, 예전과 똑같은 농부로 돌아가는 것이다. 마치 흐르는 물살에 오랫동안 떠돌던 자갈들이 마침내 따뜻한 햇살 한줄기 아래서 물기를 말리는 모습 같았다.

아메리카에서 그들은 서로 떨어져 살아야 했고 알아서 생존해야 했다. 초라한 수입을 아끼려고 몇 년 동안, 갈리아노에서와 마찬가지로 빵만 먹고 살아야 했다. 그들은 지상의 천국 바로 옆에 살았지만 그곳으로 들어갈 수는 없었다. 그러다가 어느날 이탈리아로 돌아오는 것이다. 그저 잠시 머무르며 가족과 친구들 얼굴을 보러 왔건만 누군가가 좋은 땅이 나왔으니 사라고 제안하고, 그 와중에 어릴 적 알고 지내던 계집아이와 조우해 결혼을 한다. 미처 깨닫기도 전에 여섯 달이 훌쩍 지나, 미국으로 돌아갈 재입국 허가증은 시한이 끝나버려 도리 없이 고향에 남게 된다. 터무니없이 비싼

값에 땅을 사느라 몇 년 간 미국에서 중노동을 하며 모은 돈은 온데간데없이 사라진다. 사들인 땅엔 돌무더기와 먼지뿐이지만 거기에도 세금이 붙고 농사진 것으로는 비용을 감당할 길이 없다. 아이들이 태어나지만 아내는 곧 병이 들고 그렇게 속절없이 헤어나올 길 없는 가난의 구렁텅이로, 아메리카에 가기 전보다 더한 빈곤상태로 빠지는 것이다. 가난과 함께, 농부들 특유의 습성, 뿌리 깊은 인내와 체념이 다시 찾아온다. 얼마 지나지 않아 이 아메리칸들은 나머지 사람들과 똑같아지고, 씁쓸함은 오히려 더 깊어질 뿐이다. 때때로 잃어버린 풍요에 대한 후회가 그들을 괴롭힌다. 갈리아노에는 이런 식의 이민 귀환자들이 넘쳐나고, 이들은 돌아온 그날을 인생에서 가장 불행한 날로 손꼽는다.

1929년은 운명의 해였다. 그들은 그해를 격변의 해라고 말한다. 달러가 폭락하고 은행들이 문을 닫는 대혼란의 시기였다. 하지만 이민자들은 그나마 타격이 크지 않았는데 예금을 이탈리아 은행에 리라화로 보유하고 있었기 때문이다. 뉴욕은 공황 상태에 빠지고, 파시스트 선동가들은 다 신의 뜻이라며 이탈리아에는 일자리와 돈과 안전이 있으니 이민자들은 어서 돌아오라고 선전하고 다녔다. 이 운명의 해에 많은 이민자들은 미국의 일자리를 포기하고 고향으로 돌아왔고, 거미줄에 걸린 파리처럼 덫에 걸리게 되었다. 곧 그들은 다시 농부로 전락해 매일 아침 나귀와 염소를 몰고 말라리아가 창궐하는 들판으로 일하러 나갔다. 몇몇은 아메리카에서 했던 일을 계속하려고 노력했지만 먹고살 만한 벌이를 찾을 수가 없었다.

"그 빌어먹을 1929년에 나도 여기로 돌아왔지요!" 사냥복을 만들기 위해 내 몸의 치수를 재면서 재단사인 조반니 피칠리Giovanni Pizzilli는 말했다. 그는 좀더 복잡하고 새로운 아메리칸 스타일로 어깨 부분을 내려 옷을 재단했다. 이 영리한 재단사는 유행에 민감한 대도시의 많은 재단사들보다 장사 수완이 훨씬 좋았고, 내가 지금까지 입은 것 중에 가장 멋진 코듀로이 양복을 오십 리라에 만들어주었다. 아메리카에서는 돈을 잘 벌었지만 여기서는 슬하에 아이를 네다섯이나 거느리고 가난 속에서 살고 있었다. 미래에 대한 희망이라곤 없었으며, 여전히 동안인 그의 얼굴에는 확신이나 활기 대신 영원할 것 같은 절망의 표정만이 서려 있었다.

"거기서는 내 살롱이 있었고 종업원도 네 명이나 두었었죠. 1929년에 한 여섯 달 머물려고 왔다가 결혼을 하는 바람에 발이 묶여버렸어요. 그래서 이렇게 볼품없고 손바닥만 한 가게에 갇혀서 가난과 싸워야 하는 신세가 된 겁니다." 이번에는 이발사가 내게 말했다. 슬프고 진지한 표정의 이발사는 관자놀이 주변의 머리카락이 이미 세기 시작했다. 갈리아노에는 이발소가 세 개 있었는데 하나는 이 '아메리칸'이 운영하는 가게로 마을 위쪽 교회 옆, 과부의 집 바로 아래 자리잡고 있었고, 늘 문이 열려 있는 유일한 이발소였다. 마을 귀족들은 모두 이곳에서 면도를 했다. 갈리아노 아랫동네에 있는, 줄리아의 연인인 알비노 남자가 운영하는 이발소는 주로 가난한 농부들을 상대했고 거의 늘 문이 닫혀 있었다. 알비노 남자도 농사지을 땅이 있었기 때문에, 휴일 아침이나 주중에 잠깐씩만 면도날을 휘두를 수 있었다. 세번째는 마을 한가운데 광장 근처의 이발소로, 역시 늘 닫혀 있었다. 주인이 다른 용무로 항상 가게를 비웠기 때문이다.

광장 근처 가게에 들어서는 사람들이, 호기심 어린 표정으로 목소리를 낮춰 주인장을 부르면 금발머리에 꾀가 많아 보이는 얼굴 하나가 작은 눈을 반짝거리며 나타났다. 이발사는 매우 영리하고 부지런한 동작으로 잠시도 가만히 있지 않고 분주히 움직였는데, 그는 전쟁 동안 위생병으로 일하면서 의료기술까지 조금 익혔다. 공식적인 직업은 이발사였지만 면도와 이발은 그가 하는 일 가운데 가장 사소한 것이었다. 그는 염소의 털을 깎고, 나귀를 씻기고, 병에 걸린 가축들을 돌보았으며, 무엇보다 이빨 뽑기가 그의 특기였다. 2리라만 내면 그는 거의 아무런 통증 없이 어금니를 뽑아주었다. 나는 치과와 관련해서는 아는 바가 없었으며 나머지 두 명의 의사는 나보다 더 지식이 없었으니, 그가 마을에 있다는 것은 마을 사람들에게 다행스러운 일이었다. 그는 주사도 놓았고, 심지어 정맥주사도 놔주었으며, 탈골되거나 부서진 뼈를 맞추고, 혈액을 채취하고, 고름을 빼내는 일도 했다. 게다가 각종 약초며 향유며 고약 등에도 정통했다.

한마디로 그는 너무나 소중한 존재였다. 마을의 두 의사들은 그를 혐오했는데 가장 큰 이유는 이 이발사가 자신들이 무식하다는 의견을 스스럼없이 밝히고 다녔고, 또 농부들이 그를 따랐기 때문이다. 그래서 그의 이발소를 지날 때면 어김없이 불법 의료행위로 고발하겠다고 협박하곤 했다. 그 협박은 그냥 하는 말이 아니었다. 이따금 익명의 편지가 도청으로 송달되었고, 헌병대장이 엄중한 경고장을 발부하기도 했다. 이발사는 가용할 수 있는 모든 수단을 동원해서 곤경을 피해갔다. 처음에 그는 나도 믿지 않는 눈치였지만, 이내 내가 자신을 고발하지 않으리란 걸 깨닫고 좋은 친구가 되어주었다. 그는 정말 재주가 좋아서 간단한 수술이나 처치를 할 때 도움이 필요하면 그를 부르곤 했고, 때로는 주사 놓는 일을 맡기기도 했다. 그가 의료면허증이 없다는 것은 별 문제가 되지 않았다. 그는 멋지게 일을 처리했지만, 드러나서는 안 되었다. 이탈리아는 각종 자격증과 학위의 땅이었고, 소위 말하는 문화라는 것도 돈 잘 버는 직업과 거기에 붙어 있으려는 병적이고 가엾은 노력으로 전락하기 일쑤였다. 갈리아노의 많은 농부들은, 만약 공식적인 면허를 가진 의사들에게 진료를 받았다면 평생 절름발이 신세로 살았을 테지만, 무엇이든 고치는 이 이발사 덕분에, 즉 법과 공권력에 반하는 이 돌팔이 의사의 눈치 빠르고 신속한 야매 의료행위 덕에 오늘도 멀쩡히 걸어다닐 수 있었다.

귀족들이 단골로 다니는 '아메리칸' 이발사의 가게만이 진짜 이발소처럼 보였다. 그곳에서는 파리 자국이 여기저기 묻은 거울 하나와 의자 몇 개를 찾아볼 수 있었고 벽에는 미국 신문에서 오린 기사들과 루즈벨트 대통령을 비롯한 여러 정치인과 여배우의 사진 그리고 화장품 광고 등이 붙어 있었다. 그의 화려한 뉴욕시절의 마지막 흔적들이었다. 이발사는 옛 시절을 생각할 때마다 후회와 슬픔으로 표정이 어두워졌다. 그 행복하던 시절로부터 그에게 남겨진 것은 무얼까? 마을 위쪽의 작은 집 한 채, 정교하게 조각된 그 출입문과 발코니에 놓인 제라늄 화분 몇 개, 병든 아내 그리고 빈곤만이 그가 가진 전부였다. "돌아오지 말았어야 했어요!" 1929년에 돌아온 '아메리칸'들은 쉽게 구별할 수 있었는데, 그들은 한결같이 두들겨 맞은 개처럼 씁쓸한 표정에 금니를 번쩍이고 있었다.

'더러운 얼굴'이란 뜻의 파차로르다Faccialorda*라고 불리는 남자도, 촌뜨기 특유의 억세고 날카로운 얼굴에 대단한 사치품처럼 금니가 번쩍이고 있었고 그것은 왠지 모르게 역설적인 느낌을 자아냈다. 파차로르다라는 별명을 얻은 것은 분명 얼굴색 때문이었겠지만, 실제로 그는 미국 이민생활의 거친

* 얼굴을 뜻하는 faccia와 '더러운'의 lordo를 합성시킨 단어.

풍랑을 헤쳐나와 지금은 승리의 월계관을 쓴 채 살아가고 있었다. 그는 미국에서 상당한 예금을 모아서 돌아왔다. 비록 돈의 대부분을 불모지나 다름없는 땅을 사느라 탕진해버렸지만 여전히 상당히 안락한 삶을 누리는 편이었다. 그의 재산의 특징은 일을 해서 모은 것이 아니라 꾀를 써서 모았다는 데 있다. 저녁에 들판에서 돌아오면 그는 집의 문간에 서서 혹은 광장을 산책하며 내게 미국에서의 모험담을 즐겨 들려주었고, 자신이 얻은 성과에 큰 자부심을 느끼고 있었다. 그는 농부의 집안에서 태어났지만 미국에서는 석공으로 일했다.

"어느날 그들은 내게 작은 쇠파이프 속에 든 흙을 비우라고 했지요. 광산에서 쓰는 그런 파이프였는데 먼지가 가득 들어 있었어요. 그 안에 든 것은 사실 다이너마이트였고, 내가 거기에 못을 끼워넣자 파이프가 내 손에서 그만 터져버렸지 뭡니까. 한쪽 팔은 상처투성이가 되고 왼쪽 귀는 고막이 터져서 멀어버렸지요. 거기 미국이란 데서는 보험인가를 드는데, 그러면 그 사람들이 돈을 지급하게 되어 있어요. 그 사람들이 나를 의사에게 보였어요. 의사는 세 달 뒤에 다시 오라고 하더군요. 세 달이 지나고 나서 다 낫긴 했지만, 어쨌든 나는 사고를 당했으니 그들은 나에게 돈을 줘야 마땅했지요. 그 돈이 삼천 달러나 됐거든요. 나는 여전히 귀가 먹은 척했어요. 그들은 내게 소리를 지르고 바로 옆에서 총을 쏘기까지 했지만 나는 아무것도 못 듣는 척했죠. 그랬더니 나더러 눈을 감아보라고 하더군요. 나는 비틀거리다 땅바닥에 나뒹굴었지요. 의사들은 내 귀에는 아무 문제가 없으니 내게 돈을 안 주겠다고 했어요. 그러고 나서 계속해서 검사를 하고 또 했지요. 나는 그들이 하는 말을 하나도 못 듣는 척했고, 계속해서 넘어지기만 했어요. 그리고 마침내 신의 가호가 있어서, 그들은 내게 돈을 주기로 한 겁니다. 그렇게 보낸 시간이 이 년이에요. 그 이 년 동안 나는 일을 하지 않았지요. 의사들이 뭐라고 하건 말건 나는 계속 귀머거리 행세를 했고 결국은 내가 이겼어요. 그 의사들, 미국 최고의 의사들이 결국 내 말을 믿기로 한 거죠. 그렇게 그들은 내게 삼천 달러를 주어야만 했지요. 내가 얻어낸 거죠. 그러곤 나는 갈리아노로 돌아와 이렇게 살고 있답니다. 아주 건강하게 말이죠."

파차로르다는 혼자 힘으로 미국의 과학과 싸워서 승리했다는 사실에 대단한 자부심이 있었으며 갈리아노 출신의 한낱 농부에 불과한 자신이 오로지 집념과 인내를 무기로 미국 의사들을 물리쳤다는 사실에 우쭐했다. 무엇보다 그는 자신이 옳았으며, 자신의 꾀병은 정당한 것이라고 굳게 믿고 있었다. 만약 누군가가 그 삼천 달러는 부정하게 번 돈이라고 말한다면 그는 진심으로 영문을 몰라했을 것이다. 나 역시 한 번도 그 일을 비난하지 않았다. 사실대로 말하자면 나는 그가 얻어낸 것에 나름 의미가 있다고 생각했다. 그가 내게 하고 또 한 이야기의 밑바닥에는 그 자신을 신의 뜻을 드러내는 증거이자 그 수호자로 여기는 태도가 깔려 있었다. 국가라는 적에 맞서 고단하게 벌이는 자신의 투쟁에 신이 응답한 것이라고 그는 굳게 믿었다. 그런 파차로르다를 보면서 나는 세계 곳곳에서 만났던 또다른 이탈리아인들을 떠올렸다. 그들은 하나같이 우스꽝스러운 절름발이 관료주의로부터 스스로를 구하고, 허울뿐인 문명사회의 조직된 힘에 대항해 그들이 벌인 전쟁을 자랑스러워했다.

스트래트포드 온 에이번Stratford-on-avon*에서 아이스크림 마차를 운영하는 노인을 만난 적이 있다. 예쁜 종과 마구를 단 조랑말이 마차를 끌고 있었다. 노인의 이름은 사라치노Saracino였는데(마차 한쪽에 영어식으로 새러신이라고 글씨를 새겨놓았다) 프로지노네Frosinone 출신이었다. 그는 아직도 양쪽 귀에 귀걸이를 하고 다녔고, 로마 사투리를 웅얼거렸다. 내가 이탈리아 사람이라는 것을 알자마자 그는 자신이 오십 년 전 이탈리아 왕의 침략 전쟁에 끌려나가는 것을 피해 영국으로 도망 왔으며 그 후로 돌아가지 않았다는 사실을 털어놓았다. 그의 아이스크림 장사는 제법 잘 되어서 큰돈을 벌었고, 그 지역의 아이스크림 마차들이 다 그의 것이었으며, 아들 둘은 모두 훌륭하게 교육받아 의사와 변호사가 되었다. 1914년에 전쟁이 일어나자 그는 아들들이 영국 왕의 전쟁에

* 영국 작가 셰익스피어의 고향.

나가지 않도록 그들을 이탈리아로 보냈는데 일 년이 지나자 이번엔 이탈리아 왕이 징집을 명한 상태였다. "걱정할 것 없어요. 다 방법이 있으니까. 내 아들들이 절대로 전쟁에 나갈 일은 없을 겁니다." 사라치노 노인도 파차로르다와 마찬가지로 전혀 부끄러워하지 않고 말했다. 아니, 오히려 그는 그 사실을 자랑스러워했다. 그는 신나게 자신의 이야기를 들려주고는 조랑말을 채찍질해서 자리를 떠났다.

파차로르다는 승리했지만 그 역시 돌아와서는 번쩍이는 금니에도 불구하고 다른 농부들과 하나도 다를 바 없게 되었다. 자신의 모험담을 이야기하면서 그저 미국에 대한 추억, 매우 제한적이고 부분적인 기억의 한 조각을 회상하는 게 다였다. 나머지 사람들은 그나마도 바로 잊어버렸다. 곧 아메리카는 다시 먼 옛날 그곳으로 떠나기 전에 그렸던, 또 정작 그곳에 살면서도 피상적으로 꿈꿨던 지상낙원이 되어버렸다.

나는 그라사노에서 좀더 미국화된 사람들을 몇몇 보았는데 그들은 농부가 아니었고, 또 농촌의 삶에 다시 편입되지 않으려고 무던히 애쓰고 있었다. 그중 한 남자는, 매일 아침 문 앞에 의자를 놓고 앉아서 광장을 지나가는 사람들을 바라보았다. 키가 크고 마른 체형에 날카로운 얼굴과 매부리코를 한 중년의 그는 늘 검은색 옷을 입고 머리에는 챙이 넓은 파나마 모자를 쓰고 있었다. 이빨뿐만 아니라 그의 넥타이핀과 셔츠 소매단추도 금이었으며, 금시곗줄과 금반지, 금으로 된

담뱃갑을 가지고 다녔다. 미국에서 사업과 중개업으로 큰돈을 벌었는데, 내 생각으로는 순진한 동포들을 착취하는 일도 마다하지 않았을 것 같았다. 어쨌든 그는 지시하는 것에 익숙해 보였고, 그라사노 사람들을 아래로 내려다보았다. 그는 3~4년에 한 번씩 집에 돌아와 서툴기 짝이 없는 영어와, 그보다 더 형편없는 이탈리아어로 자신이 벌어들인 달러를 펼쳐 보이며 자랑을 하곤 했다. 하지만 그는 고향에 주저앉지 않으려고 각별히 애를 썼다. "나는 여기서 아주 잘 살 수도 있습니다." 그가 내게 말했다. "돈이 많으니까요. 아마 사람들이 내게 시장을 시켜줄 수도 있을 테고, 여기서 할 일도 많이 있죠. 예를 들면 이 지역을 미국식으로 건설하는 거죠. 하지만 그건 엄청난 실수가 될 게 뻔해요. 일생일대의 낭비죠. 게다가 미국에서의 사업도 신경써야 하고." 매일 아침 그는 신문을 훑어보고 라디오를 들었다. 곧 아비시니아 전쟁이 터질 것이란 확신이 들자 그는 가방을 챙겨 첫 배를 타고 떠났다. 이탈리아에 발이 묶이지 않기 위해서였다.

1929년 이후에는 뉴욕에서 돌아오는 사람도, 그곳으로 떠나는 사람도 드물었다. 루카니아의 마을들은 반으로 갈려, 절반은 이곳에서 나머지 절반은 대양 건너에서 살아가게 되었다. 가족들은 해체되고 많은 여인들이 혼자 남겨졌다. 남은 사람들에게 아메리카는 점점 더 멀어졌고 더불어 구원의 가능성도 사라져갔다. 그래도 우편왕래만은 꾸준해서 형편이 나은 해외동포가 고향에 남은 부모에게 보내는 선물들이 이어졌으며, 돈 코지미노는 우편물 꾸러미를 메고 분주하게 움직였다. 보내온 물건들은 가위, 칼, 면도기, 농사도구, 풀 베는 낫, 망치, 펜치 등등 일상생활에 필요한 자질구레한 것들이었다. 기계로만 따지자면 갈리아노의 생활은 완전히 미국식이라 할 수 있었고 마찬가지로 무게나 길이를 재는 도량형도 미국식이어서, 농부들은 킬로그램이나 센티미터 대신 파운드나 인치를 사용했다. 여자들은 오래된 베틀로 실을 자았지만 만든 실을 자를 때는 반짝거리는 피츠버그 산産 쇠가위를 썼다. 이발사의 면도기는 내가 지금까지 이탈리아 어느 곳에서도 볼 수 없었던 최고급 면도기였고 농부들이 쓰는 도끼의 서슬 퍼런 날 역시 미국산이었다. 농부들은 이런 현대식 기계들에 어떤 편견도 없었으며 동시에 새 기계와 전통적인 관습 사이에 어떤 모순도 느끼지 않았다. 그들은 그저 로마에서 물건을 보내오면 기쁘게 받듯이 뉴욕에서 보내온 것들을 기쁘게 받았을 뿐이다. 그러나 로마에서는 세금징수원과 라디오에서 나오는 연설을 제외하고는 아무것도 보내오지 않았다.

이즈음 라디오에서는 엄청난 양의 연설이 쏟아져 나왔고 돈 루이지는 열성적으로 사람들을 광장으로 모아들였다. 때는 10월이었고 우리의 군대는 마레브 강*을 막 넘어섰다. 아비시니아와의 전쟁이 시작된 것이다. 이탈리아인이여 일어서라! 아메리카는 언제 있었나 싶게 저 멀리 대서양의 물안개 속으로 사라졌다. 오직 신만이 언제 그것이 다시 모습을 드러낼지 알고 계셨으며 어쩌면 영원이 다시 나타나지 않을지도 몰랐다.

농부들은 전쟁에는 관심이 없었다. 라디오는 천둥처럼 쾅쾅 울려대고, 돈 루이지는 담배 피우러 발코니에 나올 때를 제외하고는 학교 수업시간 전부를 아이들에게 지루한 연설

* 아프리카 북동부의 강.

을 늘어놓는 데 보냈으며, 마을 전체가 들을 수 있도록 목소리를 높여 「검은 얼굴, 아름다운 아비시니안」이란 노래를 아이들에게 가르쳤다. 또 광장에 있는 사람들을 붙잡고, 마르코니Marconi*가 비밀무기를 발명했는데, 치명적인 광선을 쏘아 영국 해군 전체를 폭파시킬 수 있다는 둥 장광설을 늘어놓았다. 그와 또다른 파시스트 동료 교사는 농부들에게 이 전쟁은 농부들을 위한 전쟁이며, 곧 그들 모두가 원하는 땅을, 그저 씨만 뿌리면 저절로 싹이 나고 자라는 그런 비옥한 땅을 갖게 될 것이라고 선전하고 다녔다. 불행히도 그 교사 둘은 로마의 위대함을 지나치게 강조했고 농부들은 그들이 하는 말을 전혀 신뢰하지 않았다. 그들은 그저 조용히 고개를 가로젓거나 미심쩍은 표정으로 뒤로 물러섰다. 그러니까 '로마의 높으신 양반들'이 자기들 마음대로 전쟁을 벌여놓고 우리더러 죽으라는 건가? 뭐, 좋다. 아비시니아 고원에서 죽는 게 사우로 강 들판에서 말라리아에 걸려 죽는 것보다 더 나쁠 것도 없다. 학교 다니는 아이들에서부터, 교사들, 파시스트 소년단, 적십자 부인회, 지난 전쟁으로 자식과 남편을 잃은 밀라노의 귀부인들, 피렌체의 멋쟁이들과 식료품가게 주인, 연금 수령자들, 신문기자들과 경찰, 로마의 정부 공무원들에 이르기까지, 간단히 말해 '이탈리아 국민'의 이름으로

---

* 굴리엘모 마르코니는 이탈리아 출신 무선통신 발명가로 1909년 노벨 물리학상을 수상했다.

뭉뚱그려지는 모든 사람들이 영광과 열정의 물결 아래 총궐기라도 한 것 같은 분위기였다.

갈리아노에 있는 나로서는 그게 사실인지 확인할 방법이 없었다. 농부들은 전보다 더 말수가 줄어들었고, 표정은 한층 더 어두워졌다. 그들은 약속의 땅을 믿지 않았다. 그 땅은 원래 소유자들에게서 빼앗은 땅이었다. 본능적으로 이 일은 잘못된 것이며 자신들에게 불행을 초래할 수 있다는 걸 그들은 알고 있었다. '로마의 높으신 양반들'은 절대 자신들을 위해 나서지 않으며 이번 전쟁 역시 뭐라고 떠들어대건 자신들과 상관없는 다른 목적이 있는 게 분명했다. 전쟁을 벌일 만큼 돈이 있다면 왜 아그리 강을 건너는 다리는 고치지 않는 걸까. 망가진 지 4년도 넘었는데 손 하나 까닥하지 않고 있지 않은가. 그 돈으로 댐을 짓거나 아니면 샘물이라도 파줄 수 있을 텐데. 얼마 남지 않은 나무들을 베어가는 대신 묘목을 심을 수도 있다. 여기도 땅은 충분하다. 다만 경작에 필요한 기반이 없을 뿐이다.

그들은 전쟁을 피할 수 없는 또 하나의 재앙으로, 그러니까 염소에 부과된 세금과 같은 것으로 받아들였다. 전쟁에 나가는 게 두렵지는 않았다. 여기서 개처럼 사나 거기서 개처럼 죽으나 마찬가지다. 하지만 돈나 카테리나의 남편을 제외한 그 누구도 자원하지 않았다. 얼마 지나지 않아 전쟁의 목적뿐만 아니라 그 수행 방식도 모두 산 너머에 사는 다른 이탈리아인들의 비즈니스라는 것, 농부들과는 아무 상관이 없다는 것이 분명해졌다. 군복무 연령에 도달한 사람들을 제외하고는 몇 안 되는 사람들이 소집되었으며, 마을 전체를 통틀어 두세 명 정도에 불과했다. 거기에 소년 하나가 추가되었는데, 그는 멜피의 수도원에서 자란 사제의 아들 돈 니콜라로 직업 하사관의 직책을 달고 선발대로 떠날 예정이었다. 이곳에는 경작할 땅도 먹을 음식도 없는 가난한 농부 몇 명이 돈 루이지의 연설에 현혹되고 월급을 많이 준다는 약속에 넘어가 노동자로 자원했지만 정부로부터 대답을 들을 수 없었다. "그들은 우리를 처치 곤란으로 여깁니다. 심지어 우리가 일하는 것도 원하지 않죠. 전쟁은 오직 북쪽사람들만 이롭게 해요. 우리는 굶어죽을 때까지 고향에 있어야 할 운명입니다. 이제는 아메리카에 갈 길도 막혔으니까요." 불쌍한 농부 자원자 중 하나가 한 말이다.

전쟁 개시일인 10월 3일의 풍경은 스산하기 짝이 없었다. 광장에는 헌병대가 간신히 모아온 스무 명 남짓의 농부와 젊은 파시스트 당원이 얼이 빠진 듯한 표정으로 라디오에서 흘러나오는 역사적인 선언을 듣고 있었다. 돈 루이지는 시청이며 학교, 귀족들의 집에 깃발을 걸도록 했는데 바람에 나부끼는 삼색기들은 햇살 속에서 농부들 집에 걸린 검은 조기와 낯선 대조를 이루었다. 종지기가 종을 울렸고 그 소리는 평소처럼 구슬펐다. 라디오에서 쾌활하게 흘러나오는 로마

발 전쟁개시 소식은 갈리아노에서는 차가운 무관심으로 응대받을 뿐이었다. 돈 루이지가 시청의 발코니에 나와 연설을 하기 시작했다. 그는 위대한 불멸의 로마 제국, 일곱 개의 언덕, 늑대의 젖을 먹고 자란 로물루스와 레무스, 줄리어스 시저의 로마 보병 부대, 로마 문명과 로마 제국의 부활 등등을 떠벌려댔다. 그에 따르면 모두가 우리를 미워하는 것은 우리가 위대하기 때문이며, 적들은 파멸할 수밖에 없고, 우리는 새롭게 과거 로마의 영토를 회복하게 될 것이었다. 무적의 로마는 영원할 것이기 때문이다. 그러고도 한참 동안이나 특유의 가는 목소리로 연설을 이어나갔는데 내용은 기억나지 않는다. 이어서 그는 그 큰 입을 벌리고 조비네차Giovinezza*를 부르기 시작했다. 동시에 그는 양손을 힘차게 흔들며 광장에 모인 학생들에게 따라 부르도록 재촉했다. 그의 주변으로 헌병대장을 비롯해 주요 인사들이 발코니에 모여 있었고 이들도 다 함께 노래를 불렀지만 닥터 밀릴로만은 이 열정적 합창에 동참하지 않았다.

저 아래 모여 담장에 기댄 농부들은 침묵 속에서 가만히 듣고만 있었는데, 검은 옷을 입은 채 햇빛을 가리느라 손차양을 만들어 이쪽을 바라보는 모습은 마치 박쥐들처럼 어둡고 우울했다. 벽에는 발코니 바로 옆쪽 흰색 대리석에 지난

---

* '젊음'이란 제목의 노래로 1922년부터 1943년까지 이탈리아 왕국의 국가로 불려졌다.

세계대전에서 죽은 사람들의 이름이 새겨져 있었다. 작은 마을치고는 꽤 많은 오십 명이나 되는 사람들이 이름을 남겼는데, 루빌로토, 카르보네, 과리니, 보넬리, 카르노발레, 라치오피, 궤리니 등 갈리아노에 있는 거의 모든 성씨들을 찾아볼 수 있었다. 아프거나 부상당해 돌아온 사람들과 운 좋게 무사히 돌아온 사람들은 제외하고, 갈리아노의 모든 가정이 직계가족 아니면 사촌이나 의형제라도, 예외 없이 전쟁에서 가족을 잃었다. 그런데도 내가 농부들과 이야기를 할 때면 어느 누구도 지난 전쟁에 대해, 자신이 세운 무훈이나 눈으로 본 장면들, 직접 겪었던 생생한 고통 등에 대해 말하는 법이 없었다. 어떻게 이런 일이 가능할까? 전쟁에 대해 언급한 유일한 사람이 있다면 그는 이빨 뽑는 이발사였는데, 그것도 자신이 전쟁 때 카르소에서 들것을 나르는 의무병으로 복무하며 외과수술과 관련한 일들을 배웠다는 것을 말하기 위해서였다. 얼마 되지 않은 과거에 일어난 엄청난 유혈충돌은 농부들에게 전혀 관심의 대상이 아니었다. 그들은 전쟁을 온전히 견뎌내야 했지만 지금은 마치 그것을 잊은 것처럼 행동했다. 누구도 자신이 세운 공을 자랑하는 법이 없었고, 아이들에게 전투 중의 모험담을 들려주거나 부상당한 곳을 보여주지 않았으며, 겪은 일에 대해 불평하지도 않았다. 내가 그 주제에 관해 물으면 그들은 그저 무심하게 짧은 대답을 들려주었다. 그 모든 일이 엄청난 불운이었지만 그들은 그저 견딜 뿐이었다.

이 전쟁도 로마에서부터 시작된 것이었고, 농부들은 이탈리아 깃발을 따르도록 소집되었다. 또다른 이탈리아를 상징하는 그 깃발의 밝은 색깔들은 너무나 선명해서 번지수를 잘못 찾은 듯한 느낌을 자아냈다. 노골적인 빨강과 어색한 초록이 풀 한포기 없는 점토질의 땅, 나무마저도 잿빛인 주변을 배경으로 극명한 부조화를 이루었다. 이것들 그리고 다른 모든 색깔들이 귀족정치의 부속물이었다. 그 색들은 문장을 수놓은 귀족들의 겉옷에 있거나 도시를 대표하는 휘장에 있었다. 농부들이 이 색깔들과 무슨 상관이 있을까? 그들에게는 단 하나의 색깔이 존재할 뿐인데 말이다. 슬픔의 색깔, 우수에 찬 눈과 입고 있는 옷이 만들어내는, 색깔이라고 할 수 없는, 지상의 어둠과 죽음의 색깔. 그들의 깃발은 성모 마리아의 얼굴처럼 검은색이다. 형형색색의 깃발들이 각각의 문명을 상징하며 역사의 도정을 따라 전진하고 또 정복하지만, 이들의 깃발은 그 가운데 없다. 다른 세계는 훨씬 강하고 잘 조직되어 있으니 이들은 복종할 수밖에 없다. 그 세계를 구하려고 목숨을 던지기 위해 그들은 행진해야만 한다. 오늘은 아비시니아고 어제는 이존초Isonzo*와 피아베Piave**, 그보다 더

* 슬로베니아의 지명으로 1차 세계대전 동안 오스트리아-헝가리 연합군과 이탈리아가 열두 번의 치열한 전투를 치른 곳이다.

** 이탈리아 북부의 강 이름으로 알프스에서 발원하여 아드리아 해로 흐른다. 1차 세계대전 동안 이탈리아군은 피아베 강 유역의 국경을 침범한 오스트리아-헝

옛날에는, 지구의 모든 곳에서 다양한 깃발 아래 농부들은 자신이 아닌 남을 위해 죽어갔다.

그 즈음 나는 델 치오Del Zio가 쓴 멜피Melfi*의 역사에 관해 읽고 있었는데, 닥터 밀릴로의 집에서 먼지 쌓인 책들을 훑어보다가 우연히 발견한 내용이었다. 나는 거의 매일 닥터 밀릴로의 집을 찾아 순진하고 유쾌하며 코 주변에 수염이 살짝 난 아가씨, 마르게리타와 마리아를 만나 커피를 마시며 담소를 나누곤 했다. 그 역사책은 지난 세기 후반부에 쓰였는데 이 지역의 자부심을 드러내는 일화로 나무 의족을 하고 다니는 늙은 농부에 대한 이야기가 실려 있었다. 그는 나폴레옹의 군대에 자원했다가 러시아 전투에서 벨라루스 강을 건너다 다리를 잃었다. 반세기가 넘도록 이 농부는 절룩거리며 멜피의 길들을 돌아다녔고, 동료 시민들은 그를 볼 때마다 그에게 영원히 새겨진, 그러나 정작 그 자신은 인식하지 못하는 문명의 부조리한 표적을 보아야만 했다. 러시아나 프랑스 황제가 멜피의 농부와 무슨 상관이란 말인가? 빅토르 위고라면 거창하게 이렇게 말했을지도 모른다. '역사가 그의 다리를 가져갔건만 그는 그 사실조차 모른다.' 타인의 역사, 이 고장들이 언제나 고개 숙여 복종해야만 했던 그 역사는 절름발이 농부와 그의 마을 사람들에게는 더 끔찍한 상흔을

가리 연합군을 격퇴하여 이탈리아 본토를 수호하였다.

* 이탈리아 남부 포텐차 현의 도시 이름.

남겼다. 한때는 많은 사람들로 번성했던 도시인 멜피의 몰락을 가져온 것은 한 프랑스 대위로, 그는 카를로스 1세의 스페인군과 전쟁을 벌이던 중 하필이면 그곳에 진지를 틀고 부하들과 최후 항전을 한 것이다. 피에트로 나바로Pietro Navarro가 이끄는 스페인 부대는 로트렉의 명령 아래 멜피를 점령하고 닥치는 대로 사람들을 학살했는데, 학살당한 사람들은 프랑스도 스페인도 또 프랑수아 1세도 카를로스 1세도 아닌, 아무것도 모르는 양민들이었다. 스페인군은 집들을 불사르고 난 뒤, 남은 도시를 오렌지 왕가의 필립 왕에게 넘겼으며, 필립 왕은 얼마 뒤, 해전을 승리로 이끈 보상으로 멜피를 제노바의 안드레아 도리아Andrea Doria에게 주었다. 멜피 사람들은 이 자에 대해서는 더 아는 바가 없었다. 도리아는 자신의 봉토를 방문하는 수고를 하지 않았고, 그의 후손들도 마찬가지였다. 그들은 그저 대리인들을 보내 짜낼 수 있을 만큼 세금을 거두어갈 뿐이었다. 그렇게 자신들과는 아무런 관련이 없는 역사의 몰인정한 밑그림에 따라서 멜피의 농부들은 수세기 동안 암흑처럼 비참한 삶을 살아내야 했다. 얼마나 많은 정복자들이, 정복당한 자들은 짐작할 수 없는 동기를 가지고, 프랑스나 스페인처럼 이 땅을 지나갔을까? 동일한 경험을 수천 년 동안 반복한 끝에 농부들이 전쟁에 어떤 열의도 보이지 않는 것은 지극히 당연한 일이었다. 자연스레 그들은 모든 깃발을 불신의 눈길로 바라보았고, 그래서 돈 루이지가 발코니에서 로마의 위대함을 노래하는 동안 묵묵히 듣고만 있었던 것이다.

정부든 신정국가든 군대든, 조직되지 않은 농부들보다는 강했고, 농부들은 그저 체념하고 지배당할 수밖에 없었다. 마찬가지로 자신들에게 가혹하리만큼 적대적인 그 문명이 이룬 영광과 성취를 자신들의 것으로 느낄 수 없었다. 그들의 마음을 움직이는 유일한 전쟁이 있다면 문명으로부터 그들 스스로 보호하기 위한 싸움, 역사와 정부와 신정국가와 군대로부터 자신들을 보호하기 위해 벌이는 전쟁이 있을 뿐이었다. 이 전쟁을 그들은 검은 깃발 아래서 아무런 군사적 지휘 체계나 훈련 없이, 따라서 아무런 희망도 없이 수행했다. 그 전쟁은 질 수밖에 없는 비운의 전쟁이었고 거칠고 절망적인 전쟁이었으며 역사가들도 이해할 수 없는 전쟁이었다.

갈리아노의 농부들은 아비시니아 정복에 무관심했고, 지난 세계대전을 기억하거나 거기에 희생된 사람들에 대해 말하는 법이 없었지만, 그들의 마음속에 자리잡고 계속해서 회자되는 전쟁이 하나 있었다. 너무 많이 회자되어 전설이 되고 신화가 되고 서사시가 되어버린 그 전쟁은 바로 산적들의 전쟁이었다. 산적들의 약탈행위는 1865년에야 끝났는데, 70년이 흐른 지금 극소수만이, 가담자든 목격자든, 살아남아 그것을 기억했다. 하지만 사람들이 그 일에 대해 말할 때면 나이가 많건 적건 남자건 여자건, 마치 어제 있었던 일인 양 활기차고 격정적이 되었다. 내가 농부들과 이야기를 나눌 때도, 화제가 무엇이든지 간에 이내 산적들 이야기로 흘러갔다. 그들의 흔적은 도처에서 찾아볼 수 있다. 산자락과 숲, 샘과 동굴, 돌 하나도 산적들의 모험과 연관되지 않은 것이 없었으며, 그들의 은신처로 사용되지 않은 곳이 없었다. 외지고 어두운 곳은 어디든 그들의 회합장소가 되었고, 들판의 예배당은 예외 없이 산적떼로부터 몸값을 요구받거나 협박편지를 받았다. 많은 장소들이, 보병의 묘혈처럼 산적떼의 행위에서 그 이름이 비롯되었다. 모든 가구가 산적떼에 부역을 했거나 아니면 맞서 싸웠다. 가족 중 하나가 산적떼의 일원이었거나 은신처를 제공했고, 반대로 친지 중 누군가가 산적떼에게 죽임을 당했거나 산적떼가 들에 놓은 불 때문에 농작물 피해를 입었다. 오늘날까지 대를 이어 전해지는 분노와 원한이 피어오르기 시작한 것이 이때였다. 농부들은 거의 예외 없이 산적들의 편이었고, 시간이 흐르면서 그들의 환상을 매료시키는 산적들의 모험담이 매일 지나는 익숙한 장소들과 결합되면서, 그들이 즐기는 동물과 정령의 이야기처럼 일상을 채우는 이야기가 되고 전설이 되었으며 신화가 가진 절대적인 진실의 가치를 얻게 되었다.

그렇다고 내가 몇몇 위선적인 정치인들이나 곡학아세하는 문인들처럼 산적떼를 칭송하는 것은 아니다. 역사적 관점에서 보자면, 특히 이탈리아의 리소르지멘토Risorgimento*의 측면에서 산적떼를 옹호할 수는 없었다. 자유주의자와 진보주의자의 입장에 따르면 이 사회현상은 구체제의 마지막 발악으로 가차 없이 뿌리 뽑아야 할 야만적이고 사악한 움직임이었으며, 이탈리아의 통일을 저해하고 자유와 문명화된 제도를 심각하게 위협한 사건이었다. 부르봉 왕조와 스페인 그리고 교황이 각자의 야심에 따라 계획하고 부추긴 전쟁이라는 면에서 실제로도 그랬다. 엄밀하게 역사적인 관점에서 본다면, 그것은 옹호될 수 없는 동시에 이해될 수도 없는 사건이었다.

하지만 농부들에게 산적떼는 다른 의미였다. 그들은 산적떼를 비난하지도 그렇다고 옹호하지도 않았다. 산적떼에 대해 이야기할 때면 열정으로 가득 찼지만 그들을 추어올리지도 않았다. 역사적인 동기의 측면에서 부르봉가와 교황, 봉건 귀족들의 이권다툼은, 비록 매우 불쾌하고 유감스러운 일이라는 걸 희미하게나마 짐작할 수는 있었지만, 어쨌든 농부들의 이해 밖에 있었다. 반면 산적떼의 전설은 그들의 마음에 직접 와닿았으며 그들 삶의 일부였고 그들의 존재 속에 자리잡을 수 있는 유일한 시, 어둡고 절망적인 서사시였다. 심지어 오늘날 농부들의 모습은 산적떼의 모습을 떠올리게

---

* 19세기에 일어난 이탈리아의 국가통일과 독립운동을 뜻하는 말로 리소르지멘토는 '부흥'을 뜻한다.

한다. 조용하고 우수에 찬 그들은 찡그린 표정으로 검은 옷에 모자를 쓰고 겨울이 되면 검은 외투를 그 위에 걸쳤으며, 들판으로 나갈 때면 총과 도끼로 무장을 했다. 그들은 부드러운 마음과 참을성 있는 영혼을 소유했다. 모든 것이 헛되고 운명의 지배를 벗어날 수 없다는 생각, 수세기에 걸친 체념이 그들의 어깨를 내리누르고 있었다. 하지만 무한한 세월을 인고한 뒤에 그들의 존재는 뿌리까지 흔들렸고, 본능적인 자기방어 혹은 가장 기본적인 정의에 대한 요구로 시작된 그들의 반란은 걷잡을 수 없을 만큼 거셌다. 그것은 잔인한 반란이었고, 그 시작과 끝은 모두 죽음이라는 지점에 맞닿아 있었으며, 그 절망의 크기만큼 거칠었다. 산적떼는 무모하게 그리고 절망적으로 농부들과 자유를 위해 일어났고, 국가의 횡포에 대항해 싸웠다. 불행히도 그들은 자신들도 모르는 사이에 철저히 그들을 소외시키고 그들에 반해 흘러가는 역사의 도구 역할을 수행했다. 그들은 늘 잘못된 쪽이었고, 그래서 절멸될 수밖에 없는 운명이었다. 하지만 농부들은 산적떼 덕분에 결코 자신들을 이해하려는 법 없이 노예로 영속시키려는 적대적인 문명으로부터 스스로를 방어했다. 본능적으로 농부들은 산적떼 속에서 자신들의 영웅을 보았다. 농부들의 세계에는 국가도 군대도 존재하지 않았다. 그들의 전쟁은 산발적인 반란의 형태를 띨 뿐이었고, 제압될 수밖에 없었다. 하지만 농부들의 세계는 여전히 살아남았고, 지상의 열매를 모두 정복자들에게 내어줄지언정, 자신들의 언어와 그 땅의 신들과 그들 세계의 규모를 각인시켰다.

농부들과 말을 할 때면 나는 그들의 얼굴과 외관을 찬찬히 관찰했다. 작은 키에 짙은 피부, 동근 머리에 두 눈은 크고 입술은 가늘었다. 그들의 예스러운 외모에는 로마인이나 그리스인, 에트루리아인이나 노르망디인 같은, 그들의 땅을 지나갔던 그 어떤 정복자의 모습도 보이지 않았다. 그들은 오히려 고대 이탈리아의 작은 조각상을 떠올리게 했다. 시간이 시작된 이래로 그들은 늘 똑같은 삶을 살아왔고, 역사는 무심하게 그들을 휩쓸고 지나갔다. 공존하고 있는 두 개의 이탈리아 가운데, 농부들의 이탈리아는 훨씬 더 오래되었고 너무나 오래되어 누구도 언제 시작되었는지 알지 못했다. 어쩌면 영원히 그렇게 존재하고 있었던 것인지도 모른다. 우밀렘크 비데무스 이탈리암Humilemque videmus Italiam, 지극히 낮은 이탈리아, 그것은 아시아로부터 칼라브리아 곶을 돌아 도착한 아이네이아스*의 배 위에 선 정복자들 눈에 비친 이탈리아의 모습이었다. 이 이탈리아를 기록한 역사가 있어야 마땅하다. 그것은 시간의 테두리 바깥에 존재하는 역사일 테고 영원하고 변하지 않는 역사일 것이며, 그것의 다른 이름이 있다면 아마도 신화일 것이다. 이 이탈리아는 마치 대지에 계절이 순환하듯 반복되는 불행을 견디며 암흑과 침묵 속에서

* 트로이의 영웅으로 로마의 건국자로 알려져 있다.

흘러왔다. 바깥 세계의 영향이 파도처럼 덮쳤지만 흔적 없이 지나가곤 했다. 목숨을 지키기 위해 봉기하는 일은 드물었지만, 몇몇 안 되는 싸움은 진정한 국가 차원의 투쟁이었고, 어김없이 실패로 끝났다.

신화적 역사는 그 뿌리를 신화에 두어야 한다. 이런 이유에서 베르길리우스는 위대한 역사학자라고 할 수 있다. 트로이에서 온 페니키아의 침략자들은 고대 농부 문명과는 정반대되는 가치체계를 함께 가지고 왔다. 그들은 종교와 국가를 가지고 왔고, 국가 종교를 가지고 왔다. 종교적 전통 혹은 아이네이아스의 피에타*는 들판에서 짐승들과 함께 살아온 고대 이탈리아에서는 이해될 수 없었다. 침략자들은 무기와 군대, 방패와 가문을 나타내는 문장紋章 그리고 전쟁을 가지고 왔다. 그들의 종교는 폭력적이었고 인간 제물을 요구했다. 팔라스**를 기리기 위해 신실한 아이네이아스는 장작더미 위에 포로들을 제물로 태웠다. 반면 고대 이탈리아인들은 종교도 희생제물도 몰랐다. 트로이인들이 이탈리아에 왔을 때 그들은 문명의 절대적인 차이로 비롯된 꺾이지 않는 적대감을 보이는 원주민들과 맞닥뜨렸고 두 세계는 충돌했다. 아이네이아스는 농부들이 아닌 다른 이들을 자신의 동맹으로 삼았는데, 자신들처럼 동방출신이고, 셈족의 혈통이며 조직된 신

---

* 고대 로마인의 신격(神格)이나 친족에 대한 경애심을 의인화한 여신.

** 아테나 여신.

정국가의 군대이자 도시 거주민인 에트루리아인이 유일한 우군이었다. 이들과 함께 아이네이아스는 전쟁을 벌였다. 한쪽 편에는 신이 만든 번쩍이는 갑옷으로 무장한 군대가 있었고 반대편에는—베르길리우스의 묘사를 따르면—신이 준 무기는커녕 도끼와 칼, 낫처럼 매일 들판에서 쓰는 도구들로 무장한 농부들이 스스로를 보호하기 위해 일어났다. 이들은 패기 있는 산적떼였지만, 패배할 수밖에 없는 운명이었다. 이탈리아, 낮은 자들의 이탈리아는 그렇게 정복당했다.

그것을 위해 순결한 처녀 카밀라*는 죽임을 당하고,

에우리알로와 투르노, 그리고 니조는 상처를 입은 것이다.

Per cui morì la vergine Cammilla

Eurialo e Turno e Niso di ferute.

그러고 나서는 로마가 들어와 트로이에서 온 건국자들의 군대와 신정국가 체제를 완성했다. 이번 정복자들은 어찌되었든, 피정복민들의 언어와 관습을 용인해주었다. 로마 역시 농부들의 저항에 부딪혔고, 오랜 시간 계속된 국지적 전투들은 이탈리아의 통행을 방해하는 가장 힘든 장애물이었다. 여기서도 이탈리아인들은 질 수밖에 없었지만, 그들 고유의 특

---

* 로마 신화 속의 여인으로 숲속에서 여전사로 성장했으나 아이네이아스와의 전쟁에 참여했다가 전사했다.

성을 보존했고, 정복자들과는 섞이지 않았다. 이 두번째 국가적 투쟁 이후 농부들의 문명은 로마의 질서에 편입되었고, 오랜 인고의 휴면 상태에 접어들었다.

일련의 사건들을 거쳐 봉건제적 질서가 세번째로 그 뒤를 이었다. 그것 역시 농부들의 창조물은 아니었지만 대지와 밀접하게 관련돼 있었고 거대한 봉토의 영역 안에 제한되었으며, 농촌의 생활양식과 크게 대립하지 않았다. 그래서 즈베비Svevi*들은 오늘날도 농부들에게 후한 평가를 받았다. 농부들은 콘라딘Conradin**을 국가적 영웅이라 일컬었으며 그의 죽음을 슬퍼했다. 콘라딘의 실각 이후 번성했던 이 땅은 폐허로 전락했다.

농부들의 네번째 국가적 투쟁은 산적떼의 항거이다. 이때도 역시 '낮은 자들의 이탈리아'는 잘못된 편에 섰고, 패배할 수밖에 없었다. 그들에게는 헤파이스토스***가 만든 무기도 없었고, 정부군처럼 대포도 없었다. 물론 그들을 지켜주는 신도 없었다. 검은 얼굴의 성모 마리아가 헤겔식의 인륜 공동체적 국가****를 추종하는 나폴리 사람들에 대항해 무엇을 할

---

* 시칠리아를 지배했던 독일계 호엔슈타우펜(Hohenstaufen) 왕조의 일부를 지칭하는 이탈리아 어.

** 호엔슈타우펜 왕가의 일원으로 시칠리아를 다스린 마지막 왕.

*** 그리스신화에 나오는 대장장이의 신.

**** 헤겔은 개인적 윤리보다 사회적 차원의 윤리를 강조하고, 공동체의 윤리를 '인륜(人倫)'이라고 정의하였다. 그는 최고의 인륜 형태는 국가이며, 개인과 보편적 공동체인 국가는 서로 대립하지 않으므로 최고의 인륜인 국가에 복종하는 것이 옳다고 생각했다.

수 있단 말인가? 산적들의 저항은 영웅적 광기와 절망적인 폭력, 죽음의 욕망과 희망 없는 패배를 향해 내딛는 발걸음이었다. "이 세계가 단 하나의 거대한 심장이라면 얼마나 좋을까. 그러면 내가 그 심장을 뽑아버릴 텐데." 가장 악명 높은 산적떼의 대장인 카루조Caruso가 언젠가 한 말이다.

파멸에 대한 이 눈먼 갈증, 피 흘리며 소멸하고 싶은 자기 파괴적 의지가 수세기 동안 나날의 고통을 달게 받아들이는 인고의 바닥에 도사리고 있었다. 매번 반란은, 심장의 가장 깊은 곳에 감춰두었던, 정의에 대한 기본적인 의지가 폭발할 때 일어났다. 산적떼 이후 이 땅은 불편한 평화를 되찾았지만 이따금 몇몇 마을에서는, 국가와 법에 외면당한 농부들이 죽음의 궐기를 감행했고, 시청과 경찰서를 불지르고, 귀족들을 죽였으며, 그러고는 체념한 듯 감옥으로 향했다.

진짜 산적들, 1860년의 산적들 중에 남아 있는 사람은 거의 없었다. 단 한 명이 살아 있었는데, 줄리아의 말에 따르면 여기서 가까운 미사넬로Missanello에 있다고 했다. 그는 아흔이 넘은 노인으로 길고 흰 턱수염을 기르고 있으며, 사람들은 그를 성인으로 여긴다는 것이다. 한때 그는 인근 시골마을 일대를 공포의 도가니로 만든 산적단의 우두머리였다. 지금은 마을에 살며, 마을 어른으로 농부들의 존경을 받고 있다. 사람들은 문제가 있을 때마다 그를 찾아가 조언을 구했다. 안타깝게도 나는 그를 직접 만나지는 못했다.

하지만 그라사노에서 산적 출신인 사람을 만난 적이 있었다. 그때 나는 플루트 연주자이자 이발사이며, 힘들 때는 내 비서 역할을 자처하던 안토니노 로젤리에게 면도를 받고 있었다. 이발소 안으로 몸이 건장하고 얼굴이 불그스레한 노인네가 들어왔다. 하얗게 세고 숱이 많은 콧수염에, 위풍당당한 태도, 대담무쌍한 표정의 파란 눈을 한 노인은 사냥꾼처럼 코듀로이로 만든 옷을 입고 있었다. 한 번도 본 적이 없는 인물이었다. 자기 차례를 기다리는 동안 그는 파이프에 불을 붙이며 나에게 누구냐고 물었다. "유배자요?" 그는 이곳에서 정치범을 가리킬 때 쓰는 말로 물었다. "로마에 있는 누군가에게 미움을 샀나보군요." 나는 그의 나이를 물었다. "많지요. 산적들이 활동하던 시절 나는 소년이었소." 그가 대답했다. "내가 열다섯살 때, 형과 내가 경찰을 죽였지. 마을에서 한 이백 미터 떨어진 곳에 오래된 참나무 본 적 있소? 거기서 그자를 맞닥뜨렸는데, 우리를 멈춰 세우려 했거든. 그래서 죽여버렸지. 시체를 도랑에 버렸는데 그들이 금방 찾아내더군. 우리 형은 체포되어 몇 년 뒤 나폴리의 감옥에서 죽었소. 나는 여기 마을에 숨어 지냈지. 일곱 달 동안을 여장을 하고 이 이발소 위의 작은 방에서 살았다오. 마침내 그들은 나를 찾아냈지만, 나이가 너무 어렸기 때문에 4년 형을 선고받았을 뿐이오." 그 늙은 산적은 행복했고 자신의 삶에 만족했다. 예전에 저지른 살인은 그의 양심을 털끝만큼도 괴롭히지 않는 눈치였고, 그는 그 일을 세상에서 제일 당연한 일인 것처럼 말했다. 그에게는 그것이 전쟁 이야기였다.

"저기 막 지나가는 신사분 보이죠?" 이발사가 열린 문 쪽을 가리키며 내게 말했다. "지주인 돈 파스쿠알레죠. 그의 할아버지는 엄청나게 큰 농장을 소유하고 있었는데 산적들이 찾아와 가축과 먹을 것을 내놓으라고 하자 거절했어요. 산적들은 그의 집을 잿더미로 만들었죠. 그는 잘못된 충고를 듣고 경찰들과 함께 풀숲에서 매복을 했어요. 산적들은 그를 찾아냈고, 그의 아내에게 만약 남편을 살아서 다시 보고 싶으면 이틀 안에 오천 리라를 몸값으로 내라고 요구했지요. 가족들은 그 돈을 내고 싶지 않았고, 군인들이 그를 구출해주기만을 바랐어요. 삼 일째 되는 날 그의 아내는 편지 봉투 하나를 받았는데 그 안에는 남편의 귀 한쪽이 들어 있었지요."

산적들이 몸값을 받기 위해 귀족들의 귀와 코, 혀를 자르면, 군인들은 그에 대한 응답으로 사로잡은 산적을 참수하여 긴 장대 위해 걸어두고 본보기로 삼았다. 파멸적인 전쟁은 그렇게 계속되었다. 점토질의 산에는 수많은 구멍과 동굴들이 있었다. 산적떼는 그곳에 몸을 숨기고 있다가 나무 그늘 아래를 지나는 사람의 돈을 털거나 몸값을 요구했다. 결국 산적떼는 소탕되었지만, 그들이 약탈한 물건은 여전히 숲 어딘가에 남아 있었다. 이즈음에 산적들의 이야기는 전설이 되었고, 오래된 미신들이 거기에 덧붙여졌다. 농부들이 생각하기에 보물이 숨겨졌을 것 같은 곳에서는 어김없이 산적들의 전리품들이 발견되었다. 그렇게 해서 산적떼는 지하세계의 강력한 힘과 결합하게 된 것이다.

너무나 많은 사람들이 이 땅을 거쳐갔고, 쟁기는 쉴 새 없이 그들의 흔적을 갈아엎었다. 옛날 화병들, 작은 조각상들, 오래된 무덤에서 나온 동전들이 삽질을 할 때마다 지면 위로 모습을 드러냈다. 사우로 강 하구에 있는 돈 루이지의 농토에서도 이런 유물들이 나온 적이 있었다. 그리스 것인지 로마 것인지는 알 수 없었지만 닳고 닳은 동전들과 선이 아름다운 민무늬의 검은 화병들도 있었다. 또 작은 규모긴 했지만 산적들이 묻어둔 보물들을 내 두 눈으로 볼 수 있었다. 발견한 사람이 직접 보여주었는데 라잘라Lasala라는 이름의 목수였다. 어느날 저녁 큰 통나무 하나를 불에 태우는데 불꽃 속에서 무언가가 반짝거리더란다. 나무 그루터기 아래 숨겨져 있었던, 부르봉 왕가의 은으로 된 왕관이었다.

농부들 눈에 그런 것쯤은 땅속 깊이 감추어진 방대한 양의 보물을 생각하면 아무것도 아니었다. 그들은 산허리며 동굴, 숲속 깊은 곳에서 발견될 날만을 기다리는 번쩍이는 황금이 엄청나게 많이 있다고 믿었다. 하지만 땅에 묻힌 보물을 찾아나서는 일은 위험천만했다. 그것은 악마의 작업이었고, 어둠의 힘과 접촉하는 것을 의미했다. 아무 땅이나 판다고 되는 일이 아니었고, 보물을 발견할 운명을 가진 자만 찾아낼 수 있었다. 보물 사냥에는 단 두 가지 방법만 있었다. 하나는 꿈에서 영감을 얻는 것이고, 다른 하나는 사람들이 선호하는 방법으로, 수호 정령이나 요정의 안내를 따르는 것이다.

잠을 자던 한 농부가 꿈속에서 찬란하게 빛나는 한 무더기의 금을 본다. 숲속 어디에 묻혀 있는지 정확하게 알 수 있다. 특정한 모양을 한 어떤 참나무 아래 놓인 커다란 돌 밑이다. 그저 그곳에 가서 가져오기만 하면 된다. 반드시 밤에 가야 하는데 낮에 가면 보물들은 사라져버리기 때문이다. 그 누구에게도 말하지 말고 혼자서 가야 한다. 만약 단 한마디라도 발설하면 보물은 그 즉시 사라지고 만다. 죽은 사람들의 혼령이 출몰하는 숲에 혼자 가는 것은 위험천만한 일이다. 그 일을 할 만큼 담력이 크거나 온갖 난관을 뚫을 만큼 용감한 사람들은 거의 없다.

내가 살던 곳에서 그리 멀지 않은 곳에 살던 갈리아노 농부 하나는 스틸리아노 바로 아래 아체투라 숲에 묻혀 있는 보물의 꿈을 꾸었다. 그는 용기를 끌어모아 한밤에 길을 나섰다. 하지만 어둠 속에서 정령들에게 둘러싸이자 두 다리가 덜덜 떨려오기 시작했다. 멀리 나무 사이로 불빛이 보였다. 칼라브리아 출신의 이탄泥炭을 캐는 광부가 들고 있던 전등 불빛이었다. 광부는 주변에서 자신의 이름을 불러대는 혼령들을 무서워하지도 않고 밤새 열심히 이탄을 캐고 있었던 것이다. 겁에 질린 농부는 그만 참지 못하고 광부에게 자신의 꿈 이야기를 털어놓으며 도움을 청했다. 일행이 생겨 용기를 되찾은 농부와 칼로 무장한 겁 없는 칼라브리아 출신의 광부는 함께 꿈에 등장한 돌을 찾아 나섰다. 꿈에 나온 곳과 똑같은 곳을 찾아가니 그 돌이 있었다. 다행히 둘이어서 끙끙대며 무거운 돌을 간신히 옮길 수 있었다. 가까스로 돌을 치운 뒤, 농부가 몸을 숙여 아래를 보자 깊은 구멍 속에 엄청난 양의 황금 무더기가 빛나고 있었다. 돌을 옮기며 건드린 자갈들이 구멍 안으로 떨어지면서 금화에 부딪쳐 금속성의 소리를 냈고, 농부의 가슴은 벅차올랐다. 이제 구멍 안으로 내려가서 보물을 꺼내오기만 하면 되는 것이다. 그러나 농부는 용기가 나지 않았다. 그는 동행한 광부에게 아래로 내려가서 금화를 올려보내주면 자신이 자루에 담은 다음 둘이서 똑같이 나누자고 말했다. 유령도 악마도 무서워하지 않는 이탄을 캐던 사람은 구멍 아래로 내려갔는데 빛나던 금화들이 갑자기 탁해지더니 검게 변했다. 그가 보는 앞에서 보물은 석탄으로 변하고 말았다.

땅의 모든 비밀을 알고 있는 난쟁이 요정 모나키키오Monachicchio가 나타나 보물이 숨겨진 장소를 알려주고 그곳까지 안내해준다면, 꿈만 따라가느라 겪는 시련과 실망은 피할 수 있다. 모나키키오들은 세례를 받지 못하고 죽은 어린아이들의 혼령이다. 이 일대에 특히 많았는데, 이곳 농부들은 아이가 태어나면 세례 주는 일을 몇 년씩 미루곤 했기 때문이다. 열살 혹은 열두어살 아이의 병상에 불려갈 때면, 아이 엄마가 맨 처음 하는 말이 이랬다. "죽지는 않겠지요? 혹시 그렇다면 어서 신부님을 불러 세례를 주어야 해요. 아직까지 세례를 못 주었는데 만약이라도 죽게 되면 신께서 받아주시지 않을 테고…"

모나키키오는 작고 쾌활한 요정으로 허공을 떠다니며 여기저기 잽싸게 모습을 드러냈다. 가장 좋아하는 것은 신실한 기독교인들을 골탕 먹이는 일이었다. 잠자는 사람의 발바닥을 간지럽히거나 이불을 끌어당기고, 눈에다 모래를 뿌리고, 와인잔을 뒤집고, 종잇장들을 공중에 흩날리고, 널어놓은 빨래를 떨어뜨려 더럽히고, 여자들이 앉아 있는 의자를 잡아빼고, 엉뚱한 곳에 물건을 숨기고, 우유를 굳게 하고, 사람들을 꼬집고, 머리칼을 잡아당기고, 모기처럼 윙윙대다가 물기도 했다. 하지만 천진난만한 요정들이었기 때문에 그 장난이란 결코 심각하지 않았고, 사람들도 장난으로 받아들였다.

성가시긴 하지만 큰 피해를 끼치지는 않았기 때문이다. 워낙 변덕스럽고 장난을 좋아하는지라 좀처럼 손을 댈 수가 없었다. 머리에는 몸집보다 훨씬 큰 두건을 쓰고 있었는데 어쩌다 두건을 잃게 되면 큰 화라도 입은 것처럼 갑자기 침울해져 울음을 그치지 않았다. 그럴 때면 두건을 다시 찾을 때까지는 아무리 달래도 소용이 없었다. 모나키키오로부터 스스로를 방어하는 유일한 방법은 그 두건을 빼앗는 것이다. 두건을 빼앗기면, 가엾은 모나키키오는 바로 발밑에 납작 엎드려 울먹이며 두건을 돌려달라고 통사정을 한다. 모나키키오들의 어린애 같은 명랑함과 변덕 이면에는 대단한 지혜가 숨어 있다. 그들은, 보물이 어디에 숨겨져 있는지는 말할 것도 없고, 땅의 모든 비밀을 다 알고 있다. 그러니 자신에게 목숨과 같은 그 붉은 두건을 돌려받기 위해서라면 그들은 기꺼이 보물의 위치를 알려줄 것이다. 다만 그곳으로 직접 안내받기 전까지는 절대 두건을 돌려주어서는 안 된다. 두건을 돌려받을 때까지는 순순히 복종하지만, 그 소중한 물건을 되찾는 순간, 훌쩍 뛰어서 달아난 뒤 기뻐서 겅중겅중 뛰며 다시 약을 올리고는 약속 같은 건 깡그리 무시할 것이기 때문이다.

모나키키오를 보는 것은 흔한 일이었지만, 그 녀석을 사로잡는 것은 무척 힘들었다. 줄리아도 본 적이 있고, 그녀의 친구인 파로콜라를 비롯해 다른 갈리아노 농부들도 본 적이 있었지만 그 두건에 손을 댄 사람은 아무도 없었다. 당연히 보물이 묻힌 곳까지 안내받은 사람도 찾아볼 수 없었다. 그라사노에는 나이가 스물 가량 되는 일꾼이 하나 있었는데 이름이 카르멜로 코이로Carmelo Coiro로 햇볕에 그을린 네모난 얼굴에 체격이 건장한 청년이었다. 그는 저녁이면 종종 프리스코 여인숙에 포도주를 마시러 오곤 했다. 낮에는 들판에서 일을 하거나 막노동을 했지만, 그의 꿈은 사이클 선수가 되는 것이었다. 그는 두 명의 이탈리아 사이클 선수, 빈다Binda와 구에라Guerra에 대한 글을 읽은 뒤 완전히 매료되었다. 시간이 날 때마다 자신의 고장난 자전거를 고쳤고, 매주 일요일에는 그라사노의 언덕이며 커브 길에서 연습을 했다. 때로는 먼지가 나는 길을 달려 마테라까지 땀을 뻘뻘 흘리며 자전거 페달을 밟았고, 포텐차까지 가기도 했다. 힘과 지구력은 충분했고, 호흡도 나쁘지 않았기에 북쪽까지 자전거를 타고 가서 경기에 참가할 계획을 세웠다. 나는 그에게 만약 그 계획을 실행에 옮긴다면 내 친구인 스포츠 전문 작가를 소개해주겠다고 했는데, 그 친구는 빈다의 전기를 쓰기도 한 인물이었다. 카르멜로는 너무나 기쁜 나머지 프리스코 여인숙의 식당에서 나를 볼 때마다 활짝 웃어 보이곤 했다.

당시 카르멜로는 도로수리 인부로 말라리아에 오염된 빌리오조Bilioso 강을 따라 이르시나Irsina로 가는 도로를 고치고 있었다. 길은 그로톨레Grottole를 지나 바젠토 강까지 이어졌다. 하루 중 가장 더운 시간대에는 작업이 불가능해서 인부들은 근처의 자연 동굴을 찾아가 눈을 붙였는데, 계곡 전체에 한때는 산적들의 은신처로 쓰였던 동굴들이 산재해 있었다. 이 동굴 안에 있던 모나키키오가 카르멜로와 그 일행에게 슬슬 장난을 치기 시작했다. 고단한 노동과 더위로 초죽음이 된 인부들이 잠들자마자 모나키키오는 그들의 코를 잡아당기고 지푸라기로 발바닥을 간질이고, 자갈을 집어던지고 차가운 물방울을 뿌려댔으며 신발과 겉옷을 감추고, 휘파람을 불고, 바닥에 발을 쾅쾅 굴러대며 도무지 인부들이 자도록 내버려두지 않았다. 인부들은 붉은 두건을 쓰고 동굴 안을 동에 번쩍 서에 번쩍하는 모나키키오를 잡으려고 애를 썼지만 고양이보다 빠르고 여우보다 영리한 녀석 앞에서 곧 포기할 수밖에 없었다. 모나키키오에게 방해받지 않고 휴식을 즐기기 위해 인부들은 순번을 정해서 불침번을 섰지만 그것도 소용없었다. 영악한 모나키키오는 그들의 무능함을 비웃기라도 하듯 똑같은 장난을 멈추지 않았다.

낙심한 그들은 도로정비 작업을 감독하는 기술관과 의논했다. 기술관은 나름대로 교육을 받은 사람이니, 점점 더 심해지는 모나키키오들을 길들이는 묘안이 있을지도 몰랐다. 기술관은 조수이자 십장[什長] 역할을 하는 자를 대동하고 나타났다. 두 명 모두 이중으로 총알을 장착한 엽총으로 무장하고 있었다. 그들이 등장하자 모나키키오는 늘 하던 대로 약을 올리고, 웃고, 동굴 반대쪽에서도 볼 수 있도록 겅중겅중 뛰어올랐다. 기술관이 장전한 총을 들어 발사했다. 총알이 모나키키오를 맞히고는 다시 반사되어 '피융' 소리를 내며 기술관의 머리를 스쳤고, 모나키키오는 미친 듯이 좋아하며 더 높이 날뛰었다. 기술관은 다시는 총을 쏘지 않았다. 그는 겁에 질려 총을 그 자리에 버리고는 조수와 함께 동굴 밖으로 도망쳤고, 카르멜로와 나머지 인부들도 그 뒤를 따랐다. 이 일이 있은 뒤 인부들은 동굴이 아니라 그냥 들판에 누워 모자로 얼굴을 가리고 휴식을 취하는 수밖에 없었다. 한때 산적들이 몸을 숨기던, 그러나 지금은 모나키키오들이 들끓는 인근의 동굴들에는 다시는 발을 들여놓지 않았다.

운동신경이 좋고 집념이 있는 카르멜로는 이런 식의 이상한 대면을 많이 했다. 그 몇 달 전에 겪은 일도 내게 말해주었는데, 그가 해가 진 뒤 빌리오조 강에서 집으로 돌아가는 길이었다. 국경수비대로 일하고 있는 삼촌과 함께였는데, 그 삼촌은 그라사노에 휴가차 왔을 때 나도 본 일이 있다. 그 둘은 계곡을 통과하는 가파른 길을 오르고 있었다. 그 즈음 그림을 그리거나 산책을 하러 나도 자주 찾던 곳이었다. 추운 겨울 저녁이었고, 하늘에는 구름이 잔뜩 껴 있었으며, 사방은 칠흑처럼 어두웠다. 그들은 이르시나 아래쪽 어딘가에서 낚시를 하다가 그만 해가 저문 줄도 몰랐다고 한다. 삼촌에게는 M24 다연발 자동권총이 있었기에 길에서 누구를 맞닥뜨려도 크게 걱정할 필요는 없었다. 길을 반쯤 올랐을 때, 작은 농가 곁, 참나무 두 그루 근처에서 커다란 개 한마리가 자신들을 향해 길 한가운데로 다가오는 것을 발견했다. 거기에 살고 있는 농부 친구의 개임을 알아볼 수 있었다. 개는 사납게 짖어대며 길을 막아섰다. 그들은 개의 이름을 부르며 처음에는 어르고 나중에는 겁을 줬지만 소용없었다. 마치 미친 개처럼 이를 드러내고 으르렁댔다. 겁에 질린 두 남자는 하는 수 없이 삼촌의 권총을 꺼내 스물네 발 모두를 연달아 발사했다. 총을 쏠 때마다 개는 엄청나게 큰 붉은 입을 벌려 총알을 한발 한발 삼켰고, 그때마다 점점 커져서 금방이라도 그들을 덮칠 기세였다. 두 남자는 이제 영락없이 죽는구나 싶었는데, 그때 산 로코 성인과 비지아노의 성모 마리아가 생각났다. 그들은 성호를 그리며 도와달라고 기도를 했다. 그러자 이미 집 한 채 만큼 커진 그 개가 갑자기 작아지더니 뱃속에 들어간 스물네 발의 총알이 엄청난 굉음을 내며 하나씩 하나씩 터졌다. 마침내 짐승은 비누거품처럼 터지며 공기 중으로 사라졌다. 길이 열렸고, 그들은 곧 카르멜로의 어머니가 사는 집에 도착할 수 있었다. 이 노파는 마녀였는데, 죽은 사람들의 영혼과 이야기를 나눴고, 모나키키오를 만났으며, 공동묘지에서 진짜 악마들과 대화했다. 동시에 그녀는 마르고 정갈하며 품성도 좋은 농부 아낙이었다.

황량한 땅과 농부들의 오두막을 둘러싼 대기는 수많은 정령들로 가득 차 있었다. 그들 모두가 짓궂고 변덕이 심한 모나키키오나 못된 악령은 아니었다. 수호천사의 모습을 한 좋은 정령들도 있었다.

10월 말의 어느 황혼녘에 농부 하나가 나를 찾아와 종기에 감은 붕대를 갈아달라고 부탁했다. 나는 더러운 붕대와 거즈를 바닥에 버리고 줄리아에게 그것을 쓸어버리라고 말했다. 갈리아노의 일반적인 풍습대로 줄리아는 비질한 것을 문밖의 길거리로 쓸어버리곤 했다. 마을 사람 모두가 그렇게 했는데, 그러면 돼지들이 와서 치우는 것이었다. 하지만 그날 저녁 줄리아는 붕대들을 쓸어서 문 안쪽에 쌓아두었다. 위생적인 이유로 그럴 리가 없었기 때문에 나는 까닭을 물었다. "저녁이 되었잖아요." 줄리아가 대답했다. "문 밖으로 쓸어버리면 안 돼요. 천사가 기분 나빠할 거예요. 제발 그런 일이 없기를!" 그러고 나서 영문 몰라하는 내가 외려 놀랍다는 듯이 설명을 덧붙였다. "황혼이 되면 집집마다 세 명의 천사가 하늘에서 내려온답니다. 한 명은 문간에 서 있고, 다른 하나는 식탁에 앉아 있고, 세번째는 침대 위에서 굽어보지요. 그렇게 그 집 안을 지켜주는 거예요. 그러면 밤새 늑대도 나쁜 귀신들도 들어올 수가 없어요. 제가 비질한 것을 문 밖으로 쓸어내면 천사의 얼굴에 떨어질지도 몰라요. 내 눈에는 안 보이지만요. 천사가 화가 나면 다시는 돌아오지 않을 수도 있어요. 내일 아침에 밖으로 내다 버릴게요. 천사들이 돌아가고 해가 뜬 뒤에요."

온갖 신성들이 스며든 대기 속에서 시간은 흘렀다. 밤에는 천사들이, 낮에는 줄리아의 마법이 나를 지켜주었다. 환자들을 진료하고, 그림을 그리고, 책을 읽고, 글을 썼다. 동물과 정령이 깃든 고독 속에서 나는 거의 하루 종일 집에 틀어박혀 지내는 것으로 마을 귀족들의 관심을 사거나 그들과 언쟁을 벌이는 일을 간신히 피하고 있었다. 하지만 매일 아침 시청에 등록을 하러 가는 길에 학교 건물을 지나야 했으므로 발코니에서 손에 회초리를 들고 담배를 피우는 돈 루이지를 대면해야 했고, 점심식사 후에 닥터 밀릴로 집에 커피를 마시러 가는 길에, 또 저녁에 모두가 신문과 우편물을 기다리는 광장에서 마을 귀족들과 마주칠 수밖에 없었다.

10월은 단조로운 나날과 함께 지나갔다. 날은 추워지고,

비가 내렸지만 그렇다고 풍경이 더 푸르러지지는 않았다. 주위는 여전히 우중충한 노란빛이었다. 날이 좋을 때는 밖에 나가서 그림을 그렸지만, 대부분은 테라스나 방 안에서 작업했다. 정물화를 많이 그렸는데, 주로 동네 사내아이들을 모델로 삼았다. 아이들은 나를 보러 오는 게 습관처럼 되어버렸고, 우리집에서 거의 하루 종일 놀곤 했다. 물론 나는 농부들을 그리고 싶었지만 남자들은 멀리 들에 나가 있었고, 여자들은 모델이 되어주기를 청하면 대단한 칭찬이라도 받은 양 좋아했지만 실제로는 화폭에 담기는 것을 극도로 꺼려했다.

줄리아마저도 포즈를 취해줄 시간이 없다고 했다. 그녀가 주저하는 데는 뭔가 초자연적인 이유가 있음을 짐작할 수 있었다. 줄리아는 나를 거의 주인처럼 섬겼고 내 부탁을 거절하는 일이 없었기 때문이다. 사실 그녀는 그보다 훨씬 더한, 내가 결코 바란 적도 없고 꿈도 꾸지 않을 그런 봉사마저도 아무 거리낌 없이 베풀 준비가 되어 있었다. 나는 바리에서 에나멜 처리가 된 욕조를 하나 구해 침실에 두고 매일 아침 목욕을 즐겼다. 목욕을 할 때면 줄리아가 아이를 데리고 있는 부엌 쪽 방문을 닫았는데, 그것이 매우 이상했는지 어느날 아침 줄리아는 그 문을 활짝 열고 들어와 발가벗은 나를 보고, 전혀 부끄러워하는 기색도 없이 말했다. 등에 비누칠을 해주고 몸을 닦아주는 사람도 없이 어떻게 혼자서 목욕을 하느냐는 것이다. 죽은 사제가 그녀에게 이런 일까지 시켰는지, 아니면 여성들이 전사들의 몸을 씻겨주고 향유를 발라주던 호메로스 시대의 전통을 익혔는지 알 길이 없었지만, 어쨌든 그날부터 그녀는 한 번도 빼먹지 않고, 그 억센 손으로 내 등에 비누를 칠하고 문질러주었다. 그녀는 내가 그녀와 사랑을 나누려는 욕구를 전혀 보이지 않는 것에 놀라워했다. "몸이 아주 좋네요." 그녀는 말하곤 했다. "뭐 하나 빠지는 게 없어요." 하지만 거기까지였다. 그녀는 절대 그 이상을 말하지 않았다. 이런 점에서 그녀는 동물적인 순종심을 보였고 나의 냉랭함에 자신이 헤아릴 수 없는 까닭이 있을 거라고 짐작하며 내 뜻을 존중했다. 그저 나의 외모를 칭찬하는 것으로 만족하곤 했다. "당신은 정말 잘생겼어요!" 그녀는 자주 이렇게 말했다. "얼마나 멋지고 살집이 좋은지!" 이 지방에서는 마치 동양에서처럼 살이 오른 것이 아름다움의 표시였다. 아마 배를 곯는 농부들은 꿈도 꿀 수 없는 일이기 때문일 것이다. 비만은 부자들만의 특권이니까.

어쨌든 나를 위해서는 그 어떤 봉사도 기꺼이 할 준비가 되어 있는 줄리아마저도 내 초상화의 모델이 되는 일만은 단호하게 거절했다. 나는 그녀의 거절이 마법과 관련되어 있음을 깨달았고 얼마 뒤 그녀도 그 사실을 인정했다. 초상화를 그림으로써 화가는 모델에 대해 온전한 권력을 획득하는 것이다. 많은 사람들이 무의식적으로 사진 찍히기를 꺼려하는 것과 같은 이유다. 마법이 지배하는 세상에 사는 줄리아가 초상화 속에 그려지기를 꺼려하는 것은, 내가 악한 주문을 걸까 무서워서라기보다 내가 그녀의 마음마저 지배할까 두렵기 때문이었다. 그녀가 생각하기에, 나는 나무며 사람이며 마을 풍경이며 내가 그리는 것들에 절대적인 힘을 행사했다. 이런 미신을 물리칠 수 있는 방법은 딱 한 가지, 두려움보다 더 강력한 마법을 쓰는 것이었으니, 저항할 수 없는 그 힘은 바로 폭력이었다. 나는 줄리아에게 계속 거절한다면 때릴 수밖에 없다고 겁박했고, 팔을 들어올려 때릴 듯한 시늉을 해보이기까지 했다. 힘으로 치자면 줄리아의 팔 힘이 나만큼이나 세었지만, 어쩌다보니 나는 그녀를 실제로 치게 되었다. 나에게 처음 한 대를 맞자 그녀의 얼굴은 기쁨으로 가득 찼고, 늑대의 이빨 같은 치열을 온전히 다 드러내며 아름답게 웃었다. 내가 상상한 대로, 그녀에게는 절대적인 힘에 지배당하는 것보다 더 큰 행복은 없었다. 일순간 그녀는 어린 양처럼 온순해져서 초상화를 그릴 수 있도록 얌전히 자리에 가 앉았다. 폭력이라는 반박할 수 없는 수단은 그녀로 하여금 모든 정당하고 자연스러운 두려움과 걱정을 잊게 한 것이다. 나는 머리에 검은 숄을 두른 모습의 초상화를 그렸는데, 늙고 누렇게 뜬 그녀의 얼굴은 어딘지 모르게 뱀과 같은 인상을 풍겼다. 또 나는 그녀가 아기를 품에 앉고 누워 있는 모습을 좀더 큰 화폭에 그렸다. 감상주의가 완전히 배제된 모성이 존재한다면 아마 그녀가 보여주는 모성이 그러할 것이었다. 그녀의 모성은 육체적이고 세속적인 애착이자 어딘지 체념적이고 쓰디쓴 연민에 가까웠다. 그림 속 모자의 모습을 누군가 보았다면, 바람으로 깎이고 물로 고랑이 파인 산과 거기서 생겨난 푸르른 골짜기를 떠올렸을 것이다.

줄리아의 아기는 얼굴이 둥글고 통통하게 살이 올랐으며 순하디 순했다. 아직 말문이 안 트여서 바로네를 쫓아 내 방을 아장아장 걸어다니며 옹알거리곤 했는데, 나는 그 말을 거의 못 알아들었다. 내가 사탕이나 빵부스러기, 말린 무화과를 주면 바로네와 나눠먹었다. 바로네에게 먹을 것을 줄 때면, 니노는 까치발을 하고 손을 높이 들어올렸는데, 제아무리 높이 들어올려도 몸집이 훨씬 큰 바로네는 겅중 뛰어올라, 니노가 다치지 않게 그 손에 쥔 것을 낚아채곤 했다. 바로네가 바닥에 몸을 쭉 펴고 누워 있으면, 니노는 그 위에 누워서 함께 장난을 치곤했다. 그러다 아기가 지치면 그대로 잠이 들고, 바로네는 마치 쿠션처럼 아기 밑에서 움직이지 않고 가만히 있었다. 아기가 깰까봐 숨도 거의 쉬지 않았다. 둘은 몇 시간이고 그렇게 부엌 바닥에 누워 있곤 했다.

환자를 돌보고 그림을 그리는 일에도 불구하고 하루하루는 우울하고 단조롭게 지나갔다. 시간 개념도 사랑도 자유도 없는 죽음과 같은 실존 속에서, 살아있는 존재는 그 무엇이든, 나를 감싸는 무수한 형체 없는 정령들보다 훨씬 생생하게 느껴졌다. 이 정령들은 쉴 새 없이 나를 힐끗거리고 따라

다니며 내 고독의 무게를 더했다. 동물과 사물에 스며든 마법이 죽음의 매혹으로 나를 짓눌렀고, 그로부터 벗어날 수 있는 유일한 방법은 그보다 더 강한 마법을 갖는 것이었다. 줄리아는 나에게 그녀가 알고 있는 마법의 약들과 사랑의 주문呪文을 알려주었다. 허나 마법이야말로 사랑과는 정반대되는 힘이다. 사랑이 자유로운 분출이라면 마법은 구속인 까닭이다. 가까운 사람의 마음을 얻는 주문도 있었고 멀리 떠나 있는 사람의 마음을 붙잡아두는 주문도 있었다. 줄리아가 특별히 효력이 있다고 자신한 주문은 바로 바다 건너 타국의 연인을 향한 주문으로, 그 주문을 외우면 그 연인은 하던 일을 즉각 멈추고 사랑의 호소에 귀를 기울여 버림받은 상대에게로 돌아온다는 것이었다. 그것은 일종의 시였는데, 소원을 비는 말들 사이에 주술을 끼워넣은 것이었다.

별이여, 저 멀리 보이는 당신에게 인사를 건넵니다.
당신 얼굴에 다가가 그 입에 침을 뱉겠소.
별이여, 그가 죽지 않게 해주세요.
그가 돌아오도록 해주오.
돌아와 나와 함께 머물러요.

이 시는 반드시 문에 서서 하늘에 뜬 별을 올려다보며 읊조려야 했다. 나도 가끔씩 해보았지만, 한 번도 효과가 나타나지 않았다. 나는 문에 기대서서 하늘을 바라보았다. 발아래는 바로네가 있었다. 10월은 가고, 어두운 하늘에는 나를 지켜주는 별자리인 궁수자리가 차갑게 빛나고 있었다.

모든 감정이 정지해버리고 대답 없는 말들로 채워진 지루하고 외로운 계절의 순환 한가운데, 뜬금없이 마테라에서 편지 한 통이 도착했다. 내가 그라사노를 다시 찾아 며칠 머물며 미처 마무리하지 못한 그림들을 끝낼 수 있도록 허락한다는 내용이었다. 단, 나와 나를 수행할 헌병들의 여행 경비를 내가 댄다는 조건이었다. 너무나 오래 전에 한 요청이어서 나로서는 완전히 잊어버리고 있었다. 당시 나는 갈리아노로 이송된다는 사실을 하루 전에 통보받았는데, 마테라 당국에 내가 시작한 그림들을 완성할 수 있도록 열흘만 말미를 달라는 전송문을 보낸 바 있었다. 사실 그것은 그라사노에 계속 머무르고 싶어 댄 핑계에 불과했다. 답신은 없었고, 나는 짐을 싸야 했다. 하지만 예술적 이유를 핑계 삼은 나의 요청은 뒤늦게나마 효과를 발휘했고, 경찰은 3개월이라는 심사숙고의 기간을 거쳐 나에게 예기치 못한, 그래서 그만큼이나 반가운 휴가를 선물한 것이다.

마테라의 정치범을 담당하는 당국자들을 전혀 알지 못했지만, 어쨌든 그렇게 형편없는 자들이 아님은 분명했다. 아마 그 자리는 별로 인기가 없어서 각종 서류작업과 판에 박힌 일처리에 닳고 닳은 냉소적인 늙은 경찰들이 꿰차고 있는 것 같았다. 어쨌든 다행스럽게도 이 늙은 관료들의 머릿속은 학교 선생들이 주입하는 새로운 문화에 물들지 않았다. 새로운 문화란 야간학교에서 설파하는 이상주의로 젊은이들의 히스테리컬한 열의를 자극해서 그들로 하여금 국가는 윤리적인 존재고, 그들처럼 하나의 인격이라고 믿게 하는 것이었다. 국가는 인격적이며 도덕률을 가진 존재로 개인들은 국가의 그 시답잖은 야망과 졸렬한 가학주의와 과시욕을 추종하는 것이 마땅하며, 동시에 반박할 수 없는 성스럽고 거대한 존재인 국가를 부인하는 것은 대단한 불경이라고 생각하게 만들었다. 젊은 파시스트 열성당원들은 이렇게 자신들을 우상과 동일시함으로써 사랑을 나눌 때 느끼는 것과 똑같은 육체적 쾌락을 느끼는 것이었다. 돈 루이지도 어떤 의미에서 그들 중 하나였다. 하지만 마테라의 당국자들은 새로운 교육이 아니라 옛 교육의 일원임이 분명했다. 그들은 모든 서류들을 들춰보기 전에 3개월 정도 한가롭게 묵혀두는 안전한 관례를 지키고 있었다.

돈 루이지는 마치 왕이 신하에게 호의를 베풀 때 지을 법한 미소를 지으며 내게 이 소식을 전했다. 그는 자신이 국가를 대표한다고 여겼고, 때문에 경찰이 뒤늦게나마 베푼 관용을 자신의 공로로 생각하고 있었다. 또한 자신이 대표하는 국가가 아버지와 같이 너그럽다는 사실에 행복해했다. 하지만 행복한 그의 표정 이면에는 상처받은 시민의 자긍심과 희미한 원망이 서려 있었다. '단지 며칠 이곳을 떠난다는 사실에 왜 저렇게 행복해하는 걸까? 혹시 그라사노를 갈리아노보다 더 좋아하는 건 아닐까?' 이렇게 추측하며 서운해하는 눈치였다. 국가를 대표하는 자로서, 돈 루이지는 정치범들을 가혹하게 다뤄야 마땅하며, 자기 권한 아래 있는 정치범들은 행복을 누려서는 안 된다는 입장을 견지하고 있었지만, 갈리아노의 시민으로서, 그것도 으뜸가는 시민으로서 정치범들이 다른 마을보다 이곳에서 더 잘 지내야 하며, 적어도 그런 척이라도 해야 한다고 믿었다. 이런 모순적인 생각과 시기심 때문에 그는 자기 고장의 첫번째 미덕이자 가장 오래된 덕목인 환대를 넉넉하게 베풀고 있었던 것이다. 이곳 농부들은 환대라는 이름으로 생판 낯선 사람들에게 스스럼없이 문을 열어주고 이름도 묻지 않은 채 초라한 식탁이나마 함께하자고 청했다. 각 마을마다 경쟁하듯 친절을 베풀었고, 지나가는 행인들을 환대했는데, 그 행인이 어쩌면 본모습을 숨긴

신일지도 모른다고 생각하기 때문이었다. 돈 루이지의 입장에서는 내가 떠나는 것이 기뻐할 일이 아니었다. 그라사노에서 내가 그곳의 귀족들에게 자신의 험담을 할 수도 있는 일이다. 그곳의 귀족들은 지역의 주도州都인 마테라와 훨씬 더 가깝게 지내지 않는가. 혹시라도 내가 다시 그곳으로 이송해줄 것을 요청하고 다시는 이곳으로 돌아오지 않으면 어쩐단 말인가? 그러면 누가 그의 상상 속의 각종 질병들을 치료해준단 말인가? 또 누가 그의 숙적인 지빌리스코가 화병으로 죽을 때까지 그 늙은 의사에게서 환자들을 떼어놓는단 말인가? 돈 루이지는 자기 나름의 방법으로, 그의 유치하고 무미건조한 성격이 허락하는 한에서 내게 애정을 품고 있었고, 그래서 내가 떠나는 게 슬펐다. 나는 그를 안심시키기 위해, 내가 들뜬 건 그저 여행을 떠난다는 생각, 내가 오랫동안 누리지 못한 그 단순한 기쁨 때문이며, 오직 일 때문에 그라사노에 가고자 하는 것이고, 그림이 완성되는 대로 다시 이곳으로 돌아올 수 있다는 사실이 무척 행복하다고 말해야 했다.

그렇게 다음날 아침 일찍, 나는 캔버스와 이젤, 화구 상자를 챙겨서 두 명의 헌병대의 호위를 받으며 바로네와 함께 길을 나섰다. 가는 길은 잘 알고 있었다. 그라사노는 내 방처럼 익숙했다. 보통은 예전에 지냈던 곳으로 돌아가는 일에 무덤덤했지만 그라사노로 돌아가는 마음은 즐거움 자체였다. 몇 달 동안의 외로운 구금생활 이후 처음으로 간 곳이 그곳이었고, 다시금 해와 별과 생장하는 것들과 동물들을 바라볼 수 있던 곳도 그곳이었다. 그라사노는 나에게 일종의 자유를 의미했다. 오랫동안 계속된 고독은 감각의 분리로 이어지고, 그것은 때때로 일종의 성인과 같은 초연함에 이르게 한다. 그래서 일상적인 생활로 다시 돌아가는 일은, 마치 병이 회복될 때처럼 통증을 수반하기도 한다. 그라사노의 빈곤과 황폐함, 아름다움이나 부드러움이라고는 완전히 결여된 그 슬프고 단조로운 풍경은 나에게는 아무런 해를 끼치지 못할 만큼 무기력했고, 그래서 나의 점진적인 회복에는 안성맞춤이었다. 나는 그곳에서 행복했고, 그곳을 사랑했다.

그날 아침 '아메리칸'의 작은 차에서, 나에게는 금지된 땅인 공동묘지 너머의 풍경들, 사우로 강으로 내려가는 길과 스틸리아노의 고지들을 바라보는 일은 얼마나 큰 즐거움이던지. 강가의 교차로에서 처음 보는 얼굴로 가득 찬 버스를 기다리는 동안 바로네는 얼마나 신이 나서 까불던지. 마치 영화 필름을 거꾸로 돌리듯, 이곳에 올 때 내가 지나쳤던 장소들이 처음 순서와 반대로 하나씩 하나씩 등장했다. 스틸리아노, 아체투라, 산 마우로 요새가 나오고 버스 정류장은 타고 내리는 농부들과 그들의 아낙네들로 분주했으며, 숲이며 마음속으로 그렸던 사람들로 가득찬 집들, 그리고 마침내 저 멀리 백색의 바젠토 강 하구가 넓게 펼쳐지며 기차역이 모습을 드러냈다. 버스는 우리를 그라사노 행 차편이 있는 그곳에 내려주고 그로톨레와 마테라 쪽으로 방향을 틀었다. 우리는 구불구불하고 가파르며 먼지 날리는 길을 족히 18킬로미터는 올라가야 나오는 마을까지 우리를 데려다줄 차편을 기다려야 했다. 타란토 발[發] 기차에서 내리는 사람들을 마을로 실어갈 차가 올 때까지는 오랜 시간이 걸렸다. 그동안 나는 강바닥과 홍수에 부서진 다리의 첫번째 아치를 바라보았다. 부서진 지 몇 년이나 되었지만 아무리 기다려도 정부는 고쳐주지 않았다. 눈앞에는, 땅 위를 덮친 거대한 파도처럼 단단하고 벌거벗은 그라사노의 산이 솟아올라 있었고, 그 위에 마치 신기루처럼 마을이 자리잡고 있었다. 지난번 보았을 때보다 더 비현실적이었고 마치 허공에 떠 있는 것처럼 보였는데, 내가 없는 동안 모든 집들이 새롭게 회반죽을 발랐기 때문이다. 마치 누르스름한 회색의 산마루에 겁먹은 양떼들이 웅크리고 있는 듯한 모습이었다.

마침내 저 멀리서 자동차 경적소리와 함께 먼지구름을 일으키며 차 한 대가 길을 내려오는 것이 보였다. 자동차는 부서진 다리와 나란히 난 큰 길을 따라 요동을 치며 달리다 역에서 멈춰섰다. 세 달 전 나를 갈리아노로 데려다주었던 운전사가 바로네와 나를 알아보고는 먼저 인사를 건넸다. 그라사노에 돌아와 받은 첫 인사였다. 기차가 기적소리와 함께 역으로 들어섰지만 아무도 내리거나 타지 않은 채 다시 출발했다. 다음에 도착할 기차는 나폴리에서 포텐차를 향해 반대

방향으로 향하는 기차였는데, 예정대로라면 곧 도착해야 했으나 상당히 지연되고 있었다. 나는 전혀 급할 게 없었으니 얼마든지 기다릴 수 있었다. 그래서 다시는 돌아오지 않을 수도 있는 그 계곡을 정오의 고요 속에서 걸었고, 말라서 드러난 강바닥의 흰 돌 위에 앉아 마른 강줄기의 양 끝이 산 속으로 사라지는 것을 눈으로 따라갔다. 또 싸온 점심을 먹으며 시간을 보냈다. 한 시간 후에 나폴리에서 출발한 기차가 도착했지만 앞선 기차와 마찬가지로 텅 비어 있었다. 우리 일행은 더이상 다른 승객을 기다리지 않고 차에 올랐고 차는 산비탈을 오르기 시작했다. 18킬로미터 정도의 여정 동안 수백 개의 휘어진 길들이 나왔고, 동굴과 작은 언덕, 바람이 먼지보라를 일으키는 황량한 들판을 지나쳤다. 시선을 어디에 두든 나무는 단 한 그루도 보이지 않았다. 마을이 약 오백 미터 가량 남은 지점까지 계속 오르막길이었고, 타들어가듯 마른 들판이 에워싸듯 시야를 가로막았다. 그러다 처음으로 방향을 꺾으면 마치 대지에 난 상처처럼 엄청나게 큰 균열부가 나타나고, 차는 그 틈에 빠지지 않기 위해 휘청거리며 큰 원을 그린다. 그곳은 동물들의 주검을 넣는 도랑으로 가축들이 병에 걸려 죽거나 먹을 수 없게 되면 거기에 던져버리는 것이다. 그래서 그 바닥은 동물들의 뼈로 허옇게 덮여 있었다. 그곳을 지나면 이제 마을에 거의 다 온 셈이다. 이어지는 산사면에는 공동묘지가 있었는데, 그 모습이 꼭 언덕 위에 말리려고 널어둔 손수건 같았다. 거기서부터 로즈마리 덤불이 양 옆을 울타리처럼 감싼 소로가 시작된다. 나는 그곳에서 몇 시간씩 앉아 책을 읽곤 했는데 불쑥불쑥 염소가 나타나 그 알 수 없는 눈빛으로 나를 응시하곤 했다. 또 칠십 년 전에 늙은 산적이 경찰을 죽였다는 그 나무도 거기 있었다. 마지막으로 방향을 틀면, 나무 십자가에 매달린 실물 크기의 그리스도상이 나오고, 거기서 조금만 더 올라가면 길은 끝나는 것이다. 길 끝에 마을의 집들이 모여 있었다. 요란한 경적 소리에 길가던 사람들은 벽에 몸을 바짝 붙이며 길을 내주었고 우리는 마침내 프리스코Prisco의 여인숙 문에 다다랐다.

나를 맞이한 것은 주인장 프리스코의 우렁찬 목소리였는데 그는 아내와 아이들을 불러모았다. "카피타! 구아글리오! 돈 카를로가 왔어!" 신이 난 가족들은 내 주위를 에워쌌다. 단란한 가정이었다. 프리스코는 오십대의 호리호리하면서도 힘이 센 사내로, 진취적이고 큰소리로 얘기하기를 좋아했으며, 둥근 턱수염에 짧게 깎은 머리칼, 날카롭게 쏘아보는 눈을 가지고 있었다. 언제나 활기차고 분주하게 움직이며 순회판매원과 흥정을 하거나 이웃 마을과 거래를 했다. 시끄럽고 부산스러운 남편과 달리 그의 아내는 조용하고 부드러웠으며 키가 크고 늘씬한 몸에 늘 검은 옷을 입었고, 바쁜 가운데서도 늘 침착하고 다정다감했다. 그녀는 나를 위해 오일 두른 빵을 만드느라 부엌에 있었기 때문에 얼굴을 볼 수가 없었다. 큰아들은 카피타노Capitano라고 불렸는데 또래에 비해 훨씬 총명하고 똑똑했기 때문에 마을 사내아이들의 대장 노릇을 하고 있었다. 나이는 열세살인가 열네살이었는데, 키가 작고 다리를 절었다. 또랑또랑한 두 눈이 창백하게 야윈 얼굴에서 빛났고, 이제 막 수염 몇 가닥이 나기 시작했다. 영리하고 말이 굉장히 빨라서, 하던 말을 다 끝내지도 않은 채 다른 말로 넘어갔다. 나는 그 나이 또래 사내아이치고 그토록 셈이 빠르고, 요점을 빨리 파악하는 아이를 본 적이 없었다. 특히 장사와 관련해서는 비상한 재주가 있었으며, 카드놀이를 할 때는 손이 너무 빨라서 카드가 탁자에 닿는 것을 볼 수 없을 정도였다. 모든 사내아이들이 다 그의 휘하에 있었고, 마을 어디를 가든 '카피타노'를 부르는 소리를 들을 수 있었으며, 그 소리와 동시에 어디선가 마르고 날렵한 윤곽 하나가 절름대는 걸음으로 나타나곤 했다. 반면 그 남동생은 정반대여서 키가 크고 늘씬했으며 엄청나게 큰 눈망울에 유순한 표정을 하고 있었다. 그는 엄마를 닮아 계집아이 같았다.

프리스코 가족들과 인사를 다 끝내기도 전에 이발사인 안토니노 로젤리와 그의 처남인 리카르도Riccardo가 등장했다. 그들은 다른 친구들에게도 내 도착 소식을 이미 알려놓은 상태였고, 곧 그들도 들이닥칠 예정이었다. 안토니노는 짙은 피부에 검은 콧수염을 기른 젊은 친구로, 플루트를 연주했다. 그는 그라사노의 다른 사람들과 마찬가지로 그곳을 떠나고 싶어 안달이었으며, 여전히 내 개인비서가 되어 나와 함께 유럽을 돌아다니는 희망을 품고 있었다. 내 얼굴을 면도해주고, 이젤을 펴주고, 물감과 붓을 준비해주고, 모델을 찾아주고, 내가 그린 그림을 팔고, 내가 지루할 때면 플루트를 연주해주고, 아플 때는 돌봐주는 게 그의 계획이었다. 한마디로, 비토리오 알피에리Vittorio Alfieri*를 따라 옛 카스티야Castilla** 고원 일대를 다니며 그를 돌봐준 충직한 엘리아보다 더 헌신적인 종이 되어줄 터였다. 어쩌면 나는 그의 소원대로 그를 비서로 임명했어야 옳았을지 모른다. 일생일대의 기회를 나는 무기력과 어리석음 때문에, 혹은 건성으로 듣고서 날려버렸다. 그는 훌륭한 젊은이였지만, 나에게는 과한 이발사이자 플루트 연주자였으며, 그럼에도 불구하고 그의 애정은 나를 감동시켰다. 내가 로마의 감옥에서 지내다 그곳으로 유배되어 간 처음 며칠 동안 내 친구가 몰래 나를 보러 왔다가 간 일이 있었는데, 안토니노는 내가 분명 의기소침해 있으리라 생각하고는 친구 두 명과 함께 내 방 창문 아래서 세레나데를 연주해주었다. 그의 플루트 소리가 바이올린, 기타 소리와 어우러져 고요한 밤, 자못 멜랑콜리한 정조를 연출했다.

리카르도는 베네치아 출신의 선원으로, 같은 선원들과 함께 체포되었다. 그들의 배가 오데사에서 트리에스테로 돌아

---

* 이탈리아의 비극작가로 작품에는 희곡 『사울』, 『미르라』 등이 있다.

** 스페인의 역사적 지명으로 중앙 산지 북부 카스티야 왕국의 북부에 해당한다.

올 때, 배 위에서 공산주의를 선전하는 전단지가 발견되었기 때문이다. 키가 크고 흰 피부에다 운동선수 같은 몸을 가졌는데, 실제로 그는 400미터 수영 챔피언이기도 했다. 늘 먼 곳을 바라보는 듯한 파란색 눈이, 마치 새의 눈처럼 이마 위쪽에 자리잡고 있었다. 처음 그를 보자마자 나는 필립포 데 피지스Filippo De Pisis*가 그린 초상화에서 본 얼굴임을 알아보았다. 리카르도는 그라사노의 생활에 만족했다. 그는 안토니노의 누이인 막달레나와 결혼을 했고, 곧 태어날 아기를 기다리고 있었다. 마치 정치범이 아니라 그라사노 토박이인 양 가장으로서 평범한 생활을 꾸려가고 있는 것이다. 사실 그라사노의 정치범들은 상당한 자유를 누리고 있었다. 마을 경계 안이면 어디든 산책을 갈 수 있었고, 일주일에 한 번만 시청에 가서 신고를 하면 되었다. 해가 지면 돌아다닐 수 없다는 규정도 느슨하게 운영되었다. 리카르도는 유쾌하고 붙임성 있는 성격이었고, 나는 그런 그의 베네치아 사투리를 좋아했다. 안토니노와 리카르도에 뒤이어 그들의 친구들도 당도했는데 그들은 여러 가게들의 주인과 목수, 재단사 그리고 몇 명의 농부들이었다.

갈리아노에 비하면 이곳에서는 훨씬 적은 수의 농부들과 알고 지냈다. 머문 시간이 길지 않았던 탓도 있고 또 환자를 보지 않았기 때문이다. 게다가 그라사노의 농부들은 훨씬 말

* 이탈리아의 화가이자 시인.

수가 적었다. 두 고장 모두 농부들은 똑같이 가난했고 생활 형편은 상상하기 어려울 정도로 어려웠지만 갈리아노에서는 농부들 대부분이 아무리 작더라도 자기 땅을 소유하고 있었다. 하지만 그라사노에서는 토지가 큰 덩어리의 소작지들로 나뉘어 있었고 농부들 대부분은 소작농이었다. 그라사노의 농부들은 수확물에 대한 선금을 미리 빌려서 생활했는데 수확을 해봤자 빚을 갚기도 어려웠다. 매년 빚은 늘어나고 점점 더 많은 농부들이 빈곤과 빚의 거미줄에 갇혔다. 농부들이 자신의 밭에서 경작을 하는 갈리아노의 경우도, 가족들을 먹이고 세금을 낼 만큼 충분한 소출을 얻는 일은 드물었고, 그나마 풍년인 해에 모아둔 몇 푼 안 되는 돈마저 진료비며 말라리아 약값으로 사라져버렸다. 갈리아노의 농부들도 제대로 먹지 못했고, 그런 형편이 나아질 기미가 안 보이기는 마찬가지였다. 한마디로, 두 고장의 농부들은 같은 처지였다. 반면, 갈리아노의 경우 아주 명확한 두 계급, 귀족과 농부가 존재한다면, 그라사노에는 좀더 많은 중간층이 있었다. 그들은 상인이거나 숙련공 혹은 대부분 목수들이었다. 그라사노에 그렇게 많은 목수들이 먹고살 만큼 일이 있는지 나는 종종 궁금했는데, 실제로 일은 충분하지 않았고 목수들은 불안한 생계를 유지하고 있었다. 그래도 중간계급의 존재는 마을 에 다른 분위기를 연출했다. 노동자들은 하루 종일, 멀리 미국에서 온 기계에도 불구하고 일거리가 없는 작업장 입구에 서서 잡담을 나누었다. 반면 농부들은 해질녘과 저물녘에만 모습을 드러냈으며, 동떨어진 그들만의 세계에서 살아가는 느낌이었다.

안토니노는 사람 좋은 이발사답게 각종 소식과 소문의 원천이었고, 그동안 그라사노에서 있었던 일들을 나에게 일목요연하게 귀띔해주었다. 그다지 많은 일들이 일어나진 않았다. 몇몇 '아메리칸'들이 내가 말한 바 있던 금이빨과 금장신구로 감싼 사내의 선례를 따라 뉴욕으로 떠났다. 지역 파시스트 헌병대의 지휘관인 데쿤토 대위는 마을 유일한 자원자로 아비시니아 전쟁에 참전하기 위해 떠났으며, 군인이 아니라 노동자로 전쟁에 지원한 사람들은 갈리아노와 마찬가지로 신통한 답변을 못 받아 불만에 차 있었다. 정치범 하나가 새로 왔는데, 그는 달마시아 출신의 슬로베니아인으로 손재주가 좋아서 모형 배와 밀랍 조각상들을 만든다고 했다.

세 달 전, 예기치 못했던 나의 이송은 여전히 이야깃거리였다. 지역의 여타 사건들처럼, 상반된 입장이 각을 세우며 대립했고, 마을 주민들은 두 편으로 갈라졌다. 당국의 반대파들은 권력을 쥐고 있는 그룹이 나를 마테라에 신고해서 내가 떠난 것이라고 생각했다. 권력자들이 못마땅하게 여기는 몇몇 사람들, 예컨대 시뇨르 오를란도Signor Orlando와 목수 라잘라 등과 내가 가깝게 지내는 것을 보아줄 수 없었기 때문이라는 것이다. 반대로 권력을 쥐고 있는 자들은, 상대편이 순전히 자신들을 모함할 목적으로 당국에 익명의 편지를 보내어 나를 이송하게 했다고 공격했다. 양편 모두, 나를 떠나보낸 일로 그들이 그토록 중요시하는 호의와 환대의 가치에 심각한 타격을 입은 것이다. 내 생각으론 양쪽의 논리 모두가 말이 안 되었지만 어쨌든 그것을 계기로 격렬한 언쟁이 벌어졌고, 오래된 증오와 반목이 다시 모락모락 피어올랐다. 그런 일들에 나는 별로 관심이 없었다. 나는 그저 아직 해가 있을 때 산책을 나가 그토록 좋아했던 장소들을 둘러보고 싶은 마음뿐이었다. 그래서 친구들을 대동하고 밖으로 나왔다. 갈리아노와 비교할 때 덜 빈곤하지 않았지만 그라사노는 마치 번영하고 있는 것처럼 느껴졌다. 사람들은 훨씬 활기찼고 아풀리아 지방의 빠른 사투리는 마치 내가 번잡한 도시에 있는 듯한 느낌마저 들게 했다. 마침내 상점들을 볼 수 있었다. 상점이라고 해봤자 벽에 구덩이를 판 것에 다름 아니고, 파는 물건도 거의 없었지만 말이다. 콜레푸스코 남작의 궁전 앞 광장에는 천과 면도날, 테라코타 항아리와 부엌용품을 늘어놓은 손수레들도 눈에 띄었다. 손수레 하나는 책을 싣고 있었는데, 카피타노와 그 친구들, 그리고 나이든 농부들이 즐겨 읽던 책들이 주를 이루었다. 그 책들은 프랑스 왕들의 일대기와 산적 이야기, 코라디노Corradino*의 전기와 각종 연감과 달력 등이었다.

---

* 이탈리아 출신의 항공 기술자. 최초로 헬리콥터를 디자인하였다.

조금 더 가면 카페가 하나 있었는데 뒤쪽에 당구대를 갖춘 진짜 카페로, 수집가들이 탐낼 만한, 입으로 직접 불어 만든 오래된 유리병들이 바의 선반에 줄지어 있었다. 한쪽에는 왕 빅토르 엠마누엘 2세*와 가리발디 장군**, 마르게리타 여왕***의 사진이, 공을 들고 있거나 번쩍이는 권총을 손에 쥐고 포즈를 취하고 있는 여인들의 나체 사진들과 함께 걸려 있었다. 프리스코 여인숙과 그 카페까지 이백여 걸음을 오고가는 것이 그라사노 사교생활의 전부였다. 상하좌우로는 오직 골목길과 소로, 농부들의 누추한 집들 사이로 난 샛길만 보였다. 농부들의 집은 갈리아노보다 훨씬 더럽고 허름했으며, 방들은 더 비좁고, 집들은 마치 위험에 대비해 물샐틈없는 대열을 갖춘 듯 사이에 작은 뜰 하나 없이 다닥다닥 붙어 있었다. 갈리아노보다 훨씬 더 많은 염소와 암양들이 길 여기저기서 오물을 뒤지며 다녔고, 창백한 얼굴에 기아로 부풀어 오른 배를 한 아이들이 반쯤 벌거벗은 채로 그 뒤를 쫓고 있었다. 그라사노의 여인들은 베일을 쓰지도 않았고, 전통적인 농부 아낙들의 옷차림을 하지도 않았지만, 흙빛 얼굴과 굳은 표정은 마찬가지로 동물의 그것을 연상시켰다. 체념과 인내가 사람들의 얼굴과 황폐한 풍경 위에 각인되어 있었다. 바깥세계

* 사르데냐 왕국의 왕으로 1870년 이탈리아의 첫 통일을 이룬 왕이다.

** 이탈리아 통일에 공헌한 정치가. '붉은 셔츠단'을 조직해 시칠리아와 나폴리를 정복하고 남이탈리아를 사르데냐 왕국에 바침으로써 통일에 기여했다.

*** 사보이 왕국의 여왕.

와 조금 더 가깝다는 이유로, 이곳의 대기에는 떠나고 싶은 열망이 좀더 강렬하게 감돌았지만 그 열망은 실현 불가능했으며 늘 실패하기 마련이었다.

나는 여러 차례 익숙한 소로를 홀로 걸어 마을 꼭대기, 바람 부는 언덕에 있는 교회까지 가곤 했다. 그곳에서는 저 멀리 루카니아 지방의 경계까지 이어지는 지평선이 사방으로 트인 전망을 선사했다. 내 발아래는 누런색 지붕을 한 집들이 모여 있고, 계곡을 따라 내려가는 잿빛 산길은 바젠토 강까지 이어진다. 맞은편으로는 아체투라 산이 솟아올라 페란디나를 그 뒤로 가리며 피에트라 페르토자Pietra Pertosa의 돌로미티Dolomiti 산맥에 가닿고, 바젠토 강은 그 너머에서 모습을 감춘다. 양쪽으로 형체를 구분할 수 없는 황량한 땅이 빌리오조 강 너머, 산적들과 모나키키오들의 동굴과 자갈투성이 언덕 위에 자리잡은 이르시나까지 이어졌다. 마치 바다에 표류하는 돛처럼 먼 고장들이 점점이 눈에 들어왔고, 저 아래로 살란드라Salandra와 반치Banzi가 살짝 그 모습을 드러냈다. 그곳의 타는 듯한 모래 땅 어디엔가 시인 호라티우스가 노래한 '수정보다 더 반짝이며 포도주와 어린 염소에게나 적합한' 샘물이 있다고는 상상하기 어려웠다. 가까운 마을들은 마치 고향인 그로톨레의 항구로 돌아가려고 돛을 펼친 배들처럼 보였고, 그 뒤로 성 안토니오 예배당이 나무 두 그루를 동무로 삼은 채 사막 한가운데 외롭게 남겨졌다. 몇 년 동안은 이 끝없는 황무지에 밀을 심었는데 형편없는 품종이라 심고 가꾸는 비용도 못 건졌다. 내가 처음 이 들판을 보았을 때는 수확철을 앞둔 여름이었다. 눈길 닿는 곳까지 온통 노란 알곡들이 햇빛에 출렁이고 있었고 탈곡기가 고요 속에서 털털 소리를 내며 돌아갔지만 이제는 온통 탁한 무채색의 잿빛이 단조롭게 이어질 뿐이었다.

나는 땅거미가 질 때까지 그곳에 머뭇거리다 빗방울이 떨어지기 시작해서야 서둘러 프리스코 여인숙으로 돌아왔다. 몇몇이 저녁식사를 기다리고 있었다. 트럭운전사들과 외판원들 그리고 파포네Pappone가 눈에 띄었다. 함께 말하는 다른 목소리들보다 훨씬 더 우렁차서, 나는 길에서도 파포네와 프리스코의 목소리를 알아들을 수 있었다. 하나는 나폴리 억양으로 소리를 질렀고 다른 하나는 아풀리아 사투리가 도드라졌다. 이 둘은 늘 장난으로 말싸움을 하곤 했다. 파포네는 바뇰리Bagnoli 출신의 과일 중개상으로 그라사노에 배를 팔러 자주 오는 편이었다. 나는 지난여름에 이미 그와 안면을 텄는데 그와 프리스코는 둘도 없는 친구였고 의형제를 맺은 사이였다. "어이, 이봐, 떠다니는 똥떵어리!" 하고 파포네가 소리치면 "그래 맞다. 근데 너는 그 위에 휘날리는 깃발이다, 이 냄새나는 놈아!" 하고 프리스코가 맞받아쳤다. 그렇게 서로 욕설을 퍼붓다가 박장대소를 하다가 눈을 흘기다가 하는 식이었다. 예전에 수도승이었다는 파포네는 탐욕스럽고 뚱뚱

했으며, 나름 위트가 있었다. 그는 최고의 요리사로, 자신이 먹을 스파게티를 요리할 때면 프리스코의 아내를 주방에서 내쫓고 자신만의 나폴리식 소스를 만들곤 했다. 언제나 나에게는 한입 나눠주었는데, 내가 먹은 스파게티 중에 최고였다. 그는 허풍스런 얘기를 지어내는 데 탁월한 재능이 있었고, 요란스러운 동작들을 섞어가며 이야기를 하곤 했다. 하지만 이야기의 교훈이 너무 수도승다운 데다가 내용은 너무 외설스러워서 다른 사람들에게까지 그걸 전하고 싶지는 않다. 그날 저녁 식탁에서 한 이야기는 그때까지 들었던 그의 이야기 가운데 가장 점잖은 것이었지만, 그것마저도 사람들에게 전하기에는 적당하지 않았다.

드디어 다른 사람들과 함께 식사를 할 수 있게 된 나는, 이 소박한 즐거움에 마치 다시 자유의 몸이 된 것만 같았다. 갈리아노에서 지내게 된 뒤로 혼자 밥 먹는 것이 너무나 싫었고, 나쁜 동무라도 없는 것보다는 낫다는 생각을 하게 되었던 것이다. 이런 평범한 저녁 식탁이 나에게는 마치 잔칫상 같았고, 파포네의 이야기는 보카치오Boccaccio의 그 어떤 유명한 소설보다 더 재미있었다. 우리가 식사를 하는 동안 프리스코가 와서 동무를 해주었다. 그는 양 소매를 걷어붙이고 팔꿈치는 탁자 위에 올린 채, 한손에는 포도주 잔을 들고, 갑자기 풀쩍 뛰어오르거나 아니면 우렁찬 목소리로 호언장담을 해댔다. 새롭게 도착한 손님이 합류했는데, 브린디지Brindisi

출신의 천 장사꾼으로 전에도 여인숙에서 본 적이 있는 인물이었다. 덩치가 거대한 남자로 두꺼운 입술에 눈코입이 다 엄청나게 커서 무시무시한 도깨비를 연상시켰다. 턱밑 살이 두껍게 늘어져서 음식을 먹을 때마다 요란하게 흔들렸다. 우리 네 명이 먹은 것을 다 합친 것만큼 많이 먹었는데, 그게 그날 먹는 유일한 끼니였고, 하루 종일 여자들을 상대로 천을 파느라 목은 쉬고 몸은 파김치가 된 터였다. 두꺼운 턱살과 얼굴에 고랑을 만들면서 흘러내리는 비지땀, 일그러진 거인 같은 외모에도 불구하고 그는 친절한 사람이었고, 그의 친구인 파포네만큼 재미났다. 탁자에 둘러앉은 우리 모두는 신나고 행복했다.

카피타노와 그의 남동생, 그리고 그들의 친구인 보차Boccia가 방의 한쪽 구석에 앉아서 스포츠 잡지의 과월호를 탐독중이었다. 보차는 어린 시절 앓은 병 때문에 나이에 비해 살짝 모자란 친구로 시청에서 일하고 있었다. 브린디지 출신의 거인 도깨비가 세상모르고 열중하고 있는 그들을 미심쩍은 눈으로 흘깃 보더니 우레와 같은 목소리로 카피타노를 도발하는 한마디를 건넸다. "어이 카피타! 요즘은 스포츠밖에 흥밋거리가 없지, 그렇지? 전쟁이랑 스포츠! 네 머릿속에는 온통 그것뿐이지! 아무튼 요즘 스포츠계는 어떤가?" 카피타노가 스스로를 방어할 양으로 대답했다. "카르네라Carnera*가 헤비

---

* 이탈리아의 유명한 거인 복서. 1930대 세계챔피언에 올랐다.

급 세계챔피언이 되었어요!" 천 장사는 탁자 위에 유리잔들이 흔들릴 만큼 박장대소를 터뜨렸다. "너의 카르네라는 가리발디랑 똑같아." 그가 말했다. 너무나 단호한 그 말에 카피타노는 토를 달 수 없었다. 거인이 말을 이었다. "그 둘 다 가짜란 말이지. 카르네라가 이긴 건 사전에 다 짜여 있었기 때문이야. 가리발디랑 똑같은 부류에 지나지 않아. 자, 내가 옛날 이야기 하나 해줄게. 물론 학교에서 배우는 교과서에서는 온갖 거짓말들을 해대겠지만 진실은 그게 아니야. 프란체스키엘로Franceschiello 왕*이 나폴리를 떠나서 가에타Gaeta로 가야 했을 때, 가리발디와 붉은 셔츠단은 용기백배해서 신나게 공격에 나섰지. 가에타 성벽 위에서는 대포를 쏘아댔지만 상대편이 전혀 개의치 않는 거야. 누가 보면 마치 깃발을 휘날리고 팡파르를 울리며 결혼식이라도 가는 줄 착각했을 거야. 프란체스키엘로 왕은 가에타에서 지켜보고 있었는데 대포가 아무 효과가 없자 적군이 미치지 않았다면 아군 쪽에 뭔가 문제가 있다고 생각했지. 왕은 이제부터 내가 직접 포를 쏘겠다, 그렇게 말하고는 바로 실행에 옮겼지. 엄청난 포탄 하나를 가져오게 해서 포신에 넣은 뒤에 직접 발사한 거야. 꽝! 포탄이 떨어지는 걸 보고 가리발디와 붉은 셔츠단은 뒤도 돌아보지 않고 걸음아 날 살려라 도망을 쳤어. 왜냐하

---

* 부르봉 왕조의 후손으로 시칠리아 섬과 나폴리 일부를 다스리던 '양시칠리아 왕국'의 왕.

면 아까까지는 빈 대포만 쏘았으니까. 가리발디와 내통한 아군이 사전에 짠 거였어. 카르네라처럼 말이야. 왕이 진짜 포탄을 쏘자, 가리발디는 이렇게 말했지. '여기 가에타는 별 것 없으니 더이상 진군하지 말자, 제군들아. 대신 테아노Teano로 가자.' 그렇게 해서 그들은 테아노로 간 거야."

파포네와 프리스코, 트럭운전사들과 외판원들 그리고 나머지들도 전부 웃음을 터뜨렸다. 가리발디는 이 일대에서는 별로 인기가 없었고, 그날 저녁 카르네라의 명예는 완전히 짓밟혔다. 카피타노는 자신의 패배를 인정할 수밖에 없었고, 유일하게 보차만 별다른 반응이 없었는데 어린 시절 뇌막염을 앓아서 주변의 이야기를 이해하는 데 남들보다 느렸기 때문이다. 그 덕분에 그는 시청에서 서류를 정리하고 각종 잡일을 처리하는 자리를 얻을 수 있었다. 이 고장은 그의 불편함을 품어주었고, 마을 주민들도 그를 잘 보살폈다. 종종 볼 수 있듯이, 보차는 느리다는 단점을 놀랄 만한 기억력으로 보완했다. 물론 그 기억력은 자신이 흥미를 갖는 대상, 즉 스포츠와 법률에 제한되어 있기는 했지만 말이다. 그는 지난 몇 년 동안 이탈리아에서 활동한 축구팀의 선수 이름을 전부 외우고 있었고, 내게 그 이름들을 지루한 기도문처럼 길고 길게 읊어주었다. 그럴 때면 그의 두 눈은 기쁨으로 반짝거렸다. 그의 또다른 열정은 훨씬 더 강력해서, 그는 법률과 변호사들, 그리고 각종 소송들을 소상히 꿰고 있었다. 그 지역

변호사 이름은 다 알고 있었으며, 그들의 유명한 변론의 요약문도 다 외우고 있었다. 사실 그 점은 유별날 것도 없는데, 이 고장은 이탈리아 안에서도 뛰어난 변론술로 정평이 나 있기 때문이었다. 2~3년 전의 한 사건은 그에게 너무도 중요한, 마치 축복과 같은 일이었다. 지방법원이 별로 중요하지 않은 사건의 법정심리를 그라사노에서 열었다. 두 사유지 사이의 울타리와 경계를 결정하는 소송이었고, 마테라 출신의 저명한 변호사이자 이 지역에서 제일 유명한 인사인 라트로니코Latronico가 변론을 하러 왔다. 보차는 라트로니코의 장황한 연설들을 다 외우고 있었고, 하루도 빠지지 않고 외운 것을 암송했는데, 몇몇 구절에서는 유난히 비장한 감정에 북받치곤 했다. 특히 '아체투라의 늑대들과 산 마우로의 개들, 트리카리코의 까마귀들과 그로톨레의 여우들, 그리고 가라구조Garaguso의 두꺼비들이여!' 하고 라트로니코가 외쳐 부른 구절은 보차에게는 훌륭한 변론문들 가운데서도 최고의 구절로 여겨졌다. "가라구조의 두꺼비들이여!" 그는 그때그때의 기분에 따라 때로는 의기양양하게, 때로는 슬픈 듯이 이 표현을 읊조리고는 이렇게 말했다. "가라구조의 두꺼비들이라. 맞는 말이지, 맞는 말이고말고. 두꺼비들은 물 근처나 습지에 살잖아. 이렇게 멋진 연설이 어디 있담!"

식사로는 파포네가 만든 소스를 곁들인 마카로니 외에도 기름기가 적고 풍미가 좋은 햄이 두껍게 썰려 나왔는데, 북쪽 지방에서는 맛보지 못한 맛이었고, 정말 훌륭했다. 나는 프리스코에게 무척 맛이 있다고 연신 감탄사를 늘어놓았고, 프리스코는 그것은 산에서 만든 햄으로 산봉우리 부근의 외딴 마을에 사는 농부들에게서 직접 샀다고 설명해주었다. 햄은 크기가 작았는데, 프리스코 말로는 킬로그램 당 4리라를 주었다고 했다. 도시에서는 그것보다 적어도 다섯 배는 더 주어야 한다고 내가 말하자 머리가 빠른 프리스코는 곧바로 사업을 구상했다. 그와 내가 함께 회사를 차린 다음, 자신이 산을 돌아다니며 햄을 사는 동안 나는 도시의 내 친구들 중에 중개상을 찾아보라는 것이다. 공급은 자신이 책임지고 점점 늘려나가겠다고 했다. 아마도 내게 사업적 머리가 없었기 때문이겠지만, 어쨌든 그의 제안은 매우 그럴듯해 보였다. 그래서 나는 가리발디 말이 나온 김에 나도 가리발디의 전철을 밟을 수 있겠다고 말했다. 가리발디도 지금의 나와 비슷한 처지였을 때, 양초 장사를 한 적이 있었고, 내가 보기에 양초나 햄은 별반 다를 게 없었다. 그래서 나는 상상할 수 있는 모든 낯선 나라들과 다양한 물건을 교역하고 있는 한 친구에게 의기양양하게 편지를 썼다. 얼마 뒤 답장을 받았는데, 그는 일반 사람들은 햄의 풍미에 익숙하지 않으며, 판매망을 조직하기에는 생산량이 너무 적다는 이유로 별로 구미가 당기지 않는다고 했다. 차라리 내게 염료를 만드는 금작화[金雀花]에 손을 대보는 것이 어떠냐고 충고했는데, 지금처럼 경제적인 자급자족이 필요한 시기에 많이들 찾는 물건이라는 것이었다. 실제로 금작화는 이 황량한 사막 지대에서 꽃을 피우는 유일한 화초였다. 사방 어디를 보든 덤불 속에서 자라는 금작화가 보였고, 염소들이 제일 좋아하는 먹거리이기도 했다. 하지만 그 즈음 루카니아에서 사업을 해볼까 했던 나의 열정은 이미 식은 뒤였고, 그 뒤로 다른 제안은 없었다.

친구들과 함께한 첫날 저녁은, 사업구상과 농담, 가리발디의 실체를 폭로하는 대화를 나누느라 빠르게 흘러갔다. 브린디지 출신의 천 장사꾼 도깨비는 밤새 아무도 그의 천을 훔쳐가지 못하도록 자기 트럭에서 잠을 청했고, 트럭운전사들은 어두워지자 길을 나섰다. 프리스코 여인숙의 실질적인 투숙객은 파포네와 나 둘뿐이어서 각자 방을 하나씩 차지할 수 있었다. 내 계획은 다음날 아침 일찍 일어나 바젠토 강 근처까지 간 다음, 마치 공중의 성[城]처럼 높이 자리잡은 기차역에서 오후의 그라사노 풍경을 그리는 거였다. 안토니노가 나와 같이 가주겠다고 했는데, 다음날 동이 틀 무렵 문 앞에서 그는 이젤과 캔버스를 실어나를 노새 한 마리와 함께 정말 나를 기다리고 있었다. 안토니노 말고도 나와 같이 가고 싶어하는 지인들이 함께했는데, 리카르도는 물론이고, 모나키키오를 본 적이 있다는 사이클 선수 겸 도로 정비공 카르멜로, 그리고 목수 한 명과 재단사 한 명, 농부 두 명, 그리고 몇몇 사내아이들이었다. 날은 흐리고 바람이 불었지만 비가 올 것 같지는 않았다. 구름 속에서 희미하게 비어져 나오는 차가운 빛 아래 주위 풍경은 더 분명하게 도드라졌고, 그 단조로움은 오히려 이글거리는 태양 아래서보다 덜 구슬프게 느껴졌다. 내가 그림을 그릴 때 원하는 그런 날씨는 아니었다. 프리스코의 막내아들도 우리와 같이 갔는데, 형 카피타노는 불편한 걸음으로 먼 길을 갈 수가 없었기 때문에 그저 문간에서 멀어져가는 우리를 보며 손을 흔들어주는 것으로 만족해야 했다. 바로네는 신이 나서 까불거리며 앞장을 섰고, 우리는 그 뒤를 따라 마을의 구불구불한 길들을 가로지르는 가파른 지름길을 따라 내려갔다. 그 길을 따라가면 계곡 밑바닥까지 8~9킬로미터만 가면 되었다. 나는 8월 어느날 똑같은 경로를 거의 똑같은 친구들을 대동하고 간 적이 있었다. 바젠토 강물이 고여 생긴 어떤 연못에 수영을 하러 가는 길이었다. 연못은 홀로 덩그러니 놓여 있었고, 이 일대에서는 잘 볼 수 없는 포플러 나무 몇 그루가 마치 실수로 그곳에 뿌리를 내린 양 연못 주변에서 자라고 있었다. 한여름 오후의 열기 속에서 우리는 거의 발가벗다시피 하고 강으로 뛰어들었다. 친구들은 맨손으로 개흙 안에 숨어 있는 물고기를 잡으려 했다. 이 원시적인 방법이 나름대로 통해서 실제로 물고기를 몇 마리 잡기도 했다. 이 일대 강에서 물고기를 잡는 것은 금지되어 있는데, 물고기들이 모기알과 유충들을 잡아먹기 때문이다. 하지만 누구도 법에 개의치 않았다. 그라사노의 가난한 사람들은 일 년 내내 먹을 것이 부족했기 때문에 생선요리는 신이 내린 선물과도 같았다. 물놀이를 마치고 나서는, 다 같이 베짱이 소리와 모기가 윙윙대는 소리를 노래 삼아, 뜨거운 태양 아래 젖은 몸을 말렸다. 지금은 바람이 그때와 달리 시원했지만, 노란색 대신 잿빛이라는 점만 빼면 풍경은 변함없이 그대로였다. 그림을 그리기에 적합하다고 생각되는 장소에 도착하자 나는 걸음을 멈췄다. 안토니노는 나에게 물감을 건네는 특권을 누리기 위해 내 곁에 머물렀고 사내아이 하나가 나무 그루터기를 뜯고 있는 노새를 지켰다. 나머지 사람들은 혹시라도 물고기를 잡는 기적이 일어나기를 바라며 강으로 내려갔다.

내가 서 있는 곳에서 바라다보이는 풍경은 전혀 그림 같지 않았고, 그래서 내 마음에 쏙 들었다. 그림의 주인공으로 삼을 만한 나무 한 그루, 울타리 하나, 돌 하나 보이지 않았다. 이런 풍경 속에는 비옥한 자연이나 인간의 노동이 만들어낸 장식물이 전혀 존재하지 않았다. 오직 광활하고 단조로운 황무지와 그 위에 자리잡은 흰색 마을 하나가 전부였다. 잿빛 하늘에는 흰 구름 한 조각이 집들 위에 낮게 걸려 있었는데, 마치 천사의 형상처럼 보였다.

친구들은 강에서 빈손으로 돌아왔다. 그들은 내 캔버스를 둘러싸고는, 화폭 속에서 새롭게 태어난 그라사노의 풍경을 보고 놀라워했다. 농부들에겐 어설프게 교육받은 사람들의 편견 같은 게 없기 때문에, 오히려 그림을 보는 좋은 눈이 있다고 나는 늘 생각했고, 그래서 그들에게 내 그림에 대한 의견을 묻곤 했다. 내가 그림을 계속 그리는 동안 친구들은 불을 피워 가져온 음식들을 데웠다. 그러고 나서는 땅에 주저앉아서, 바람에 날리지 않도록 돌에 묶어놓은 이젤 위의 내 그림을 보면서 밥을 먹었다. 다 먹고 나자 비가 내리기 시작했고 집에 돌아가는 일 말고는 달리 할일이 없었다. 그림은 거의 완성된 상태였다. 우리는 그림에 담요를 두른 다음 노새에 싣고 부드럽게 떨어지는 빗방울을 맞으며 돌아오는 발걸음을 떼었다.

마을에서는 깜짝 놀랄 일이 나를 기다리고 있었다. 작은 극단이 야윈 흰 말이 끄는 마차를 타고 막 도착한 것이다. 그들은 며칠 동안 머무르며 공연을 펼칠 계획이었다. 방수포를 씌운 극단의 마차는 광장에 서 있었고, 그 안에는 무대배경이며 막이 길게 돌돌 말려 있었다. 배우들은 여인숙에 내는 방값을 아끼기 위해 각자 농부들의 집을 찾아다니며 묵을 곳을 얻느라 분주해 보였다. 이들은 가족극단으로 아버지는 희극을 도맡아 했고, 어머니는 여주인공 전문이었으며, 채 스무살도 안 된 두 딸과 그 남편들, 그리고 다른 친지 몇몇으로 구성되어 있었다. 모두 시칠리아 출신이었다. 가장이 프리스코 여인숙에 와서 아내에게 줄 따뜻한 음식을 주문했는데, 그의 아내는 열병으로 누워 있었다. 여주인공을 맡은 배우는 그날 저녁 무대에는 설 수가 없고, 아마 다음날도 마찬가지일 것이었지만 그래도 극단은 제법 오래 머물 예정이었다. 중년의 남자는 풍채가 좋은 편이고, 양 볼이 늘어졌으며, 위대한 배우인 차코니Zacconi*를 따라하듯 과장된 제스처를 썼다. 내가 화가라는 말을 듣고는 나에게 공연에 없어서는 안 될 무대배경을 그려줄 수 있는지 물었다. 가지고 있는 것들은 이런 날씨에 오랫동안 마차 안에 실려 있어서 상태가 매우 안 좋다는 것이었다.

그가 말하기를, 재능 있는 아내와 딸들을 데리고 이렇게 유랑극단 생활을 하기 전까지 그는 최고 수준의 극단에 소속되어 있었단다. 원래 그들은 시칠리아의 마을을 순회했고, 루카니아 지방에 온 것은 이번이 처음이었는데 보통은 가장 크고 번영한 마을에 멈춰서 공연하고, 체류기간은 입장 수익에 따라 달라진다고 했다. 하지만 수익은 신통치 않았고, 여러 가지로 힘든 시기를 겪고 있었다. 딸들 중 하나는 임신을 해서 더이상 무대에 오를 수도 없었다. 나는 기꺼이 무대배경을 그려줄 의향이 있었지만 마을 어디에서도 캔버스나 종이 또는 제대로 된 페인트를 구할 수가 없었다. 어쨌든 그는 나를 이틀 후에 있을 공연에 초대했고, 자신의 극단 단원들에게 소개했다. 그 가족들 중에서 유일하게 아버지만이 중후한 배우처럼 보였다. 여성 단원들은 배우가 아니라 인간의

* 당대를 풍미하던 이탈리아의 영화배우.

모습을 한 여신들 같았다. 어머니와 두 딸은 똑같이 생겼고, 마치 구름을 타고 내려왔거나 아니면 땅에서 솟아오른 것 같은 느낌을 주었다. 엄청나게 크고 까만 눈은 불투명했으며 조각상의 눈처럼 비어 있는 듯했다. 표정 없는 대리석 같은 얼굴에는 숱 많고 검은 눈썹과 도톰한 빨간 입술이 도드라졌고 그 아래로 새하얗고 튼튼한 목이 곧게 뻗어 있었다. 어머니의 육감적이고 풍만한 몸매는 여신 헤라의 나른한 관능미를 풍겼고, 가늘고 호리호리한 두 딸은 마치 누더기로 대충 몸을 가린 숲속의 님프들 같았다.

나는 서둘러서 그 지역 경찰서로 가서 공연이 있는 날 저녁에 늦게까지 밖에 있을 수 있도록 허가를 얻었다. 그라사노의 시장인 닥터 차가렐라Zagarella는 돈 루이지와는 달리 정치에는 별 흥미가 없었으며, 정치범들을 온전히 헌병대 소관으로 남겨두었다. 그는 유능하고, 교양 있는 남자였다. 시장과 또다른 명망 높은 내과의사인 닥터 가라구조Garaguso 덕분에 그라사노는 이 일대에서 유일하게 말라리아 퇴치 노력이 성공을 거둔 지역이었다. 이 둘은 매우 예외적인 존재였다. 보통의 의사들은 갈리아노의 두 의사들과 다를 바 없었기 때문이다. 사실, 내가 이곳을 방문한 목적 중 하나도 이 경험 많은 의사들에게 조언을 구하기 위해서였다.

둘 모두 나에게 매우 소중한 조언을 해주었고 자신들이 정리한 통계자료도 보여주었다. 지난 몇 년 동안 그라사노에서는 지방정부의 보조금이나 실질적인 지원 없이도 체계적인 예방조치와 소독활동이 진행되었다. 그 결과 지난 두 해 동안 말라리아 발병자의 수가 엄청나게 줄어들었고, 지금은 말라리아로 인한 사망자가 거의 없다시피 했다. 이 일대에서 말라리아는 재앙이라 할 만큼 그 누구도 예외로 두지 않았으며, 제대로 치료받지 못하면 평생을 병마에 시달려야 했다. 사람들을 노동할 수 없게 만들었고, 가계의 혈통을 위협했으며, 가난한 사람들의 쌈짓돈마저 삼켜버렸다. 그 결과는 비참한 빈곤, 벗어날 길 없는 노예의 삶으로 전락하는 것이었다. 말라리아는 나무를 모두 베어버려 먼지투성이의 불모지가 된 땅, 관리되지 않은 물, 비효과적인 경작으로 초래되었다. 그 대가로 농부들은 빈곤의 악순환 속에서 살아가야 했고, 그것을 근절시키기 위해서는 대대적인 공공사업이 시급했다. 작은 개울이나 시내는 차치하더라도, 루카니아 지방의 4대강, 브라다노, 바젠토, 아그리, 시니 강에 댐을 짓고, 산등성이에는 나무를 심어야 했다. 모든 사람들이 실력 있는 의사와 병원, 방문 간호사, 의약품과 예방적 조치 등의 혜택을 누릴 수 있도록 해야 했다. 제한적이나마 작은 개선책들도 어느 정도 효과를 발휘했고, 닥터 차가렐라와 닥터 가라구조의 활동은 그것을 증명했다. 하지만 냉담함과 무관심이 여전히 팽배했고, 농부들은 계속해서 병에 걸려 죽어갔다.

대기에 가을이 완연했다. 극단의 공연 전 사흘 동안 비가 내려서 나는 밖에 나가 그림을 그릴 수가 없었다. 대신 마을을 산책하며 친구들을 만나러 다니고 내 방에서 약간의 작업을 했을 뿐이다. 프리스코는 사냥을 갔다가 붉은 여우 세 마리와 물새 한 마리를 잡아서 돌아왔다. 나는 그것들을 정물화로 그렸고, 카피타노의 초상화도 하나 그렸다.

어느날, 나는 여우들을 그리다가 잠시 멈추고 내 방 창밖으로 거리 풍경을 보고 있었다. 이른 오후였고, 여인숙 사람들은 다 시에스타를 즐기고 있었으며 주변은 고요했다. 그때 계단참에서 맨발의 빠른 발걸음 소리가 들리고 이어 프리스코의 모습이 눈에 들어왔다. 그는 신발도 신지 않은 채 황급한 걸음으로 길 건너 문으로 뛰어 들어가더니 잠시 뒤 다시 나왔다. 여전히 소리를 죽인 채였지만 손에는 칼을 들고 있었다. 내 방의 창문을 열자 요란스러운 목소리들이 들려왔다. 길 건너편에는 트럭운전사들이 묵는 헛간이 있었다. 방금 전만 해도 프리스코는 자기 방에서 자고 있었다. 그는 자면서도 두 눈을 모두 감지 않았고, 아주 작은 소리도 경계하곤 했는데 갑자기 길 건너편, 트럭운전사들이 파사텔라 게임을 하고 있는 헛간의 분위기에서 이상한 낌새를 눈치챘다. 뭔가 섬광처럼 빠르게 번뜩인 것이다. 프리스코는 신발을 신을 새도 없이 헛간으로 조용히 숨어 들어갔고, 때마침 누군가를 공격하려는 남자의 손에서 칼을 낚아챘던 것이다.

파사텔라는 이 일대에서 가장 인기 있는 게임으로 특히 농부들이 좋아했다. 긴 겨울밤이나 명절이면 농부들은 주점에서 몇 시간이고 이 게임을 했다. 게임은 자주 폭력사태로 이어지곤 했는데 보통은 앞서 묘사한 것처럼 칼부림 아니면, 심한 말다툼이나 몸싸움으로 끝이 났다. 사실 파사텔라는 게임이라기보다는 농부들 사이의 말재간 겨루기에 가까웠다. 끝이 나지 않을 듯한 장광설을 통해 오랫동안 억눌린 분노와 증오, 원한 등을 에둘러 표출하는 것이다. 짧은 카드놀이로 승자를 정하면 그들은 파사텔라 왕과 그 부하가 된다. 왕은 모두가 함께 값을 치른 포도주를 자기 마음대로 할 수가 있어서 누구에게는 따라주고 누구에게는 따라주지 않을 수 있다. 부하는 왕이 포도주를 따르는 동안 잔을 들고 있는데, 원하지 않으면 거부권을 행사해서, 마음에 들지 않는 사람이 포도주를 마시지 못하게 할 수 있다. 이 과정에서 왕과 부하는 누구에게 포도주를 주고 누구에게 포도주를 주지 말아야 하는지 각자의 생각을 변론하고 서로 논쟁을 하는데, 그 결과, 아이러니와 숨겨진 욕망으로 꿈틀거리는 긴 연설이 탄생하는 것이다. 보통 게임은 술을 잘 못 마시기로 소문난 사람에게 술을 몰아주거나, 아니면 주당에게는 주지 않는 식의 순수한 장난 정도로 끝나지만, 대부분의 경우에는 왕과 그 부하가 주고받는 언쟁에, 게임에 참여한 사람들 사이의 상충하는 이해관계나 오래된 원한 등이 반영되었다. 농부들은 특유의 고집 세고 남을 믿지 않는 태도로 느릿느릿 에둘러 말했지만, 반드시 정곡을 찔렀다. 몇 시간 동안 카드와 포도주병이 차례로 오가다보면 결국 술기운에 열기가 더해져 피가 끓어오르고, 가슴 속의 앙금들이 다시 불붙어서, 원망 섞인 말로 날카로워졌다가 술로 다시 누그러들기를 반복했다. 설령 싸움으로 번지지 않더라도, 교묘하게 감춘 채 주고받은 모욕은 씁쓸함으로 남아 훗날의 불씨가 된다는 것을 모두가 알고 있었다. 농부들의 유일한 기분전환거리인 이 게임에 대해 프리스코는 너무나 잘 알고 있었고 그래서 언제나 경계를 늦추지 않았던 것이다.

칼부림 사건이 마무리되고, 내 여우 그림도 완성되어, 나는 짧은 산책길에 나섰다. 비는 그쳤고, 공기에는 고기 탄 냄새가 진동했는데, 누군가 길거리에 화로를 내어놓고 구운 소의 내장을 빵 사이에 끼워 하나 당 겨우 몇 푼에 팔고 있었다. 나는 마을 위쪽으로 폭이 넓은 계단을 올라 갈리아노로 가기 전까지 내가 기거했던 집에 이르렀다. 처음 그라사노로 이송되었을 때, 나는 프리스코의 여인숙에서 며칠 머문 뒤 나폴리 출신 과부에게 창문이 두 개 달린 큰 방을 하나 세 얻었다. 방은 이층이었고, 아래층에는 목수의 공방이 있었다. 목수의 아내 마르게리타Margherita가 빨래와 청소를 해주었고, 좋은 벗이 되어주었다. 그녀는 나를 보자마자 반가움에 달려 나오며 물었다. "다시 돌아온 건가요? 우리랑 같이 머무실 거죠?" 내가 다시 떠나야 한다는 것을 알고 그녀는 무척 슬퍼했다. 마르게리타는 상냥한 얼굴을 한 노파로, 거대하고 우툴두툴한 갑상선종을 달고 있었다. 마을의 여인들 가운데 가장 교육을 많이 받은 것으로 알려진 그녀는 학교를 5학년까지 다녔는데, 그때까지 배운 걸 전부 다 기억하고 있었다. 내 방을 청소하러 올 때면, 학교에서 암송했던 시 「사프리 원정대」*나 「에르멘가르다의 죽음」La Morte di Ermengarda 등을 읊어주곤 했다. 방 한가운데 우뚝 서서 양 팔은 허리 옆으로 늘어뜨리고 노래하듯 시를 읊다가 이따금씩 말을 멈추고 내게 어려운 단어들의 뜻을 설명해주기도 했다. 온화하고 다정한 마르게리타는 나에게 자주 말했다. "어머니가 멀리 떨어져 있다고 슬퍼하지 말아요. 한 어머니를 잃은 대신 다른 어머니를 얻었잖아요. 여기선 내가 당신의 어머니가 되어줄게요." 갑상선종에도 불구하고, 마르게리타는 모성본능이 강한 여인이었다. 아들이 둘 있었는데 둘 다 장성해서 가정을 이루었고, 그중 한 명은 아메리카에 있었다. 아들들에 대해 말할 때면 언제나 다정함이 묻어났고, 손주들의 사진을 보여주기도 했다.

언젠가 내가 다른 자식은 없느냐고 묻자 그녀는 가장 예뻐하던 셋째 아들을 잃었던 일을 떠올리며 울기 시작했다. 그러고 나서 이야기를 들려주었는데, 셋째는 아들 중에 가장

---

* 루이지 메르칸티니(Luigi Mercantini)가 쓴 시로 카를로 피사카네(Carlo Pisacane)의 사프리(Sapri) 원정 실패를 내용으로 한다. 피사카네는 양시칠리아왕국에서 반 부르봉 혁명을 일으키려 했으나 실패했다.

잘생겼고 아름답고 검은 곱슬머리에 반짝이는 눈을 가진 아이였다고 한다. 겨우 18개월이 되었을 때 말을 곧잘 했고, 주변에서 하는 말도 다 알아들었다는 것이다. 어느 겨울날, 땅에 눈이 쌓였을 때, 마르게리타는 이웃에 사는 친구에게 아이를 잠시 맡겼는데, 그 친구는 숲에 땔감을 찾으러 가면서 아이를 함께 데려갔다. 그런데 그날 저녁 친구는 집에 혼자 돌아왔다. 이제 막 걸음마를 뗀 아이를 홀로 두고 잠깐 숲길을 따라 나무를 주우러 다녀오니 아이가 사라졌다는 것이다. 사방을 찾아봤지만 흔적조차 발견할 수 없더란다. 마르게리타와 그녀의 남편은 농부들과 경찰로 무리를 조직해서 밤새 숲과 들판을 샅샅이 뒤졌지만 헛수고였다. 그렇게 사흘이 지나자 수색작업을 포기했다. 나흘째 되던 날 아침, 마르게리타는 비탄에 빠져 들판을 정처없이 걷고 있었는데, 작은 오솔길로 이어지는 길목에서 키가 크고 검은 얼굴의 아름다운 여인과 맞닥뜨렸다. 비지아노의 성모 마리아였다. 성모 마리아가 그녀에게 말했다. "마르게리타, 울어선 안 돼요. 당신의 아이는 살아있어요. 저기 숲속 늑대 굴에 있어요. 집에 가서 사람들을 모아 아이를 찾으러 가세요." 마르게리타는 한달음에 마을로 돌아갔고, 농부들과 경찰을 대동하고 성모 마리아가 말해준 장소로 갔다. 늑대 굴 안, 눈 쌓인 한가운데 그녀의 아이가 있었다. 아이는 추위에도 불구하고 온기로 볼이 발그레 상기된 채 잠들어 있었다. 엄마는 아기를 부둥켜안고 깨웠고, 주변에서 지켜보던 사람들은, 심지어 경찰들까지도 눈시울을 적셨다. 아이는 엄마에게 검은 얼굴을 한 어떤 여인이 나타나서 나흘 동안이나 늑대 굴 안에서 자신을 돌보며 젖을 먹이고 따뜻하게 안아주었다고 했다. 그들이 집으로 돌아왔을 때, 마르게리타는 남편에게 말했다. "예사로운 아이가 아니에요. 비지아노의 성모 마리아가 늑대 굴에서 직접 젖을 먹인 아이예요. 커서 무엇이 될지 누가 알겠어요? 그로톨레에 있는 점쟁이한테 한번 가봅시다." 마르게리타가 이야기를 계속 했다. "그로톨레에는 아이의 이름을 지어준 점쟁이가 살고 있었어요. 그를 찾아가서 1리라를 내자 점쟁이는 그동안 있었던 일을 마치 자기가 직접 눈으로 본 것처럼 말하더군요. 그러곤 낯빛이 어두워지더니 여섯살 되는 해에 아이가 계단에서 떨어져서 목이 부러질 거라고 했어요. 슬프게도 그 말은 사실이 되었지요. 여섯살 때, 내 가엾은 아이는 낙상으로 죽었어요…." 마르게리타는 울음을 터뜨렸다.

다른 아이들 몇몇도 갑자기 사라졌다가 검은 얼굴의 성모 마리아의 도움으로 다시 발견되곤 했다. 한번은 태어난 지 몇 달 되지 않은 아기 하나가 사라졌는데, 성 안토니오 예배당 옆을 지키는 나무 두 그루 가운데 하나의 꼭대기에서 발견되었다. 그곳은 마을에서 10킬로미터 정도 떨어진 곳으로 그라사노와 그로톨레의 중간이었다. 악마가 아기를 거기까지 데려갔지만 성 안토니오 성인이 아이를 보호했다는 것이다. 이런 일을 겪은 가족들이 여럿이었지만 내가 직접 알고 있는 것은 마르게리타의 아이뿐이었다.

마침내 공연 날 저녁이 되었다. 임시로 만든 극장으로 향할 때는 비구름이 사라지고 별이 빛나고 있었다. 공연을 할 만한 마땅한 공공장소가 없어서, 반쯤은 지하인 토굴 같은 곳 하나를 골라 학교에서 빌려온 의자들을 흙바닥 위에 배열한 것이 전부였다. 한쪽 끝에 작은 무대가 있었는데, 천막으로 가려져 있었다. 객석은 호기심에 들떠 어서 공연이 시작되기를 기다리는 농부들로 꽉 찼다. 연극의 제목은 「라 피아콜라 소토 일 모조」La Fiaccola sotto il Moggio, 즉 '그릇 아래 감추어진 빛'으로 가브리엘 단눈치오의 작품이었다. 나는 B급 배우들이 펼치는 눈물 날 만큼 지루한 멜로드라마를 예상했다. 하지만, 저녁 시간을 연극을 보며 보내는 일은 당시로서는 내가 쉽게 누릴 수 없는 오락거리였기에 보러 가기를 마다하지 않은 것이다. 결과는 기분 좋은 반전이었다. 여신을 닮은 여배우들은 그 크고 텅 빈 검은 두 눈과, 강렬한 정념이 응축된 동작으로 맡은 역을 완벽하게 소화하며 채 4미터도 안 되는 무대를 말 그대로 장악했다. 비극의 모든 수사와 억지스러움과 화려함은 사라지고, 단눈치오의 드라마가 가장 먼저 성취했어야 할 것만이 남았는데, 그것은 바로 시간이 존재하지 않는 이 외진 땅을 배경으로 펼쳐진 변함없는 정념들의 벌거벗은 이야기였다. 마침내 그의 작품 중 하나가 내게 가짜 미학의 껍질을 벗어버리고 진정으로 가치 있게 다가왔다.

이내 나는 그 정화의 느낌이 여배우들 때문이 아니라 관객들 덕분이라는 것을 깨달았다. 농부들은 엄청난 관심을 가지고 이야기에 몰입했다. 작품에 나오는 마을과 산 그리고 개울은 그라사노에서 그리 멀지 않았다. 관객들은 그것들이 정확히 어디에 있으며 어떤 모습인지 알고 있었고, 매번 그 이름이 나올 때마다 맞장구를 쳤다. 이야기에 등장하는 정령과 악마는 이 지방의 동굴에서도 똑같이 살고 있었다. 관객들이 자신들의 현실, 절망적이고 유폐된 무언無言의 세계, 한마디로 농부들의 세계를 투영시키면서 비로소 연극의 줄거리는 진실이 되었다. 공연은 배우와 관객이 합심해 '단눈치오주의'를 벗겨냈고, 그러자 농부들이 진짜 자신들의 이야기라 느낄 만한 거칠고 기본적인 뼈대만이 남았다. 이 모든 것은 지어낸 것이지만 동시에 진실을 보여주고 있었다.

단눈치오는 농부의 집에서 태어났지만 문학계에서 인정받자 농부들을 버렸다. 그의 작품은 지금 이곳과 같은 무언의 세계인 아브루치Abruzzi 산맥에서 시작되었지만, 이 세계를 감정과잉과 관능, 강박적 시간관념을 추구하는 현대시의 미사여구로 덮으려 했다. 그렇게 단눈치오는 이 세계를 그저 수사修辭의 도구로 전락시켰고 이 세계의 시학을 무의미한 말놀음에 불과하게 만들었다. 그의 노력은 오직 배신과 실패를 낳을 뿐이었다. 그 이질적인 조합에서 나온 것은 괴물에 불과했다. 그런데 시칠리아 출신의 여배우들과 그라사노의 농부들은 그것을 뒤바꿔놓았다. 그들은 거짓 베일을 찢어버리고 극 안에서 자신들만의 방식으로 농부들 세계의 핵심을 쟁취한 것이다. 바로 이점이 그들을 감동시키고, 열광하게 한 것이다. 단눈치오가 공허한 유미주의로 헛되이 통합하려 한 수사와 말놀음의 두 세계는 서로 맞지 않는다는 것을 깨닫기나 한 듯이 다시 한번 쪼개졌고, 장황하고 과장된 언어의 물결을 걷어내자 농부들은 진정한 죽음과 운명의 모습을 볼 수 있었다.

바로 다음날, 나는 시뇨르 오를란도라는 인물에게서 점심 초대를 받았다. 그의 형은 유명한 저널리스트로 뉴욕에 살았다. 시뇨르 오를란도는 키가 크고 우수에 찬 남자로 마을에서 외따로 떨어진 곳의 저택에서 조용한 삶을 살아가고 있었다. 마을의 권력을 쥐고 있는 집단과는 반목했으므로, 그는 가능한 한 지역 일에 관여하지 않았다. 그 형이 미국에 대해서 쓴 책의 표지를 내가 디자인하면서 안면을 텄는데 나에게는 말할 수 없이 친절했다. 그의 집에서는 오래된 루카니아 지방의 관습이 그대로 지켜졌기에 그의 아내는 우리와 함께 식탁에 앉지 않고, 단둘이 식사를 할 수 있도록 자리를 피해주었다. 우리는 농부들과 말라리아, 농업 등 남부 지방이 직면한 다양한 문제들에 대해 이야기를 나누었다.

나는 그날 아침 새로운 정치범과 이야기를 나누고 온 길이었는데 그는 토리노 출신으로 이전에는 파시스트 상업연맹에 고용되어 일하던 사람이었다. 그가 한 이야기에 따르면, 그의 상사들이 돈을 유용했지만 대신 자신이 희생양으로 체포되었다는 것이다. 이곳 그라사노에서 그는 가장 큰 농장 중 하나의 회계장부를 기록하는 일자리를 얻을 수 있었고, 그래서 내가 장부를 볼 수 있도록 해주었다. 정부는 이 농장에 밀 외에 다른 것을 재배할 수 없도록 했다. 풍년인 해에는, 고된 노동력과 엄청난 양의 비료값을 들이고도 수익이 종자값의 아홉 배에 그쳤다. 흉년에는 그보다 훨씬 적어서, 고작 들인 비용의 서너 배를 회수할 뿐이었다. 그 말은, 그러니까 이 땅에서 밀을 재배하는 것은 미친 짓에 다름없다는 것이다. 아몬드나 올리브나무를 키우기에 적당했고, 가장 좋은 것은 다시 숲이나 목초지로 만드는 것이었다. 농부들은 기근수당을 받았다. 내가 처음 그라사노에 도착한 날, 나는 여인들이 들판에서 바젠토 강까지 끝도 없이 줄을 이루며 선 것을 보았다. 그들은 머리에 밀 자루를 이고, 한치의 동정심도 없는 정오의 뙤약볕 아래 지옥불에 들어간 것처럼 땀을 흘리고 있었다. 여인들이 마을로 가져오는 밀 한 자루마다 1리라를 받았다. 그들이 일하는 들판은 말라리아로 오염되어 있었다. 많은 사람들이 이 악의 근원은 거대 농장의 존재이고 그래서 유일한 해결책은 큰 농장들을 쪼개어 농부들에게 나누어주어야 한다는 견해를 펼쳤지만, 오를란도와 나는 이 견해가 잘못되었다는 점에 의견을 같이했다. 갈리아노에서는 작으나마 자기 땅을 가진 농부라 할지라도 소작농보다 형편이 낫지 않았다. 어떤 면에서는 더 힘들 때도 있었다. 그렇다면 무엇을 해야 할까?

"아무것도." 오를란도가 남부 지방 특유의 깊고 우수에 젖은 목소리로 말했다. 그의 대답은 주스티노 포르투나토Giustino Fortunato*의 절망적인 슬로건에 대한 메아리처럼 들렸다. 포르투나토는 이 지역에서 가장 널리 알려진 동시에 가장 인간적인 사상가 중 하나로 스스로를 '무위의 정치가'라고 불렀다. 나는 하루에도 몇 번씩 농부들의 입에서 들었던 똑같은 단어를 떠올리지 않을 수 없었다. '닌테.'Ninte 바로 아무것도 없다는 뜻의 이탈리아어 '니엔테'Niente의 이곳 사투리였다. "오늘 뭘 드셨소?" "아무것도" "바라는 게 뭐요?" "아무것도" "어떻게 할 거요?" "아무것도." 언제나 같은 대답을 중얼거리며 그들은 아무것도 없다는 뜻으로 눈을 들어 하늘을 올려다보곤 했다. 농부들이 가장 많이 쓰는 또다른 단어인 '크라이'crai는 라틴어 '크라스'cras에서 나온 말로 '내일'을 뜻했다. 그들이 기다리고 있는 모든 것, 그들에게 이르러야 할 모든 것, 그들에게 행해지거나 바뀌어야 할 모든 것들은 다 크라이, 내일의 몫이었다. 그리고 그 내일은 결코 오지 않았다.

---

* 이탈리아의 정치가이자 역사가로 이탈리아 남부 지방의 문제를 연구하는 메리디오날리즘(Meridionalism)의 선구자이다.

오를란도가 느끼는 환멸은, 메리디오날리즘*을 추구하는 자들 사이에 널리 퍼져 있는 정서였다. 하지만 그 뿌리에는 극단적인 열등감이 자리하고 있었다. 이로 인해 이들은 자신들의 고장과 거기서 벌어지는 문제들을 전체적으로 이해할 수 없었다. 그들의 관점은 잘못된 비교에서 출발했다. 그들이 농부들의 문명을 열등하다고 생각하는 이상, 그들은 무기력감이나 보복감에 빠질 수밖에 없고, 무기력과 보복은 결코 살아있는 열매를 맺을 수가 없는 것이다.

그라사노에서의 며칠은 그림을 그리고 연극을 관람하고 좋은 친구들과 어울려 지내는 동안 쏜살같이 지나가버렸다. 떠나야 할 시간이 왔다. 구름 낀 어느 아침 일찍, 나를 태울 차가 문 앞에 기다리고 있었다. 안토니노와 리카르도, 그리고 프리스코와 그 가족들의 요란하고도 진심어린 배웅을 받으며 나는 마을을 떠났고, 그 뒤로 다시는 그곳으로 돌아갈 수 없었다.

---

* 메리디오날리즘은 19세기에 시작되어 20세기까지 지속된 학문으로, 이탈리아 통일 이후 남부 이탈리아의 경제와 사회적 사안들에 대해 연구하고 북부와 남부 간의 극명한 빈부격차에 대한 해결책을 모색하고자 했다.

갈리아노는 이내 나를 받아들이며 사방에서 나를 포위했다. 마치 이끼 낀 늪의 초록색 물이 둑에서 햇볕을 쬐느라 늑장을 부리는 개구리를 삼키듯이. 마을의 모습은 그 어느 때보다 고립되고 적적해 보였다. 바깥세상에서 오는 그 어떤 메아리도 이곳을 뚫고 들어오지 못했다. 단조로운 삶을 뒤흔들 순회공연단도, 떠돌이 행상들도 이곳에는 발길을 들이지 않았다. 나의 마녀는 여전히 나이를 무색케 하는 몸매와 어두운 피부색 그대로, 내가 떠날 때와 똑같은 모습으로 우리집을 지키고 있었다. 광장에서 나를 기다리고 있던 돈 루이지는 내가 다시 자기 휘하에 들어온 것을 기뻐했고, 내가 없는 동안 수가 더 늘어난 환자들은 그들의 오두막에 누워서 나를 기다리고 있었다. 다시 끝을 알 수 없는 하루하루가 이어졌다.

날씨가 추워졌다. 바람은 협곡에서부터 소용돌이치며 일어났고, 뼈가 시릴 만큼 차가운 바람이 사방으로 퍼져 터널처럼 좁은 협로를 통과하며 울부짖었다. 밤에 집에 혼자 남아 바람소리에 귀를 기울였다. 그 소리는 끝없는 울음소리, 가슴을 찢는 통곡, 땅속에 갇힌 영혼들이 합창이라도 하듯 저주받은 운명을 탄식하는 소리였다.

긴 폭우가 이어졌다. 마을은 희뿌연 수증기로 뒤덮였고, 계곡 아래 띠를 이룬 구름들 위로 산봉우리들이 마치 수증기로 이루어진 바다에 떠 있는 섬들처럼 창백한 얼굴을 드러냈다. 점토질의 지층이 부서지기 시작해서 산사면 아래로 천천히 흘러내렸고, 이내 흙빛 도랑을 이루었다. 내 방 위의 테라스를 두드리는 빗방울의 금속성 소리가 울부짖는 바람소리와 한데 섞여, 마치 나는 사막 한가운데 펼친 텐트 안에 있는 느낌이었다. 우울하고 불안정한 빛이 창문을 통해 들어왔다. 주변의 언덕들은 슬프고 불편한 잠에 빠져든 듯했다. 바로네만이 축축한 날씨 속에서도 신이 나서 까불거리며 밖으로 나가 젖은 땅에 코를 대고 킁킁거리다가, 털에 묻은 물기를 털어내며 집으로 뛰어 들어오곤 했다. 거센 바람의 기세에 눌려 연기는 다시 굴뚝을 타고 안으로 들어왔고, 숲에서 땔감을 주워 나귀 등에 싣고 온 나이든 농부 아낙이 준 향나무와 소나무 가지의 쓴 냄새가 곧 온 방 안에 퍼졌다. 나는 매운 연기에 눈물을 흘리든지 아니면 온몸이 꽁꽁 얼든지 둘 중에 하나를 선택해야 했다. 두 눈이 빨개진 채 눈물을 흘리면서 몇 시간을 보냈다. 그러자 눈이 내렸다. 두 손이 빨갛게 언 여인네들은 평소 쓰던 하얀 베일에 양털로 짠 무거운 검은 숄을 하나 더 둘렀다. 외로운 산의 황무지 주위로 고요와 적막이 전보다 더 무겁게 내려앉았다.

어느날 저녁, 포효하는 바람이 잦아들고 잠시 동안 맑은 하늘이 드러났을 때, 마을에 소식을 알리는 포고원의 북소리와 나팔소리가 요란하게 들려왔다. 그는 낯설기 짝이 없는 고음의 목소리로 높고 긴 음표를 노래하듯 말했다. "여자들은 들으시오. 돼지 의사가 왔소. 내일 아침 일곱시까지 샘이 있는 언덕으로 돼지들을 몰고 나오시오! 여자들은 들으시오. 돼지 의사가 왔소!" 다음날, 대기는 여전히 불안정했지만 낮게 깔린 구름 사이로 푸른 하늘이 언뜻 비쳐 보였다. 눈은 거의 녹았고, 여기저기에 바람이 쌓아놓은 눈 무더기들만 남아 있었다. 나는 무슨 일인지 직접 보려고 일찍 일어나 길을 나섰다.

샘이 있는 언덕은 점토질 흙으로 이루어진 구릉 위의 넓고 편편한 공터였다. 마을 경계 바로 너머의 오래된 샘 근처로, 교회의 오른쪽에 있었다. 내가 도착했을 때는 아직 동이 트기도 전이었지만 이미 사람들로 붐볐다. 거의 모든 여자들이 나이를 막론하고 거기 모여 있었고, 대부분은 돼지를 마치 개처럼 줄에 묶어서 데리고 있었다. 돼지가 없는 사람들도 구경을 하러 왔다. 하얀 베일과 검은 숄이 바람에 펄럭이고, 웅성대며 이야기하는 소리와 고함과 웃음이 돼지들의 울음소리와 섞여 차가운 공기 속에 울려퍼졌다. 여자들은 흥분 속에서, 기대와 공포로 얼굴이 붉게 상기되어 있었다. 아이들은 주변을 뛰어다니고 개들은 짖어댔다. 부산스러운 분위기였다.

공터 한가운데 돼지 의사가 서 있었다. 2미터가 족히 되는 키에 혈색 좋고 건장한 몸을 가진 남자로 머리칼은 붉고 눈은 푸르렀으며, 숱 많고 처진 콧수염 덕분에 그 옛날 어쩌다가 이 땅까지 오게 된 까무잡잡한 피부의 갈리아 족 베르킨게토릭스Vercingetorix*처럼 보였다. 그의 임무는 어린 암퇘지를 거세하는 것이었는데, 그렇게 하면 종족번식의 의무에서 벗어나 더 살이 찌고 고기도 훨씬 연해졌다. 수퇘지의 경우 거세는 힘든 수술이 아니어서 보통 돼지가 어릴 때 농부들이 직접 했다. 하지만 암퇘지의 경우 난소를 제거해야 하는 만큼 외과적인 기술이 필요했다. 이 일을 수행하는 사람은 사제와 외과의사의 중간이라고 할 수 있었다. 관련 기술을 가진 사람이 별로 없었고, 보통은 아버지에게서 아들로 전해지곤 했다. 이번 기회에 내가 보게 된 돼지 의사는 그 분야에서 제법 이름이 알려진 자로, 일 년에 두 번씩 마을들을 순회했다. 그의 실력은 이미 정평이 나 있었고 그의 칼이 닿은 돼지

---

* BC 82년~BC 46년. 로마에 대한 반란을 지도한 갈리아 족의 족장.

들 중에 목숨을 잃은 놈이 거의 없다는 사실에도 불구하고, 여자들은 마치 자신들이 데리고 온 짐승과 한몸이라도 되는 양, 다가올 위험 앞에서 몸을 떨었다.

붉은 머리의 남자는 공터 한가운데 늠름하게 서서 칼을 갈고 있었다. 수술 동안 양손을 자유롭게 쓰기 위해서 입에는 육중한 가죽용 바늘을 물고 있었다. 그는 다음 희생양을 기다리고 있었다.

그의 주위를 둘러싼 여자들은 서로 주저하면서 친구나 옆 사람을 앞으로 밀었고, 큰소리로 당부의 말을 늘어놓으며 갑자기 점잖고 공손해졌다. 암퇘지들도 자신들 앞에 놓인 운명이 무엇인지 알고 있는 듯했다. 네 발을 땅에 박고 목에 감긴 줄을 뒤로 끌어당겨 어떻게든 피해보려 했지만 헛수고였다. 그러는 내내 마치 사람인 양, 겁에 질린 계집아이 같은 목소리로 비명을 질러댔다.

젊은 여자 하나가 그녀의 돼지와 함께 앞으로 나왔고, 돼지 의사의 조수 노릇을 하는 두 명의 농부가 분홍빛의 어린 암퇘지를 붙잡았다. 돼지는 겁에 질려 몸부림을 쳤다. 그들은 돼지의 네 다리를 땅에 박은 말뚝에 고정시킨 다음 짐승의 등이 땅에 닿도록 눕혔다. 공포에 짓눌린 돼지가 비명을 질러대는 동안 주인인 여자는 손으로 십자가를 그리고 비지아노의 성모 마리아에게 기도를 했다. 곁에 서 있던 사람들도 따라했다. 그러자 수술이 시작되었다.

돼지 의사는 날렵한 손놀림으로 돼지의 배를 깊게 갈랐다. 피가 사방으로 튀어나와 진흙과 눈을 적셨지만, 붉은 머리의 남자는 잠시도 주저하지 않았다. 그는 절개한 부분에 손목 깊이까지 손을 쑤셔 넣어 한쪽 난소를 잡은 다음 밖으로 꺼냈다. 돼지의 난소는 내장과 연결되어 있었다. 왼쪽 난소를 꺼낸 다음에는 바로 같은 구멍에 손을 넣어 오른쪽 난소를 꺼내야 했다. 그는 먼저 꺼낸 난소를 자르지 않고, 가지고 있던 바늘로 돼지의 위장에 몇 바늘 꿰매어 고정시켰다. 그러고는 양 손으로 내장을 밖으로 끄집어낸 다음 마치 털실이라도 되는 양 엉킨 것을 풀었다. 절개된 곳 밖으로 내장이 줄줄이 이어져 나왔다. 분홍색, 보라색, 회색의 장기 사이사이 푸른 혈관과 장막에 붙어 있는 노란 기름 덩어리들이 보였다. 끝나지 않을 것처럼 계속 나오던 내장의 끝에서 마침내 오른쪽 난소가 모습을 드러냈다. 남자는 칼을 쓸 필요도 없이 맨 손으로 난소 두 개를 당겨서 떼어낸 뒤, 뒤도 돌아보지 않고 어깨 너머로 자신의 개들에게 던져주었다. 뒤에는 엄청나게 큰 몸집의 하얀 양치기 개들 네 마리가 대기하고 있었는데 꼬리는 두껍고, 사나운 붉은 눈에, 늑대가 공격하지 못하도록 못을 박은 목줄을 하고 있었다. 개들은 기다렸다는 듯 피가 흐르는 난소를 공중에서 낚아챘고, 땅에 흩뿌려진 피를 핥아먹었다. 돼지 의사는 멈추지 않고 수술을 이어갔다. 난소를 처리한 뒤에는 내장을 다시 원래대로 넣어야 했다. 그는 손가락을 이용해 고무 타이어처럼 부풀어 오른 내장을 어렵사리 집어넣었다. 모든 것들을 원래 있던 자리로 되돌려놓은 뒤 돼지 의사는 입에 물고 있던 실을 꿴 바늘로 절개부분을 몇 바늘 꿰매어 닫고는 능숙하게 매듭을 지었다. 묶인 데서 풀려난 암퇘지는 잠시 어리둥절해 하다가 몸을 일으켜 한 번 털고 난 뒤 꿀꿀거리며 공터를 가로질러 뛰어갔고 여자들이 그 뒤를 따랐다. 마침내 걱정에서 놓여난 돼지의 주인은 치마 아래 주머니를 뒤져 2리라를 꺼내어 돼지 의사에게 찔러주었다. 수술은 고작 3~4분밖에 안 걸렸고, 어느새 조수들은 다음 희생양을 말뚝에 고정시킨 뒤 기다리고 있었다.

오전 내내 암퇘지들이 순서대로 거세되었다. 어느새 날이 밝았고, 차가운 바람이 하늘의 구름을 흩었다. 피 냄새가 공기 중에 무겁게 퍼졌고 개들은 날고기를 배불리 먹었다. 눈밭은 피로 붉게 물들었고 여자들은 날카로운 비명을 질렀으며, 암퇘지들은 수술을 받았건 받지 않았건 한결같이 자신들 중 한 마리가 눕혀질 때마다, 동정이라도 하듯 구슬픈 울음소리로 합창을 했다. 하지만 구경꾼들은 단 한 마리의 돼지도 생명을 잃지 않았다는 사실에 흐뭇해했다. 열두시가 되었을 때, 기적의 손을 가진 남자는 일어나서 모여 있던 사람들에게 남은 몇 마리의 돼지는 오후에 마저 하겠다고 알렸다. 여자들은 재잘대며 돼지들을 묶은 줄을 끌고 구름처럼 흩어졌다. 돼지 의사는 벌어들인 돈을 세어보고는 과부의 집에서 점심을 먹기 위해 자리를 떠났다. 그의 개들이 그 뒤를 따랐고 나 역시 그곳을 떠났다. 그로부터 며칠 동안 마을 사람들은 온통 그 얘기뿐이었다. 여자들은 여전히 돼지들이 수술 후 합병증으로 죽지나 않을까 근심했으나 다행히 그런 일은 일어나지 않았다. 여자들은 안심했으며, 마침내 모든 걱정이 수그러들었다. 붉은 수염의 돼지 의사는 당일 저녁, 그의 성스러운 칼과 함께 마을 주민들의 축복 세례 속에서 스틸리아노로 떠났다.

해가 짧아졌고, 나는 길고 우울한 저녁나절을 타닥거리며 피어오르는 벽난로 곁에서 보내야 했다. 바로네는 내 곁에서 귀를 쫑긋 세우고, 울부짖는 바람소리와 멀리 들려오는 늑대들의 울음소리를 듣곤 했다. 농부들은 점점 할일이 줄어들었다. 이런 나쁜 날씨에는 들판에 나가봤자 소용이 없었고, 그저 집 안의 희미한 난롯불 곁에 머물거나 아니면 포도주 창고에 모여서 하루 종일 파사텔라 게임으로 소일했다. 다행스럽게 돈 루이지도 이 말싸움 놀이의 대단한 신봉자였다. 그는 오후 내내 포도주 창고에 틀어박혀 파사텔라 게임에 몰두했다. 그의 무리에는 동료 교사, 변호사 P, 볼로냐에서 대학을 다녔다는 만년 학생, 서너 명의 지주들이 포함되어 있었고, 때때로 자신이 얼마나 민주적인 정신을 소유했는지를 보이기 위해, 혹은 숫자를 채우기 위해 시청 문지기나, '아메리칸' 이발사를 초대하기도 했다. 그는 밤이 다 되어서야 피곤한 눈과 비틀거리는 걸음으로 포도주 창고를 나서곤 했다. 이제 더이상 광장에서 그를 마주칠까봐 걱정하지 않아도 되었다. 그는 최근에 둘도 없는 단짝이자 든든한 오른팔인 동시에, 그의 정치력에 있어서 무엇으로도 대체할 수 없는 동지를 잃었다. 들리는 소문에 의하면, 헌병대장은 안 그래도 가난한 갈리아노의 시민들로부터 4만 리라인가를 짜내어서, 여기보다 더 편안하고 푸르른 녹초지가 있는 곳으로 근무지를 옮기는 데 성공했다는 것이다.

후임자는 정반대의 타입으로, 소년처럼 앳되고 금발에 푸른 눈을 한 바리 출신의 젊은 친구였다. 이제 막 훈련학교를 졸업하고 첫 부임지로 이곳에 온 그는 열정과 확신, 정의로운 대의에 봉사하고자 하는 현실적 욕망으로 가득 차 있었다. 이상주의자인 데다 뇌물에 대한 거부감이 확고했으며, 스스로 과부와 고아들의 수호자를 자처했다. 하지만 얼마 지나지 않아 자신이 늑대 소굴에 떨어진 것을 깨달았다. 마을의 귀족들과 안면을 트고, 그들 사이의 불화와 경쟁심, 그리고 그들이 선량한 농부들에게 보이는 노골적인 경멸을 며칠 경험한 뒤 그는 늘 상대방 탓을 하고 책임은 지지 않는 귀족계급과 그에 대해 수동적 체념으로 일관하는 농부계급 사이에 형성된 기존의 이해관계의 그물 속에서 그가 할 수 있는 것이 별로 없다는 사실을 깨달았다. 광장에서 나를 만나면 그는 씁쓸하고 슬픈 표정으로 말했다. "하느님 맙소사. 의사 선생님, 도대체 뭐 이런 곳이 있습니까! 마을에 정직한 사람이라고는 단 둘뿐이에요. 선생님과 저요." 나는 그의 용기를 북돋우려 이렇게 말했다. "둘보다는 더 있어요, 대장님. 게다가 두 명이면 소돔과 고모라를 하늘의 재앙에서 구하기에 충분합니다. 많은 수의 농부들이 정직합니다. 곧 알게 될 거예요. 게다가 돈 코지미노도 있고요."

돈 코지미노는 긴 검정색 린넨 조끼로 곱사등이를 덮은 채 우체국의 창문 뒤에 서 있었다. 그는 사람들이 하는 말을 다 듣고 있었고, 바깥세상을 예리하고 슬픈 눈으로 바라보았으며, 환멸이 밴 동시에 인정을 머금은 미소를 지어 보였다. 그는 스스로의 의사에 따라 정치범들에게 오는 편지를 검열 전에 몰래 건네주기 시작했다. "편지가 하나 왔습니다, 의사 선생님." 창문 뒤에서 그가 속삭였다. "이따가 아무도 없을 때 오세요." 그러고는 나중에 편지를 신문 안에 살짝 숨겨서 내게 넘겨주곤 했다. 그는 이곳에 오는 모든 우편물을 우선 마테라에 제출해야만 했다. 그러고 나면 일주일이 지나서야 우편물이 갈리아노로 돌아왔다. 하지만 실제로는 내가 먼저 엽서를 그 자리에서 대충 훑어본 뒤 곧바로 돈 코지미노에게 돌려주었다. 그리고 편지의 경우에는 집에 가지고 가서 조심스럽게 열어본 뒤, 만약 봉투에 열어본 흔적이 남지 않으면 다음날 다시 우체국으로 가지고 갔다. 갑자기 내게 오는 우편물이 줄어들면 검열 당국이 의심할 게 분명했기 때문이다. 아무도 사람 좋은 곱사등이에게 이런 친절을 요구하지 않았지만 그는 타고난 인정 때문에, 그리고 그 자신의 자유의지에 따라서 그렇게 했다. 처음에 나는 그에게 피해가 갈까싶어 안 받으려 했다. 그러자 그는 내 손에 편지를 찔러주고는 자기가 시키는 대로 하라는 뜻으로 미소를 지어 보였다. 밖으로 나가는 편지 역시 마테라를 거쳐야 했고, 그래서 지체되었지만, 돈 코지미노의 선한 의지에도 불구하고 나가는 편지는 어쩔 도리가 없었다.

그 무렵 검열에 대한 규정이 바뀌었다. 마테라의 경찰은, 아마 할일이 너무 많기 때문으로 짐작되는데, 밖으로 나가는 우편물을 시장에게 검열받도록 했다. 시장의 권한과 특권이 엄청나게 커진 것이다. 편지들은 돈 코지미노를 통해 마테라로 보내지는 대신 이제 시장에게로 갔다. 시장은 그것들을 먼저 읽고 밖으로 보낼지 말지를 결정했다. 새로운 규정 덕에 우편물의 회전 속도가 빨라졌지만 그런 이점은, 그 지역의 독재자에게 편지를 제출해야 하는 현실, 하루에도 열 번은 넘게 마주치는 그 유치하고 호기심 많은 인물에게 자신의 가장 사적이고 내밀한 일들을 털어놓아야 한다는 성가심으로 빛이 바래고도 남았다. 돈 루이지가 우편물들을 그저 한 번 슬쩍 본 뒤 내보내리라 바라는 것은 부질없는 희망이다. 검열자의 임무는 그에게는 대단한 영광이었고, 기대하지 않게 그의 가학적인 성향과 추리소설에나 어울릴 상상력을 만족시킬 새로운 수단이 생긴 꼴이었다.

새로운 유배자가 막 도착했는데, 그는 제노바 출신의 유력한 기름 상인으로, 정치적인 이유라기보다는 경쟁 사업가들과의 다툼으로 인해 체포된 자였다. 나이가 많고 심각한 심장질환을 앓고 있었으며, 안락한 삶에 익숙하고 매우 현실적인 동시에 감상적인 사람이었다. 향수병에다 갈리아노의 불편한 생활방식이 더해져 처음에 그는 상당히 힘든 나날을 보냈다. 통보를 받자마자 그는 매우 복잡한 사업을 남겨두고 떠나야 했기 때문에, 후임자들에게 여러 지시사항을 편지글로 써보냈다. 그의 편지들은 관례적인 사업용어와 약어로 가득 찼는데 예를 들면, 'A preg.| vs.| del 7 corr.| ecc.' 등의 표현들과 각종 날짜들, 수표번호, 지불기한 등등이 그 내용이었다. 가장 무해한 편지들이었지만, 돈 루이지는 각종 사업용어들에 대해선 문외한이었고, 새로운 임무에 대한 권위의식과 책임감이 넘쳐나는 상태였다. 그는 곧바로 상상의 나래를 펼쳐, 이 생략된 문장들과 숫자들이 암호를 구성하며, 자신이 매우 위중한 음모를 발견하기 직전이라고 생각했다. 며칠 동안이나 그 편지들을 부치지 않고 그 안에 담겨진 암호를 해독해보려고 애를 썼지만 헛수고였다. 마침내 편지들을 마테라로 부치고도 그 나이든 사업가에 대한 감시의 눈길을 풀지 않았다. 어느날 더이상 스스로를 주체할 수 없게 된 시

장은 가장 거친 방식으로 분노를 터뜨리고 말았으며, 은밀한 방식으로 그 유배자를 겁주었다. 그가 진정하기까지는 상당한 시간이 걸렸다. 하지만 장담하건대, 그 유배자에 대한 의심이 전혀 근거가 없다는 사실을 그는 끝내 인정하지 않았을 것이다.

나의 경우, 상황은 완전히 달랐다. 돈 루이지는 내가 보내는 편지들을 집으로 가져가 꼼꼼하게 읽었다. 그로부터 몇날 며칠이 지난 뒤, 길에서 나를 마주친 그는 나의 문장력을 비행기 태우며 칭찬을 늘어놓았다. "얼마나 멋진 표현력이던가요, 돈 카를로. 당신은 진정한 작가입니다. 당신이 쓴 편지들을 아주 찬찬히 읽었어요. 낱말 하나하나를 음미했지요. 사흘 전에 당신이 쓴 편지는 명문 중에도 명문이더군요. 그래서 나는 지금 직접 필사를 하고 있답니다." 그의 동기가 문학적 경외감인지 혹은 직업적인 열의인지, 아니면 둘 다인지는 알 수 없었다. 확실한 것은 그가 상당한 시간을 들여 내 편지들을 읽는다는 것이었고, 그래서 결코 그의 손을 떠나 원래의 수신자들에게로 전해지지 않을 것 같다는 사실이었다.

12월로 접어들었고, 황량한 들판은 두터운 눈밭이 되었다. 농부들은 모두 마을에 머물렀고, 거리마다 평소와는 다르게 사람들로 붐볐다. 저녁이 되면 어두운 골목을 채우는 굴뚝 연기 사이로 콧노래 소리와 발걸음 소리가 퍼졌다. 꼬마들 무리가 쿠포쿠포cupo-cupo를 요란하게 울려대며 사방을 쏘다녔다.

쿠포쿠포는 소스 팬이나 깡통을 가죽으로 대충 덮어씌워 북처럼 만든 조악한 악기로, 나무 막대기를 가죽에 끼우고 수직으로 내리치면, 낮은 음역대의 자잘한 타격음이 울려퍼졌다. 보통 크리스마스 전 2주 동안 사내아이들과 계집아이들은 각자 만든 쿠포쿠포를 가지고 악단을 이루어서, 한 음音으로 된 후렴구가 무한 반복되는 가락을 연주했다. 후렴구는 의미 없는 가사로 나름대로 중독성이 있었는데, 그 사이사이를 노래의 주된 목적인, 즉흥적인 칭찬의 말로 채웠다. 아이들은 귀족들의 집을 돌며 세레나데를 불렀고, 노래를 통해 칭송을 받은 귀족들은 답례로 아이들에게 선물을 주었다. 주로 말린 무화과, 달걀, 케이크 등이었는데, 때때로 동전 몇 닢을 던져주기도 했다. 아이들의 앳된 목소리가 쿠포쿠포의 괴상한 박자에 맞춰 끝도 없이 늘어지는 타령을 뽑아냈다. 멀리서 들려오는 가락은 이랬다.

별빛 아래서 나는 노래한다오.
돈나 카테리나는 미인이라네.
딩 동 댕

마음에서 우러나와 나는 노래한다오.
닥터 밀릴로는 유식한 남자라네.
딩 동 댕

이런 식으로 아이들 무리가 집집마다 돌며 처량한 소란을 피우는 것이다. 우리집에도 왔는데 끝나지 않을 것 같은 가락으로 이런 노래를 불렀다.

발코니에서 나는 노래한다오.

돈 카를로는 남작이라네.

딩 동 댕

이런 식의 유치한 가사가 쿠포쿠포의 박자에 맞춰 마치 조개껍데기 안에서 포효하는 파도소리처럼 어두운 골목길에 퍼져나갔다. 노랫소리는 차가운 겨울 별빛 아래 점점 높아졌다가 따뜻한 빵과 처량한 축제의 냄새가 배어 있는 성탄절의 공기 속에서 사라져갔다.

"옛날에는 백파이프를 가지고 마을을 찾아오는 양치기들이 있었어요." 줄리아가 내게 말해주었다. "매해 성탄절마다 그들은 '아기 예수가 태어나셨네'를 교회에서 연주했지요. 하지만 지난 몇 년 동안은 더이상 이곳을 찾지 않네요." 성탄절 직전에 목동 하나가 백파이프와 사내아이를 대동하고 마을을 찾았다. 그는 그저 옛 친구들을 볼 요량으로 왔기 때문에 교회에서 연주 같은 것은 하지 않고 그날 저녁 바로 떠났다. 그는, 마리아 로자노의 집, 그러니까 석공의 어머니이자, 용기를 내서 우리집을 혼자서 찾았던 그 노파의 집에서 연주를 하던 중이었고, 내가 지나가는 것을 보자, 마리아는 포도주와 케이크를 함께 먹자고 청했다. 집 안에는 가구들이 한쪽 구석으로 치워져 있고, 안주인과 친분이 있는 스무 명 남짓의 젊은 농부들이 백파이프의 탄식하는 듯한 가락에 맞춰 춤을 추고 있었다. 그들의 춤은 일종의 타란텔라tarantella*였는데, 남녀가 손가락이 닿을 듯 말 듯한 거리에서 마치 구애 행위를 하듯 원을 그리며 도는 춤이었다. 춤을 추던 무리가 갑자기 동작을 멈추자, 젊은 농부와 그의 약혼녀가 손을 마주 잡고 방 한가운데로 나왔다. 마리아 로자노의 딸인 그 아가씨는 키가 크고 건장한 체구에 양 볼은 장밋빛이었고, 석공인 오빠를 위해 일하고 있었다. 나는 거리에서 자주 그녀와 마주쳤는데, 그때마다 엄청난 무게의 짐을 머리에 이고는 손으로 받치지도 않은 채 균형을 잡고 있었다. 짐은 보통 시멘트 자루와 벽돌이 든 바구니, 심지어는 거대한 천장용 판자도 있었는데 그녀는 마치 나뭇가지를 들 듯 그것들을 가볍게 날랐다. 주변 사람들이 조용히 지켜보는 가운데 파이프 연주자가 새롭게 빠른 템포의 타란텔라 곡을 뽑아내자, 두 연인은 일종의 종교의식을 행하듯 본능적으로 춤을 추기 시작했다. 처음에는 조심스럽게 스텝을 밟으며 서로가 등을 지고 서서, 결코 만나지 않을 듯 애간장을 녹이며 뱅글뱅글 돌고, 머뭇거림과 거절을 나타내는 듯한 동작과 표정으로 음악에 맞춰 서로 다리를 부딪쳤다. 그러다가 갑자기 스텝이 빨라지고, 서로의 몸을 부대끼며, 두 손을 잡고 뱅글뱅글 돌기 시작했다. 춤은 점점 빨라지고 연인은 점점 더 작은 원을 그리며 돌다가, 마침내 두 몸이 하나가 되고 두 얼굴이 맞닿고, 서로

---

* 이탈리아 남부 지방의 춤곡.

의 허리를 팔로 감싸 안은 채 춤을 추었다. 마치 사랑싸움을 하듯 밀고 당기던 구애의 춤이 끝나고 본격적인 사랑의 안무가 이어지는가 싶더니 지켜보던 사람들의 박수소리와 함께 백파이프 연주가 끝났다. 두 눈은 반짝이고 양 볼이 붉게 상기된 두 댄서는 숨이 차 헐떡거리며 나머지 사람들과 자리에 앉았다. 포도주가 한 배 돌고, 명멸하는 장작불 옆에서 도란도란 이야기가 이어졌으며, 백파이프 연주자는 다시 길을 나섰다. 내가 기억하기로는 이것이 갈리아노에서 지내는 동안 열린 유일한 무도회였다.

성탄전야였고, 버려진 들판에는 눈이 두툼히 쌓여갔다. 바람은 마치 조종[弔鐘] 같은 교회당의 종소리를 실어 날랐는데 그 소리는 하늘에서 내려오는 듯했다. 지나가는 길의 집집마다 문을 열고 내게 축복과 인사의 말을 보내왔다. 아이들 무리는 막바지 쿠포쿠포 연주로 분주했고, 농부와 그 아낙네들은 선물을 가지고 귀족들의 집을 찾았다. 이곳에서는 오래된 전통이 아직도 살아남아, 가난한 사람들이 부자들에게 선물을 주며 명절을 기렸다. 상대방은 그들이 보낸 선물을 기꺼이 받았지만, 답례를 하지는 않았다. 나 역시 성탄전야에 포도주와 기름 몇 병, 달걀과 말린 무화과가 든 바구니 등을 선물로 받았는데 나에게 선물을 가져온 사람들은, 내가 거절하거나 돌려주려고 하자 무척 놀라는 눈치였다. 뭐 이런 귀족 양반이 있나, 동방박사 세 사람의 이야기를 거꾸로 한 이 전통을 묵인하지 않는다는 건가? 자기 집에 빈손으로 온 사람들을 더 반기겠다는 건가? 정말로 동방박사들의 부유한 후예들이 목수 아들의 발아래 예물을 바치기 위해 저 멀리서 별을 따라왔다면, 그건 세상의 종말이 가까이 왔다는 뜻이다. 예수는 물론이고 동방박사들조차 이곳에 그림자도 얼씬대지 않았다.

돈 루이지는 관대하게도 명절 즈음이니 우리들이 좀더 늦게까지 집밖에 머물러도 된다는 말을 전해왔다. 게다가 우리가 원하면 자정미사에 참석해도 좋다고 했다. 자정 정각에 나는 교회 앞, 마을 사람들로 북적대는 군중 속에 있었다. 모두가 눈밭을 헤치고 모인 터였다. 하늘은 청명했고, 별도 몇 개 떠 있었으며, 막 아기 예수가 태어날 순간이었다. 하지만 무슨 영문인지 교회의 종은 울리지 않았고, 교회 문은 빗장이 채워져 있었으며, 돈 트라옐라의 모습은 어디에서도 찾아볼 수가 없었다. 우리는 닫힌 교회 문 앞에서 약 삼십 분가량 초조함을 억누르며 기다려야 했다. 무슨 일이람? 사제가 아프기라도 한 건가? 아니면, 돈 루이지가 부러 큰소리로 중얼거리듯 술에 취하기라도 했나? 마침내 시장은 사내아이 하나를 사제의 집으로 보내기로 했다. 몇 분 뒤, 돈 트라옐라가 모습을 드러냈는데, 손에는 큰 열쇠를 쥐고 눈 장화를 신은 채 허둥지둥 골목을 뛰어내려오고 있었다. 그는 교회 문으로 올라가더니 사과의 말인지 아니면 변명의 말인지 모를 몇 마디를 웅얼거리며 빗장에 열쇠를 꽂고, 헐레벌떡 안으로 들어가 제단 위의 촛대에 불을 붙였다. 사람들이 교회 안으로 쏟아져 들어갔고 바로 미사가 시작되었지만 음악도 노래도 없는 형편없이 허둥대는 미사였다. 미사가 끝나고 '이테 미사 에스트'Ite missa est*를 선언한 뒤 돈 트라옐라는 제단에서 내려와 우리가 앉아 있는 의자 앞으로 걸어왔다. 그러고는 설교를 하기 위해 단상 위로 올라갔다.

"사랑하는 형제 여러분!" 설교가 시작되었다. "사랑하는 형제 여러분! 형제 여러분!" 여기서 그는 말을 멈추고는 주머니를 뒤지기 시작했다. 알아들을 수 없는 중얼거림이 연신 그의 입에서 흘러나왔다. 안경을 썼다가 다시 벗었다 또 다시 쓰고, 손수건을 꺼내서 이마에 흐르는 땀을 닦으며, 고통스러운 듯 "오!" "아!" 하고 탄식했으며, 두 손을 깍지 꼈다가 다시 풀고, 주기도문을 웅얼거리더니 끝내는 절망스러운 표정으로 조용해졌다. 무슨 일일까, 군중들이 술렁거렸다. 돈 루이지가 얼굴이 시뻘게져서는 소리쳤다. "술에 취하셨구먼! 그것도 성탄전야에!"

"사랑하는 형제 여러분" 돈 트라옐라가 다시 말을 시작했다. "나는 오늘 이 자리에 여러분의 사제로서, 성스러운 날을 맞이해서 사랑하는 양떼들에게 우리 주님 선한 목자의 메시지를 전하기 위해 섰습니다. 솔리치티 에트 베니니 에트 스

---

* 미사의 끝을 알리는 라틴어구.

투디오지 파스토리스. solliciti et benigni et studiosi pastoris* 나는 아무리 겸손하게 말하더라도 정말 훌륭하다고 하지 않을 수 없는 설교문을 준비했습니다만, 안타깝게도 찾을 수가 없습니다. 설교문은 어디론가 사라졌고, 내용이 한마디도 기억이 나지 않습니다. 내가 어떻게 해야 할까요? 내가 여러분들에게, 내 말을 듣기 위해 기다리고 있는 이 신실한 양떼들에게 무슨 말을 할 수 있을까요? 안타깝게도 할 말이 하나도 없습니다." 이렇게 말하고는 돈 트라옐라는 다시 침묵했다. 두 눈은 꿈을 꾸듯 천장에 고정시킨 채였다. 농부들은 상황이 어떻게 될지 궁금해하며 가만히 기다렸다. 돈 루이지는 더이상 참지 못하고 분통을 터뜨렸다. "이 무슨 꼴사나운 짓이야! 하느님의 집에서 감히 신성모독을 하다니! 파시스트들이여, 모여라!" 농부들은 어디를 봐야 할지 몰랐다. 돈 트라옐라는 마치 황홀경의 상태에서 깨어난 듯, 단상 가장자리에 세워진 나무 십자가 앞에 무릎을 꿇고 두 손을 모은 채 기도를 드렸다. "주님, 나의 주님, 죄로 인해 제가 빠진 이 곤경을 굽어 살피시고, 나를 도우소서, 주여! 예수여, 이 불쌍한 종을 구하러 오소서!" 그러곤 갑자기 큰 은총이라도 입은 듯, 벌떡 두 발로 일어서더니 십자가 아래쪽에 숨겨진 종이 한 장을 낚아채고는 소리쳤다. "기적이다! 기적이야! 주님께서 내 말을 들어주셨다. 주님께서 나를 구해주셨어! 설교문을 잃어버린 내

* 신중하게 예를 갖춰 목자를 앙망하라는 뜻의 라틴어.

게 주님께서 그보다 더 좋은 것을 찾게 하셨도다. 내가 지어낸 한심한 말들이 무슨 가치가 있으랴! 자, 이제 저 하늘로부터 내려온 말들을 들을지어다!" 그러고 나서는 십자가 밑에서 방금 찾은 종이를 읽기 시작했다. 하지만 돈 루이지는 듣고 있지 않았다. 그는 얼음장 같은 분노의 폭풍과 광적인 신앙심의 폭발에 휩싸였다. "파시스트들이여, 오라! 그야말로 신성모독이다. 교회에서 그것도 성탄전야에 만취하다니! 어서 내 곁으로 모여라!" 회중에 섞여 있는 일고여덟 명의 파시스트 소년단들을 손짓으로 불러모으면서 그는 '작고 검은 얼굴'을 부르기 시작했다.

시장과 그의 소년단원들이 노래를 부르는데도 돈 트라옐라는 마치 아무것도 안 들린다는 듯 읽기를 계속했다. 그 기적의 종이는 아비시니아에서 온 편지로, 갈리아노 출신의 징집병이 보내온 것이었다. 수도사들의 손에 길러진 그를 온 마을 사람들은 알고 있었다. "여러분들 중 한 명의 이야기입니다. 우리 마을의 아들이자, 내 양떼들 가운데 가장 소중한 양이지요. 내 보잘것없는 설교는 비교할 바가 못 됩니다. 주님께서는 나에게 이 편지를 보내주시는 기적을 행하셨습니다. 잘 들어보세요. '성탄절이 가까워오니 제 마음은 갈리아노의 친구들 곁으로 돌아갑니다. 우리 마을의 작은 교회에서 미사를 드리는 친구들의 모습을 떠올려봅니다. 여기 이곳에서 우리는 야만인들에게 우리의 성스러운 종교를 전하기 위해 싸우고 있습니다. 이 이교도들이 진정한 믿음을 가질 수 있도록, 그들에게 진정한 평화와 하늘의 행복을 전하기 위해서요…'

편지글은 이런 식으로 끝도 없이 이어지다가 여러 사람들에게 개인적으로 전하는 말들로 끝이 났는데, 그들 중 상당수가 그 자리에 있었다. 농부들은 하늘의 뜻으로 아프리카에서 온 편지의 내용을 만족스런 얼굴로 경청했다. 돈 트라옐라는 그 편지를 원고 삼아 전쟁과 평화에 대한 설교를 늘어놓았다. "성탄절은 평화의 날인데 우리는 지금 전쟁 중에 있습니다. 하지만 편지에서 읽은 것처럼, 이 전쟁은 우리가 평화의 전령으로서 십자가를 위해 벌이는 전쟁이며, 십자가야말로 인간이 지상에서 찾을 수 있는 유일한 참된 평화의 상징으로…" 설교는 지루한 장광설로 끝도 없이 이어졌다. 그 사이 돈 루이지와 그의 소년단이 부르는 노래는 '작고 검은 얼굴'에서 파시스트들의 애국가인 '조비네차'Giovinezza로 옮겨갔다가, 다시 '작고 검은 얼굴'로 돌아갔다. 노랫소리 때문에 농부들은 사제의 말을 들을 수 없었지만, 사제는 마치 무슨 일이 벌어지는지 알지 못하는 사람처럼 계속 설교를 이어갔고, 시장은 교회의 문을 향해 나아가며 소리쳤다. "모두들 교회 밖으로 나가시오! 이 교회는 더럽혀졌소! 파시스트들이여, 나를 따르라!" 소년단과 몇몇 친구들의 호응을 얻으며 그는 밖으로 나갔고 지지자들과 함께 설교가 끝날 때까지 교회 주변을 계속 돌며 '작고 검은 얼굴'과 '조비네차'를 번갈아가며 불렀다. 돈 트라옐라도 멈추지 않았다. 그는 교회 안에서 이 소란에 동요하지 않는 유일한 사람이었다. 평소의 그의 모습과 다른 점이 있다면 창백한 양 볼이 붉게 상기되었다는 것뿐이었다.

"팍스 인 테라 오미니부스 보네 볼룬타티스Pax in terra hominibus bonae voluntatis*, 사랑하는 형제들이여. 이 땅에 평화, 이것이 우리가 특별히 회개와 헌신의 자세로 이 전쟁의 해에 귀기울여 들어야 할 성스러운 메시지입니다. 아기 예수는 바로 이 시간 우리에게 평화의 메시지를 전하기 위해 태어나셨습니다. 이 땅에 평화! 우리는 스스로 죄를 씻고, 우리의 양심을 점검하고, 우리가 마땅히 해야 할 일들을 하고 있는지 살펴봐야 합니다. 우리가 진정 순수한 마음으로 하느님의 말씀을 귀기울여 듣는다면 말입니다. 여러분은 악을 행했고, 여러분 모두는 다 죄인입니다. 여러분은 결코 교회를 찾지 않고, 기도도 드리지 않으며, 사악한 노래를 부르며, 주님의 이름을 불경되게 하며, 아이들에게 세례를 주지도 않으며, 고해성사도 하지 않으며, 성찬식에도 참석하지 않으며, 주님의 사제들에 대한 존경심도 없으며, 주님께 마땅히 바쳐야 하는 헌물도 바치지 않습니다. 여러분들에게는 평화가 없습니다. 이 땅에 평화! 팍스 인 테라 오미니부스. 여러분들은 라틴어를

---

* '땅 위에는 그의 사랑하는 사람들에게 평화'라는 뜻의 라틴어.

모르지요. 이 라틴어 문구가 의미하는 게 뭡니까? 팍스 인 테라 오미니부스가 의미하는 것은 이번 성탄절 전야에는 여러분들이 어린아이를 사제에게 데리고 오는 전통을 지켰어야 한다는 뜻입니다. 여러분들은 믿지 않는 사람들이기 때문에 의무도 지키지 않는 것입니다. 여러분들은 선한 사람들이 아닙니다. 그러니 이 지상에 여러분들을 위한 평화는 없으며 신의 축복이 여러분들의 머리에 내리실 리도 없습니다. 내가 한 말을 명심하세요. 아이들을 사제에게로 데리고 오고, 지난해에 주님께 빚진 것을 갚으세요. 주님의 자비를 바란다면 마땅히 이 일들을 해야 합니다. 주님의 은총이 여러분들에게 내리고, 마음에 평화를 얻기를 원한다면 말입니다. 만약 여러분이 이 땅에 평화가 서고, 사랑하는 자식과 가족들 그리고 우리 조국의 운명을 뒤흔들 이 전쟁이 끝나기를 바란다면요…"

그렇게 조롱과 협박과 라틴어 경구가 뒤섞인 설교는 계속되었다. '작고 검은 얼굴' 노랫소리가 문틈으로 흘러들어와 설교의 반주 역할을 하고, 그러는 동안 종지기 소년은 사제의 신호에 맞춰 시장의 노랫소리가 묻히도록 사력을 다해 종을 울렸다. 이런 소음과 야단법석 중에 마침내 설교는 끝이 났다. 돈 트라엘라는 강대상에서 내려와 좌우로 고개를 돌리는 일 없이 오직 앞만 보며 교회 밖으로 나갔고 회중이 그의 뒤를 따랐다. 밖에서는 돈 루이지가 여전히 노래를 부르고 있었다. 검은 외투를 입은 농부 하나가 교회 앞에서 안장을 얹은 노새의 고삐를 쥐고 기다리고 있었다. 그는 사제를 갈리아넬로로 데려가기 위해서 왔는데, 사제는 그곳에서 또 한 번의 자정미사를 집전하기로 되어 있었다. 돈 트라옐라는 교회의 문을 잠그고 주머니에 열쇠를 넣은 다음, 농부의 부축을 받으며 노새에 올라탄 뒤 길을 떠났다. 눈 쌓인 협곡의 길을 따라 두 시간을 가야 했으니 이 해 갈리아넬로에서는 아기 예수가 새벽 4시에 오시는 셈이었다. 그곳에서 돈 트라옐라는 다시 한번 그의 기적을 되풀이했는데, 갈리아넬로에는 시장도 귀족도 없이 그 혼자뿐이었으니 모든 게 잘 진행되었다. 농부들은 기쁜 마음으로 그의 설교를 들었고, 이 가엾은 사제에게 걸맞은 예우를 해주었다. 그는 원하는 만큼 포도주를 마실 수 있었으며, 말 그대로 대취하여, 사흘 뒤에나 갈리아노로 돌아올 수 있었다.

나는 서둘러 교회 앞 무리에서 빠져나왔다. 광장은 그날 저녁 해프닝에 대한 의견을 나누는 사람들로 북새통이었다. 자기 조카의 행동에 못마땅한 듯 고개를 흔드는 닥터 밀릴로를 제외하면 모든 귀족들은 시장의 편이었고, 사제를 당국에 보고해야 한다는 데도 의견을 같이했다. "마침내 저 자를 제거할 수 있게 되었군. 우리 모두가 바라마지 않던 기회요." 돈 루이지가 소리쳤다.

돈 트라옐라가 이 기적을 부러 계획한 뒤 스탕달 식으로 연출한 것인지는 아무도 알 수 없었다. 일부러 늦게 나타나, 설교 원고를 잃어버렸다며, 강대상에 낙망하여 주저앉은 이 모든 것이 결국 교묘한 웅변술의 하나로 청중들의 영혼에 미치는 영향을 극대화하기 위한 꾀였을까? 아니면, 그 자신을 희생해서라도, 오랫동안 그를 박해하고 증오해온 적들을 조롱하고 싶었던 것은 아닐까? 그가 취하지 않았던 것은 확실하다. 설령 그가 평소보다 조금 더 마셨더라도, 그 결과는 그의 명민함과 기지를 더 진작시킬 뿐이었을 것이다. 하지만 돈 루이지는 사제가 취해서 설교문을 잃어버렸다고 굳게 믿고 있었고, 그것은 매우 수치스러운 일이며, 고로 사제를 끌어내리려는 자신의 분노는 정당하다고 생각했다. 다음날이 성탄절 휴일이었음에도 불구하고 익명의 편지가 도청과 경찰청 그리고 주교에게 보내졌다. 그로부터 얼마 지나지 않아 트리카리코에서 사제 둘이 와서 조사에 착수했다. 아마도 그들이 탐문한 사람들 중에 그 나이든 사제를 옹호한 사람은 내가 유일했을 것이다. 하지만 나의 말은 힘이 없었다. 주교는 돈 트라옐라에게 그의 진짜 교구인 갈리아넬노로 주거를 정하도록 하고 갈리아노 교회의 사제 자리에 지원하는 것을 금지했다. 어쨌거나 이 모든 일은 나중에 일어난 일이다.

성탄절은 춥고 흐렸으며 농부들은 아침 늦게까지 늦잠을 잤다. 평소보다 훨씬 자욱한 연기가 굴뚝마다 피어올랐다. 아마 염소 고기를 난로에 건 솥에 넣고 익히는 듯했다. 일 년 중 가장 큰 명절이었고, 겉보기에는 풍족하고 평화롭게 보이는 날이었다. 무엇보다 다른 날에는 결코 입 밖에 내거나 행할 수 없는 것들이 허용되는 날이기도 했다. 우리집에 온 줄리아는 깨끗하게 씻은 얼굴에 얼룩 한점 없이 빛나는 숄을 두르고 있었다. 머리에 쓴 베일은 새로 다림질되어 있었고, 함께 온 아이도 평소보다 덜 남루한 옷에 몇 치수는 큰 신발을 신고 있었다. 사실 나는 초조하게 그녀를 기다리던 중이었다. 그녀가 알고 있는 마법 중 상당수는 오직 이 날에만, 다른 날이 아닌 성탄절에만 나에게 공유될 수 있었던 것이다. 그녀는 내게 사랑의 감정을 불러일으키거나 병을 치유할 수 있는 온갖 주문들을 알려주었지만, 죽음의 마법, 원수를 죽거나 병들게 할 수 있는 검은 마법에 대해선 알려주기를 고집스럽게 거부했다. "그런 것들은 오직 성탄절에만 발설할 수 있어요. 그것도 아주 은밀하게만요. 새롭게 마법을 알게 된 사람도 자신이 알게 된 것을 성탄절 외에는 절대 말하지 않겠다고 맹세해야 해요. 다른 날에 발설하면 죽을죄를 짓게 되는 거예요." 아무튼 나는 강짜도 놓아보고 거짓말도 하면서 줄리아가 비밀을 털어놓게 해야만 했다. 성탄절이라고 완전히 자유로운 것은 아니어서, 나는 악마의 농단을 피하기 위해서 절대로 비밀을 지키겠다는 엄숙한 맹세를 해야 했다. 마침내 그녀는 내게 그 멋진 주문을 알려주기로 마음을 먹었다. 그저 입으로 중얼거리기만 해도 누군가의 생명줄을 쥐어틀고 조금씩 말라죽어가게 한다는 그 주문을 말이다. 내가 그 가공할 만한 주문들을 누군가에게 누설할 일이 있을까? 이 글을 읽는 독자들에게는 어떨까? 우리가 사는 이 시대에 매우 유용할지도 모를 그 마법의 주문들을 말이다. 대답은, 안타깝게도 '아니오'다. 성탄절도 아닌 데다 나는 신성한 맹세에 묶인 몸이니 어쩔 수 없다.

그해의 마지막 날이 지척이었다. 나는 오랜 세월 내려온 관습대로 자정까지 깨어 있고 싶었다. 그래서 깜빡거리며 타는 부엌 불 앞에 혼자 앉았다. 밖에는 거센 눈보라가 날렸다. 포도주 한 잔을 들고 있었으나 무엇을 위해 건배해야 한단 말인가? 내 방 시계는 멈춰버렸고 새해를 알리는 교회 종소리는 한참이 지나도 들려오지 않았다. 그렇게 정확하게 지목할 수 없는 어느 한순간에 고단하고 고단했던 1935년이 끝나버렸고, 1936년은 예의 익숙하고, 몰인정하고, 무심한 시간의 순환을 되풀이하며 시작되었다. 그해는 불길하게도 일식[日蝕]과 함께 찾아왔다.

하늘이 보내는 신호였다. 전염병에 물든 태양이 반쯤 감긴 눈으로 이제 막 파괴의 전쟁에 들어선 이 세상을 바라보고 있었다. 저 아래 땅은 죄악이 만연해 있었다. 독가스를 이용한 대량학살 등은 매일매일 벌어지는 죄악이었고, 농부들은 고개를 절레절레 흔들었다. 모든 죄악은 값을 치른다는 것을 그들은 잘 알고 있었기 때문이다. 하지만 더 근본적인 죄악이 있었다. 죄가 있든 없든 가리지 않고 그 누구든지 예외 없이 값을 치러야 하는 원죄. 태양은 점점 어두워지며 경고의 메시지를 보냈다. "우울한 미래가 우리를 기다리고 있다"고 농부들은 입을 모아 말했다.

날은 춥고 스산했다. 태양은 창백했고 하얀 산봉우리 너머로 떠오르는 모습이 몹시 힘들어 보였다. 추위와 배고픔에 지친 늑대들은 마을 가까이로 모여들었다. 바로네는 본능적으로 저 멀리 늑대들의 냄새를 맡고 평소와 다르게 흥분한 상태로 안절부절 못했다. 털을 곤두세우고 으르렁거리며 집 안 곳곳을 뛰어다녔고 발톱으로 문을 긁으며 밖으로 나가려 했다. 내가 문을 열어주면 밤의 어둠 속으로 쏜살같이 사라졌다가 아침이 되어야 돌아왔다. 바로네의 흥분이 늑대를 싫어하기 때문인지 아니면 두려워하기 때문인지, 그도 아니면 그들에 대한 동경 때문인지 알 수 없었고, 밤에 뛰쳐나가는 이유가 사냥을 나가는 것인지 아니면 숲속 깊은 곳의 옛 친구들을 만나러 가는 것인지도 알 수 없었다. 그러나 이것은 확실했다. 바로네가 나가는 밤이면, 계곡 깊은 곳에서 소란스런 동요와 짐승의 울부짖는 소리가 북풍에 실려 메아리쳐 울렸다. 아침에 돌아올 때면 바로네의 온 몸은 젖어 있었고 여기저기 진흙이 묻어 있었다. 개는 기진맥진한 채로 벽난로 옆에 몸을 뻗고 반쯤 감긴 눈으로 나를 올려다봤다.

늑대 몇 마리가 마을까지 와서 눈밭 위에 발자국을 남겼다. 어느날 저녁엔가 테라스에 서 있던 나는 직접 한 마리를 목격했는데, 커다랗고 늘씬한 개를 닮은 존재가 어둠 속에서 불쑥 나타나더니 바람에 흔들리는 램프 불빛 아래 잠시 서 있다가 킁킁거리며 주변 공기의 냄새를 맡고는 그림자 속으로 서서히 사라졌다.

사냥을 하기에 좋은 계절이었다. 몇몇 사내들은 아체투라 계곡 아래로 멧돼지 사냥을 떠났다. 사람들 말로는 그곳에 멧돼지가 많다고 했다. 올해 갈리아노 근처에는 한 마리도 없지만 그곳에는 엄청 많다는 것이다. 농부들은 들일이 없는 때를 이용해, 코듀로이 재킷을 입고 번쩍이는 총을 들고 토끼와 여우 사냥에 나섰고, 돌아올 때면 두둑한 자루를 가지고 왔다. 수토끼 뒷다리 뼈는 빨갛게 달군 쇠로 골수를 태워 낸 다음 담배파이프를 만들었다. 노인네들은 찬 공기로 금이 가지 않도록 각별히 조심하면서 담배 진으로 멋진 검정색 광이 날 때까지 파이프를 애지중지 다루었다. 내가 병을 치료해준 적 있는 한 나이든 농부는 나에게 자신의 담배파이프를 선물하겠다고 우겼는데, 세월로 인해 멋들어지게 광이 나는 파이프였다. 내가 그의 선물을 감사히 받았다는 사실이 마을에 알려지면서, 농부들은 앞을 다투어 내게 마감된 파이프와 토끼 뼈들을 선물했고, 나는 마을의 길을 산책하며 싸구려 궐련을 담아 피워 파이프에 담배 진을 더했다.

눈이 쌓여 도로가 막히는 바람에 우편물이 끊겼고, 협곡으로 둘러싸여 섬이 되어버린 마을은 바깥세상과 단절되었다. 구름의 모양과 햇빛의 양을 제외하면 똑같은 하루하루가 흘러갔다. 새해는 더이상 앞으로 나아가지 않았고, 마치 쓰러진 나무줄기처럼 잠이 든 것 같았다. 지루하게 흐르는 시간 속에는 기억이나 희망이 들어설 자리가 없었다. 과거와 미래는 고인 연못처럼 별개의 두 시간으로 존재했다. 미래라는 것은 세상의 종말처럼 먼 것으로, 나 역시 농부들이 이야기하는 모호한 '내일'의 시간감각에 빠져들었다. 역사와 시간으로부터 동떨어진 그 '내일'에는 덧없는 인내가 함축되어 있었다.

언어라는 것은 그 내재된 모순으로 인해 때때로 얼마나 기만적인가? 시간이 존재하지 않는 이 지방의 사투리는 그 어떤 언어보다 시간을 나타내는 표현들로 가득 차 있었다. 끄떡도 하지 않고 영원히 이어질 것 같은 '내일'의 테두리 안에서, 미래의 하루하루는 모두 고유한 이름을 가지고 있었다. 크라이crai는 내일을 의미했고, 영원을 의미했다. 내일 다음의 날 즉 모레는 프레스크라이prescrai이고, 그 다음날은 프레스크릴레prescrille였다. 그 다음에 프레스크루플로pescruflo, 마루플로maruflo, 마루플로네maruflone가 이어졌다. 일곱번째 날은 마루플리키오maruflicchio였다. 하지만 이 구체적인 이름들에는 아이러니가 깔려 있었다. 용어들은 특정한 날을 가리키기보다 한꺼번에 무리지어 사용되었는데 그러면 이 단어들이 이어지며 만들어내는 기괴한 소리는 마치 '크라이'라는 모호한 시간의 덩어리 속에서 무언가를 분명하게 하려는 헛되고 헛된 시도를 반영하는 메아리처럼 들렸다. 나 역시 마루플로, 마루플로네, 마루플리키오에 무언가 새로운 일이 생길 거라는 희망을 점점 버리기 시작했다. 아무것도, 저녁나절 연기가 피어오르는 부엌에서 보내는 나의 고독을 깨지 않았다. 이때금씩 당번을 맡은 경찰이 나를 찾아와서 일과를 묻고 포도주를 한잔 들이켜고 가는 것이 다였다.

기름 짜는 작업장은 집으로 들어오는 계단 옆의 작은 문으로 통로가 연결된 지하실에 차려져 있었다. 압착기는 주로 밤에 돌아갔는데, 눈가리개를 한 당나귀가 원을 돌면서 오래된 맷돌을 돌리면 집 전체가 흔들렸고, 아래층으로부터 지속적으로 요란한 소리가 울려퍼졌다. 집주인이 나에게 경고한 바에 따르면, 아래층에서 기름을 짜는 소리로 자주 방해를 받을 것이라고 했지만 이번 해에는 올리브 작황이 안 좋아서 맷돌은 이틀이나 사흘만 돌아갔다. 그러고 나면 완벽한 적막 속에서 나의 저녁시간을 방해하는 것은 하나도 없었다.

한번은 저녁식사 후에 새로운 헌병대장과 변호사 P가 카드놀이를 하러 우리집을 찾았다. 내가 혼자 있으니 친구가 되어주러 왔다는 것이다. 종종 찾아와 동무가 되어주겠다고도 했는데, 나는 그들이 매일 찾아올까봐 염려되었다. 바보 같은 카드놀이에 내 시간을 빼앗기고 싶지 않았기 때문이다. 그 무렵 나는 혼자 책을 읽거나 그림을 그리는 일을 더 좋아했다.

책을 읽으며 밤 깊이 들어가는 것이
내 생각에는 훨씬 나은 일이다.

반상을 마주하고 체스를 두는 일보다는 말이다.*

어쨌든 그들의 선의를 생각해서 나는 최선을 다했고 그 날 저녁시간을 끝날 것 같지 않은 카드놀이로 보냈다. 하지만 그들은 다시 오지 않았다. 그들이 나를 찾아왔다는 사실이 바로 돈 루이지의 귀에 들어갔고, 돈 루이지는—나에게는 아무 말도 하지 않았지만—광장에서 헌병대장과 맞닥뜨리자 정치범과 친구가 되려 한다며 상급자에게 그 사실을 보고하고 다른 자리로 전근 보내겠다고 몰아세웠다는 것이다. 그 일이 있고 나서는 환자와 농부를 제외하고는 누구도 감히 우리집 문턱을 넘을 엄두를 못 냈다. 농부들은 인간으로 여겨지지 않았기 때문에 자유롭게 우리집을 드나들 수 있었다. 유일하게 예외적인 존재가 있었으니 닥터 밀릴로였다. 그는 독립적인 성향이 강했고, 나이든 삼촌으로서 시장인 조카를 두려워하지 않았기 때문이다.

덕분에 나는 내 시간을 온전히 원하는 대로 쓸 수 있게 되었다. 귀족들을 동무 삼을 수 없었지만, 아이들은 내 친구가 되어주었다. 다양한 나이 대의 아이들이 매일같이 우리집 문을 두드렸다. 처음에는 장난기 많고 멋진 바로네를 보기 위해서였지만 나중에는 내 그림에 매료되어서 찾아왔다. 아이

---

* 영국 시인 제프리 초서(Geoffrey Chaucer)가 쓴 시집 『공작부인의 책』(*The Book of the Duchess*)에 실린 시의 한 구절.

들은 내가 마법처럼 캔버스에 재현해내는 이미지들, 집들이며 언덕, 그들도 익숙한 얼굴들을 보고 감탄해마지 않았다. 우리는 좋은 친구가 되었으며 아이들은 우리집을 자유롭게 드나들었다. 내 그림을 위해 포즈를 취해주고 그려진 자신들의 모습을 자랑스러워했다. 아이들은 내가 언제 마을 너머로 그림을 그리러 가는지 알아낸 다음 스무 명 남짓 무리를 이루어서 나를 부르러 왔다. 내 화구통이며 이젤, 캔버스를 서로 들겠다고 우기는 바람에 불만이 생기지 않도록 내가 조정해야 할 정도였다. 아이들은 그 묵직함이 주는 가치 때문에 화구통을 가장 들고 싶어했고, 그것을 들도록 선택된 아이는 마치 옛날 기사들의 시종처럼 기쁨과 자부심으로 한 걸음 앞서 갔다.

조반니 파넬리Giovanni Fanelli는 창백하고 작은 체구에 크고 검은 눈과 길고 가는 목, 그리고 계집아이 같은 살결의 열살짜리 사내아이였는데, 그림에 대해 특별히 관심이 많았다. 아이들은 다 쓴 물감 튜브를 달라고 조르며 그것으로 장난을 치기 바빴지만, 조반니는 다 쓴 물감을 좀더 나은 목적으로 사용했다. 내게 별다른 내색을 하지 않았지만 아이는 화가가 되려고 남몰래 노력하고 있었다. 내가 하는 모든 일들, 캔버스에 풀을 칠하는 것부터 틀 위에 펼쳐놓는 일까지 주의 깊게 관찰했다. 이 간단한 일들은 내가 한다는 이유로 그 아이에게는 채색을 하는 것만큼이나 기본적이고 중요한 일로 여겨졌다. 아이는 막대기들을 주워서 삐뚤빼뚤한 틀을 만들고 그 위에 어디서 구했는지 모를 낡은 셔츠의 천 자락을 펼친 다음 캔버스용 풀 대신 자신이 구한 풀 비슷한 것을 칠했다. 여기까지가 가장 어려운 공정이었다. 그 다음에는 내가 쓰던 물감과 낡은 팔레트, 닳아빠진 붓을 이용해 나의 붓질을 정확하게 모방하려고 애썼다. 소심하고 얼굴을 잘 붉히는 아이여서 나한테 자기 그림을 보여줄 용기를 낼 리 없었지만, 나는 아이의 친구들 중 하나의 말을 듣고 우연히 조반니의 그림을 보게 되었다. 이 미래의 화가가 그린 작품은 또래의 유치한 그림도, 어설픈 흉내내기도 아니었다. 아이가 그린 무정형의 색채 덩어리에는 어딘가 모를 우수가 깃들어 있었다. 조반니 파넬리가 나중에 화가가 되었는지는 알 수 없지만, 확실한 건, 색깔들의 우연한 어우러짐이 마법 같은 아름다움을 만들어낼 수 있다는 믿음을 그토록 확실하게 견지한 아이를 본 적이 없다는 것이다. 아이는 연습을 통해 어린아이만의 독특하고 신비로운 기법을 완성해냈고, 농사를 짓듯 씨를 뿌리고 가꾸는 고된 노동을 통해 그림에서도 열매를 맺을 수 있으리라는 것을 흔들림 없이 믿고 있었다.

이 꼬마 녀석들은 성탄절에 쿠포쿠포를 울리며 싸움거리를 찾아 새떼처럼 골목골목을 쏘다니던 아이들로, 그라사노의 카피타노 같은 우두머리는 없었다. 이들은 활기찼고 기민했으며 동시에 음울했다. 대부분은 여기저기 기운 누더기를 걸치고 형들에게서 물려받은 윗도리의 소매를 접어 입었으며 맨발이거나 아니면 어른들이 신던 구멍난 신발을 신었다. 또한 마른 데다 창백했고 보통은 말라리아 때문에 얼굴이 노랬으며 깊고 공허한 검은색 눈은 응축된 긴장을 드러내고 있었다. 거기에는 온갖 부류의 아이들이 한데 섞여 있었다. 눈치가 없는 아이, 눈치가 빠른 아이, 성실한 아이, 약삭빠른 아이. 모두 예외 없이 나이에 비해 훨씬 명민했지만, 그런 총기는 세월이 흐르면서 지루한 시간 속에 갇혀 사라지고 말 운명이었다. 아이들은 말 없는 충성심과 표현하지 않은 욕망으로 가득 차서 내 주위를 조용히 맴돌았다. 내가 가진 물건이나 하는 행동 하나하나에 아이들은 흥분하고 감탄했다. 내가 쓰고 버린 하찮은 것들, 예컨대 빈 상자나 종이 쪼가리도 그들에겐 보물이었고, 서로 가지려고 싸웠다. 앞다투어 나를 찾아와 온갖 하소연을 늘어놓곤 했다. 나를 위해 들판에서 야생 아스파라거스나 아무 맛도 없는 질긴 버섯들을 모아왔는데, 이 지방에서는 더 나은 것이 없기 때문에 그것들조차 식용으로 쓰였다. 멀리 갈리아넬로까지 가서 쓰디쓴 야생 오렌지를 따오기도 했는데 그것은 정물화로 그릴 만한, 주변에서 구할 수 있는 유일한 대상이었다. 비록 나와는 서로 우호적인 사이였지만, 그래도 아이들은 부끄럼을 타며 수줍어했고, 말없이 속마음은 꼭꼭 감춘 채, 여전히 내 손에는 잡히지 않는 동물적 마성의 세계 속에서 살아갔다. 그들은 마치 언제든 발 빠르게 도망칠 준비가 되어 있는 겁먹은 새끼 염소들 같았다.

아이들 중에 하나인 조반니노는 크고 둥근 눈과 흰 피부색, 그리고 항상 놀란 듯한 표정을 한 채, 이마 위를 덮는 어른 모자를 쓰고 있었는데, 언제나 노란 눈을 한 황갈색 염소와 붙어다녔다. 염소는 마치 개가 주인을 따라다니듯 조반니노가 어디를 가든지 따라다녔고, 그래서 유모 염소라고 불렸다. 조반니노가 다른 아이들과 함께 우리집에 올 때면, 염소 넨넬라Nennella는 부엌까지 따라 들어와서는 죽고 못 사는 소금을 찾아내려고 킁킁거렸다. 바로네는 넨넬라를 존중하는 법을 배웠고, 우리가 그림을 그리러 들판으로 나갈 때면, 넨넬라가 아이들의 줄 제일 끝에서 겅중거리며 쫓아오고, 바로네는 구속 없는 자유를 만끽하면서 컹컹 짖으며 앞장서 뛰어가곤 했다. 무리가 목적지에 다다라 멈춰서면, 조반니노는 넨넬라의 목에 한 팔을 두른 채 내가 하는 일을 지켜보았다. 그러면 넨넬라는 갑자기 팔을 헐겁게 한 뒤, 금잔화 꽃술을 씹으러 갈 준비를 했다. 마침내, 내가 방해받지 않을 요량으로 아이들에게 멀리 가서 놀라고 물리치면, 아이들은 마지못해 사라졌다가 저녁이 가까워질 때쯤 돌아왔다. 내 주위로 모기떼가 붕붕대고, 지는 해의 장밋빛 여명이 다 그려진 캔버스 위로 떨어졌다. 다시 모인 아이들은 마치 승전보라도 울리듯 완성된 내 그림을 들고 의기양양하게 마을로 향했다. 이제 땅은 눈으로 덮였고, 우리의 소풍도 끝이었다. 하지만 아이들은 계속해서 우리집에 놀러와 부엌 불에 손을 녹이고, 내 테라스에서 놀아도 되는지 물었다. 특히 서너 명은 꾸준히 나를 찾아왔다.

그중 가장 어린아이는 라 파로콜라La Parroccola의 아들로, 우리집에서 몇 미터 떨어진 오두막에 살고 있었다. 나이는 다섯살이었는데, 크고 둥근 머리에 뭉툭한 코, 두꺼운 입술에 몸은 허약한 아이였다. 아이 엄마의 이름은 꼭 사제가 들고 다니는 지팡이의 손잡이 같은 커다란 머리 때문에 붙여진 것이었다. 그녀는 이 동네에 살고 있는 마녀들 중 한 명으로, 그 중 가장 못생겼지만 가장 친절했고, 가장 겸손했다. 그녀의 거대한 얼굴은, 펑퍼짐하고 납작한 코, 일그러진 입, 거칠고 누런 피부 위로 듬성듬성 난 털로 인해 꼭 괴물 같은 인상을 자아냈다. 몸은 작고 다부졌으며, 길게 내려쓴 베일 아래 누더기로 온몸을 친친 감고 있었다. 그녀는 선량한 사람이었고, 남의 빨래를 해주고 받는 삯으로 살았다. 만약 필요하다면 광장만큼이나 널찍한 침대에서 헌병대원이나 젊은 농부와 잠자리를 같이하는 친절을 베푸는 일도 마다하지 않았다. 나는 거의 매일 길 건너편 집의 문간에 서 있는 그녀를 보곤 했는데, 농담으로 그녀에게 반했으니 나를 물리치지 않았으면 한다고 말했다. 라 파로콜라는 그녀의 두꺼운 얼굴 피부가 허락하는 한 최대로 얼굴을 붉히며, 대답하곤 했다, "당신을 물리치다니요, 돈 카를로. 나 같은 촌스러운 시골여자가요!" 촌스럽고, 괴물처럼 생기긴 했지만, 그녀는 친절하기로 유명했다. 자기 엄마를 그대로 빼닮은 그 사내아이는 그녀에게 유일하게 남은 아이였고, 나머지 자식들은 죽거나 먼 곳으로 떠났다.

내 또 하나의 충직한 추종자는 미켈리노Michelino로 나이는 열살쯤 먹었고 민첩하며 욕심이 많고, 우울한 사내아이였다. 불투명하고 검은 두 눈은 세대를 거쳐 내려온 눈물의 유산처럼 보였으며, 그가 살아가고 있는 이 버려진 땅을 반영하고 있는 듯했다. 그러나 내 주위를 어슬렁거리는 아이들 중에 내가 가장 가깝게 여기는 이들은 재단사의 아이들이었고, 그 가운데서도 가장 어린 토니노Tonino였다. 토니노는 수줍음 많은 작고 마른 사내아이로, 머리 회전이 빠르고 몸도 민첩했으며 핀의 끄트머리를 연상시키는 검고 예리한 눈의 소유자였다. 아이들에게 지극정성인 그 아버지는 아이들을 어떻게든 남들보다 더 잘 키워보려고 애썼다. 그는 자신의 사업에 자부심을 가지고 있었으며, 뉴욕에서 재단사로 일한 사실을 자랑스러워했다. 하지만 다시 고향으로 돌아와 하는 일마다 잘못되는 바람에 농부들보다 형편이 더 나을 게 없었다. 결국 그의 아들들도 같이 어울리는 아이들과 다를 바 없이 자랐으며, 그는 바느질을 하면서 아이들에게 더 나은 환경을 마련해줄 가능성이 없다는 사실을 씁쓸하게 되새길 뿐이었다. 자신에게는 아들들의 부운 편도선과 아데노이드[*]를 치료할 수단마저도 없었던 것이다. 토니노는, 비록 장난꾸러기 정령인 모나키키오처럼 활기찬 아이였지만, 이미 아버지의 절망을 물려받은 것처럼 보였다.

이곳의 아이들에게는 뭔가 특별한 것이 있었는데, 그것은 이를테면 어린 짐승의 영혼에 때이른 조숙함이 뒤섞인 느낌이었다. 그들은 마치 태어나면서부터 슬픔에 대한 이해와 그것을 견디는 참을성을 부여받은 듯했다. 이 아이들의 놀이는 도시 아이들의 그것과는 달랐다. 도시 아이들의 놀이는 저 너머 세계만큼이나 동떨어진 이야기였고, 이들이 동무 삼을 수 있는 것이라곤 각종 짐승들뿐이었다. 아이들은 주어진 것 이상을 바라지 않았고, 침묵하는 법을 알고 있었다. 이 아이들의 천진난만함 이면에는, 천박한 위로를 거부하는 농부들의 불가침성과 적대적인 세계에 대항해 스스로의 내면을 지키기 위한 특유의 냉담함이 자리잡고 있었다. 아이들은 정신적으로나 신체적으로 또래의 도시 아이들보다 훨씬 성숙했다. 통찰력이 있었고, 배움에 목말라했으며, 바깥세상의 경이로움을 감상할 준비가 충분히 되어 있었다. 어느날, 아이들 한 무리가 내가 무엇인가 쓰는 것을 보고는, 나에게 글 쓰는 법을 가르쳐달라고 부탁했다. 그들은 돈 루이지의 막대기와 담배, 애국주의 연설에도 불구하고, 학교에서는 거의 아

---

* 임파선이 붓는 병.

무것도 배우는 게 없었다. 학교를 다니는 게 의무였지만, 졸업할 때는 들어갈 때와 마찬가지로 문맹이었다. 그들 스스로가 원해서 아이들 중 몇몇은 저녁마다 우리집 부엌에서 글쓰기 연습을 했다. 이제와 돌이켜보면, 남을 가르치려드는 훈장질에 대한 내 개인적인 혐오 때문에 나는 아이들에게 더 많은 관심과 시간을 할애하지 못했고, 그래서 미안한 마음이 든다. 그 어떤 선생님도 그 아이들보다 더 의욕적인 학생들을 만나지 못했을 것이다.

사순절 직전의 사육제 시즌은 이런 익숙하지 않은 상황 속에서 예상치 못하게 다가왔다. 갈리아노에 사육제를 기리는 특별한 축제 같은 것은 없었고, 나는 사육제에 대해서 까맣게 잊고 있었다. 어느날, 광장 너머로 걸어가고 있는데, 하얀 천을 뒤집어쓴 유령 셋이 마을 아래쪽 끝에서 위쪽 대로로 휙 지나갔다. 유령들은 미친 짐승들처럼 겅중겅중 뛰고 소리를 질렀는데, 자신들이 벌이는 이 작은 소동에 심취한 것 같았다. 그 소동은 농부들 나름의 가장무도 행렬이었다. 그들의 멋진 사육제 복장은 흰 천을 뒤집어쓰고 머리에는 흰색 끈을 둘러매거나, 흰 타이즈에 깃털들을 꽂아 장식하고 흰색 칠을 한 신발을 신는 것이 다였다. 얼굴에는 밀가루를 펴 바르고 말린 양가죽을 돌돌 말아서 막대기처럼 손에 들고 다녔는데, 그것을 길에서 맞닥뜨리는 사람들에게 위협적으로 휘둘렀고 미처 그들의 손아귀를 벗어나지 못한 사람들은 어깨며 머리를 양가죽으로 두들겨 맞아야 했다. 그들은 주눅 들고 권태로운 삶에 짧게나마 허락된 이 광기의 순간에 마치 고삐 풀린 악마들처럼 난폭한 즐거움을 마음껏 쏟아냈다. 나는 로마의 성 조반니 축제를 떠올렸는데, 축제 동안 사내아이들은 지나가는 사람들의 머리를 엄청나게 큰 마늘로 때리곤 했다. 하지만 그날 밤은 집단적인 남근의 쾌락을 누릴 수 있는 날 중 하나였다. 사람들은 찐 달팽이 요리를 먹고 노래와 춤, 불꽃놀이를 즐겼고 한여름밤 하늘의 포근한 기운 속에서 사랑을 나누었다. 반면, 갈리아노의 가면무도 행렬은 초라하고 적적했으며, 그들의 광기는 억지스럽고 우울했다. 그들은 과장되고 억지스럽게라도 자유를 흉내 내어 노예와 같은 고단한 삶을 보상해보려고 했지만 오히려 억눌린 분노를 더욱 드러내 보일 뿐이었다. 그 세 명의 유령은 손에 잡히는 사람은 누구든 봐주는 일 없이 두들겨 팼는데 그렇게라도 해서 귀족과 농부 사이의 경계를 무너뜨리는 것이었다. 그들은 귀신이라도 들린 듯 괴성을 질렀고 성스러운 공포의 춤을 추는 무희들처럼 흰 깃털들을 나부끼며 미친 듯이 길 이쪽 저쪽을 갈지자로 휘젓고 다녔다. 그러다 나타날 때와 똑같이 순식간에 교회 뒤쪽으로 모습을 감췄다.

사육제 다음 며칠 동안은, 아이들이 숯검정으로 얼굴을 검게 칠하거나 수염 따위를 그리고 뛰어다니기 시작했다. 어느 날에는 스무 명이 넘는 아이들이 우리집에 놀러왔길래, 나는 아이들에게 쉽게 진짜 가면을 만들 수 있다고 말했다. 아이들은 내게 진짜 가면을 만들어달라고 간청했고, 나는 바로 작업에 착수해 한 명도 빼놓지 않고 가면을 만들어주었다. 흰 종이를 원통으로 말아 얼굴을 충분히 가릴 수 있게 하고, 밖을 볼 수 있도록 구멍을 뚫었다. 며칠 전 봤던 농부들의 가장무도행렬이 내 무의식에 깊은 인상을 남겼던지, 내가 만든 가면은 모두 흰색과 검은색이 대비되는 비슷한 모양새였다. 눈과 코 부분에 검은 구멍이 나 있고, 이빨을 드러내고 있는 게 꼭 해골 모양이었다. 아이들은 가면의 생김새에 제법 겁을 먹은 모양이었다. 신이 나서 가면을 쓰고 바로네에게도 하나 씌운 뒤, 서둘러 각자 집으로 뛰어갔다. 저녁이 되자 집집마다 희미한 부엌 불빛 아래서 비명소리가 들려왔다. 엄마들은 기겁을 해서 도망을 쳤는데, 모든 상징이 실재가 되는 이곳에서 가면을 쓴 아이들은 죽음의 신이 보낸 사자와 다름없었기 때문이다.

날이 조금씩 길어졌다. 계절이 바뀌고, 눈은 비와 햇빛에 자리를 내주었다. 봄이 멀지 않았고, 나는 모기떼가 돌아오기 전에 말라리아의 창궐을 막을 수단을 강구해야 했다. 쓸 수 있는 수단은 거의 없었지만, 해야 할 일은 엄청나게 많았다. 적십자에 요청해서 인근의 고인 물웅덩이들을 소독할 수 있도록 비소를 구하고, 낡은 샘에서 파이프를 연결해서 물을 끌어오고, 키니네와 아타브린, 그리고 플라스모힌*을 비축하고, 뜨거운 물과 아이들이 먹을 수 있도록 사탕 형태의 약도 구해야 했다. 이것들은 기본적인 예방조처였고, 법에 따르면 의무적으로 취해야 할 사항이었다. 나는 돈 루이지에게 계속해서 내 계획을 설명했지만, 설령 그가 찬성하더라도 아무런

* 아타브린과 플라스모힌은 모두 말라리아 치료제다.

행동을 취하지 않으리라는 것을 깨달았다. 그가 맡은 바 책임을 수행하게 하기 위해서, 나는 스무 페이지에 달하는 계획서를 작성했는데, 취해야 할 모든 조치들과 지역 차원에서 충족시켜야 할 요구사항들은 물론 로마에 요청해서 받아야 할 물건들을 상세하게 적었다. 시장은 계획서를 읽고 만족스러움을 표하며 나의 수고를 치하했고, 만면에 웃음을 띠며 내게 다음날 마테라에 가는 길에 도청에서 도움을 줄 수 있는 자리의 사람에게 서류를 보여주겠노라고 말했다. 마테라에서 돌아오자마자, 그는 서둘러서 나에게 높으신 분이 내 제안을 보고 굉장히 좋아하시며, 말라리아와 싸우기 위해서 내가 요청한 모든 것들이 진행될 것이라는 사실과 나뿐만 아니라 다른 정치범들도 그 덕을 보게 되리라는 사실을 알려주었다. 돈 루이지는 내가 자신의 관할 아래 있다는 사실을 자랑스러워했으며, 그래서 모든 것이 다 좋아 보이는 터였다.

그런데 시장이 돌아오고 나서 사흘인가 나흘 뒤에 마테라의 경찰청에서 전보가 하나 당도했다. 수형생활중인 나는 갈리아노에서 의료행위를 해서는 안 된다는 내용이었다. 금지령이 내려진 이유가 내가 계획서에서 지나치게 열정을 내비쳤기 때문인지는 알 수 없었다. 농부들이 생각하는 이유는 이랬다. "말라리아는 우리에게 씌워진 멍에지요. 만약 당신이 우리에게서 이 멍에를 걷어주려 한다면 그들은 당신을 멀리 쫓아낼 겁니다." 또다른 의견으로는 나를 견제하는 지방

의사들의 음모라는 것이었다. 하지만 내 짐작에는, 경찰 당국이 내 영향력이 커지는 것을 경계하기 때문인 듯했다. 나는 기적을 일으키는 사람으로 날로 명성이 높아졌고, 아주 먼 마을에서도 환자들이 나를 찾아왔다. 마테라에서 온 전보는 어느날 저녁 한 헌병이 내게 전달했는데 바로 다음날 새벽, 마을 사람 아무도 내게 금지령이 내렸다는 걸 모르는 시점에, 한 남자가 말을 타고 와서 우리집 문을 두드렸다. "빨리 와주세요, 의사 선생님, 우리 형이 아픕니다." 그가 말했다. "저희는 아래 늪지대 근처에 살고 있습니다. 여기서 세 시간 걸리는 곳이죠. 선생님을 태우려고 이 말도 끌고 왔어요." 늪지대는 아그리 강 근처에 외따로 떨어진 곳이었다. 거기에는 큰 농장이 하나 있었는데 농부들은 마을과 떨어져 그곳에서 생활하고 있었다. 나는 남자에게 갈 수가 없다고 말했다. 첫째, 나는 마을 경계를 벗어나면 안 되었고, 게다가 이제는 의료행위를 하는 것도 금지당한 터였다. 나는 남자에게 닥터 밀릴로나 닥터 지빌리스코에게 가보라고 조언해주었다. "그 돌팔이 의사들한테요? 차라리 아무도 안 부르는 게 나아요." 남자는 고개를 가로저으며 떠나버렸다.

비와 진눈깨비가 섞여서 내렸다. 나는 아침 내내 집에 틀어박혀서 경찰에 편지를 썼다. 금지 조치에 항의하고 취소해 줄 것을 요청하는 내용이었다. 또, 그들이 당국으로부터 새로운 지시를 받을 때까지 인민의 복지를 위해서 적어도 내가 현재 돌보고 있는 환자들을 계속 치료하고, 말라리아 근절을 위한 내 계획을 추진할 수 있도록 해달라고 부탁했다. 그러나 그 편지에 대한 답장은 영원히 오지 않았다.

오후 두시 무렵, 내가 점심 식탁에서 막 일어날 참에 말을 탄 그 남자가 다시 돌아왔다. 그는 늪지대까지 돌아갔다가 다시 오는 길이었다. 환자의 상태가 더욱 위중해졌고, 나는 그 어떤 대가를 치르는 한이 있더라도 그 남자를 살려야 했다. 나는 남자에게 함께 시장을 찾아가서 특별 허가를 요청하자고 제안했다. 돈 루이지는 집에 없었다. 누이의 집에 커피를 마시러 간 것이다. 누이의 집에서 안락의자에 몸을 뻗고 앉아 있는 그를 만날 수 있었다. 나는 용건을 말했다. "불가능해요. 마테라에서 내린 지시는 반드시 지켜야 합니다. 나는 그 어떤 책임도 질 수가 없어요. 여기 남아계시오, 의사 선생. 커피나 한잔 드시지요."

결연한 농부는 절대로 거절을 받아들일 수 없다는 태도였고, 다행히 나의 수호자를 자처하는 돈나 카테리나가 우리 편을 들어주었다. 마테라에서 온 명령은 숙적 지빌리스코에게 탄탄대로를 내어줌으로써 그녀의 모든 계획을 어그러뜨릴 것이었다. 그녀는 큰소리로 한탄을 하더니 단호하게 말했다. "이게 다 익명의 투서들 때문에 벌어진 일이라고요. 몇 명이나 그런 편지를 썼는지 누가 알겠어요. 지빌리스코도 지난주에 마테라에 갔다고요. 경찰은 하늘이 당신을 여기에 보냈다는 사실을 몰라요. 나에게 맡기세요. 우리도 나름대로 도청에 영향력을 발휘할 수 있으니 금지령이 해제될 거예요. 부끄러운 줄을 알아야지!" 그녀는 커피와 케이크를 좀 들라며 나를 위로했다. 하지만 지금 당장이 문제였고, 돈나 카테리나가 아무리 우리 편이라지만 돈 루이지는 전혀 양보할 뜻이 없었다. "나는 그렇게 할 수 없어요. 적들이 너무 많단 말이오. 사실이 알려지기라도 하면 내 자리를 빼앗길 거요. 경찰의 심기를 거스를 수는 없어요." 늙은 학교 선생인 돈 안드레아도 깜빡깜빡 졸다가 잠시 깨어나면, 입안 가득 케이크를 문 채 한 마디씩 돈 루이지를 거들었다. 토론은 아무런 결론도 내지 못한 채 계속 이어졌다. 대중의 친구인 척하기 좋아하는 시장은, 간청하는 농부 앞에서 대놓고 거절하지도 못했다. 하지만 결국 일신상의 걱정에 지고 말았다. "어쨌든, 다른 의사들도 있잖소. 그들에게 부탁해보시오." "그들은 아무 쓸모가 없어요." 농부가 말했다. "그 말은 정말 맞는 말이네요." 돈나 카테리나가 소리쳤다. "당신 삼촌은 너무 나이가 들었고, 나머지 하나도 마찬가지인 데다, 그 사람은 아예 입에 담기도 싫어요. 게다가 이런 날씨에, 길이 젖어 있으니 아무도 가지 않으려 할 거예요." 농부가 자리에서 일어났다. "한번 찾아가 보겠습니다." 그렇게 말하고는 그는 자리를 떠났다.

그는 거의 두 시간이 넘도록 돌아오지 않았고, 그동안 우리는 아무런 구체적 결론도 내리지 못하고 토론을 계속했다. 돈나 카테리나의 지지를 등에 업었음에도 나는 시장의 염려를 이길 수는 없었다. 이런 전례가 없는 데다가 너무나 많은 책임이 따른다는 것이었다. 마침내 농부가 돌아왔을 때, 그는 손에 두 장의 종이를 쥔 채, 오랜 투쟁에서 승리한 사람의 만족스러운 표정을 하고 있었다. "아무도 올 수 없답니다. 둘 다 아프대요. 둘 모두에게서 서명을 받아왔습니다. 이제 돈 카를로가 가도록 허락해주세요. 이걸 보세요." 그는 돈 루이지에게 종이를 내밀었다. 엄청난 노력을 들여 설득한 끝에, 또 선의의 협박도 조금 곁들인 뒤에, 농부는 두 의사들로 하여금 날씨가 안 좋고, 연로한 데다 건강이 좋지 않아 늪지대로 갈 수 없다는 내용에 서명을 받아올 수 있었다. 닥터 밀릴로의 경우에는 그게 사실이었다. 이제 더이상 내가 가는 것을 막는 장애물은 없어 보였다. 하지만 시장은 승복하지 않았고 계속해서 찬성과 반대 입장에 대해 토론하려 했다. 그는 마을 서기관을 부르러 사람을 보냈다. 사람 좋은 마을 서기관은 내가 그 집에 묵었던 적 있는 과부의 시동생으로, 내가 가도록 허락하는 것이 마땅하다는 의견을 피력했다. 닥터 밀릴로도 친히 왕림했는데, 자신의 전문적 능력이 의심받는 것에 심기가 불편했지만, 어쨌든 내가 가는 것을 반대하지는 않았다. "치료비를 선금으로 받겠다는 것만 확실하게 하시오. 늪지대까지 그 먼 길을 간다고? 나라면 꿈도 꾸지 않을 거요. 이백 리라를 준다고 하더라도 말이오." 시간은 흘러 신선한 케이크와 커피가 다시 탁자에 올랐고, 그러는 동안에도 우리는 별다른 진전이 없었다. 그때 내가 헌병대장을 부르자고 제안했다. 만약 그가 내 왕진에 대해 책임을 진다면, 시장은 자신의 소신을 저버리지 않고 그저 동의만 하면 되는 것이다. 헌병대장은 이야기를 듣자마자 나에게 가라고 했고, 나를 믿으므로 다른 헌병을 대동하지 않고 혼자 가도 된다고 말했다. 심지어 인간의 목숨은 그 어떤 것보다 먼저 고려되어야 한다고 덧붙이기까지 했다. 찬성과 반대 입장 모두가 안도했다. 돈 루이지마저도 이런 결정에 매우 기쁜 듯이 보였으며, 내가 계곡을 따라 길을 내려갈 때 필요하다고 요청한 두꺼운 외투와 부츠를 보내주는 호의를 베풀기까지 했다. 그 사이 날은 이미 어두워졌다. 그들은 내가 그날 밤을 농장에서 머무르고 다음날 돌아올 수 있도록 허가증을 써주었다. 마침내 주변에서 빌어주는 행운과 충고의 말 속에서 나는 농부와 그의 말, 그리고 바로네와 함께 길을 나섰다.

날씨는 개어 있었다. 비가 섞인 진눈깨비가 그친 뒤였다. 상쾌한 바람 한줄기가 불어 하늘에서 구름을 몰아내자 밝게 빛나는 둥근 달이 조각조각 흩어진 구름들 뒤에서 삐죽이 얼굴을 내밀어 우리를 내려다보았다. 우리가 천사성모언덕 근처에 이르자 가파르게 뻗은 계곡 길은 더이상 포장도로가 아니었다. 그때까지 자신의 말고삐를 잡고 앞장서 가던 내 길벗은 걸음을 멈추고 나에게 올라타라고 신호를 보냈다. 지난 몇 년간 말에 올라탄 적이 없던 나는, 이 캄캄한 밤길에 좁은 협곡을 지나갈 생각을 하니 차라리 두 발로 걷는 게 나을 거란 생각이 들었다. 그래서 그의 말이니 그가 타고, 나는 빠르게 걸어가겠다고 말했다. 그는 마치 세상이 뒤집어지기라도 한 양 놀란 표정으로 나를 쳐다보았다. 농부가 말을 타고 귀족은 걷는다고? 생각할 수도 없는 일이다! 나는 꽤 오랜 시간을 들여 그를 설득했고, 마침내 그는 마지못해 내 제안을 받아들였다. 그러고 나서 우리는 다시 속도를 내어 늪지대로 향했다. 나는 큰 보폭으로 가파른 길을 내려갔고, 말은 바로 내 등 뒤에 있었다. 말이 내뿜는 뜨거운 입김과 진흙 위를 부딪는 발걸음 소리가 생생하게 들렸다. 나는 가벼운 마음으로 낯선 지면 위를 마치 쫓기는 남자처럼 내달렸다. 밤의 공기와 나를 둘러싼 적막, 그리고 내 자신의 움직임으로 나는 한껏 들떠 있었다. 달이 온 하늘을 채웠고, 달빛은 땅 위로 넘쳐흐를 것만 같았다.

우리가 발 딛고 선 이 땅 역시 어쩌면 달의 표면일 수도 있었다. 고요한 달빛 아래 하얗게 펼쳐진 이곳은 그야말로 풀 한포기 자라지 않는 불모지였고, 영원히 흐르는 물줄기만이 주름을 만들며 땅속으로 파고 들어가 깊은 골짜기를 만드는 곳이었다. 넓게 펼쳐진 진흙 벌판은 아그리 쪽으로 급하게 경사져 내려가며 고깔 모양의 흙더미, 동굴과 봉우리, 그

밖에 여러 불규칙한 지형들을 만들어냈고, 빛과 그림자는 그 위에 다양한 모습으로 얼룩졌다. 우리는 아무 말 없이 시간과 지각변동이 창조한 미로를 헤쳐나갔다. 나는 마치 새가 되어 유령 같은 풍경 위를 나는 듯한 기분이었다.

두 시간을 더 넘게 달려간 뒤에야 아래쪽에서 들려오는 개 짖는 소리가 적막을 깼다. 우리는 진흙 밭을 빠져나와 완만한 목초지에 다다랐다. 저 멀리, 솟아오른 지면 뒤로 하얀 농가들의 윤곽이 드러났다. 바로 여기, 인간들의 거주지와는 동떨어진 곳에서, 나의 길벗과 그의 형이 아내와 자식들을 거느리고 살고 있었다. 문간에서 피스티치Pisticci 출신의 사냥꾼 셋이 우리를 맞아주었다. 바로 전날 여우를 사냥하기 위해 이곳을 찾았다가 친구에 대한 동정심으로 차마 그곳을 떠나지 못한 것이다. 두 명의 아내들은 자매지간이었는데, 마찬가지로 피스티치 출신으로, 키가 컸고 검고 큰 눈의 기품 있는 얼굴을 하고 있었다. 여인들은 농가의 소박한 복장 속에 자신들의 미모를 감추고 있었다. 검정색 긴 치마에 흰색 주름장식, 머리에 쓴 베일 한가운데 달린 하얀 리본은 그녀들을 마치 처음 보는 종류의 나비처럼 보이게 했다. 그들은 형편상 손님을 위해 마련할 수 있는 것 가운데 가장 좋은 신선한 우유와 치즈를 준비했다. 내가 도착하자마자 환영을 표시하는 옛날 방식대로 음식을 권했다. 모든 사람들에게 똑같이 대접하는 그들의 태도에는 굴종이나 비굴함을 찾아볼 수 없었다. 그들은 하루 종일 구원자인 내가 오기를 기다렸다. 하지만 내가 그 즉시 할 수 있는 것은 아무것도 없었다. 환자는 맹장이 파열됐는데, 이미 죽음의 단말마 속에서 헤매고 있었고, 수술도 할 수 없는 상태였다. 내가 할 수 있는 것이라고는 모르핀을 주사해서 환자의 통증이나마 가라앉히고, 모든 것이 끝나기를 기다리는 것뿐이었다.

집은 방이 두 개였는데 넓은 문으로 두 방이 연결되어 있었다. 건넌방에는 환자와 그의 동생, 그리고 환자를 돌보는 여인네들이 있었다. 첫번째 방에는 벽난로에 불이 지펴져 있고, 그 주위에 사냥꾼 셋이 둘러앉아 있었다. 맞은편 구석에는 부드러운 매트리스를 깐 높은 침대가 나를 위해 준비되어 있었다. 나는 이따금씩 죽어가는 남자를 살펴보러 건넌방으로 갔다가 다시 돌아와 벽난로 곁의 사냥꾼들과 낮은 목소리로 이야기를 나누었다. 자정이 되어서야 나는 휴식을 취하기 위해 옷도 벗지 않은 채 침대 위에 올랐다. 하지만 잠을 이룰 수가 없었다.

나는 마치 공중에 매달아놓은 연극 관람석 같은 높은 침대 위에 누워 있었다. 내 주위를 둘러싼 벽에는 온통 최근에 사냥된 여우의 몸뚱이들이 매달려 있었다. 사냥한 짐승의 냄새가 진동하는 가운데 그 뾰족한 주둥이들이 깜빡거리며 타는 붉은색 불꽃을 배경으로 분명한 윤곽을 드러냈다. 손을 살짝만 움직여도 동굴과 숲의 느낌이 전달되는 털들이 와닿았다. 문을 통해서 죽어가는 남자가 계속해서 신음하는 소리가 들려왔다. 마치 끝없는 고통의 기도문처럼, "주님, 도와주소서, 의사 선생님, 도와주세요. 주님, 도와주소서, 의사 선생님, 도와주세요." 하고 남자는 울부짖었고, 이어서 여자들이 속삭이듯 기도하는 소리가 들렸다. 나는 춤추는 듯한 불꽃과 길게 흔들거리는 그림자들, 그리고 손에 모자를 든 채 벽난로 앞에서 움직임 없이 앉아 있는 사냥꾼들의 어두운 형체를 바라보았다. 죽음은 이미 집 안에 들어와 있었다. 나는 이 농부들을 사랑했기에 아무것도 할 수 없는 내 자신이 부끄러웠고 슬펐다. 동시에 이상하게도 엄청난 평화가 내게 밀려왔다. 나는 모든 지상의 것들에서 초연한 채로 시간과 공간을 벗어나 아무런 실재성이 없는, 인간의 세계가 아닌 곳에 있는 것처럼 느껴졌다. 내 자신이 마치 나무둥치 아래 숨겨진 새순처럼, 인간의 손길이 닿지 않는 곳에 숨어 있는 것 같았다. 나는 밤의 적막에 귀기울였고, 꼭 내 자신이 우주의 한복판으로 침투해 들어간 기분이 들었다. 지금까지 한 번도 경험한 적 없는 거대한 행복감과 충만함의 물결이 나를 덮쳤다. 새벽녘이 되자, 환자의 임종은 거의 막바지에 다다랐다. 도와달라고 간청하던 그의 웅얼거림은 죽음 직전의 새된 딸깍거림으로 바뀌었고 그나마도 점점 잦아들다가 마침내 최후의 비명과 함께 뚝 끊겼다. 여인네들이 부릅뜬 그의 눈꺼풀을 닫고 통곡을 시작할 때까지 그는 차마 생의 끈을 놓지 못했으리라. 희고 검은 리본을 두른 나비들을 연상시키던 그 점잖고 신중한 아내들은 일순 분노에 사로잡힌 듯했다. 베일을 찢고, 자신들의 옷을 잡아당기며 피가 날 때까지 얼굴을 긁어댔다. 또, 큰 걸음으로 방 안을 춤추듯 배회하며 벽에다 머리를 찧고 비명처럼 죽음에 대해 넋두리하며 때때로 창밖으로 머리를 내밀었다. 마치 온 마을과 세상에 죽음을 알리려는 것 같았다. 그러고 나선 다시 탄식을 내뱉으며 황망한 발걸음으로 방 안을 맴돌았는데, 장례가 치러지기 전까지 48시간을 계속 그렇게 보낼 기세였다. 끝없이 반복되며 길게 늘어지는 애통하고 단조로운 그 가락을 듣는 일은, 날카롭게 저미는 고통에 온몸을 도리 없이 내맡기는 일이었다. 그 가락은 듣는 이로 하여금 목이 메어, 슬픔의 덩어리를 삼켜버릴 수밖에 없게 하는 그런 소리였다. 눈물을 쏟을까봐 나는 서둘러 자리를 떴다. 바로네와 함께 밖으로 나오자 멀리 동이 트고 있었다.

날은 청명했다. 목초지들과, 전날 밤 마치 유령처럼 군데군데 흰색을 드러내던 점토질의 땅뙈기들은 회색의 햇빛 아래 고요하고 쓸쓸하게 놓여 있었다. 이 조용한 황무지 속에서 나는 다시 내 삶의 주인으로 돌아왔고, 지난밤이 끝났다는 사실에 일종의 안도감이 몰려왔다. 물론 나는 다시 마을로 돌아가야 했지만, 돌아가는 내내 온 들판을 쏘다녔다. 지팡이를 빙빙 돌리며 휘파람을 불었고, 바로네는 그런 내 뒤를 신이 나서 따라왔는데, 아마도 어딘가 숨어 있을 사냥감 때문에 잔뜩 흥분한 듯했다. 나는 일부러 갈리아넬로 쪽으로 에돌아가는 길을 택했는데, 갈리아넬로는 한 번도 가본 적이 없었기 때문이다.

말라리아가 창궐한 강 유역, 야트막하고 황량한 언덕에 자리잡은 갈리아넬로는 마을이라기보다는 그저 집들이 모여 형성된 군락에 지나지 않았다. 집들은 서로 길로 연결되어 있지도 않았다. 사백여 명의 사람들이 그곳에 살고 있었는데 의사도, 산파도, 헌병대도 없었으며, 정부를 대표할 만한 그 어떤 인력도 없었다. 그렇다 하더라도 세금징수원은 모자에 번쩍거리는 표찰을 달고 어김없이 마을을 찾아왔다. 놀랍게도 그곳 사람들은 나를 기다리고 있었다. 사람들은 내가 늪지대에 왔다는 것을 알고 있었고, 혹시나 돌아가는 길에 그곳을 들르지나 않을까 바라고 있었던 터였다. 농부들과 그 아내들은 집 밖에 나와 나를 환영해주었고, 갖가지 기괴한 병에 걸린 사람들은 내가 지나가는 길에라도 자신들을 볼 수 있도록 아픈 몸뚱이를 가까스로 문간까지 끌고 왔다. 그 장면은 마치 기적의 치유가 행해지는 중세의 궁정을 연상시켰다. 그 어떤 의사도, 사람들이 기억하는 한, 단 한 번도 이곳에 발을 들여놓은 적이 없었다. 치료라고는 주문을 외우는 것 말고는 제대로 받은 적이 없는 오래된 상처와 질병이 농부들의 몸속에 쌓여 있었으며, 마치 버섯이나 썩은 목재처럼 기이한 형태로 온몸 전체로 퍼져나갔다. 거의 오전 내내 나는 오두막을 돌아다니며 말라리아, 오래된 위궤양, 괴저병 등으로 쇠약해진 환자들에게 내가 할 수 있는 최대한의 조언을 해주었다. 내가 처방을 내리는 행위는 금지되었기 때문이다. 집집마다 호의의 표시로 포도주를 내왔다. 사람들은 내가 하루 종일 머무르길 바랐지만 나는 가던 길을 계속 갈 수밖에 없었다. 그런데도 그들은 한동안 나를 따라 걸으며 다시 와줄 수 없겠느냐고 간청했다. "확답을 드릴 수는 없지만, 가능하기만 하면 다시 오겠습니다." 내가 말했다. 그러나 나는 약속을 지킬 수 없었다. 갈리아넬로에서 만난 새로운 친구들을 뒤로 하고 길을 나서자, 집까지 이르는 가파른 협곡이 이어졌다.

이글거리는 태양이 중천에 박혀 있고, 구불구불한 길과 주변의 불규칙한 지형이 시야를 계속 막았다. 갑자기 헌병대장이 부하 하나를 데리고 모퉁이에서 모습을 드러냈다. 나를 맞이하러 온 것인데, 어쩔 수 없이 나는 그들과 함께 마을로 가는 언덕길을 오를 수밖에 없었다. 덤불에 앉아 있던 커다란 검은 새가 우리가 지나가자 하늘로 날아올랐다. "한번 쏴보시겠어요, 의사 선생님?" 자신의 권총을 내밀며 그가 말했다. 내가 쏜 총알이 새를 스치자 깃털이 허공에서 펄럭이며 땅으로 떨어졌다. 제대로 맞았다면 새의 몸뚱이가 산산조각이 났을 테지만, 우리는 더이상 지체하지 않고 길을 계속 올랐다.

갈리아노에 도착하자 농부들의 얼굴에서 무언가 끓어오르는 듯한 표정을 읽을 수 있었다. 내가 없는 사이, 다들 내게 내려진 진료금지령과, 어제 내가 늪지대로 향하기까지 허비한 시간에 대해서 들은 것이다. 그 환자가 죽었다는 소식은 알 수 없는 지하소식통을 통해 이미 널리 퍼진 상태였다. 마을 사람 모두가 그를 알고 있던 터라 한마음으로 그를 걱정했으며, 그는 내가 몇 달 동안 돌본 환자들 중에 처음으로 목숨을 잃은 경우였다. 이런 이유로, 그들은 내가 좀더 일찍 당도했더라면 충분히 그를 살릴 수 있었으리라 확신하고 있었다. 몇 시간 더 일찍 도착했더라도 복부 수술에 대한 내 제한된 지식과 수술도구의 부족, 근처 산타르칸젤로까지 환자를 후송할 수 없는 형편 때문에 달리 방도가 없었을 것이라고 설명을 해도, 그들은 믿기 어렵다는 듯이 고개를 가로저을 뿐이었다. 그들에게 나는 기적을 일으키는 사람이었고, 내가 치료할 수 없는 병은 없었으며, 오직 제시간에 도착하기만 하면 그만이었다. 이 모든 사건이 그들에게는 진료금지령이 악마의 소행임을 증명하는 것이었고, 그 악마는 이제부터 내가 그들도 돌볼 수 없도록 훼방을 시작한 것이다. 농부들의 얼굴에 서린 표정은 그전까지 한 번도 보지 못한 것이었다. 절망 속에 내려진 냉정한 결단으로 그들의 눈은 평소보다 더 어두워졌고, 마침내 총과 도끼를 어깨에 메고 집 밖으로 뛰쳐나왔다.

"우리는 개입니다." 그들이 내게 말했다. "그리고 로마에서는 우리가 개처럼 죽기를 바라죠. 단 하나의 기독교인이 우리를 불쌍히 여겼는데, 이제 그마저도 데리고 가려고 해요. 우리는 시청을 불사르고 시장을 죽일 겁니다."

반란의 기운이 대기에 감돌았다. 농부들이 가슴속 깊이 묻어두었던 정의감이 불타올랐다. 온순하고 수동적이며 매사에 체념적인 그들이었고, 그 어떤 정치적 이론이나 정당의 슬로건에도 무감한 그들이었지만, 지금은 마음속에서 그 옛날 산적떼의 기백이 꿈틀거리는 것을 느꼈다. 오랜 시간 압제에 시달린 이 민중들은 언제든지 순식간에 폭발할 수 있었다. 누구든지 운 나쁘면 수세기 동안 억눌려왔던 그들의 원한을 다시 깨울 수 있고, 그러면 그들은 세금징수사무소와 군대의 막사에 불을 놓고 군주의 목을 딸 기세로 돌아선다. 짧은 순간 일종의 스페인식 잔학함이 그들 안에서 깨어난다. 자유를 얻기 위해 일어서지만 결국 피흘림과 폭력에 이용당하고 만다. 그렇게 굴레에서 단 한순간 해방을 누린 대가로, 그들은 차가운 무관심 속에서 감옥으로 끌려간다.

내가 원했다면 그날 나는 수백 명의 산적떼의 우두머리가 되어 마을을 점령하거나, 들판으로 도주할 수도 있었을 것이다. 잠시나마 나는 유혹에 사로잡혔지만, 바야흐로 1936년이었고, 아직은 때가 무르익지 않았다. 대신 나는 상당한 노력을 들인 끝에 가까스로 농부들을 진정시킬 수 있었다. 그들은 도끼와 총을 가지고 다시 집으로 돌아갔지만, 얼굴에는 여전히 불안한 표정이 가시지 않은 채였다. 로마와 국가는 그들에게 뼛속까지 상처를 주었다. 그들은 가장 깊은 곳까지 내상을 입었으며, 짓누르는 죽음의 무게 아래 멀리서 뻗어오는 정부의 손길을 느꼈고 쇠사슬처럼 옥죄어오는 그 손아귀에 대항하기로 했다. 그들의 첫번째 충동은 로마의 대리인들과 그 상징적 존재들에게 즉각적인 복수를 감행하는 것이었다. 만약 내가 그 일을 단념시킨다면, 그들이 달리 할 수 있는 일이 무엇일까? 아무것도, 언제나처럼 아무것도 없었다. 하지만 이 영원한 '아무것도'에 그들은 다시 한번 내키지 않는 마음으로 굴복해야 했다.

다음날 농부들은 삼삼오오 무리를 지어 나를 보러 왔다. 분노와 피를 보고 말겠다는 결기는 어느 정도 가라앉아 있었다. 대학살극을 벌이겠다는 계획은 좌절되었고, 복수를 통한 분출이 실패로 끝나자, 빨갛게 달아올랐던 열기 역시 식어버렸다. 이제 그들이 바라는 것이라곤 내가 그저 다시 합법적으로 그들을 진료할 수 있게 되는 것뿐이었다. 그래서 그들은 내 대신 탄원서를 돌리기로 마음먹었다. 이방의 적대적인 정부에 대한 그들의 반감은, 역설적이게도 정의에 대한 존경심을 자연스럽게 동반했고, 정부와 국가가 마땅히 갖춰야 할 모습은 바로 법의 형태로 표현된 민중의 의지에 다름 아니라는 자생적인 이해를 수반했다. '법대로'legittimo라는 말이야말로 그들이 가장 흔하게 쓰는 표현으로, 무언가를 결정하거나 처벌하는 맥락이 아니라 '진짜' '진정한'이라는 의미로 쓰였다. 어떤 사람이 올바르게 행동하면 그는 '법대로' 행동하는 것이고, 물을 섞지 않은 포도주는 '법대로' 제조된 포도주인 것이다. 자신들 모두가 서명을 한 탄원서라면 그들이 보기에는 말 그대로 제대로 '법대로'인 것이었고 그래서 진정한 효력을 갖는 것이었다.

그들이 옳은 게 사실이었지만, 나는 어쩔 수 없이 이미 그들이 나보다 더 잘 알고 있는 사실을 설명해야만 했다. 이른바, 그들이 맞서고 있는 것은 매우 불법적인 권력으로, 거기다 대고 '법대로'를 이야기해봤자 아무런 소용이 없으며, 법의 힘은 무력 앞에서 너무나 약하고, 법적인 정의는 이미 상처 입고 힘을 잃어 오히려 그들의 길을 가로막고 있으며, 한마디로 그들의 탄원서는 오히려 나를 다른 유배지로 보내버리는 결과를 초래할 것이라는 사실이었다. 원한다면 탄원서를 계속 진행할 수도 있다. 만약 그것이 효력이 있을 것이라 확신한다면 말이다. 하지만, 환상에서 깨어나라. 그것이 가져올 결과는 나의 이송밖에 없다는 사실을 냉정히 바라봐야 할 것이다. 그들은 내 말 뜻을 너무나 잘 이해하고 있었다. "로마가 우리 고장을 지배하는 한, 그리고 우리가 죽고 사는 것이 그들의 힘에 달려 있는 한, 우리는 그저 아둔한 동물처럼 살아갈 수밖에 없네요." 그들이 말했다. 그렇게 탄원서 건은 물건너갔다. 하지만 아무런 저항 없이 넘어가기에는 이 사건은 그들에게 너무나 깊은 상처를 남겼다. 법으로도, 힘으로도 할 수 없다면 마지막으로 의존할 수 있는 것은 예술이었다.

어느날 두 명의 젊은이가 나를 찾아와서는 이유를 밝히지 않고 의사 가운을 빌려줄 수 없느냐고 물었다. 비밀리에 필요하니 이유는 묻지 말고, 다음날이 되면 다 알게 될 거라는 것이다. 가운은 다음날 저녁에 돌려주겠다고 했다. 다음날 광장을 거닐던 중에 나는 사람들이 시장의 집 쪽으로 발걸음을 재촉하는 것을 보았다. 그곳에는 이미 사람들의 작은 무리가 형성되어 있었는데, 내가 다가가자 구경꾼들은 길을 내주었다. 길 한복판에서 연극이 한창 진행중이었다. 무대도 배경도 없이 오직 호기심에 가득한 관람객들만이 둘러싸고 있었다. 관객들은 남자, 여자, 어린아이까지 있었다. 나중에 알게 된 사실이지만, 매년 사순절의 시작에 맞춰 농부들은 그들이 직접 만든 희극을 리허설 없이 선보였다. 내용은 종교적이거나 혹은 기사나 산적들의 무훈을 그린 것일 때도 있었지만 대부분은 일상 삶에 대한 패러디였다. 그해는 앞서 언급한 사건으로 아직 분을 삭이지 못한 농부들이 풍자를 통해 그들의 감정을 시적으로 분출한 연극이었다.

배우들은, 여자 역할을 하는 사람까지 모두 남자였다. 다

내 친구들인 농부였지만 과장된 분장 때문에 누가 누구인지 알아볼 수는 없었다. 연극은 단막으로 구성되었고, 연기자들이 즉흥적으로 대사를 지어냈다. 혼성 코러스가 아픈 남자가 당도했음을 알리자, 환자가 들것에 실려 들어왔다. 하얗게 분칠한 얼굴에 눈 아래로 검은 원을 그려 광대뼈가 푹 꺼진 듯 보이는 환자는 이미 죽은 사람 같았다. 환자의 곁에는 흐느끼는 어머니가 있었는데 단조롭고 구슬픈 목소리로 "내 아들! 내 아들!"을 연발했다. 코러스가 호출하자 내가 빌려준 하얀 가운을 입은 사내가 등장했다. 그가 환자를 치료하려는데 갑자기 검은 옷을 입고 염소수염을 한 늙은이가 나타나 그를 저지한다. 각각 하얀 옷과 검은 옷을 입은 두 의사는 천사와 악마가 그러하듯, 들것에 누운 환자를 두고 온갖 위트와 독설을 주고받으며 실랑이를 벌인다. 천사가 거의 승리를 굳힐 무렵 갑자기 로마에서 보낸 사자가 무시무시한 괴물의 얼굴을 하고 무대에 등장해 천사를 몰아낸다. 검은 옷을 입은 남자, (유명한 외과 의사인 베스티아넬리[Bestianelli]의 이름에서 따왔을 것이 분명한) 닥터 베스티아넬리는 상황을 장악하게 되자 가방에서 나이프를 꺼내 수술을 시작한다. 그는 환자의 옷을 자르는 시늉을 하고 빠른 손놀림으로 그 안에 숨겨두었던 돼지의 방광을 꺼내들더니 공포와 분노로 웅성거리는 코러스를 향해 의기양양하게 몸을 돌린다. 그러고는 방광을 흔들며 소리치는 것이었다. "여기 그의 심장이다!"

이어서 심장이 찢어져 피가 쏟아져 나올 때까지 커다란 바늘로 찔러댔고, 환자의 어머니와 코러스가 비탄에 빠져 장송곡을 읊조리기 시작하자 극은 막을 내렸다.

누가 그 연극을 썼는지 지금까지도 알 수 없지만 아마 한 명이 아니라 연극에 참여한 사람 모두가 함께 생각해냈을 것이다. 즉흥적으로 만들어진 대화들은 당시의 뜨거운 감자라 할 만한 사건을 빗댄 것이지만, 영리하게도 농부들은 그것이 직접적으로 드러나지 않도록 했다. 연극의 내용은 위험 선을 넘지 않으면서도 충분히 신랄하고 적절했다. 농부 배우들에게서는 풍자를 통해서 자신들의 슬픔을 배출하려는 의도보다 진지한 예술적 열정이 더 강하게 느껴졌다. 그들 모두가 자신의 배역에 충실했다. 흐느끼는 어머니는 마치 그리스 비극의 절망적인 여주인공 혹은 야코포네 다 토디Jacopone da Todi* 의 마리아 같았다. 아픈 남자는 정말 숨이 얼마 남지 않은 듯했다. 검은 옷을 입은 돌팔이 의사는 야만적인 즐거움을 드러내며 심장에서 피를 흩뿌렸다. 로마에서 보낸 용 모습의 전령은, 국가 그 자체를 대표하는 끔찍한 괴물이었다. 코러스는 절망적인 인내심을 가지고 사건에 대한 논평과 해석을 펼쳐갔다. 이 고전적인 형태의 연극은 민중들 사이에서 전해내려온 고대 예술의 흔적일까 아니면 삶 자체가 무대 없는

* 13세기 이탈리아 프란체스코회 수사로 이탈리아어 극의 초기 개척자였으며, 복음의 주제를 각색한 희곡을 여럿 썼다.

비극인 이 땅에서 토속적 언어로 재창조해낸 자발적이고 독창적인 예술일까?

연극이 끝나자마자 죽은 자는 들것에서 일어났고, 배우들은 서둘러 닥터 지빌리스코의 집 쪽으로 몰려가 또 한번 같은 공연을 선보였다. 그날 하루 동안 공연은 여러 차례 반복되었는데, 닥터 밀릴로의 집과 교회당, 군부대 막사, 시청 등을 순회했고, 광장과 갈리아노의 윗동네와 아랫동네의 비좁은 골목길 여기저기에서 펼쳐졌다. 저녁 무렵, 천사가 입었던 하얀 가운은 승전보처럼 내 손으로 돌아왔고, 사람들은 모두 집으로 돌아갔다.

이 시적이기 그지없는 감정의 분출에도 불구하고 그들은 완전히 분을 삭일 수 없었고, 원한을 해소할 수도 없었다. 그들은 의료행위를 금지하는 조처가 말도 안 된다고 생각했고, 그래서 그냥 무시하기로 했다. 그들은 전과 마찬가지로 내게 와서 치료를 부탁했는데, 유일하게 달라진 점이 있다면 어둠이 내리고 난 뒤 조심스럽게 길 위아래를 살펴보고 아무도 엿보는 사람이 없음을 확인한 뒤에야 우리집 문을 두드린다는 것이었다. 그들은 너무나도 절박했고, 환자의 상태가 매우 위중했기 때문에 나는 그들의 부탁을 거절할 수가 없었다. 나는 그들의 조심성과 신의를 전적으로 믿었다. 나를 배반하느니 그들은 차라리 죽음을 선택할 것이다. 그럼에도 불구하고 나의 활동은 제약을 받을 수밖에 없었다. 내가 할 수 있는 것이라고는 얼마간의 조언과 내가 보유한 약을 나누어 주는 것뿐이었다. 나는 나폴리에 친척이 있는 환자들에게만 처방전을 써주었는데, 그러면 그들은 친척들을 통해 우편으로 약을 전달받았다. 붕대를 감거나 간단한 수술을 할 수도 없었는데, 그러면 나의 치료행위가 사람들의 눈에 드러나기 때문이었다.

비밀을 지켜야 하는 상황은 마을에 일종의 흥분을 불러일으켰다. 마을은 일시적이나마 권태에서 벗어났고, 금지령은 마치 고인 물과 같이 지루한 귀족들의 삶에 파문을 일으켰다. 닥터 지빌리스코는 기세등등했다. 그 자신이 데우스 엑스 마키나Deus ex machina*로 그려지든 말든 상관없이, 그는 눈에 띄게 행복해했다. 늙은 닥터 밀릴로는 복잡한 심경이었다. 나와 경쟁할 필요가 없어진 덕에 그의 직업적 자긍심은 더 높아졌고 수입도 더 늘었지만, 한편으론 오래된 자유주의자이자 한때 니티 지지자였던 사람으로서 경찰의 무도한 이 조치가 못마땅할 수밖에 없었다. 운 좋게도 그의 태도는 두 가지를 모두 만족시킬 수 있었다. 한편으로는 경제적 이득을 취하면서 다른 한편으로는 정부의 잘못된 조치에 도덕적으로 심심한 분노를 표출하는 것으로 나에게 우정을 표할 수 있었기 때문이다. 한편 돈나 카테리나 입장에서는 심각한

* 연극에서 결말을 짓거나 갈등을 해결하기 위해 뜬금없이 신을 등장시키는 것을 말한다. 인위적이고 억지스러운 해결책이나 상황을 일컬을 때 사용되는 표현이다.

패배를 의미했다. 그녀의 계획은 틀어져버렸고, 적들을 찍어 누르고 싶은 욕망은 모욕당하고 말았다. 그녀는 너무나도 분개한 나머지 이렇게 말하기까지 했다. "우유부단하고 어리석은 내 오라비가 뭔가 하지 않는다면, 내가 직접 마테라로 가서 도지사를 만나 얘기할 테다." 돈나 카테리나는 여전히 나의 든든한 지원군이었지만, 돈 루이지는 계속 어정쩡한 입장이었다. 누이의 입김에 여론까지 생각하면 무언가 하긴 해야 했고 '마을의 안녕'이라는 대의를 위해 가지고 있는 모든 영향력을 행사해야 옳았지만, 자칫 나의 편을 들다가 당국자들의 심기를 거스르지 않을까 여전히 전전긍긍했다. 그래서 돈나 카테리나나 그녀의 친구들의 의견에 말로만 맞장구를 칠 뿐이었다.

한편, 귀족들은 구엘프와 기벨리니Guelfi e Ghibellini*로 나뉘어 반목했다. 한 편은 평민들의 뜻을 지지하는 입장이었고, 다른 편은 마테라로 대표되는 신성로마제국으로부터 아무런 지원도 받지 못하고 홀로 싸우고 있었다. 돈 루이지는 상충하는 의견들 사이에서 보신주의적 행보를 펼쳐나갔다. 그는 시장이었고, 어쨌든 법에 따라 그 자리에 임명되었지만, 법에 대한 그의 이해는 이상하기 짝이 없었다. 어느날 저녁, 그

---

* 구엘프와 기벨리니는 중세 유럽(특히 북 이탈리아)에서 각각 교황과 신성로마제국 황제의 권력을 지지하는 분파를 말한다. 이들은 교황파(구엘프)와 황제파(기벨리니)로 나뉘어 12세기에서 13세기까지 치열하게 싸웠는데 이들의 투쟁은 11세기부터 시작된 서임권 분쟁에서 기원한다.

는 하녀 하나를 보내서 나를 자기 집으로 청했다. 그의 어린 딸이 목이 부었는데 혹시 디프테리아가 아닌지 걱정이 되었던 것이다. 나는 진료를 해서는 안 되므로 갈 수 없다는 답을 보냈다. 그러자 그는 다시 하녀를 보내, 자신이 시장이고 따라서 법 위에 존재하므로, 내가 자신의 집에 오는 것을 허락할 수 있다는 말을 전했다. 나는 내가 그의 자식을 진료한다면, 내 도움을 청하는 농부들도 똑같이 진료할 수 있도록 허락해줘야 한다는 조건을 제시했다. 여기에 대한 그의 대답은, 일단 자신의 아이를 치료하고 나서 생각해보자는 것이었다. 내 진료행위를 무조건적으로 허락해줄 수는 없지만, 눈을 감아줄 수는 있다는 것이다. 물론, 시장 딸의 디프테리아는 아버지의 과한 염려가 만들어낸 또다른 상상의 질병으로 판명되었다. 그렇게 해서 일종의 잠정적인 협정이 이루어졌고, 덕분에 나는 명시적인 해제조치 없이, 그러나 내가 비밀을 지키는 한에서 반쪽짜리나마 진료행위를 계속할 수 있었다. 나는 이 모든 것을 포기하고 그림에 전념하는 것이 옳았을 것이다. 하지만 내가 갈리아노에 머무는 동안에는 그것이 불가능했다. 이 불법적이고 비밀스러운 상황은 당연히 여러 가지 불편함을 초래했고, 가까스로 누르고 있던 민중의 분노에 불을 붙일 수 있는 또다른 사건들로 이어졌다.

어느날 저녁, 팔에 붕대를 감은 젊은 농부가 일행 여럿을 데리고 갈리아넬로에서 내려왔다. 그는 자신이 휘두르던 낫에 손가락 사이를 베었는데, 내가 붕대를 풀자 상처에서 피가 터져나와 벽까지 튀었다. 동맥을 잘린 것이다. 어서 빨리 잘린 동맥을 찾아 봉합하고 지혈을 해야 했다. 내가 수술을 할 수는 없었다. 그렇게 하면 남들의 눈에 띌 게 뻔했기 때문이다. 그래서 나는 환자를 메모와 함께 닥터 밀릴로에게 보냈다. 메모에는 내가 조수로서 그의 수술을 돕고 싶다고 썼다. 내 의도는, 그의 이름으로 보호받으며, 그의 능력 밖인 그 수술을 내가 직접 하는 것이었다. 하지만 노인네는 심기가 상했고, 그래서 내 도움 없이 자신이 직접 치료할 수 있다는 답신을 보내왔다. 다음날 아침 일찍, 그 젊은 농부는 나귀의 등에 실려 다시 왔다. 그의 형과 함께였다. 그는 밤새 피를 흘려 얼굴빛이 밀랍처럼 창백했다. 그의 손을 보니 그 노인네는 잘린 동맥을 찾아 봉합하려는 시도도 하지 않고 그저 한두 바늘을 꿰매놓은 게 다였다. 어제만 같았어도 상대적으로 쉬웠을 수술이 지금은 아주 어려워진 상황이었다. 내 머릿속에는 진료금지령이 맴도는 데다, 다른 의사가 시술한 것이라 함부로 끼어들 수도 없었다. 농부 형제로서는 닥터 밀릴로에게 다시 가거나 지빌리스코를 방문하는 일은 절대로 받아들일 수 없었기에 '아메리칸'의 덜컹거리는 차를 타고 스틸리아노나 그 너머로 더 나은 의사를 찾아가는 수밖에 달리 방법이 없었다. 길을 떠나기 전, 혈기가 끓어오른 환자의 형이, 시청 앞 광장에 농부들을 불러 모으고 그가 처한 부당한 상황을 알리고자 길게 연설했다. 그는 귀족들, 시장 그리고 로마의 당국자들에 대한 울분을 토해냈다. 기억할 만한 장면이었다. 군중들은 박수로 화답했고, 또다른 비바람이 예고되고 있었다.

줄리아는 금지령 같은 것에는 아랑곳하지 않았다. "하고 싶은 대로 하세요." 그녀가 말했다. "저들이 뭘 어쩌겠어요? 당신이 진료를 하도록 내버려두지 않는다 해도, 당신은 여전히 아픈 사람들을 치료할 수 있어요. 주술을 쓰세요. 제가 모든 비밀의 주문들을 다 알려주었잖아요. 그건 저들도 금지할 수 없을 거예요."

사실 지난 몇 달 동안, 줄리아를 비롯해 가끔 우리집에 들르는 아낙네들의 가르침 덕분에, 또 매일 밤 농부들의 집에서 환자의 침상을 지키면서 내가 보아온 것들 덕분에, 나는 이미 그들에게 널리 퍼진 주술을 모두 섭렵한 상태였고, 그것을 치료에 응용하기까지 했다. 나는 줄리아가 세상 진지한 태도와 그 영리하면서도 차갑고 권태로운 시선으로 나를 바라보며 했던 충고의 말을 따를 수도 있었을 것이다. "당신은 주술사가 되어야 해요." 내가 노래를 부르는 걸 들을 때마다 줄리아는 마찬가지의 진지한 태도로 이렇게 말하곤 했다. "당신이 사제가 안 된 게 너무 안타깝네요. 너무나 멋진 목소리를 가지고 있는데." 그녀에게 사제란 노래로 신을 찬양하는 배우나 다름없었다. 나는 사제, 의사, 주술사 이 셋 모두였으므로 아마도 줄리아의 마음속에서는 신성한 치유의 능력을 가졌다는 동방 의술의 신 로페Rofe*의 화신일지도 몰랐다.

가장 인기 있는 주술은 거의 모든 질병을 다 치유한다. 그저 주문을 외우기만 하면 되는 것이다. 특정한 병에 효력이 있는 주문들이 있고, 일반적으로 사용되는 주문들이 있다. 어떤 주문은 이 지방의 고유한 것이고, 어떤 것은 언제 어떻게 생겨났는지 모른 채 구전되어온 것들이다. 가장 널리 쓰이는 주문은 아브라카다브라abracadabra이다. 환자들을 방문할 때마다 나는 그들의 목에 둥글게 말린 작은 종잇조각이나 금속판이 걸려 있는 것을 보았는데, 그 안에는 삼각형 모양으로 다음과 같은 글귀가 새겨져 있었다.

A
A B
A B R
A B R A
A B R A C
A B R A C A
A B R A C A D
A B R A C A D A
A B R A C A D A B
A B R A C A D A B R
A B R A C A D A B R A

처음에 농부들은 부적을 감추거나 아니면 그것을 지닌 것

* 히브리신화에 등장하는 의술의 신. 말 한마디로 모든 질병을 고쳤다고 한다.

에 대해 사과하곤 했다. 의사들은 그런 미신을 경멸하며, 이성과 과학의 이름으로 매우 한심하게 생각한다는 것을 그들도 알고 있기 때문이었다. 이성과 과학이 마법의 역할을 제대로 대체하는 곳에서는 그럴 수 있다. 하지만 각종 신들이 널리 사랑받고 숭배되는 이 벽촌에서는 그렇지 못하며 어쩌면 결코 그런 날은 오지 않을지도 모른다.

나는 부적들을 존중했고, 그 오래된 기원과 불가사의한 단순함에 경의를 표했으며, 적이 되기보다는 친구가 되고 싶었다. 농부들은 나의 이러한 태도를 고마워했고, 동시에 아브라카다브라의 효험에 진지하게 의지했다. 어쨌든 갈리아노에서 행해지는 마법들은 무해한 것이었고, 농부들에게는 공식적인 의술과 전혀 모순되지 않았다. 모든 질병에 약을 처방하는 것은 마법의 주문을 쓰는 것과 똑같았다. 라틴어로 쓰든 아니면 읽을 수 없는 손글씨로 대충 휘갈겨 쓰든 일단 처방전이 쓰이면, 대부분은 약국에 전달되기도 전에 이미 효력을 발휘하는 것이었다. 농부들은 아브라카다브라처럼 그저 목에 매달고 있는 것만으로도 처방전이 병을 치유한다고 생각했다.

아브라카다브라 외에도 치유의 힘을 가진 것들은 많이 있었다. 각종 난해한 문자와 별자리 표시, 성자의 그림과 비지아노의 성모 마리아 상, 오래된 동전, 늑대의 이빨, 두꺼비의 뼈 등등이 그것들이었다. 몇몇 질병에 대한 치료법에는 매우 재미있는 주문이 등장한다. 아이들의 몸에 벌레가 있을 때 다음과 같이 주문을 외우면 벌레들이 주문에 홀려서 아이들의 몸을 떠나게 된다.

성스러운 월요일
성스러운 화요일
성스러운 수요일
성스러운 목요일
성스러운 금요일
성스러운 토요일
부활의 일요일
벌레들은 모두 땅으로 떨어져라.

다시 거꾸로,

성스러운 토요일
성스러운 금요일
성스러운 목요일
성스러운 수요일
성스러운 화요일
성스러운 월요일
부활의 일요일

벌레들은 모두 땅으로 떨어져라.

이 주문은 아이 앞에서 연속해서 세 번 외워야 하는데, 매 번 앞에서 뒤로, 또 뒤에서 앞으로 외워야 한다. 그러면 벌레들은 몸 밖으로 나와 죽게 되고 아이는 치료되는 것이다. 분명히 아주 오래된 주문으로, 로마제국 후기의 액막이 주문의 흔적이었다. 라틴어로 쓰인 초기 글귀 중 하나에 기독교적 요소가 가미되어 생긴 것으로 추측된다.

농부들은 황달을 '무지개병'이라고 불렀다. 그 병에 걸린 사람은 태양의 분광 중에 가장 강력한 색인 노란색으로 변하기 때문이다. 무지개병에 어떻게 걸리느냐고? 무지개가 하늘을 건너갈 때, 들판 이곳저곳을 헤집으며 뚜벅뚜벅 걸어간다. 이따금 그 발이 널어놓은 빨래를 건드리는데, 그 옷을 입은 사람은 옷에 묻어 있던 색깔로 물들며 병에 걸리는 것이다. 또 얘기되기를, (비록 첫번째 이야기가 훨씬 더 그럴 듯하고 또 더 널리 믿어지지만) 무지개가 있는 쪽으로는 오줌을 누면 안 되는데, 왜냐하면 오줌발이 그리는 휘어진 곡선이 하늘에 있는 무지개의 모양과 비슷해서 오줌을 누는 사람의 몸 전체가 무지개로 변한다는 것이다. 황달에 대한 치료법은 다음과 같다. 환자를 동틀녘 마을 밖 언덕 꼭대기로 데리고 간다. 검은 손잡이가 있는 칼을 환자의 이마에 처음에는 수직으로 그 다음에는 수평으로 갖다 대어서 일종의 십자가를 그린다. 이어 몸의 관절마다 비슷한 동작으로 칼로 십자가를 그린다. 단 한 개의 관절도 빠뜨리지 않고 이렇게 세 번씩 사흘 동안 아침마다 반복하고 나면 무지개가 사라지는데, 한 번에 한 가지 색깔씩 없어지고, 아픈 사람의 피부는 다시 하얘지는 것이다.

단독丹毒*을 치료하는 주문은, 주문만 외워서는 안 되고, 은화 한 닢이 필요하다. 농부들은 이럴 때 쓰려고 오래된 은전 하나씩은 집에 보관하고 있었고, 이 흔한 감염병에 걸린 사람 치고 빨갛게 부어오른 피부에 두꺼운 은화를 대고 있지 않은 사람은 없었다.

부러진 뼈를 고치는 주문, 치통과 복통, 두통을 치료하는 주문, 고통을 다른 사람이나 동물, 혹은 식물이나 물건에 전가하는 주문, 저주에서 벗어나거나 홀림에서 빠져나오는 주문 등을 거치고 나면 이제 치유가 아니라 그 반대로 인간을 병들게 하고 죽게 하는 주문들로 넘어간다. 마법의 또다른 중요한 갈래는 물론 사랑의 감정을 불어넣거나 아니면 그로부터 깨어나게 하는 것이다. 나는 자주 이 주문을 쓰는 것을 목격했고, 그보다 더 자주 그 대상이 되는 피해를 입었다. 비록 당시에는 내가 전혀 눈치 채지 못했지만, 그때 내게 쓰인 각종 주문들과 나도 모르게 마셨던 묘약들이 훗날 내가 품게 된 가엾은 정념의 씨앗이 되지 않았다고 누가 말할 수 있

* 세균에 감염되어 피부가 빨갛게 부어오르는 피부질환.

으랴? 어쨌든 당시 나는 마리아 C와 같은 마녀의 노골적인 공격으로부터 내 자신을 지켜야만 했다. 그녀는 남편이 들판에 일을 나가고 나면, 아이가 아프다는 핑계로 나를 부르곤 했다(그녀의 남편은 이미 치정에 의한 살인으로 감방에 다녀온 바가 있었다). 내가 세 들었던 적 있는 과부가 남편을 잃은 것도 이 여자 때문이었다. 마리아 C의 순진무구하고 예쁜 아이의 아빠가 사실 미망인의 남편이라는 얘기가 돌았는데, 아이의 엄마는 가히 두려운 존재였다. 땅딸막하고 살집이 있는 몸에, 이마가 매우 좁아서 진한 눈썹 위로 검푸른 머리칼이 바로 이어졌으며, 가운데 가르마를 타서 양 갈래로 묶었다. 숱 많은 머리칼과 눈썹 아래로 보이는 작은 얼굴은 야생의 동물을 연상시키는데, 짧은 코와 활짝 열린 두 개의 콧구멍, 그리고 두툼한 입술 사이로 희고 날카로운 이빨이 드러나 보였다. 하지만 뭐니뭐니 해도 이 창백한 얼굴에서 가장 도드라지는 것은 그녀의 눈이었다. 먼 곳을 응시하는 듯한 거대한 두 눈에는 광기가 서려 있었고, 관자놀이와 가까워질수록 점점 더 커지고 투명해지는 동시에 푸른빛이 감도는 초록색은 더욱 진해졌다. 마치 부패된 열대의 나무들을 거느린 채 빠질 듯 흘러내리는 모래로 둘러싸인 위태롭기 그지없는 호수를 바라보는 느낌이었다.

"당신은 주술사가 되어야 해요. 우리 방식으로 치료를 할 수 있어요." 나는 몰래 계속해서 환자를 보고 있었고, 동시에 마법의 심기를 거스르지 않으려고 조심했다. 이곳에서 마법과 자성磁性은 모든 관계의 저변에 놓여 있었고, 의술 역시 마법에서 자유롭지 않았다. 의사가 제아무리 의학에 정통하고 과학적이라 하더라도, 의술을 발휘하기 위해서는 역시 마법에서 힘을 빌려와야 했다. 슬프게도 농부들은 키니네의 효과를 믿지 않았는데, 그들이 보기에 키니네는 이해할 수 없으며 믿음이 가지 않는, 허세에 찬 과학에 속하는 것이었기 때문이다. 그렇게 소용이 없다고 생각하는 농부들이 마지못해서라도 키니네를 복용하게 하려면 정색을 하고 명령을 해야 했다. 나는 좀더 새롭고 강력하며 훨씬 큰 마법의 힘을 지닌 약들을 처방하는 편을 택했는데, 예를 들면 아타브린이나 플라스모힌 같은 것들이다. 이 약들은 그 화학적 구성성분이나 그것이 일으키는 상상적 효과들에 있어서 두 배는 더 효과적이었다.

농부들은 키니네를 제외한 모든 약품들은 기꺼이 받았다. 하지만 대개의 경우 재고가 부족하거나 너무 비쌌고, 의사와 약제사들은 환자의 절박한 상황을 악용했다. 이 일대의 약국에서 구할 수 있는 먼지 쌓인 약들은 처방전에 따라 정확하게 조제된 것인지 아니면 그저 몸에 무해한 가루들을 아무렇게나 섞어놓은 것인지 누구도 알 수 없었다. 그래서 보통은 특허를 받거나 주문에 따라 조제된 약을 쓰는 편이 좋았지만 그러면 약값은 더욱 비싸졌다. 라 파로콜라의 어린 아들에게 악성 고름 물집이 생겼는데, 동물과의 잦은 접촉으로 생기는 흔한 질병이었다. 저녁에 아이를 보러 갔다. 내가 보유하고 있던 그나마 얼마 되지 않던 물약은 동이 났고, 마을에 가지고 있을 법한 사람도 없었으므로, 나는 아이 엄마에게 어서 빨리 지름길로 산타르칸젤로의 약국에 가서 약을 구해보라고 말했다. “돈은 있나요?” 내가 아이 엄마에게 물었다. “30리라가 있어요. 헌병대가 마침 2주치 빨래 삯을 주었거든요.” 약은 병당 8.5리라였으므로 그녀가 가진 돈이면 충분했다. “혹시 모르니까 세 병 사세요.” 옴은 고약한 병이라서 충분히 주사를 놓아야만 치료할 수 있었다. 이미 날이 저물었고, 라 파로콜라는 밤에 길을 나설 엄두가 안 났다. “가는 길에 정령들이 있을 텐데 나를 내버려두지 않을 거예요.” 어쨌거나 그녀는 동이 트기 훨씬 전에 길을 나섰고, 불안이 그녀의 짧고 휘어진 다리 위에 날개처럼 펄럭였다. 가는 길이 10킬로미터 오는 길이 10킬로미터였다. 아침이 되자 그녀는 집에 돌아왔는데 딸랑 2개의 약병만 손에 든 채였다. 내가 놀라는 기색을 보이자 그녀는 약제사가 돈을 얼마나 가지고 왔느냐고 묻더라는 것이다. “30리라요.” “그러면 두 병을 살 수 있어요. 글씨 읽을 줄 알죠? 한 병에 15리라요. 약병에 그렇게 붙여놓았잖소!” 그러나 약병에는 8.5리라라고 적혀 있었다. 이런 방법으로 중간계급은 그들의 봉건적인 권리를 영속화시켰다. 다행히 약 두 병으로 건강은 충분히 좋아졌다.

라 파로콜라는 아주 가난했다. 그녀의 거대한 침대와 집시를 연상시키는 매력을 제외하고는 지상에 가진 것이라곤 없었다. 그녀는 무상으로 약을 타고 진료를 받아야 했다. 그런 처지에 놓인 사람들의 명단에 마땅히 그녀의 이름이 있어야 했다. 그런 명단이 존재했지만, 시청의 문서 보관서 어딘가에 쑤셔박혀 있었고, 광범위하게 퍼진 빈곤에도 불구하고 명단 안에는 고작 네다섯의 이름이 있을 뿐이었다. 얼마 안 되는 자선이나마 필요한 사람들의 이름을 온갖 핑계를 들어 제외했기 때문이다. 하긴 그렇게 명단에서 빼버리지 않으면 의사나 약제사들에게 돈을 지불할 형편이 되는 사람이 남아나지 않았을 것이다. 그 명단을 작성한 것도 의사와 약제사들이었다. 이것 또한 이 땅에 만연한 구악舊惡들 중 하나였다. 그동안 관습에 의해 지지되며 버틸 때까지 버티다 더는 어렵게 되자 이번에는 국가의 권위에 달라붙었고 국가는 훨씬 더 몰인정했다.

"우리가 글을 읽고 쓸 줄 안다면 이런 강도짓을 당하지 않았을 거예요. 저들은 학교를 짓지만 우리한테는 아무것도 가르쳐주지 않아요. 로마는 우리가 미련한 동물들로 남아 있기를 바라지요." 과도한 세금에 허덕이는 이 농부들은, 2리라어치의 마늘을 팔기 위해 세니제에서부터 하루 종일 걸어오는 이들이었고, 좋은 오렌지 한 바구니를 메타폰토에서부터 하루 종일 지고오는 이들이었다. 그들이 가져오는 오렌지는 누군가의 목숨값이었는데 말라리아의 치사율이 높은 저 아래 바닷가 지역에서 오렌지 한 바구니를 재배하기 위해서, 적어도 몇 사람은 고된 노동으로 죽어나갔을 것이기 때문이다. 하지만 정부가 아비시니아 전쟁을 수행하기 위한 재원을 마련한다며 결혼반지며 금붙이들을 기증해달라고 하자 그들은 최선을 다해 그 요청에 응했다. 사실 이 지역에 남아 있는 금붙이라고 해봤자 얼마 없었다. 매년 5월이나 6월 추수 직전에, 금을 매입하는 상인들이 시골 곳곳을 다니며 바닥난 곳간과 빚더미에 허덕이는 농부들에게서 헐값에 금을 쓸어갔다. 게다가 정부의 금붙이 징수령이 발효되자 위정자들은 그것은 의무이며 교황청도 교회에 있는 모든 금을 내놓도록 지시하는 마당에 의무를 회피하는 자들에겐 어떤 식으로 신의 벌이 내릴지 모른다는 논리로 그들을 세뇌했다. 이들은 다시 한번 새로운 희생을 감수하며 조국의 제단에 자신들이 가진 것을 바쳤다. 줄리아와 라 파로콜라마저도, 오래 전 백년가약을 맺고 바다 건너로 떠나가버린 남편들에게서 받은 가락지를 뺐다.

줄리아의 남편은 그녀가 낳은 열일곱 명의 아이들 중 첫째인 아들을 데리고 아르헨티나로 떠난 뒤 소식이 끊겼다. 어느날 줄리아는 편지 한 통을 받고는, 읽어달라며 나에게 가지고 왔다. 편지는 이탈리아어와 스페인어가 섞여 있었는데,

치비타베키아Civitavecchia 항*에서 부친 것이었다. 이십 년 간 잃어버렸던 그녀의 아들은 부에노스아이레스에서 자랐고, 아비시니아 전쟁에 이탈리아 군으로 자원했다. 아버지에 대한 말은 없었지만 이탈리아를 떠나기 전에 휴가를 내서 엄마를 보러 올 수 있었으면 좋겠다고 했다. 휴가는 불발됐지만, 소년은 자신의 사진을 보내왔고, 이따금 아프리카에서 어머니에게 편지를 썼다. 나는 줄리아가 말하는 대로 받아 적어 답장을 보냈다. 마침내 아들은 전쟁이 곧 끝날 것 같다는 편지를 보내왔고, 어머니에게 갈리아노에서 자신의 아내감을 찾아달라고 부탁했다. 선택은 전적으로 어머니의 몫이며 자신이 돌아오자마자 어머니가 고른 여자와 결혼을 하겠다는 것이다. 기억하지도 못할 만큼 어린 나이에 이 마을을 떠난 소년에게도, 아메리카는 그저 스쳐지나가는 곳에 불과했다. 그는 한 번도 본 적 없는 고향으로 돌아와, 그가 이름밖에 기억하지 못하는 마녀 어머니가 고른 낯선 여자와 결혼을 하려는 것이었다. 갈리아노에 사는 아가씨들의 공식적인 그리고 비공식적인 삶을 속속들이 알고 있는 줄리아는 아들의 배필로 예쁠 것 하나 없지만 튼튼한 몸을 가진 농부의 딸을 골랐고, 장래의 며느리와 함께 아들의 귀환과 신혼 첫날을 기다렸다.

---

* 이탈리아 라치오 주 로마현의 항구 도시. 이탈리아어로 '고대의 마을'을 뜻한다.

4월은 햇빛과 비 그리고 갈 길 몰라 헤매는 구름들로 매우 변덕스러운 달이었다. 대기에는 미세한 떨림이 감돌았다. 저 먼 곳에 봄이 오고 있음을 알리는 전조 같았다. 하지만 쌓인 눈을 털어내고 따뜻한 햇살을 들이마신다 해도, 이곳에서는 다시 소생하는 삶의 흥분, 행복한 북쪽 땅의 부풀어 오르는 생명의 기운 따위는 찾아볼 수 없었다. 추위는 물러갔고 신선한 산들바람이 불었지만 산사면에는 풀 한포기 자라지 않았으며, 바이올렛을 비롯한 꽃 한송이 피어나지 않았다. 풍경은 하나도 변하지 않았고 점토질의 땅은 변함없이 잿빛이었다. 순환하는 계절을 그 절정의 순간에 못 본다는 것은 아쉬운 일이었다. 날씨가 풀리면서 마을의 길은 다시 텅 비었다. 남자들이 종일 먼 들판으로 일을 나갔기 때문이다. 아이들은 진창에서 염소들과 첨벙대고 놀았다. 나는 코듀로이 슈트를 걸치고 산책을 하거나 테라스에서 그림을 그렸다. 농부들의 집에서는 여자들의 목소리와 돼지들이 꿀꿀대는 소리가 번갈아 흘러나왔는데, 이 지역의 관습에 따라 여자들이 돼지의 몸을 비누칠해 씻기고 빗질을 하는 동안 돼지들은 목욕하기 싫어하는 아기들처럼 뻗대고 있었다.

어느 늦은 오후, 나는 집으로 가기 위에 늘 하던 대로 갈리아노의 윗동네와 아랫동네를 오르내리는 골목길을 걷고 있었다. 나는 가끔씩 멈춰 서서 기계적으로 눈앞의 산을 바라보았다. 마치 친한 벗의 얼굴처럼 나는 그것의 주름이며 흉터를 속속들이 알고 있었고, 그토록 오래 보아왔기 때문에 너무나 익숙해져 존재 자체를 인식하지 못하고 지내온 터였다. 그렇게 나는 딱히 무엇을 본다고 할 수 없이 그저 바람에 깎인 잿빛 덩어리에 시선을 두고 있었다. 모든 감각을 잃어버리고 시간에서도 벗어나 다시는 돌아오지 않을 영원의 물결에 빠져든 것 같았다. 그 시간이면 아무도 찾지 않는 분수대 근처에 앉아서 물소리를 듣곤 했는데, 우편배달부가 나를 찾아왔다. 우편배달부는 늙고 병든, 야윌 대로 야윈 노파였는데, 편지 자루를 머리에 이고 기침을 해대며 좁은 골목길을 헤쳐 나가느라 애를 먹고 있었다. 그녀는 내게 전보 한 통을 전해주었는데 검열을 거치느라 이미 시간이 많이 지난 뒤였다. 가까운 친척의 부고를 전하는 내용이었다. 나는 우선 집으로 갔다. 잠시 뒤, 내 가족들의 긴급한 요청으로 며칠 동안 고향을 방문할 수 있도록 허락한다는 경찰의 통보를 받았다. 날이 밝는 대로 길을 나서서 마테라까지 버스를 타고 가기로 되어 있었다. 마을의 보초병인 돈 젠나로가 나와 동행하기로 했다.

그렇게 해서 나는 끝없이 이어지는 무감한 날들에서 풀려나 다시 한번 길 위와 기차 안에서 푸른 들판을 따라 이동하게 되었다. 너무나 슬픈 여행길이었기에 나는 그 길들을 거의 잊고 지냈다. 저 멀리 그라사노의 벌거벗은 산마루와 하늘에 너무나 가깝게 닿아 있는 소박한 마을이 눈에 들어왔다. 이어서 우리 일행은 내가 한 번도 가본 적 없는 시골길을 지났는데, 그 길은 바젠토와 브라다노 사잇길을 통과해 그라비나 강을 지나고 그로톨레와 밀리오니코 너머 마테라로 향하는 여정이었다. 마테라에서 경찰의 동행과 관련된 서류 때문에 몇 시간을 기다린 덕분에 도시를 둘러볼 수 있었는데 그제서야 비로소 누이가 말한 공포를 이해할 수 있었다. 동시에 나는 그 도시의 비극적인 아름다움에 매료되었다. 마침내 나는 호위병과 함께 기차에 올랐고, 밤과 낮을 달려 이탈리아를 종단했다. 토리노에서는 고작 며칠 머물렀을 따름이고, 언제나 경찰관 둘이 그림자처럼 따라붙었다. 그들의 임무는 내가 잠자리에 든 뒤에도 나를 감시하는 것이었지만, 그 대신 우리집에서 제공하는 작은 방에서 잠을 잤다.

나의 방문은, 조문이라는 목적과는 별개로 충분히 우울한 것이었다. 사실 나는 다시 도시를 보고, 옛 친구들과 이야기를 나누고, 잠시일지언정 한때 익숙했던 그 바쁘고 복잡한 삶에 다시 참여하게 되면 엄청나게 기쁠 것이라 기대했다. 하지만 그곳에서 나는 혼자 외따로 떨어진 듯 고립감을 느꼈고, 그토록 그리워했던 사람들과 장소에 쉽게 적응하지 못했다. 많은 지인들이 곤란에 처하기 싫어서 나를 피했으며, 나 스스로 곤란하게 하고 싶지 않아 피한 이들도 있었다. 좀더 용감하고, 나로 인해 위험해질 가능성이 적은 몇몇이, 경찰에 보고될 것을 두려워하지 않고 나를 보러 왔다. 하지만 그들과도 편하지 않았다. 나는 그들의 관심사와 야망, 활동과 희망에 이질감을 느끼고 있었기 때문이다. 그들의 삶은 더이상 내 것이 아니었으며, 나의 마음에 전혀 와닿지 않았다. 찰나처럼 며칠이 흘러간 뒤, 나는 아무런 아쉬움 없이 새로운 호위 경찰 둘과 함께 다시 길을 나섰다. 사실 이 두 경찰은 나를 호위하는 일을 맡겠다고 오랫동안 간청했던 터였다. 그들은 나의 여행길에 짬을 내어 자신들의 가족을 방문할 생각이었기 때문이다. 그 중 하나는 시칠리아 출신의 마른 남자로, 우리가 로마에 도착하자, 자신은 그곳까지만 함께하고 아내를 보러 가겠다며 나에게 그 사실을 눈감아달라고 간청했다. 나는 나머지 경찰 혼자서 충분히 나를 감시할 수 있으니 걱정 말고 가서 즐거운 시간을 보내라고 말해주었다. 그는 작별인사를 한 뒤 사라졌다.

나머지 호위 경찰이 갈리아노까지 나와 동행했다. 그는 피부 빛이 검고 옷차림이 깔끔한 젊은이로 벌써 머리가 벗겨지고 있었다. 현재 자신의 직업에 상당한 수치심을 표현하던 그는 자신이 아그리 계곡 몬테무로의 좋은 집안 출신이라고 말했다. 나는 나중에 갈리아노에서 그가 한 말들이 다 사실임을 확인할 수 있었다. 그의 아버지는 그 고장 일대에서 매우 부유한 맹인으로 유명했다. 그는 루카니아 지방의 이곳저곳 외진 땅을 여럿 소유하고 있었고, 홀로 그의 유명한 말을 타고 50킬로미터 이상씩 떨어져 산재한 자신의 토지를 살피러 다닐 때면 모두가 그를 알아보았다. 그는 여덟 명의 아들을 두었는데, 위의 아들들은 대학까지 졸업했다. 아버지가 죽고 나자 그의 가문은 뿔뿔이 흩어졌다. 형들은 모두 좋은 직업을 가지고 있었지만 막내였던 내 호위 경찰, 데 루카De Luca는 아직 고등학생이었다. 그는 학교를 그만두어야 했고 경찰에 들어가는 것 말고 다른 일자리를 찾을 수 없었다. 그는 자신의 일에 환멸을 느꼈으며 대학입학 시험을 통과해서 더 나은 직업을 갖고 싶었다. 아마도 내가 그를 도와줄 수 있지 않을까 하는 생각으로 그는 내게 자신의 슬픈 사정을 이야기한 것이다. 로마에는 그의 형들과 삼촌들이 있었는데 모두 정부기관에서 한자리씩 차지하고 있었다. 그는 그들을 만나러 가고 싶었지만 나를 떠날 수 없으니 내게 함께 가달라고 부탁했다. 그렇게 해서 나는 몇몇 정부 공무원의 저택을 방문하게 되었고 그는 나를 자신의 친구 중 하나인 것처럼 소개했다. 집들을 방문할 때마다 나는 커피를 대접받았으며, 나에 대한 질문을 받을 때마다 모호한 답으로 얼렁뚱땅 넘겨야 했다. 데 루카는 어머니를 비롯한 가족들에게 자신이 경찰이라는 사실을 숨기고 있었다. 그들은 그가 북쪽의 어느 고장에서 좋은 직장을 다니고 있으며 나는 그의 동료 중 하나라고 믿었다.

기차는 이내 로마를 지나 우리를 남쪽으로 데리고 갔다. 밤이었지만 잠을 청할 수 없었다. 딱딱한 좌석에 앉아서 나는 지난 며칠을 돌이켜보았다. 내가 느낀 낯설음의 정체, 정치적인 질문들에 그토록 골몰하는 내 친구들이 보여주는 완전한 몰이해, 그리고 지금 내가 서둘러 돌아가고 있는 그 고장에 대해서 생각했다. 친구들은 모두 남쪽 상황에 대해서 물었고 나는 아는 대로 대답해주었다. 그들은 겉보기에 지대한 관심을 가지고 내 말을 듣는 듯했지만, 정말로 내 말을 이해하는 사람은 거의 없었다. 고압적인 자세의 보수주의자에서부터 열렬한 급진주의자까지 다양한 기질과 의견을 가진 그들이었다. 그들 대부분은 '남쪽의 문제'에 대해 진지하게 고민하고 있으며 해결책을 모색하고 있다고 주장했다. 그럴 능력도 충분했다. 하지만 저들이 품은 계획이나 사용하는 언어는 농부들에게는 전혀 이해될 수 없는 것이고, 마찬가지로 저들에게 농부들의 삶과 필요는 별개의 세계이며, 저들은 결코 그 세계로 들어가고자 하는 수고를 하지 않을 것이다. 내가 이제야 깨달은 것처럼, 그들은 모두 무의식적으로 국가를 숭배하는 자들이었다. 그들이 파시스트 국가를 숭배하건 아니면 전혀 다른 이상을 꿈꾸건, 그들은 공히 국가를 민중과 그들의 삶을 초월하는 무엇이라고 생각했다. 전제정치건 독재체제건 민주주의건 국가는 그들에게 단일하고 거대하면서도 범접할 수 없는 중앙의 존재였다. 그러니 정치적 지도자들과 나의 농부들은 결코 서로를 이해할 수 없었다. 정치인들은 매사를 과도하게 단순화했고, 철학적인 표현으로 포장했으며, 그들이 내놓는 해결책이란 추상적이고 현실과 너무나 동떨어진 것이었다. 그들의 계획이라는 것도 도식적이고 불완전했으며, 금세 시대에 뒤떨어진 것이 되기 일쑤였다.

15년간의 파시즘 체제는 그들의 마음에서 남부의 문제들을 지워버렸고, 이제 와서 다시 생각하려니 그 문제는 당이니 계급이니 심지어 인종이니 하는 허구적 일반론의 일부로만 보일 뿐이었다. 누군가는 이 문제를 순수하게 기술적이고 경제적인 것으로 바라보았다. 그들은 공공사업, 산업화를 이야기했고 그리고 수많은 이민자들을 국민으로 흡수해야 한다고 주장했다. 또한 '이탈리아 재건'이라는 낡은 사회주의 슬로건을 다시 꺼내들기도 했다. 다른 이들은 남부를 불행한 역사적 유산에 신음하는 전통적인 부르봉의 노예들로 바라보았고, 자유민주주의를 통해 그것이 점진적으로 해결될 수 있다고 생각했다. 또 어떤 이들은 남부의 문제는 자본주의적 압제의 전형적인 예이며, 오로지 프롤레타리아 혁명으로만 해소될 수 있다고 생각했다. 본질적인 인종적 열등성을 말하는 사람들도 있었다. 이들은 남부의 문제가 북부의 경제적 번영의 발목을 잡는다고 생각했고, 정부가 이 딱한 상황을 해결하기 위해 취해야 할 조치들을 연구했다. 모두가 동의하는 것은 국가가 나서서 무언가를 해야 한다는 점이었다. 무언가 구체적이고 유익하며, 제도적이며 시혜적 조치들이 요청되었다. 그래서 내가 국가는 오히려 가장 큰 걸림돌이라고 말하면 그들은 너무나 놀라는 표정을 지었다.

나는 다음과 같은 생각을 피력했다. 국가는 남부의 문제를 해결할 수 없다. 왜냐하면 우리가 남부의 문제라고 일컫는 그 문제는 사실 국가 자체의 문제이기 때문이다. 국가가 파시즘을 추구하든, 자유주의나 사회주의를 추구하든, 아니면 중간계급의 관료주의를 보전하는 그 어떤 형태를 취하든 국가와 농부들 사이에는 언제나 건널 수 없는 심연이 존재해왔다. 농부들이 자신들도 국가의 일부분이라고 느끼도록 하는 그런 정부를 만들 때만, 이 심연을 잇는 다리를 놓을 수 있는 것이다. 공공사업이나 토지개혁, 다 좋다. 하지만 그것이 답은 아니다. 이민자들의 국내 흡수는 어느 정도 효과가 있을 수 있겠지만, 결국은 남부만이 아니라 전체 이탈리아를 거대한 식민지로 만드는 셈이 될 것이다. 중앙정부가 펼치는 계획은 그것이 얼마나 유익한지와 상관없이, 결국에는 두 개의 이탈리아 사이의 골을 더 깊게 할 뿐이다. 나는 그들에게 우리가 직면한 문제의 양상은 생각보다 훨씬 더 복잡하다고 말했다. 세 가지 뚜렷한 측면이 있다. 이 세 측면은 하나의 중심에서 뻗어나온 것으로 서로 분리되어서는 해결될 수도, 이해될 수도 없는 것이다.

먼저, 우리는 두 개의 매우 다른 문명과 마주하고 있고, 둘 중 하나가 다른 것에 흡수되거나 상대방을 흡수할 가능성은 없다. 지방과 도시, 기독교 이전 문명과 더이상 기독교라고 할 수 없는 문명이 서로 마주하고 있는 것이다. 후자가 국가의 신성함을 전자에게 강요하는 한 그들은 충돌할 것이다. 아프리카에서의 전쟁과 앞으로 닥칠 전쟁은 이 뿌리 깊은 갈등의 결과에 다름 아니며 이제 그 정점으로 치닫고 있다. 비단 이탈리아만의 일도 아니다. 농부들의 문명은 늘 패배하겠지만 완전히 제압되지는 않을 것이다. 그것은 인내라는 방패 아래서 면면히 계속될 것이고, 때로는 산발적으로 폭발하며 그렇게 정신적인 투쟁을 계속해나갈 것이다. 산적떼의 활동, 즉 농부들의 전쟁은 그 표면적인 분출이다. 지난 세기의 농민봉기는 끝난 것이 아니다. 로마가 마테라를 지배하는 한, 마테라는 농부들에게 무법자이고 로마는 압제자이다.

문제의 두번째 측면은 경제적인 것, 즉 빈곤의 딜레마이다. 땅은 점점 가난해졌다. 숲은 개간되고, 강은 물줄기가 말라 작은 개울로 전락하고, 가축은 줄어들었다. 나무와 목초지를 조성하는 대신, 토양이 받아들이지 않는 밀을 재배하려는 딱한 시도를 계속해왔다. 자본도, 산업도, 저축해놓은 것도, 학교도 없다. 이민을 떠나는 것도 더이상 불가능하다. 세금은 부당하게 무겁고, 말라리아는 도처에서 창궐한다. 이 모든 것은 상당 부분 잘못된 조언을 따른 국가가 초래한 결과다. 농부들이 자신들의 몫이 없다고 느끼는 국가, 농부들에게 가난과 불모지를 안겨준 국가 때문이다.

마지막으로 사회적 측면을 살펴봐야 한다. 대다수의 사람들이 대규모 농장과 지주들을 비판하지만, 그들이 자선기관이 아니라는 점도 사실이다. 나폴리나 로마, 팔레르모에 살고 있는 외지인 지주들이 농부들의 적이라 해도, 가장 큰 적은 아니다. 그들은 멀리 있을 뿐이고 농부들의 일상에 관여하지 않는다. 진짜 적은 농부들로 하여금 자유와 인간적인 삶을 꿈꿀 수 없게 만드는 마을의 중간계급이다. 마을의 폭군인 이들은 육체적으로나 도덕적으로 타락했으며 더이상 원래의 기능을 할 수 없다. 그들은 쩨쩨한 도둑질과 봉건적 권리라는 용렬한 전통에 기대어 살아가고 있다. 이 계급을 제압해야만, 그리고 그들을 대체할 더 나은 세력을 만들어낼 때에만 남부의 문제는 해결책을 찾을 수 있을 것이다.

이 세 가지 측면에서 살펴봤을 때, 우리가 직면한 문제는 파시즘의 등장 이전부터 존재해왔다. 그러나 파시즘은 문제를 더 악화시키면서도 문제의 존재 자체를 외면함으로써 상황을 극한까지 치닫게 했다. 파시즘 아래서 중간계급은 권력을 점령하고 스스로를 국가권력과 동일시했다. 우리는 미래의 정치적 형태를 예측할 수는 없지만, 중간계급의 이데올로기가 노동자 대중을 지배하는 이탈리아 같은 중간계급의 나라에서, 파시즘 이후에 등장하는 새로운 제도들은 그것이 점진적인 진보의 결과든 아니면 폭력적 혁명을 통한 것이든, 얼굴만 달리한 동일한 이데올로기를 유지할 것이 분명하다. 그것은 똑같이 현실과 괴리되고 추상적이며 신성한 국가를 만들어낼 것이다. 그리고 새로운 슬로건과 깃발 아래 파시즘은 최악의 형태로 영속화될 것이다. 농민혁명이 일어나지 않는 한, 우리는 결코 진정한 이탈리아 혁명을 이룩할 수 없으며, 따라서 농민혁명과 이탈리아 혁명은 동일한 것이다. 이 둘은 같은 것이다.

남부의 문제는 파시즘 국가의 틀 안에서는 해결될 수 없으며, 훗날 다른 이름으로 도래할 그 어떤 국가의 틀 안에서도 해결될 수 없다. 우리가 새로운 정치적 이상을 만들어낼 수 있다면, 농부들이 주인인 새로운 종류의 국가, 그들을 피할 수 없는 무질서와 무관심에서 구해낼 그런 국가를 건설한다면 저절로 해결될 것이다. 남부도 그 자신만의 노력으로 문제를 해결할 수 없다는 것을 깨달아야 한다. 이 경우 우리는 내전을 겪게 될 것이고, 다시 끔찍한 산적떼의 반란에 직면하게 될 것이다. 그리고 늘 그랬던 것처럼 농부들의 패배와 총체적인 재앙으로 막을 내릴 것이다. 해결책을 찾기 위해 이탈리아 전체가 합심해야 한다. 그러기 위해서는 위에서부터 아래까지 모두 혁신해야 한다. 우리 자신이 새로운 형태의 정부를 고안해낼 역량을 갖춰야 한다. 그것은 파시즘도, 공산주의도, 그렇다고 자유주의 정부도 아닌 새로운 것이어야만 한다. 이 세 가지는 모두 신정국가로 귀결될 것이기 때문이다.

우리는 국가에 대한 개념부터 다시 정립해야 한다. 더불어 그 토대를 이루는 개인들에 대한 개념 정립도 필요하다. 개인에 대한 추상적이고 법률적인 개념 대신, 더욱 실제적인 이해, 국가와 개인 사이의 간극을 넘어서는 이해가 필요하다. 개인은 개별적인 단위가 아니라 연결고리다. 모든 종류의 관계가 만나는 장소인 것이다. 이 관계에 대한 이해 없이 개인의 삶은 존재할 수 없으며, 그것이 바로 국가를 이루는 토대이다. 개인과 국가는 이론 안에서뿐만 아니라 실제로도 일치되어야 한다. 그래야만 계속해서 살아남을 수 있다. 정치에 대한 이런 전복적 사고야말로 농부들의 문명에 본질적인 것이며, 우리들 가운데서 점진적이고 무의식적으로 자라나고 있는 생각이다.

그것은 우리로 하여금 파시즘과 반파시즘의 악순환에서

벗어나게 할 유일한 출구다. 그 출구의 이름은 바로 자주성이다. 국가는 자주적인 존재들의 집합, 그들의 유기적인 연합이다. 농부들은 농촌 공동체라는 자치조직을 통해 국가라는 유기체의 복잡한 생명활동에 참여할 수 있다. 농민자치야말로 앞서의 세 측면이 서로 얽혀 있는 우리 시대 남부 문제를 해결할 유일한 정부 형태이다. 그것은 두 개의 다른 문명이 서로를 지배하거나 멸시하지 않고 공존하도록 보장할 것이고, 빈곤으로부터의 탈출구를 제공할 것이며, 지주들이나 중간계급의 역할과 권력을 무력화함으로써 마침내 농부들이 삶의 주인이 되도록 담보할 것이다. 하지만 농민자치는 공장과 학교, 도시 나아가 모든 형태의 사회적 생명체의 자치 없이는 불가능하다. 이것이 내가 저 아래의 세계에서 일 년을 보내며 깨달은 것이다.

이 모든 것이 내가 친구들에게 피력한 의견이었다. 그리고 돌아오는 길 내내, 기차가 한밤에 루카니아 지방으로 들어섰을 때도 나는 여전히 그 생각에 잠겨 있었다. 이것은 훗날 내가 계속되는 유배생활과 전쟁을 경험하면서 더욱 천착하게 될 사상의 단초가 되었다. 나는 여전히 생각에 빠진 채로 잠이 들었다.

내가 잠에서 깼을 때는 이미 해가 높이 떴고, 우리는 포텐차를 지나 브린디지 산맥의 가파른 사면을 통과하고 있었다. 공기 중에 알 수 없는 생경한 기운이 감돌았다. 우리는 바젠토 계곡으로 접어들었고 피에트라 페르토자, 가라구조 그리고 트리카리코의 외로운 기차역들을 지나 이윽고 최종 목적지인 그라사노에 도착했다. 거기서부터는 늘 그랬던 것처럼 몇 시간 동안 버스를 기다려야 했다. 기차역에 사람이라곤 없었고, 나는 기차역 주변을 호위 경찰과 함께 거닐었다.

그라사노는 산꼭대기에서 나를 맞아주었다. 정기적으로 보는 다정한 친구 같았다. 다만 뭔가 약간 달라진 느낌이었다. 그제야 나는 그날 아침 기차 창을 통해 본 풍경의 낯선 느낌을 이해할 수 있었다. 산의 능선은 전과 똑같이 군데군데 바위들을 드러내며 묘지와 마을로 이어졌지만 늘 누르스름한 잿빛이던 땅은 지금 예기치 못하게 부자연스러운 초록색을 띠고 있었다. 내가 떠난 그 잠깐 사이에 봄은 느닷없이 이곳의 풍경에 끼어들었고, 다른 곳에서는 조화와 희망의 상징인 초록색이 여기서는 뭔가 인위적이고 폭력적인 느낌을 자아내 마치 볕에 그을린 농촌 아낙의 얼굴에 화장품을 발라놓은 듯 억지스러웠던 것이다. 그 금속성의 초록빛이, 마치 장례행렬의 트럼펫이 엉뚱한 음들을 연주하듯이, 산길을 따라 스틸리아노까지 계속 펼쳐졌다. 우리가 사우로 계곡 아래로 내려갔다가 다시 갈리아노를 향해 오르막을 오르는 동안 산봉우리들은 마치 감옥 문이 닫히듯 나를 가두었다. 햇빛 아래 하얀 점토질의 땅 위에 여기저기 흩어진 초록색 땅뙈기들은 전보다 더 강하고 낯설게 도드라졌다. 그 땅은 마치 함부로 찢어발겨진 가면 조각들처럼 보였다.

마을에 도착했을 때는 저녁 무렵이었다. 나를 동행했던 경찰 데 루카를 모두가 알아봤다. 그가 자신과 가족들에 대해 내게 말했던 것은 다 사실이었다. 마을 사람들은 충직한 말을 타던 맹인의 아들을 자신의 아들처럼 환영했고, 저녁을 같이 들자고 청했다. 하지만 그는 갈 길이 바빴다. 그는 어렵게 말 한 필을 빌려서 몬테무로로 향했는데, 하룻밤 말을 타면 도착할 거리였다.

도시에서 며칠을 보내서 그런지 내 눈에 갈리아노는 그 변함없이 부르봉적인 분위기 속에서 더 작고 우울해 보였다. 여기서 이 년을 더 보내야 한다! 지루하고 단조롭기 짝이 없을 미래를 생각하니 갑자기 마음이 무거워졌다. 집을 향해 걷는 동안 지나는 집집마다 문간에서 "다시 오시니 좋네요!" 라는 인사가 들려왔다. 줄리아에게 맡겨두었던 바로네는 마치 귀족의 일원이라도 되는 것처럼 광장 한가운데 있다가 나를 보자 신이 나서 짖으며 달려왔다. 줄리아가 나를 기다리고 있으리라 기대했지만 집은 비어 있었다. 벽난로도 꺼져 있었고, 저녁식사도 준비되어 있지 않았다. 나는 줄리아를 부르러 사내아이 하나를 보냈는데 아이는 그녀가 올 수 없으며 다음날도 마찬가지일 거라는 메시지를 가지고 돌아왔다. 아무런 이유도 밝히지 않았다. 나중에 돈나 카테리나에게 들은 바로는 내가 없는 동안 줄리아의 연인인 알비노 이발사가 말도 안 되는 질투를 부리며, 다시 나한테 돌아가면 목을 따버리겠다고 협박을 했다는 것이다. 시간이 어느 정도 흐르고 공포가 웬만큼 가신 다음에야 줄리아는 우연히 마주친 나를 향해 알 수 없는 미소를 머금은 채, 뭔가 자기만 알고 있다는 듯한 우쭐대는 표정으로 말을 붙였다. 그때도 나를 떠난 이유에 대해서는 아무런 말을 하지 않았다.

돈나 카테리나는 사방으로 내 시중을 들어줄 사람을 수소문했다. "줄리아보다 더 나은 사람이 있기는 한데, 지금은 다른 일을 하느라 바빠요. 잘 설득해보도록 할게요." 그러는 동안 몇몇 동네 마녀들이 나를 보러 왔지만 나는 돈나 카테리나가 적임자를 찾아줄 때까지 기다리기로 했다. 내가 돌려보낸 여자들 중 하나는 예순쯤 되어 보이는 노파였는데, 매우 집요했다. 나중에 나는 그녀가 거의 아흔살이라는 사실과 돈 루이지의 여든두살 먹은 아버지의 연인이라는 사실, 무엇보다 나에 대해 지극한 흑심을 품고 있었다는 사실을 알고 매우 놀랐다. 그런 줄도 모르고 나는 내가 아는 사람 중에 가장 나이든 쭈그렁할망구에게 잡아먹힐 뻔했던 것이다. 마침내 시장의 누이는 마리아를 내게 보냈다. 그녀는 줄리아보다 더한 마녀였고 꼭 빗자루를 타고 날아다닐 것만 같았다. 하지만 그녀에겐 줄리아 같은 동물적인 품위는 없었다. 나이는 마흔살 정도였고, 중간 정도의 키에 몸은 말랐으며, 푸석푸석하고 주름진 얼굴에는 길고 뾰족한 코와 광대뼈가 두드러졌다. 몸이 날렵하고 일을 하는 손도 빨랐다. 그녀는 마음속에 불을 품고 있는 것처럼 보였다. 충족되지 않은 탐욕과 초조하고 악마적인 관능을 억누르며 나를 향해 그 어둡고 불타오르는 듯한 시선을 던지곤 했는데, 나는 즉시 그녀에게 줄리아가 가지고 있던 태곳적 수동성 같은 것은 없으며, 그녀와 거리를 둬야 한다는 것을 알아차렸다. 마리아와 함께 있는 동안 나는 늘 그녀가 어색했다. 하지만 마리아는 내 시중드는 일은 뛰어나게 잘했다.

내가 마을을 비운 동안 줄리아가 도망친 것 말고도 다른 사건이 있었다. 돈 주제페 트라옐라가 말라리아가 한창인 갈리아넬노로 쫓겨나 결국 그곳의 누옥에서 죽음을 맞이했다. 성탄전야의 사건이 결실을 맺어 돈 루이지에게 승리를 안겨준 것이다. 주교는 갈리아노 교구의 빈자리를 두고 지원자를 모집했는데, 트라옐라는 제외되었다. 그의 후임자인 돈 피에트로 리구아리Don Pietro Liguari는 이미 밀리오니코에서 이곳으로 와 있었다. 그는 광장 근처 중심가에 편안한 집을 한 채 마련하고 그의 가정부와 요란한 세간살이를 들인 채 정착해 있었다. 내가 돌아온 다음날 광장에서 그와 마주쳤는데 친절한 미소를 띠며 내게 다가왔다. 그는 나에 대해 이미 많은 것을 알고 있었다. 그는 나를 알게 되어 기쁘다며, 자신의 집에서 함께 커피를 들자고 했다. 돈 피에트로 리구아리는 그 태도나 기백에 있어서 갈리아노로 쫓겨난 늙은 염세주의자와는 정확히 반대였다. 쉰살쯤 되어 보이는 이 남자는 중간 키에, 창백하고 누르스름한 살이 여기저기 늘어져 육중한 몸집을 하고 있었다. 두 눈은 스페인사람처럼 검었고, 그 안에 꾀가 잔뜩 들어차 있었다. 큰 얼굴에, 살짝 구부러진 매부리코와 가는 입술, 그리고 검은 머리칼의 사내였다. 전에 본 적이 있거나 혹은 내가 아는 누군가를 많이 닮았다는 생각이 들었는데 자세히 볼수록 그런 인상이 더 강해졌다. 사실 새로운 사제는 그 세대의 전형적인 이탈리아인의 얼굴이었다. 배우와 고위성직자와 이발사가 하나로 섞인 듯한 얼굴, 무솔리니와 무대 배우인 루제로 루제리Ruggero Ruggeri를 합쳐놓은 듯했다. 돈 피에트로 리구아리는 이 지방 태생이었는데 농부 가문 출신이 분명했다. 교활한 표정의 얼굴에, 행동방식은 여간내기가 아님을 나타내고 있었다. 걸음걸이는 품위가 있었고 복장은 깨끗했으며, 사제모자에 달린 빨간 술은 새것이었고, 한 손가락엔 루비 반지를 끼고 있었다.

그의 집에 갔을 때 엄청난 양의 소시지며, 햄, 치즈를 보고 나는 깜짝 놀랐다. 뿐만 아니라 말려서 줄로 엮은 석류, 고추, 양파, 마늘 등이 천장 가득 주렁주렁 달려 있었고, 잼과 젤리를 담은 단지들은 헤아릴 수 없었으며 찬장 가득 와인과 기름병이 들어차 있었다. 갈리아노에서 가장 부잣집이라 해도 이런 풍족함을 누리지는 못했다. 문을 열어준 가정부는 키가 크고 비쩍 말랐으며, 나이는 마흔가량 되어 보였다. 심각하고, 속을 알 수 없는 표정이었는데, 검은색 옷에 하얀 칼라를 목 주변에 대고, 머리에는 베일을 쓰지 않았다. 나중에 알게 된 바에 따르면, 이 근엄한 인물은 몬테무로 출신의 농촌 아낙으로 요리를 매우 잘했으며, 아들 넷을 두었는데(소문에 따르면 아이의 아버지는 여러 명의 사제들이라는 것이다) 아들들은 그 지방의 신학교로 뿔뿔이 흩어졌다고 한다. 돈 리구아리는 나에게 그의 집과 식료품 저장고를 보여주었다. "언제 나와 함께 고행을 한번 하셔야겠네요." 신선한 버터를 손으로 가리키며 그가 말했다. 갈리아노에는 존재하지 않는 그

물건에서 나는 그 집에 도착한 뒤로 한시도 눈을 뗄 수 없었다. "우리집 가정부는 최고급 스파게티를 만들지요. 알게 되실 겁니다. 하지만 지금은 일단 앉아서 커피나 마십시다."

커피 잔을 비우자 사제는 마을에 대해 말을 꺼내며 내 의견을 물어왔다. "이곳에서는 해야 될 일이 아주 많아요." 그가 말했다. "아주 많고 말고요. 모든 것들을 밑바닥에서부터 다시 해야 해요. 교회는 그 꼴이 엉망진창인 데다, 종탑은 채 지어지지도 않았고, 성직자에게 바치는 십일조는 아예 잊혀져서 아무도 내지 않고. 무엇보다 신앙심이 없어요. 아이들은 세례도 받지 않았고, 병에 들어서 죽을 지경이 아니면 아예 자식들에게 세례를 받게 할 생각도 하지 않으니. 몇몇 나이든 여인네들만 교회에 나오고, 일요일에도 교회는 거의 텅 비어 있어요. 고해성사를 하러 오거나 성체배령식에 오는 사람도 없고. 이 모든 걸 다 바꿔야 합니다. 곧 바뀔 거예요. 두고보세요. 당국은 손가락 하나 까딱하지 않아요. 사실 그들이 뭐라도 할라치면 상황이 더 나빠질 뿐이죠. 그들은 유물론자들이고 전쟁에 대해서만 떠들어댈 뿐이지요. 자신들이 파시즘의 이념 아래 온 나라를 경영하고 있다고 생각하지만, 불쌍한 멍청이들! 대타협* 이후에 더이상 그들이 지배하는 것이 아니라는 것을, 우리가, 유일한 정신적 권위를 가진

---

* 라테라노 조약을 가리키는 것으로 1929년 라테라노 궁전에서 교황 측 대표인 가스파리 추기경과 정부 측 대표인 무솔리니가 맺은 협정을 말한다. 이로써 60년간 바티칸 교회 당국과 이탈리아 정부 간의 분쟁은 종지부를 찍게 되었다.

우리가 지배한다는 것을 깨닫지 못하고 있어요. 우리의 정신적 권위에 의해서 말이죠. 그것이 바로 콩코르다트Concordat*의 진정한 의미입니다. 우리 사제들이 부여받은 권위지요. 만약 시장이 자기가 마을에서 가장 힘이 세다고 생각한다면 그건 단단히 오해하고 있는 겁니다." 돈 피에트로 라구아리는 말을 너무나 많이 했다는 듯 갑자기 말을 멈췄다. 하지만 나와 있을 때는 자신이 원하는 만큼 솔직할 수 있었고 내가 그를 고발하지 않으리라는 것도 알고 있었다. 더욱이 그는 나의 호감을 얻고 싶어했다. 정치범들에 대해 말하며, 그들의 종교적 신념이나 정치적 견해와 상관없이 그들을 위로하고 도와주는 것이 자신의 의무처럼 느껴진다고 했다. 다 좋은 말이었지만, 환심을 사려는 듯한 그의 말투와 느끼한 어조는 자비심보다는 본인의 잇속을 드러낼 뿐이었다. 긴 사설을 늘어놓은 뒤에 마침내 그는 나를 보고자 했던 진짜 용건을 꺼냈다.

"우리는 다시 사람들을 종교로 인도해야 해요. 그렇지 않으면 권력을 빙자한 무신론자들의 손아귀에 빠질 겁니다. 다른 종교를 가지고 있는 자들도 이 점은 인정할 거예요…" 이 부분에서 그는 나를 향해 눈을 찡긋해 보였다. "게다가 누구든지 거룩한 신의 은총을 받을 수 있습니다. 이 농부들을 교

---

* 교황과 국가원수 사이에 맺어진 종교적 협약으로 라테라노 협약에서 서명한 7조항으로 된 협정(Trattato)과 45조항으로 된 정교협약(Concordat)을 가리킨다.

회로 다시 데려오기 위해선 예배가 좀더 매력적이고 그들의 상상력을 자극하는 것이어야 해요. 여기 교회는 가난하고 아무것도 없어요. 설교만으로는 그들을 끌어들일 수 없습니다. 농부들이 하느님의 집에 돌아오도록 하기 위해선 음악이 필요합니다. 나는 밀리오니코에서 풍금을 가져오도록 해서 어제 교회에 설치했어요. 바로 우리에게 필요한 거지요. 하지만 한 가지 문제가 있어요. 누가 연주를 하지요? 이 마을에 풍금을 연주할 줄 아는 사람은 아무도 없습니다. 그러다가 당신이 떠올랐어요. 당신은 좋은 교육을 받았고 여러 가지를 할 줄 아니까… 아시다시피, 우리는 모두 하느님의 자녀들입니다…" 내가 자신의 요청을 불쾌해할지도 모른다는 것은 그의 기우였다. 나는 피아노를 배우긴 했지만 몇 년 동안 건반을 만져보지도 못했고, 기꺼이 그를 도와주고 싶지만, 한두 번이라면 모를까 정기적으로 연주를 하겠다는 약속은 할 수 없다고 말했다. 노래를 부를 사람이 있다면 반주를 해줄 수도 있지만, 무엇보다 악보를 구해야 했다. 우리는 악기를 보기 위해 교회로 향했다. 제단 한쪽 면에 평범하게 자리잡은 풍금은 이미 동네 아이들의 상당한 호기심을 자극한 상태였다. 내게 거절당할까 염려하던 사제는 나의 예기치 않은 수락에 한껏 기분이 좋아져서 몇 가지를 더 요구하기도 했다. "여기에는 새롭게 그림을 그려 넣어야겠네요." 그 생각은 별로 나쁜 것은 아니었다. "언젠가 제가 벽에 프레스코화를 그릴 수도 있어요." 내가 사제에게 말했다. "이곳에서 아직 이 년이나 더 지내야 하니 그림을 구상할 시간은 충분하지요. 이런 상태로 내버려두다니 미안한 마음이네요. 하지만 모르나스키Mornaschi의 적수가 되고 싶진 않습니다. 그는 정말 좋은 화가니까요." 교회의 천장에는 이미 프레스코화가 장식되어 있었다. 파란 바탕에 황금빛 별들이 떠 있고, 주위로 장식적인 띠가 천장과 그 아래 벽을 구분짓고 있었다. 몇 년 전에 모르나스키가 그린 작품이었다. 모르나스키는 금발의 젊은 화가였다. 밀라노 출신인데 이 마을 저 마을을 떠돌아 다니며 교회에 그림을 그렸다. 보통 작품이 끝날 때까지 한 군데 머물다가 완성하면 다른 마을로 가곤 했는데 이곳 갈리아노에서 그의 떠돌이 인생에 종지부를 찍었다. 교회 천장에 그림을 그리는 일을 하러 왔다가 손해사정인 사무실의 낮은 직급 서기 자리를 제안받은 것이다. 불확실한 삶을 마감하고 사무직에 안착하자 그는 붓을 내려놓고 그대로 눌러앉았다. 수수하고, 과묵하며, 공손한 남자인 모르나스키는 갈리아노에 정착한 유일한 외지인이었다. 나는 이따금 그와 마주치곤 했는데 그럴 때마다 그는 나에게 다정하게 굴었다.

"모르나스키가 좀 도와줄 수도 있겠지요." 이미 이 고장의 사정을 다 꿰고 있는 사제가 말했다. 그는 길을 잃고 헤매는 양떼를 우리 안으로 불러들일 이 멋진 계획에 불타올랐다. 나 역시 길을 잃은 양떼 가운데 하나였건만, 이 용감한 사제는 아랑곳하지 않고 상상의 나래를 마음껏 펼쳤다. 그는 또 다른 계획이 있음을 넌지시 내비쳤는데, 성인들을 대상으로 주교가 직접 거행하는 장엄한 세례식을 개최할 생각이었다. 안 될 것도 없지 않은가. 그는 자신의 희망사항을 분명하게 말로 표현하지는 않았지만 열의로 미루어 충분히 짐작할 수 있었다. 외교술에 능한 자인 만큼, 아주 조심스럽게, 아직 젊고 결혼을 생각해야 할 나이에 내가 그렇게 고독하게 살아가는 것은 수치스러운 일이라는 자신의 생각을 살짝 비칠 뿐이었다. 그러고 나서 우리가 교회를 나설 때 다음 일요일에 자신과 저녁을 들자고 초대했다. "이 불쌍한 사제의 고행을 좀 함께해주시오, 의사 선생님." 그가 말했다. 내가 직접 목격한, 부엌에 쌓여 있던 식료품들로 미루어 짐작하건대, 그와 함께하는 고행은 그다지 혹독하지 않을 게 분명했다. 근엄한 어머니의 표정을 한, 몬테무로에서 온 그의 가정부는 형편없는 요리사가 아니라는 것을 증명해 보였다. 사실 그해 처음으로 정말 훌륭한 식사를 해보았다. 지역의 풍습에 따라 스페인 고추로 속을 채워넣은 수제 소시지는 진정한 별미였다. 그때부터 사제는 나와 떨어질 수 없는 관계가 되었다. 그는 우리집에 와서 자리를 잡고 초상화의 모델이 되어주었는데, 그 초상화를 자신에게 주기를 바라는 눈치였다. 돈 루이지는 나에 대한 사제의 관심을 시기했지만 사제는 전도가 목적이라는 핑계로 구실 좋게 시장의 질투심을 잠재웠다. 어느날 사제는 내 침대맡 탁자에서 신교도 판으로 출판된 성경책을 발견하고는 마치 뱀이라도 본 것처럼 떨면서 뒤로 물러서며 말했다. "이런 책을 읽다니, 의사 선생! 어서 버리세요. 부탁합니다." 나를 대하는 그의 태도는 매우 친밀하고 사적이어서, 나를 볼 때마다 아버지와 같은 염려를 드러내며 말했다. "우선 세례를 받고 다음에 결혼을 해요. 다 나한테 맡겨요!"

어느 일요일 그동안의 초대에 대한 답례로 내가 저녁식사 자리를 마련하기로 했다. 내 마녀인 마리아는 보잘것없는 솜씨를 발휘했지만, 이번에야말로 '고행'은 진정한 고행이 될 수밖에 없었다. 공교롭게도 포에리오 영감이 이틀 전에 숨을 거두었다. 흰 턱수염이 풍성한 그는 몇 달 동안이나 앓았지만 나에게 진료를 받을 수 없었다. 지빌리스코의 최측근이었기 때문이다. 장례식은 일요일에 치러질 예정이었다. 스틸리아노에서 장례식에 참석하기 위해 두 명의 사제가 와서 어쩔 수 없이 그들도 내 초대 손님 명단에 넣어야만 했다. 하나는 크고 살이 찐 사제였고, 다른 하나는 작고 말랐는데, 둘 모두 돈 리구아리와 마찬가지 유형의 인물이었다. 교활하고, 풍족한 생활에 익숙했으며, 한편으론 농부들의 생활방식에 대해 매우 잘 알고 있었다. 나는 이 세 명의 낯선 존재들과 함께한 시간을 즐겼다고 말할 수 있는데, 그들은 죽은 자들이 대부분 가난한 사람들이서 그날 우리가 참석한 장례식과 같은 세련된 진짜 장례식은 일 년에 한 번 있을까 말까 하다는 사실을 개탄했다.

그 사이 나는 미사곡의 악보를 몇 개 손에 넣어 풍금으로 연습하기 시작했다. 크게 틀리지 않고 반주를 할 수 있게 되어 까다롭지 않고 소박한 나의 청중들을 대면할 용기가 생기자 나는 돈 리구아리에게 다가오는 일요일 미사에서 반주를 하겠다고 약속했다. 단 이번 한 번뿐이라는 단서를 분명히했다. 이빨을 뽑는 이발사가 피아노 치는 법을 어깨 너머로 배웠다는 걸 알게 되었고, 그가 나보다 꾸준하게 연주를 할 수 있으리라 생각했기 때문이다. 그는 교회에 발을 들이고 싶어 하지 않았지만, 나는 약속했던 한 번의 예배 이후 그에게 일을 넘길 생각이었다.

그 일요일에 교회는 만원이었다. 사제가 내가 연주를 한다는 소식을 퍼뜨렸고, 흔하지 않은 이 구경거리를 사람들이 놓칠 리가 없었다. 하얀 베일을 쓴 여인네들이 문까지 꽉 들어찼으며, 들어오지 못한 사람들도 많았다. 기억도 못할 만큼 오래 전에 교회에 발길을 끊었던 사람들도 다시 교회를 찾았는데, 그들 중에는 여동생과 함께 온 돈나 콘체타Donna Concetta도 있었다. 그녀는 변호사 S의 큰딸이었다. 부유한 대지주인 변호사 S는 내가 저녁나절에 광장을 산책할 때 종종 마주치던 인물이다. 돈나 콘체타는 오라버니의 죽음을 애도하기 위해 거의 일 년 동안 은둔생활을 하고 있었다. 그동안 집 밖 출입을 삼갔기 때문에 나는 그날 처음 그녀를 보았다.

그녀는 그 일요일의 미사를 끝으로 애도기간을 끝내기로 했고, 제일 앞자리에 앉아 있었다. 돈나 콘체타는 갈리아노에서 가장 아름다운 아가씨라고 일컬어졌는데, 그 소문은 사실이었다. 열여덟살쯤 되어 보이는 그녀는 작은 체구에 성모 마리아처럼 완벽하게 둥근 얼굴, 크고 나른한 두 눈을 하고 있었으며, 숱 많고 부드러운 검은 머리카락과 작고 붉은 입 아래에는 가늘고 긴 목이 이어져 있었다. 수줍어하는 표정이 무척 사랑스러웠다.

그때가 내가 유일하게 돈나 콘체타를 볼 수 있었던 때였다. 하지만 베일을 쓴 여인네들 속에서 그녀의 목소리는 들을 수 없었다. 농부들은 나름대로 계획이 있었다. "당신은 이제 우리들 중 하나예요." 그들은 말하곤 했다 "당신은 돈나 콘체타와 결혼해야 해요. 그녀는 마을에서 혼기를 맞은 아가씨들 가운데 가장 부유하고 예뻐요. 당신의 배필로 안성맞춤이에요. 결혼을 하면 우리를 떠나지 않고 이곳에 언제나 머물 테니까요." 이런 이유로 나는 농부들이 나를 위해 골라준, 은둔 생활을 하는 이 신붓감에 대해 호기심을 갖게 되었다.

여인네들은 예배에 열심이었다. 내가 교회를 나설 때 뒤에서 그녀들이 내지르는 탄성 소리가 들렸다. "당신은 너무 멋있는 분이에요." 그러나 음악의 힘을 이용하겠다는 사제의 자신감은 착각이었다. 이발사가 나보다 뛰어난 풍금 연주를 선보였지만 교회는 얼마 안 가서 다시 텅 비게 된 것이다. 돈 리구아리는 낙심하지 않았다. 온종일 집집마다 찾아다니며 아이들에게 세례를 주었다. 조금씩 그의 노력은 결실을 맺어 갈 것이었다.

낯설고, 덧없는 봄이 지나갔다. 선명한 푸른색은 터무니없이 등장한 것과 마찬가지로 열흘도 채 되기 전에 모습을 감췄다. 이어서 5월의 태양과 끓어오른 바람이 여름을 몰고 왔다. 풍경은 예의 단조롭고 하얀 분필가루 같은 모습으로 돌아갔다. 오래 전 내가 도착했을 때처럼 공기는 적막한 점토층의 땅 위에 열기를 뿜어댔고 똑같은 구름들이 마치 영원히 고정된 것처럼 잿빛 그림자를 황량하고 하얀 먼지 바다 위에 드리웠다. 나는 이제 이 땅의 모든 특징들에 너무나도 익숙해져 있었다.

더위가 다시 찾아오자, 갈리아노의 일상은 전보다 더 느린 속도로 기어가듯 이어졌다. 농부들은 들판으로 나갔고, 집들의 그림자는 권태롭게 길 위로 늘어졌으며, 염소들은 뙤약볕 아래 움직이지 않고 서 있었다. 부르봉들의 영원한 무위가 죽은 사람들의 뼈로 지어진 이 마을 위에 드리워져 있었다. 나는 이 고장이 만들어내는 모든 소리, 사람들의 목소리와 속삭임을 다 구별할 수 있었다. 마치 늘 알아왔고, 끊임없이 들려오며, 미래에도 계속 반복해서 듣게 될 소리처럼 익숙해졌다. 나는 그림을 그리고 환자를 돌보았지만 점점 내 마음은 무심해졌다. 내 자신이 마치 껍질 속에 갇힌 벌레처럼 느껴졌다. 내가 사랑하는 사람들과 멀리 떨어져서 거의 종교적이라 할 단조로움에 둘러싸인 채 세월이 흐르기만을 기다렸다. 내 삶은 아무런 토대도 없이 우스꽝스럽게 허공에 매달려 있는 듯했고 내 목소리에 스스로 소스라치기도 했다.

전쟁은 막바지로 치닫고 있었다. 아디스아바바AddisAbaba*가 함락되었고, 제국은 로마의 언덕 위로 솟아올랐다. 돈 루이지는 그 제국을 갈리아노의 언덕 위로 가지고오려고 애쓰며 예의 그 우울한 민중회합을 열어댔지만 주민들은 여전히 드문드문 참석할 뿐이었다. 더이상 전투로 인한 사상자는 발생하지 않을 테고, 이제 곧 전쟁에 나갔던 마을 사내들 몇 명이 돌아올 것이다. 줄리아의 아들은 조만간 돌아온다는 편지를 보내왔고, 신부가 자신을 맞이할 준비가 되어 있으면 한다는 바람도 전해왔다. 돈 루이지는 자신이 전보다 더 중요한 인물이 된 듯했고, 마치 황제의 왕관이 자신의 머리에 씌워지기라도 한 듯, 한껏 거드름을 피웠다. 농부들로 말할 것 같으면, 그들에게 했던 모든 약속들에도 불구하고, 불의하게 빼앗은 새 영토에 그들을 위한 자리는 없었다. 아그리 강둑을 따라 내려갈 때, 그들의 마음속에 아프리카에 대한 생각이 들어설 자리는 없었다.

어느날, 나는 광장을 가로질러 가고 있었다. 태양은 이글거리고 바람은 먼지구름을 일으키는 오후, 우체국 계단참에

---

* 에티오피아의 수도.

서 돈 코지미노가 나에게 다급하게 손짓을 했다. 가까이 가자 그의 눈길에서 다정함과 행복감이 묻어나왔다. "좋은 소식입니다, 돈 카를로!" 그가 말했다. "헛된 희망은 드리고 싶지 않습니다만 마테라에서 제노바로부터 온 정치범을 풀어주라는 전보가 방금 도착했습니다. 방금 그 사람에게 전해주고 왔지요. 오늘 오후까지 몇 개 더 올 테니 대기하고 있으라네요. 당신 이름도 있기를 바랍니다. 아디스아바바 함락을 기념하기 위한 사면이 있나봐요." 우리 정치범들은 하루 종일 우체국 주변에 모여 서성였다. 이따금씩 전보 수신기의 딸깍거리는 소리가 들려오고, 돈 코지미노는 만면에 웃음을 띤 얼굴을 창문 밖으로 내밀며 새로운 이름을 호명했다. 내 이름은 가장 마지막으로 불렸다. 우리 모두가 사면되었지만 두 명의 공산주의자는 예외였다. 피사에서 온 학생과 안코나에서 온 노동자가 그들이었다. 마을의 귀족들은 나에게 사면령이 떨어지자, 내가 전보를 집어들기도 전에 내 주위를 에워싸고 축하해주었다. 예상치 못했던 기쁨은 곧 우울함으로 바뀌었고, 나는 바로네를 불러 함께 집으로 돌아갔다.

모두가 그 다음날 아침에 떠났다. 하지만 나는 서둘러 떠날 수가 없었다. 떠나는 것이 너무 미안해서 온갖 핑계를 대며 꾸물거렸다. 환자들을 포기할 수 없었고, 그리던 그림을 마저 끝내야 했으며, 내 물건들과 함께 챙겨야 할 물건들이 있었다. 짐을 담을 상자들을 주문해야 했고, 바로네를 넣을 상자도 필요했다. 바로네는 너무 천방지축이라 짐차에 그냥 타면 줄이 느슨해져서 도망갈 수도 있기 때문이었다. 그렇게 나는 열흘을 더 머물렀다.

농부들이 나를 찾아와 말했다. "가지 마세요. 여기서 계속 지내세요. 콘체타와 결혼하세요. 당신은 시장이 될 수도 있어요. 우리와 함께 계셔야 해요." 떠나는 날이 가까워오자 그들은 나를 실어나를 자동차의 타이어에 구멍을 내겠다고 말했다. "다시 올게요." 내가 말했다. 하지만 그들은 고개를 저었다. "일단 가시면 다시는 안 오실 거예요. 당신은 기독교인이고 진짜 사람이니까요. 우리와 함께 지내요." 그들은 내가 진지하게 맹세해줄 것을 원했고, 나는 진심으로 다시 돌아오겠다고 약속했다. 하지만 지금까지도 그 약속을 지키지 못하고 있다.

마침내 나는 길을 나섰다. 과부와 무덤지기 겸 포고원, 돈나 카테리나, 줄리아, 돈 루이지, 라 파로콜라, 닥터 밀릴로, 닥터 지빌리스코, 사제, 귀족들, 농부들, 아낙들, 염소들, 모나키키오들과 각종 정령들을 떠나게 된 것이다. 내 그림 중 하나를 기념품으로 마을에 남겨두었다. 그러고 나서는 짐을 싣고 큰 열쇠를 돌려서 문을 잠근 다음 마지막으로 눈을 돌려 칼라브리아 산과 묘지, 늪지대와 그 주위를 둘러싼 점토질의 황무지를 바라보았다. 내가 바로네와 함께 '아메리칸'의 차에 올라 길을 떠날 때는 동틀 무렵이었고, 농부들은 나귀를 이끌고 들판으로 향하고 있었다. 운동장으로 쓰는 들판 아래 모퉁이를 돌자, 갈리아노는 시야에서 사라졌고 그 뒤로 다시는 그곳을 보지 못했다.

나에겐 기차 여행 허가증이 있었고, 완행열차로 이동해야만 했다. 결국 내 여행은 상당히 오래 걸렸다. 나는 다시 암벽 봉우리들과 마테라의 박물관을 볼 수 있었다. 그러고 나서 흰 돌들이 묘비처럼 산재한 풀리아의 평원을 가로질러 바리와 포지아의 신비스러운 밤을 통과했다. 그 후 계속해서 북쪽으로 올라가며 여러 역들을 스쳐 지났고, 안코나 대성당까지 오르자 저 멀리 마침내 바다가 보였다. 날은 고요했고, 높은 곳에서 보니 드넓은 바다가 한눈에 들어왔다. 신선한 산들바람이 달마티아로부터 불어와 바다 위에 하얗고 부드러운 포말을 만들어냈다. 머릿속에 어렴풋한 생각이 떠올랐다. 저 바다의 삶은 인간의 운명과 같다. 똑같은 일련의 파도 속에 영원히 갇혀 있다는 점, 그 변화 없는 시간 속에서 끊임없이 일렁이고 있다는 점에서 그렇다. 나는 뒤에 두고 떠나온 검은 문명과 그 정지된 시간에 대해 생각했고, 애정 어린 슬픔에 젖어들었다.

기차는 이미 나를 멀리로 데리고 갔다. 로마냐의 바둑판무늬 들판을 거쳐, 피에몬테의 포도밭을 지나, 알 수 없는 미래로 향하고 있었다. 그 미래는 또다른 유배생활과 전쟁 그리고 죽음으로 얼룩지게 될 터였지만 나는 아무것도 알지 못한 채 그저 끝없이 펼쳐진 하늘에 떠 있는 변화무쌍한 구름처럼 흘러갈 뿐이었다.

피렌체,

1943년 12월~1944년 7월.

옮긴이의 말

자칫 종교 서적으로 오해될 만한 이 책의 제목에 대한 궁금증은 책장을 얼마 넘기지 않아 풀린다. '그리스도는 에볼리에 머물렀다.' 결국 그리스도는 우리가 사는 세상까지 오지 않았다는 말이다. 그것이 종교든, 이성이든, 문명이든 그 어떤 얼굴을 하고 있든 간에 구원자는 이탈리아 남부의 소외된 농민들에게 손을 내밀지 않았다. 그들의 절망적 소외감을 단적으로 드러내는 표현이 바로 이 책의 제목인 것이다.

장화 모양의 이탈리아 반도 남쪽, 발바닥 안쪽 산악지대에 해당하는 곳이 오늘날 바실리카타 주로 일컬어지는 루카니아 지방이다. 그리스와 트로이의 정복자들이 이탈리아로 건너와 로마 제국을 건설할 때, 그들은 이탈리아 반도의 토착민들을 배제하고 또다른 정복민족인 에트루리아인들과 손을 잡았다. 사르데냐, 시칠리아, 나폴리 일대에 살던 토착민들은 이후, 군소 왕국 형태로 겨우 명맥을 유지했다. 로마 제국의 영광도, 북부 이탈리아의 부유한 도시들에서 시작된 르네상스의 훈풍도 이곳 남쪽까지는 닿지 않았다. 문명과 역사의 격변 속에서 강대국의 이해관계에 따라 영토가 분할되고, 나폴레옹 군대의 군화에 짓밟혔지만, 이들의 존재를 인정한 정치체제는 단 한 번도 존재하지 않았다. 사르데냐로부터 시작된 이탈리아 반도의 통일 운동과 무솔리니의 파시즘 광풍 속에서도 이들은 지분을 얻지 못했다. 그러는 사이 이들에게 당도하는 것이라고는 누군지도 알 수 없는 지배계급이 요구하는 등골 휘는 세금과 빈곤, 그리고 압제일 뿐이었다. 이탈리아 남부의 뿌리깊은 소외와 빈곤은 '메리디오날리즘'이라는 학문 분야를 탄생시켰으며 20세기초 이탈리아의 지성인 중 하나였던 그람시A. Gramsci의 중요한 고민거리이기도 했다.

바로 이 이탈리아 남부의 오지 마을로, 르네상스 도시 가운데 하나인 토리노 출신이자 유대인이며 의사인 카를로 레비가 유배된다. 동시대의 철학자 사르트르가 '로마인들 중 로마인'이라고 평가한 카를로 레비는 그림을 그리고 글을 썼으며, 과학으로서의 의술을 연마한 현대적 르네상스인이었다. 1929년 그는 반파시즘 단체 '정의와 자유'Giustizia e Libertà를 세웠고, 레오네 긴츠부르그Leone Ginzburg와 함께 이탈리아 반파시즘 운동을 이끌기도 했다. 이런 활동으로 말미암아 그는 체포되어 이탈리아 남부의 '알리아노'로 유배되었으며 이때의 경험을 바탕으로 『그리스도는 에볼리에 머물렀다』가 세상에 나오게 된 것이다.

작품 속에서 '갈리아노'라는 이름으로 등장하는 '알리아노'는 루카니아 지방에서도 가장 낙후된 곳이다. 가진 것이라고는 오직 '햇빛'과 '가난'뿐인 이곳에서 그는 고집스러운 침묵과 체념으로 무장한 농부들과 만나게 된다. 검은 옷을 입고 검은 눈길로 응시하는, 가히 검은 문명이라 일컬을 수 있는 농부들의 세계와 조우하고, 한없는 애정과 존경심에 가까운 외경으로 그 세계의 속살을 어루만지는 것이 책의 중요한 뼈대라 할 수 있다. 국가와 종교가 찾지 않은 땅에 농부들은 신화와 욕망, 비유와 온갖 알레고리들이 꿈틀대는 그들만의 문명을 만들어냈다. 그곳에서 기독교와 샤머니즘, 도덕률과 욕망은 아무런 서걱거림 없이 한데 어우러지고, 과학과 주술은 상충하기보다 서로를 보완한다.

이탈리아의 문호 이탈로 칼비노Italo Calvino는 현대 문명 이면에 공존하는 이 검은 세계를 드러낸 것이야말로 카를로 레비의 문학적 성취라 극찬한 바 있다. 카를로 레비가 묵시론적으로 그려낸 이 검은 세계, 그가 '농민 혁명'이라 이름 지은 이 생명의 기운은, 20세기 지구 곳곳에서 다양한 정치적 목소리로 분출되었다는 점에서, 칼비노는 레비를 예언자라 일컫기까지 한다. 그도 그럴 것이 작품의 마지막 부분에서 카를로 레비는 공산주의와 파시즘을 포함해, 그 어떤 정치적 이념이건 국가를 신성시하고, 개인을 종속시키면 그것은 도그마일 뿐이라는 점을 힘주어 말하고 있는데, 이런 사상은 20세기에서 21세기로 이어지는 지성사의 한 축을 이루어왔다.

이런 정치적 함의를 배제하더라도 이 작품은 그 문학적 아름다움만으로도 시간을 들여 읽기에 손색이 없다. 일찍이 알베르 카뮈는 자신의 문학적 원체험으로 '햇빛'과 '가난'을 꼽은 바 있는데, 카뮈는 '빈곤은 나로 하여금 태양 아래서라면, 그리고 역사 속에서라면 모든 것이 다 좋다고 믿지 못하도록 만들었고, 태양은 나에게 역사가 전부가 아니라는 것을 가르쳐주었다'고 고백했던 것이다. 이 사실은 카를로 레비의 경우에도 마찬가지여서, 작품의 매 페이지에서 나는 그가 그려내는 남부 이탈리아의 풍경, 작열하는 태양 아래 농부들의 삶이 이루어내는 질박한 아름다움에 감탄하곤 했다. 검은색의 그 처연한 아름다움은 읽는 이가 누구라 하더라도 사뭇 가슴에 스며들며 가장 깊은 곳에 있는 생명의 원체험을 건드리기에 충분한 까닭이다. 작품의 마지막, 예기치 못한 사면으로 황급히 유배 생활을 마무리하는 작가는, 부러 시간을 끌며 차마 발걸음을 떼지 못한다. 마침내, 갈리아노를 떠나 북쪽으로 향하는 기차에 몸을 실은 주인공, 카를로 레비의 얼굴은 굳이 보지 않아도 짐작할 수 있다. 아마도 그는 자신의 생에 스며든 검은 문명, 침묵과 체념으로 무장한 검은 농부의 눈길을 하고 있었을 것이다.

책의 번역을 위해 영어본과 불어본, 이탈리아어본을 두루 비교하며 작업하였다. 세 가지 본이 문단의 나눔이나 챕터의 구별이 상이해 원본인 이탈리아어본의 챕터 구성을 따르되 가독성을 위해 문단은 원본보다 더 세세하게 나누었음을 밝힌다. 번역하는 내내 참으로 오랜만에 현대의 고전이란 이름에 값하는 책을 만나 기쁜 마음이었다. 좋은 기회를 주신 북인더갭에 감사드린다. 아울러 독자들도 나와 같은 기쁨을 느낄 수 있다면 그간의 수고로움에 대한 값진 보상이 될 것이다.

2019년 4월

박희원

개별적인 보편성L'universale singolare. 이 낯선 모순이야말로 당신이 카를로 레비를 만난다면 놀라워하며 발견하게 될 사실이다. 그 공간이 모스크바든, 뉴욕이든, 혹은 파리든 마찬가지다. 머물고 있는 곳이 어디든 간에 그는'로마인들 중에 가장 로마인다운' 존재로 살아간다. 그래서 그가 로마를 떠났다는 사실이 믿기지 않으며, 그가 어디에 있든 그곳이 바로 고향인 로마가 되는 것이다(이 점에 있어서는 대부분의 이탈리아인들의 경우가 마찬가지고, 그래서 남다르다고 할 수 있다). 어쨌든 그건 (로마인의) 거만함이나 허풍 때문이 아니라, 자신의 개인적인 삶을 그곳 대중의 일상에 동화시키는 레비의 타고난 기질 덕분에 가능한 일이다. 그 대중들이란 소련, 인도 혹은 프랑스의 민중들이다. 그의 예민한 감수성,

너무나 잘 벼려진, 그래서 그로 하여금 언제나 주위 사람들의 보폭에 자신의 보폭을 맞추고, 타국의 길 한복판에서도 자신의 집처럼 편안함을 느끼게 하는 그 감수성의 근원에는 바로 삶의 열정이 자리하고 있다. 여기서 말하는 삶의 열정은, 그의 존재의 개별성이 모든 인간의 삶의 형태에 대한 애정어린 호기심을 통해 실현된다는 사실에서 비롯되는 그런 삶의 열정이다.

물론 그는 교양인이자 지성인이며 그의 호기심은 언제나 지식에 뿌리를 두고 있다. 하지만 그 호기심은 저 너머 무엇, 지식의 차원을 넘어선 무엇을 향한, 근본적인 것을 향한, 다시 말해서 인간이 처한 모든 상황에서 경험되는 구체적이고 처음에는 소통 불가능해 보이는 무엇을 향한 것이기도 하다. 그는 소비에트 사회주의 연방공화국의 역사와 사회주의 사회 구조에 정통하지만 그가 포착하고자 하는 것은, 모스크바의 지식인이나 노동자가 소비에트의 시민으로서 어떻게 살아가는지에 대한 구체적 방식이다. 이를 위해 그는 나로서는 도무지 짐작할 수 없는 안테나를 총동원한다. 모든 것이 돌아오고, 이어지지만 그중 제일은 너무나 견고한 모호함 속에서 우리들 대부분의 눈 아래 벌어지고 있는 가장 사소한 사건들이다. 이러한 이유로 그의 등장인물들은 다른 사람들이 시시하다 부를 만한 이야기들을 계속해서 하고 있는 것이다. 때때로 그것은 너무나 세세한 묘사이거나 언뜻 눈에 비친 동작 하나, 혹은 그저 눈길이 머문 장면일 수도 있다. (예를 들면, 새벽 3시, 어떤 아름답고 우아한 젊은 여인들이 스포츠카를 타고 인적이 없는 인민 광장을 돌고 있는데, 셋은 서 있고, 운전을 하고 있는 네번째 아가씨는 큰 소리로 웃으며 남성 성기에 대한 외설적인 욕설을 외치고 있는 장면 같은 것.)

하지만 매번, 이야기되는 사실의 환원될 수 없는 개별성 뒤에서 우리는 이 세계 전체를, 바로 우리의 세계를 엿볼 수 있다. 물론 그 존재가 드러남과 동시에 바로 사라져버리는 그 덧없음을 감수해야 하지만 말이다. 나는 이 모든 것이 만들어내는 하나의 고유한 의미를 말하고자 한다. 의미들에 대립되는 개념에서 그러하다. 각각의 부분이 전체를 구현하는 그 의미는 여기서, 카를로 레비의 발언에 모방할 수 없는 매력을 부여해준다. 이 특별한 남자가 그의 목소리와 어조, 표정과 짓궂은 듯한 무심함으로 여러분에게 두 번 다시 되풀이될 수 없는 모험, 한순간 태어났다 사라져버리는, 직접 지켜본 그 모험에 대해 들려준다는 사실은 또다른 독특함(개별성)에 의해 선별된 독특함(개별성)이다. 그러는 사이, 로마는 쉽게 파악되지 않는 그 불투명함 그대로 지금 여기에 그 모습 전체를 드러내며, 나누어질 수 없는 완전한 총체성을 구현하고 있는 것이다.

'자연'과 '문화'를 구분하는 것은, 그러나, 불가능하다. 작가로서 카를로 레비의 목적은 인간 카를로 레비의 목적과 다르지 않다. 레비에게 있어서 그 자신이 된다는 것은 보편성을 개별성으로 환원하는 것이다. 글을 쓴다는 것은 이 전달할 수 없는 것을 전달하는 것, 개별적인 보편성을 그려내는 것이다. 이로써 우리는 그가 이야기의 화자로서 삶이 보여주는 모순과 동일한 지점에 그 자신을 위치시킨다는 것을 이해하게 된다. 메를로 퐁티는 이렇게 설명한 바 있다. '우리의 몸은 세상으로 직조되지만 이 세상은 우리의 몸으로 직조된다.'

그의 작품이 지닌 뛰어난 가치는 두 가지 거부에 기반하고 있다. 그는 방법적 객관성을 거부하는 동시에 순수한 주관성도 거부한다. 그가 쓴 책들은 모두 그가 삶에서 겪은 모험의 장면들을 말하고 있다. 동시에 그 작품들은 예외없이 우리로 하여금 이 객관적인 세계를 통해 작가의 독특한(개별적인) 세계를 이해하도록 해준다. 『그리스도는 에볼리에 머물렀다』 『시계』*L'Orologio* 등은 모두 자전적 이야기로, 그의 삶을 이야기할 때, 파시즘에서 전후 직후까지의 역사를 아우르는 이탈리아 사회를 재구성하는 것 외에 달리 방도가 없음은 분명하다. 이 지점에서 카를로 레비의 글쓰기 방법이 빛을 발휘한다. 그는 전반적인 사회를 그리지 않고, 지극히 개별적인 경험을 이야기하는 듯하다가 불쑥 사회의 전체적 그림을 쑥 끼워넣는다. 그렇게 해서 이야기는 추상적인 보편성으로 흐르지 않는 것이다. 그의 작품에서 보편화를 향한 움직임은 동시에 구체성을 다지는 과정으로 진행된다. 처음부터, 이야기는 우리를 두 가지 층위에 위치시킨다. 역사의 층위와 이야기의 층위가 그것으로 이 둘은 서로를 반영한다. 이 자리를 빌려 나는 작가가 구상한 이 방식에 대한 나의 전적인 동의를 표명하는 바이다. 나 역시 믿고 있는바, 지금 이 시대의 독자들에게 그 이중적 관점을 제시하는 것 말고 다른 무엇을 할 수 있겠는가? 한편에는 개별화된 삶의 관점, 즉 다른 모든 이들의 삶을 음미하고자 하는 열의에 넘치는 한 인생이 바라보는 개별적이고 고유한 관점이 있고, 다른 한편에는 개개인의 삶에서 경험된 것들을 구조화하고 보편화한 관점이 존재하는 것이다.

그런 이유로 글쓰기에는 많은 예술적 기교와 단순함, 짓궂은 악의와 일종의 천진난만함이 요구된다. 용기 역시 필요하다. 리얼리티라는 이름 아래 리얼리즘을 거부할 용기 말이다. 이것이야말로 내가 레비에게 감탄해마지 않는 덕목들이다. 그는 끊임없는 고민을 통해, 우리로 하여금 그의 글에서나 그와 나누는 대화 속에서 의미들, 우리 시대의 모호하기 짝이 없는 의미들 너머의 세계를 살도록 한다. 하지만 무엇보다 그의 작품의 비결은 바로 선의라는 이름으로밖에는 일컬어질 수 없는 그의 근본적인 태도에 있다. 좋은 책들이 다 선한 감정으로 이루어지지 않았음은 분명하다. 내가 말하려는 것은 그게 아니다. 어쩌면 그것은 처음부터 예정되었을지도 모른다. 달리 말하면 삶이 이미 선택한 것이다. 우리로 하여금 카를로 레비 안에서, 카를로 레비를 통해, 그의 작품의 모든 형식을 통해서 서로 사랑하도록 말이다.

내가 앞서 말한 호기심, 우리가 절대 잊을 수 없는 이 작가, 삶에 대한 열정으로부터 태어난 이 작가의 호기심은 자신은 물론이고 다른 사람들이 살아낸 모든 경험에서 가치를 발견하도록 이끈다. 레비에게 있어 모든 것들은 다 수용되고, 아무것도 거부당하지 않는다. 그는 처음에는 의사였고, 이어서 작가와 화가로 나아갔지만 모든 것은 단 하나의 목적을 위한 것이다. 삶에 대한 무한한 외경. 아울러 이것은 그의 정치적 헌신의 뿌리이며 예술의 원천이라 말해도 과언이 아닌 것이다.

장-폴 사르트르 Jean-Paul Sartre

『갈레리아』*Galleria* 1967년, 3-6호.

사진 출처

표지: wikimedia commons
(https://commons.wikimedia.org/wiki/File:Lucania_61_di_Carlo_Levi_5.JPG)
3면: wikimedia commons
(https://commons.wikimedia.org/wiki/File:Tomba_di_Carlo_Levi.jpg)
6-7면: shutterstock
8면: shutterstock
9면(상단): wikimedia commons
(https://commons.wikimedia.org/wiki/File:Lucania_61_di_Carlo_Levi_3.JPG)
9면(하단): wikimedia commons
(https://commons.wikimedia.org/wiki/File:Lucania_61_di_Carlo_Levi_1.JPG)
10면: shutterstock

그리스도는 에볼리에 머물렀다

초판 1쇄 발행 2019년 5월 15일

지은이 카를로 레비
옮긴이 박희원
펴낸이 안병률
펴낸곳 북인더갭
등록 제396-2010-000040호
주소 10364 경기도 고양시 일산동구 고봉로 20-32, B동 617호
전화 031-901-8268
팩스 031-901-8280
홈페이지 www.bookinthegap.com
이메일 mokdong70@hanmail.net

ISBN 979-11-85359-31-1 03880

이 도서의 국립중앙도서관 출판예정도서목록(CIP)은
서지정보유통지원시스템 홈페이지(http://seoji.nl.go.kr)와
국가자료공동목록시스템(http://www.nl.go.kr/kolisnet)에서
이용하실 수 있습니다. (CIP제어번호: CIP2019016927)